大鱼

有爱的青春陪伴者

暮年有鱼

Yunian Youyu

瓷话 · 著

天津出版传媒集团

天津人民出版社

图书在版编目（CIP）数据

虞年有鱼 / 瓷话著. -- 天津 : 天津人民出版社,
2023.8
ISBN 978-7-201-19486-8

Ⅰ.①虞… Ⅱ.①瓷… Ⅲ.①长篇小说－中国－当代
Ⅳ.①I247.5

中国国家版本馆CIP数据核字(2023)第143017号

虞年有鱼
YU NIAN YOU YU

瓷话 著

出　　版	天津人民出版社
出 版 人	刘　庆
地　　址	天津市和平区西康路35号康岳大厦
邮政编码	300051
邮购电话	022-23332459
电子信箱	reader@tjrmcbs.com

责任编辑	玮丽斯
特约编辑	雪　人
装帧设计	Insect　唐卉婷

制版印刷	长沙鸿发印务实业有限公司
经　　销	新华书店
开　　本	880毫米×1230毫米　1/32
印　　张	11
字　　数	393千字
版次印次	2023年8月第1版　2023年8月第1次印刷
定　　价	42.80元

目录

目录

第一章

稳住，我们能离

榴花五月。

清大的校园内人流熙来攘往，几乎人手拿着一朵红玫瑰。

"哎，兄弟，问个事，你从哪儿来的玫瑰花啊？"

"一哥们儿送的，在本科生宿舍楼下。"路过的男同学一脸同情道，"那哥们儿告白失败了，上千朵玫瑰没人要，白送自取！"

校内论坛和微信朋友圈都在传，说经管院帅哥向一学妹告白，上千朵玫瑰铺在女生宿舍楼下，结果还是被拒了，简直惨绝人寰。

拒绝的理由很奇葩，原话是：我要结婚了。

学妹叫戚鱼，是计算机学院的大二学生，人长得确实漂亮，学习也厉害，才大二就跟着带硕博生的导师发表了学术期刊论文。当时新闻轰动校内，戚学妹的大名附带她小仙女般的证件照传了大半个校区，"仙气"远播。

关键是，她年仅二十岁。

于是帅哥凝噎半晌，受伤地问小学妹，要和谁结婚？

学妹摇摇头，说"不知道"。

围观同学拍的现场照片里，学妹就站在男同学面前，抱着书，仰起脸，一双杏眼眼尾天生微垂，及腰的乌黑长发流泻而下。周围玫瑰花海衬着她雪白的肤色，人比花映丽。

男同学听到这一拒绝告白的借口，一颗真心稀碎。

据说戚学妹刚拒绝完就抱着书去了图书馆。

我本将心照学妹，奈何学妹爱学习。

华灯初上，戚鱼刚被餐厅的侍应生带到预订好的包间，就收到了继母孟贞兰发来的信息。

【孟贞兰：见到人了没？】

【孟贞兰：你们好好聊一聊订婚的事，我们家以后的生意要靠人家，对方提什么要求，你都顺着点。】

孟贞兰叮嘱的信息一条紧接着一条，戚鱼默默垂睫看完，波澜不惊地将手机屏扣回桌上，没回复。

就在昨天，孟贞兰打电话来通知戚鱼，说家里已经给她安排好了一桩联姻，让她务必到场。

"我们两家集团预备开展长期合作，商业联姻是前段时间商量好的事。"

"那位先生很忙，好不容易抽出空见你，你们这次见面可以把订婚的时间定了，剩下的事情我会替你操办。"孟贞兰的语气不容置喙，"事关我们两家的合作，要是你一个人去不了，我就让司机来接你。"

随后，孟贞兰就把餐厅的地址发给了她。

像是怕戚鱼知道后毁约，连那位先生姓什么、叫什么，孟贞兰都没告诉她。

戚鱼也不是很感兴趣。

"小姐，请问您要喝点什么吗？"侍应生微笑地问。

"不用了，我等一下就走。"戚鱼闻言抬头，"谢谢。"

她这一仰脸实在漂亮，明亮灯光下，五官精致如瓷雕玉琢，是那种非常容易让人起保护欲的长相。侍应生愣了下，主动地笑问："那给您来一杯气泡水可以吗？"

戚鱼又道谢："也好，谢谢。"

好乖啊。

侍应生被萌得心花怒放，等端着水进包间时，发现女孩刚从帆布袋中掏出一沓纸，正伏在餐桌前写些什么，餐具都被挪到了一旁。

他走近一看，发现她竟然是在……批改数学卷子。

侍应生目瞪口呆，看着女孩在国贸顶层餐厅的 VIP 包间里给人批数学题。

戚鱼批改完兼职家教的卷子，礼貌地接过水道："谢谢。"

手机又响起。

【孟贞兰：记得跟虞先生提一下这次的合作。】

虞先生……

信息一跳出来，侍应生见一直以来安安静静的女孩瞬间咳声，一口水猝然呛进了喉咙，连带水杯一起倾倒打翻。

餐桌上顿时一片狼藉，戚鱼"唰"地站起身，咳得止不住。侍应生又是递纸巾又是帮忙抢救卷子，两个人还在手忙脚乱中，包间门再次被人推开，一道声音自后响起。

"去拿一条毛巾。"

男人的声音低沉醇郁，音色悦耳，泠泠如碎玉。

侍应生扭头向后看去，见到来人，惶急地低应了句"虞先生"，恭敬地深鞠一躬，忙不迭离开。

戚鱼越是想憋住咳嗽，就咳得越厉害。闷咳间隙，一条干净的毛巾递过来，让她擦拭领口。捏着毛巾的手极为修长漂亮，指节匀称。雪白的衬衫袖口下没戴男士腕表，却戴了一串褐木佛珠手串，鼻间隐约能嗅到点冷调的沉香。

再往上看，男人一身剪裁精良的西装革履，正敛眸看她，英隽的五官轮廓很深，眉眼精致，白奇楠沉香压不住他周身的光华气度。

这个人已经好看到了无论看多少次，都能被惊艳到的程度。

戚鱼一时间忘了咳。

虞故峥递过毛巾，又捡起她不小心掉落在地的教案，扫过名字："戚鱼。"这名字由他念出来，一音一节都深沉低磁，"字很好看。"

"谢谢。"戚鱼在原地杵了会儿，才板板正正地接过来，还不忘给他礼貌地鞠了一躬，"虞先生，您好。"

"太客气。"虞故峥有些失笑。

"你的父母可能已经向你提起过我，也应该提过两家接下来的商业合作。"初次见面，虞故峥简扼道，"我是虞故峥。"

"嗯……"

其实孟贞兰没特地向戚鱼提过虞故峥，戚鱼却知道他。

在京市，虞家赫赫有名。虞家有两个儿子：大儿子虞远升三十有余，早年结婚，女儿都五六岁了；而虞故峥是虞家的二儿子，今年二十逾九，还是私生子。

六年前，虞故峥从名校毕业，接手当时虞家濒临破产的子公司华盛泰源，选任董事会主席。

六年时间，他以一己之力将最不被看好的子公司操持扶起，使华泰的主业务从一开始的基础设施和海外能源发展到金融、地产等数十个行业，竟然有赶超母公司华盛集团的势头。

扶大厦之将倾，手腕了得，既是历练，也是考验。

在生意场上没人会管谁是私生子，只认虞总。所以即便虞故峥风流名声在外，但也没人会多说一个字。

这些，戚鱼都能倒背如流。

她低头把刚擦完水的毛巾仔仔细细叠好，手指小幅度地蹭了蹭，这才仰头看男人。

虞故峥恰好也在看她。

对视须臾，他一双桃花眼如琥珀流光，问："在订婚前，你有没有话想对我说？"

此刻偌大的包间里只剩两人，戚鱼静了几秒，点点头。

今天以前，戚鱼只知道自己被继母安排了一桩商业联姻，但不知道对象是虞故峥。但不论是谁，她都不可能同意。

虞故峥这几年的绯闻很多，她猜，他大概也不愿意被商业联姻束缚住。

戚鱼来之前就有打算，想了想，忽然向面前的虞故峥挪了几步。

凑近了，还能闻到男人身上那种很淡的沉香，她认真地思忖了会儿，小声安慰："稳住，我们能离。"

戚鱼等了片刻，没等到回复，却听见身前的男人短促地轻笑了一声。她又抬头看，虞故峥的眉眼间确实有笑意，笑得并不轻佻，反而从容礼貌，但看起来却格外勾人。

"你不愿意联姻。"虞故峥猜测，只是看了她一眼，问道，"如果只是订婚，愿意吗？"

戚鱼听得有点茫然地问："什么？"

"先坐，我们谈谈。"虞故峥将缎面菜单和酒单一并推递给她，询问，"会不会喝酒？"

"对不起，我不会。"戚鱼道歉，摇摇头。

虞故峥微微笑道："不用对我道歉。"

看到他笑，戚鱼似乎更局促了，她微垂的眼尾显得少女而稚气。

等菜品上齐，虞故峥继续刚才的话题，道："我们的婚约只是暂时的。半年后，等我们两家公司合作的文旅城项目步入正轨，我会提出解除婚约。到时我个人也会支付你一笔合约费，数额由你定。"

"合约费？"

"你很需要钱。"虞故峥将柠檬水递给戚鱼。

按理说，在外人看来，戚鱼是戚家的女儿，即使亲生母亲病重去世得早，那她也是戚父原配生的，戚父平时再怎么娇宠继室，也不可能太亏待小女儿。但虞故峥说这句话用的却是陈述句，很平静。

戚鱼的确在攒钱。

自上大学开始，戚父戚明信打给戚鱼的钱，她一分都没动过。非但没用家里的钱，她还趁着业余时间在外到处做兼职攒钱。戚鱼的想法很简单，攒够钱，连本带利还给戚明信，离开戚家。

但她的这些想法，戚明信和孟贞兰都没察觉，虞故峥才刚认识她，却这么快就洞悉明察了。

片刻，戚鱼还是摇头道："我不要你们的钱。"

"没有你们，是我们。"虞故峥并不逼她，眸光从她露出一角试卷的帆布包上移开，桃花眼的轮廓在水晶灯的映衬下像含了光，分外惑人，"这笔合约费远比你兼职做家教要可观，更与你家里无关，是你赚来的。你的价值。"

戚鱼听得有些愣神。

"我们各取所需。"虞故峥问，"当然，这仅是我们之间的合约。在外人面前，还需要你配合演戏，你介意吗？"

配合……戚鱼捧起玻璃杯，喝了一口水，杏眸闪烁："外人，是指我父母和继姐她们吗？"

虞故峥默认，没接话。

"我不太会撒谎。"戚鱼诚实地摊牌。

虞故峥失笑一瞬，才道："不要紧。我教。"

他这一笑实在好看，英隽矜贵，俱是成熟迷人，衬得对面无措的戚鱼手都不知道往哪里摆，像小孩，也确实是小孩。

就这么稀里糊涂定下了订婚的事。

一顿饭临近结束，虞故峥离开前，留给戚鱼一张名片，背后添了一行他的私人手机号码。走笔翩跹遒劲，字迹比他本人的气质要锋利得多。

包间里静谧下来，戚鱼放在桌上的手机又开始跳出继母的消息，她的视线却落在餐桌对面。

虞故峥坐过的座位前摆了一杯红酒，男人刚才只喝过一口。

四周无人，太安静了，静到戚鱼都能听到自己怦然的心跳声。

她此刻的模样不复刚才谈事时的拘谨不安，默默盯了几秒那杯虞故峥喝过的红酒，隔了很久，才小心翼翼地伸手去够杯子。

将杯子捧在手里后，她尝试般地舔了一口酒。

她慢慢抿了下唇，酒对她来说味道辛辣苦涩，不太好喝。

但接下来，她还是捧着杯子安安静静地把酒喝完了。

另一边，车外是市中心鳞次栉比的霓虹灯牌。

车座后排，虞故峥刚开完一个视频会议。

旁边，助理庄成在核对订婚的事宜。他跟随虞故峥多年，多问一句："虞总，这次您和戚小姐的婚约是确定了吗？"

"暂定。"

"那以后……"

虞故峥回忆起不久前见到的戚鱼，她言行举止都带着乖顺的学生气，才二十岁的年纪，干净得像一张白纸。

虞故峥闭目捏眉心。他不笑的时候有股兴味寥寥的冷意，疏淡却逼人——

"还是小孩，不至于。"

"我不同意！"

装潢雅致的咖啡厅内，贵妇模样的女人放下瓷杯，气得连手指都在颤抖，保养得当的面容怒色尽显："戚明信他是不是疯了？你才多大，他就想让你和虞家联姻？"

对面的戚鱼摇摇头道："汪阿姨您放心，我没事的。"

"怎么没事？虞故峥大了你整整十岁！"名流太太圈内最不缺的就是八卦消息，汪盈芝想起这些年传的虞故峥的那些风流韵事，欲言又止道，"小鱼，你不知道他……"

看着戚鱼干净清澈的杏眸，汪盈芝长叹一口气，不忍说下去。

虞家是名流中的权贵，身为私生子的虞故峥更是厉害，这些年都快掌权虞家的产业了，连他那个大哥都比不过他。但问题就出在这里，虞故峥那样的出身能有今天的地位，能是什么好人？

汪盈芝曾在丈夫组建的酒局上和虞故峥打过交道，交谈下来，觉得这个人城府很深。

戚鱼嫁给他，估计会被啃得连骨头渣都不剩。

"当初戚明信带他的两个私生女回来，我就应该说什么都要把你带出国。"汪盈芝说着就红了眼，继续道，"我跟你妈妈这么多年交情的姐妹，连她唯一留下来的女儿都管不好。"

"您已经对我很好了。"

这小姑娘就是太懂事了。

想起戚鱼家里那糟心的继母、继姐，汪盈芝气笑了，道："孟贞兰真是好样的，她自己两个女儿，一个送进你爸公司做管理，一个当成千金小姐养，现在要推你出去联姻，也不怕遭报应。"

再气也没办法，联姻已经定下，汪盈芝一个外人，说什么都没用。

"对了，你和那位的订婚礼在什么时候？"

戚鱼想了想道："两周以后。"

汪盈芝讶然道："怎么这么快？"

何止快，两家商业联姻的事一经敲定，戚鱼的继母孟贞兰简直连一刻都等不了。虞家人很忙，孟贞兰却很闲，她借口戚鱼年纪太小顾不过来，一直想代为操办订婚的事宜，为的就是想赶紧将戚鱼嫁出去。

本来戚鱼全程都无须过问，只要出席订婚礼就好。但虞故峥的助理转达了老板的话，简扼的一句：不需要外人，按戚鱼的意思来。

孟贞兰只能悻悻退出订婚礼的筹备流程。

于是这几天，戚鱼经常会接到虞故峥的助理庄成打来的电话。那边每敲定一桩流程，就会恭敬地来问她的意见。有时在电话里询问，有时接她出去确认现场。

订婚礼在即。

四人间女生宿舍内，静谧煦暖。时间已近中午，上铺还睡着两个人。

桌前，戚鱼的双手终于撒开键盘，抱着杯子慢吞吞地喝了一口水。

有人醒了，床上传来一道惺忪睡音："小宝贝们，喝奶茶吗？"

"乔文文你一醒就喝奶茶，胖哭你。"另一道睡音接话，"给我也点一杯。"

片刻，叫乔文文的女生扒着床沿往下看，问道："小鱼，苏桐，你们拼奶茶不？"

"不喝。"

长发女生苏桐刚巧化完妆，在腕间和脖颈喷了香水，不咸不淡地打了声招呼，出门离去。

"鱼宝宝你呢？"

戚鱼放下水杯，思忖着回："我也不喝。"

奶茶外卖很快送到，乔文文下床去取。回来的时候在戚鱼的桌前站了会儿，看到她电脑屏幕上做了一半的网页，不禁感慨，她们宿舍的两位美女都起得早，都不喝奶茶，还一个比一个用功。

戚鱼就是其中的典范。

反正从初识到现在，戚鱼平时的生活日常不是学习就是兼职打零工，什么赚钱的活都干——做家教，接互联网小公司的廉价私单，做做网页和小程序，甚至还接游戏代练，吃穿用度能省则省。

整个宿舍的人虽然不问，但心照不宣，戚鱼的家境肯定不好。

"小鱼，我觉得上周向你告白的那个学长就挺好的，你干吗拒绝人家啊？"乔文文八卦地凑过去，"校团委新宣部的副部长，简直是高富帅啊！多好。"

谁知道戚鱼茫然地问："谁？"

"就那个啊！在咱们宿舍楼下当众对你表白的那个！"

戚鱼总算翻出那一段记忆，道："玫瑰花学长。"

"你怎么还在背地里给人家起绰号啊？"乔文文乐道，"宝贝，我发现你有时候有点坏，当初拒绝学长的理由也绝了，居然直接说自己要结婚了。"

"嗯……"

正聊天，乔文文见戚鱼的手机亮起，屏幕上的来电是"庄助理叔叔"。

庄助理……这年头还有人姓庄名助理的？

订婚礼的流程一日紧跟一日，虞故峥助理的来电也越来越频繁。今天他打电话给戚鱼，是按计划来接她去试礼服。

和停在清大东门外的地铁口附近，庄成接到人，直接载着戚鱼驶往市中央商务区的某家酒店。

车里只有两个人，庄成严肃客气，戚鱼在碰面时礼貌地叫了一声"庄叔叔"，就安静地在车后座看起了书。

这家全球知名的婚纱定制店在酒店的高层，品牌本来以高定为主，但两家的订婚礼时间太急，赶不上做高定，只好退而求其次，做加急定制。

戚鱼甫一进店，迎上来的服务生扫见她和庄成，愣了一下。

眼前的黑长发女孩穿一身平价衬裙，还背着帆布袋，漂亮是漂亮，可看着脸也太显嫩了。而旁边这位西装得体的男人，看着得有四五十了吧？

服务生打量戚鱼的眼神不免带上一丝异样。

不过庄成的西装、腕表实在值得最好的服务，服务生笑靥如花，全程态度殷勤地给戚鱼介绍婚纱及试穿。

进试衣间前，服务生接过戚鱼的帆布袋，拎着还有点沉，偷偷往里窥了一眼，几本书……还有糖？

试衣间的幕帘拉开，戚鱼拖着婚纱走出来。几个服务生都被惊艳得眼前一亮，七嘴八舌地夸好看。

接待过这么多新娘，眼前女孩的长相比起那些精致名媛来居然毫不逊色，她本身就白，象牙白的垂坠式婚纱更显她肤白如脂，曲致窈窕。

服务生殷勤地问庄成："先生，您觉得呢？"

庄成不回应，他一个助理拿不了这主意，只对戚鱼道："虞总今天回国，等下也会过来。"

戚鱼从上次在餐厅与虞故峥谈话后就没见过他，闻言顿了足有两三秒，回头就想找自己的帆布袋。

忽然，一道甜腻的女声传过来。

"戚鱼，还真是你。"

庄成认出眼前一身名牌的女人，微诧道："戚甜小姐。"

过来的是戚家二小姐，戚鱼的继姐戚甜。

戚甜今天来酒店会所喝下午茶，刚才就在楼下电梯间看见了像戚鱼的身影，过来一看，果然是她。

戚甜挽着好闺密，上下打量戚鱼，微笑地搭腔道："在挑婚纱？好久没见了，没想到你比姐姐还要早结婚，恭喜了。"

闺密问戚甜："这是你妹妹？"

"是呀，她都要嫁人了。"

闺密的目光在庄成和戚鱼两人身上流连一遍，小幅度地做了个"哇哦"的口型。

戚鱼一直以来跟这个继姐没什么好说的，看戚甜一眼，也不解释，问服务生："请问能把我的袋子还我吗？"

这个场面，周围服务生都在看戏，还以为戚鱼会直接从袋里掏出一本书甩对方脸上，没想到她摸出一颗水果糖，旁若无人地剥开吃了。

"怎么不理人？"戚甜面上过不去，勉强笑道，"是不愿意结婚吧？"

戚鱼订婚，其实戚甜心里不太痛快。

戚甜在一个宴会上见过虞故峥一面，惊鸿一瞥，本来这次联姻她巴不得自己去，但被她妈严厉批了一顿，怎么都不让。

说什么虞家水深，虞故峥不好相处，乱七八糟的理由找了一堆。戚甜骄纵惯了，这个婚没结成，想想还是不甘心。

"不过也是。我听说虞故峥私生活很乱，你嫁过去说不定要吃苦。"戚甜语气担忧道，"也不知道你吃不吃得消。"

"戚甜小姐，注意言辞。"庄成打断。

戚鱼忽然抬起眼，皱了皱眉。

"他怎么样跟你有什么关系？"

戚鱼这话一出，不仅庄成怔了怔，戚甜也愣了，根本没想到戚鱼会回怼她。

她一直觉得这个继妹性格又闷又好拿捏，无聊得要死。

"我是不嫁给他，这不是心疼你吗？"戚甜气笑了，反问道，"你嫁给他就不嫌他老？"

"我不知道自己有这么老。"

男人的音色低醇，淡而沉静，不紧不慢自身后响起。

在场所有人都循声望过去，见到人的一刹那，说是满堂生辉也不为过。戚甜更是怔住，随即羞红了脸，讪讪道："虞……"

"虞总。"庄成颔首。

戚鱼嘴里含的那颗夹心柠檬糖瞬间被咬碎，强烈酸意在舌尖炸开。她抱着帆布袋的手劲松了松，一个不慎袋子滑坠在地。

玻璃彩纸包装的水果糖掉散出来几颗。

虞故峥替戚鱼捡了，收进袋中的时候瞥到内里那一堆糖，短促地笑了一声，把袋子给戚鱼，问道："只喜欢吃水果糖？"

"什么糖都喜欢……"戚鱼被他笑得有点局促，如实回，"其实是感觉紧张的时候，比较想吃糖。"又补一句，"谢谢。"

"谢字说多了。"虞故峥道，"以后对我不用。"

四周静默。

在场所有人的目光都聚焦在刚出现的虞故峥身上。男人西装笔挺，气质出众，英俊得令人屏息，看着非但不老，还比那些年轻小男生更添一分从容和光华。

戚甜后悔得脸颊发烫，见虞故峥看过来，定了定神道："虞先……"

谁料虞故峥只略略扫一眼，兴致不浓，视线最后还是落回戚鱼身上："喜欢哪一款婚纱？"

戚鱼点头，说："这件就挺好的。"

服务生如大梦初醒，忙道："我们店里的特别定制还有好几款，可以再挑挑，我看这位小姐穿什么都特别漂亮……"

虞故峥笑道："是漂亮。"

戚鱼嘴里的碎糖在柔软舌尖上滚了一圈。闻言，她看向虞故峥的表情稍愣，像小孩被夸时的无措。

"听她的。"虞故峥定了戚鱼身上这件婚纱，又问戚鱼，"婚礼上会紧张吗？"

思忖会儿，戚鱼又点点头。

虞故峥对庄成道："告诉设计师，加一个内袋。"

"什……什么？"服务生没听明白。

旁边庄成记下，又波澜不惊地解释："我们想给婚纱多设计一个内袋，让新娘放糖。"

服务生愕然傻住，她在婚纱店工作了快十年，从来没听过这种设计要求。

他们怎么给婚纱设计口袋啊？

客人要求给婚纱礼服设计口袋，闻所未闻。

但这笔突然增加的设计费足以抵上这家旗舰店一个季度的业绩，店长和一干服务生在送客时笑得殷勤明媚，看虞故峥的眼神如看一尊神祇。

戚鱼跟着虞故峥一起坐上了那辆送他过来的车，司机先送她回学校。

后座宽敞，戚鱼破天荒没看书，目光一直往旁边的虞故峥身上挪，被他察觉，她才小声开口："我还不起您的钱。"

"还不起就算了。"虞故峥有些失笑，"没有让新娘自己买婚纱的道理，不用还。"

戚鱼沉默了一会儿，眼尾微微下垂，显得乖顺无害。她还是摇头道："不行的，要还。"

虞故峥不和戚鱼推让，视线落在她米白色的帆布袋上，问："薄荷味的有吗？"

戚鱼反应过来，他要糖。

她埋头在袋子里认真地挑挑拣拣，把绿色包装纸的全挑出来，捧了近半个手掌的薄荷糖给他。

虞故峥让庄成都收下，轻描淡写道："算是还了。"

"……"

说这话的时候，虞故峥眼里还含着笑意。男人的瞳是那种深琥珀色，多数时候是俯视别人，逆光时深邃不见底，而此刻迎着光，就显得分外纵容蛊惑。

戚鱼愣了下，看了虞故峥两秒，说："今天的婚纱设计，就是您上次说的配合吗？"

虞故峥像是默认，容色未改，说："对外，我们感情稳定，两家的合作也将会如期进行；"他道，"对内，我不会干涉你的个人生活，任何方面。"

半晌，戚鱼才点点头道："那我也不会干涉……您的私生活。"

闻言，虞故峥侧过脸看了戚鱼一眼，笑意仍存，没接话。

车穿行过清大附近的商业街，将戚鱼送到离校门口百米处的街口。

车内重新安静下来，只剩下敲击键盘的声音。

助理庄成看向路边，逛这条街的几乎都是大学城的学生，个个谈笑风生，青春洋溢。

想起刚才戚鱼要还婚纱钱的事，庄成不由得感慨："戚小姐很独立，对她这个年纪来说，很难得了。"

虞故峥还在处理公务，目光未移。

数分钟后，等看完邮件，虞故峥闭目往后靠，极为英隽的眉眼透出几分倦意。暗金阳光勾勒出男人如同雕画般的五官，却似乎镀不上丝毫温度。

不认同。

"太拘束。"

戚鱼刚推开宿舍的门，乔文文一声喜极而泣的动情呼唤响彻全屋。

"鱼宝宝！宝贝！咱们下周去听演唱会吧，免费的。"乔文文热情道，"岑姿影的演唱会在招志愿者，内场检票！我问副部长要了两个名额，你跟我一起去呗。"

清大的本科生要修志愿学分，靠做志愿活动刷够时长就行。乔文文知道戚鱼的志愿时长还没刷满，天赐良机，不可错过。

要知道像这种演唱会的志愿活动可是香饽饽，要是能被分到内场检票的活，检完票还能偷溜进去听会儿演唱会。

乔文文越讲越兴奋，戚鱼却有点走神。

戚鱼知道岑姿影，一个很有名的女歌手。

半个月前，和虞故峥一起在高级餐厅吃饭被拍的那一个，她看过那则新闻。

不只是女歌手，虞故峥传过很多绯闻，有被拍到的偷拍版，也有没被拍到的文字版，无论是哪个版本，都绘声绘色。

"你身上好香啊。"凑近的乔文文忽然发现新大陆，"下午去哪里了？"

戚鱼低头，确实在衣领上闻到了刚才婚纱店里那种花香。

"去买衣服了。"

"哪儿啊？"

戚鱼想了想，又补充一句："很贵的衣服。"

戚鱼不会撒谎，乔文文不疑他，瞬间懂了。

那就是没买。

聊完天，戚鱼坐回自己的桌前，想起在婚纱店里的时候。

戚鱼抿了下唇，抱起帆布袋，极为小心翼翼地凑近了，闻了闻。

加急定制的婚纱赶工一周做出来了。庄成给戚鱼打来电话，又接她去试穿一次，很合适。

订婚当天是周日，戚鱼向家教兼职那边请了假，一早被继母孟贞兰派来的司机接去酒店，由专门的造型团队给她打理。

酒店房间。戚鱼坐在镜子前，刚化完妆，乌黑的长发被低绾起一个马尾。

戚甜推门进来的刹那，恰好听见妆发师在夸赞戚鱼皮肤好，随即嗤笑一声："我妹妹今年才十几岁，怎么可能皮肤不好？姐，你说是不是？"

同行过来的戚娴比戚甜年长六岁，在戚家公司任职几年高管，早就过了把冷嘲热讽挂嘴边的年纪，闻言只是莞尔。

"进度怎么样了？"戚娴问。

"很快好了。"妆发师还在做头发。

戚鱼正安静地捧着一本专业书看，听见两位继姐的声音，没抬头。

戚甜有点来气："不知道跟我们打招呼？别人还以为咱家没家教呢。"

"戚甜！"

一道严厉的女声自门口传来。

戚鱼总算抬头。

一位精明优雅的中年女人走进来，瞪了眼戚甜，斥责："我前两天跟你说的都忘了？"

戚甜委屈地喊了声"妈"。

来者是戚鱼的继母孟贞兰。

孟贞兰板着脸，当众对戚甜道："给你妹妹道歉。"

戚甜："妈！"

孟贞兰一动未动。

戚甜憋红了眼，良久，才悻悻地向戚鱼说："对不起，我说错话了。"

戚鱼默默地看着这几人，既不惊讶也没接受，没说什么。

等道完歉，孟贞兰变脸如唱戏，脸色顿时云散雨霁，又和蔼地问戚鱼："小鱼，现在感觉怎么样？你在这儿要是无聊，就跟你姐姐们聊聊天，等会儿虞先生就来接你。"

戚鱼终于开口："不用了。"

孟贞兰笑吟吟地道："那我们就陪你在这儿坐一会儿。"

戚甜没捞到好，泄愤似的重重踩着地毯走向角落，阴沉着脸坐进沙发里。

不怪孟贞兰今天这么反常，眼看着戚鱼就要嫁过去，孟贞兰怕她为了戚甜的事向虞家告状。

就在不久前，虞故峥身边的那位庄助理给孟贞兰打来电话，提起在婚纱店遇见戚甜的事。孟贞兰一听就知道，肯定是戚甜当众给戚鱼难堪了，给戚鱼难堪不要紧，但现在戚鱼多了一层身份，这不是在给虞家难堪吗？

孟贞兰摸不准虞故峥那边是什么意思，但接下来对戚鱼的态度却是一百八十度大转弯。

未几，戚明信到了。

自从两家敲定联姻以来，戚明信几乎没有联系过自己这个即将被"卖"的小女儿。他处处都听孟贞兰的话，因此以往也很少联系戚鱼。

戚明信一身西装，微微发福，初显老态。他从戚鱼身上看见了几分亡妻的书香气质，嘘寒问暖了几句，温和地笑道："都长这么大了。"

戚鱼沉默了好一会儿，才叫："爸爸……"

戚家的事是一本烂账。

当年戚明信认识孟贞兰，比认识戚鱼的母亲要得多，只是他和孟贞兰之间门不当户不对，被戚老太太严厉反对，后来才娶了指婚结亲的戚鱼生母。

婚后夫妻俩也算恩爱，戚鱼小时候也有过一段尚算幸福美满的童年。但在发妻和几位长辈去世后，戚明信便将一直养在外面的两个女儿接进了家。

从此，一切改变。

"小鱼，你最近缺不缺什么？"戚明信知道这个小女儿一向懂事，对于这次联姻，他心里也有点愧意，"爸爸给你买辆车好不好？"

戚明信以为小女儿会像戚甜当初收到车那样雀跃惊喜，却没想到戚鱼摇摇头："我不要。"

旁边戚甜不乐意道："爸，她连驾照都没考吧，给她买什么车呀！"

孟贞兰打断："行了。"

"戚小姐。"

房间内七嘴八舌的声音骤然静下来，门口，不知何时出现的庄成对戚鱼恭敬道："虞总在楼下等了。"

酒店地下停车场，车后座摇下的半扇车窗隐约露出男人轮廓影绰的侧颜。

庄成为戚鱼打开车门，自己坐进副驾驶。

后座上的虞故峥一身笔挺西装革履，已等候多时，神色倒也没有丝毫不悦，只淡淡道："耽搁了。"

庄成颔首领责，恭敬地致歉道："听了会儿戚小姐的家务事，不好打断。"

虞故峥看了戚鱼一眼，像起了兴致，问："怎么？"

庄成也不顾忌戚鱼在场，一五一十地说了。

话音落下，虞故峥没说什么。戚鱼转头过去，见他的眸光恰好落在她身上。

虞故峥微微笑道："不想要车？"

戚鱼有些局促，片刻才"嗯"了句，点头又摇头道："不想要他送的。"

"顾虑太多，不是件好事。"

闻言，戚鱼有些茫然。

虞故峥不再说话，轮廓分明的侧颜赏心悦目，矜贵无匹。

等车开过市中心繁华的商业区，男人低沉醇郁的声音才再度响起。

"慈不掌兵，情不立事。"虞故峥道，"想要什么就拿，你还没到束手束脚的年纪。"

戚鱼愣愣地看了虞故峥几秒，忽然扭回头，抿了下唇。

她低头在裙摆里摸索了一会儿，摸到纱裙裙摆中特地以蕾丝绣进的内袋，还真摸出一颗糖来。

戚鱼剥开一颗，含在嘴里，声音也糯糯的："我试过了，裙子里真的能放糖。"

虞故峥似乎是轻笑了一声。

"是该放糖。"

虞家和戚家的商业联姻，商业为重，联姻是次要。这次的订婚礼也办得简而又简，没有发请束，没请媒体，地点就在近郊的一幢中式园林别墅内，是虞故峥名下的房子。

办的是草坪订婚礼，一切从简。

车在别院外偌大的停车坪停下，已经有几辆车到了。戚鱼刚要下车，手机响起。

"小鱼！你怎么还没来啊？"另一头是乔文文的声音，带着笑催她，"快来快来，我们这边志愿者都齐了，在等你呢。"

戚鱼的脚步停住了，反应慢半拍："志愿者？"

"今天不是说要来做演唱会志愿者的吗？咦，我记得你那边的家教应该结束了呀。"

戚鱼："啊……"

不远处，几位迎宾已经满脸殷切地向这边赶来，戚鱼仍在接电话。

其实她当初是记得报名了演唱会志愿活动这件事的，可这段时间忙过头，这事被搁置在了脑后。

乔文文焦急："宝贝你别不来啊，这次报名这么紧俏，不来要被加进我们学校志愿者黑名单的！"

庄成循声望过去，第一次在戚鱼脸上看见除了平静以外的表情。

挂了电话，戚鱼望着虞故峥，脸上这个细微的表情应该是为难。

她像在斟酌什么，欲言又止。

"怎么了？"虞故峥敛眸看她。

戚鱼慢吞吞地挪过来，小声道："我报名了学校的志愿活动，忘记了是今天……"

戚鱼乌黑细软的齐刘海耷落着，低马尾处戴着缎带式头纱，脑后的雪白蝴蝶结似乎也垂下来一些。

"对不起。"戚鱼认真地道歉，在思考，"等下如果来得及的话……您会送我去吗？"

庄成哑然无言，今天的订婚礼流程包括下午的仪式和晚宴，新娘怎么能缺席。

虞故峥正俯视着她，神色寡淡，一时窥不出什么情绪。

须臾，他笑了，道："不准。"

戚鱼点点头，并没有露出失望的表情，仔细把手机放进帆布袋，折回去摆好在车后座。

订婚礼的主场在室外的私人湖泊边，精心修剪的草坪整齐美观，宾客们已经到了，正在宴宾区说笑谈天。

到场的都是两家的亲朋，外人很少。很快，戚鱼被虞故峥带过去认识虞家的人。

虞家大哥虞远升今年三十有五，看着沉稳老练。他和虞家大嫂是强强联合，大嫂雍容大方，女儿年仅五岁，一直好奇地盯着戚鱼看。

"爸还在 × 国收拾旭明的烂摊子，怕是赶不回来。"虞家兄弟的表面关系一直看似平和，虞远升道，"家里产业还是得托付给自家人，交给外人总是不放心。"

虞故峥淡淡地笑道："旭明吃不下科海的项目。"

"他一下来，科海项目就要交到你手上了。"虞远升的目光一扫戚鱼，意味深长地转了话题，"今天恭喜你了。"

虞故峥道："同喜。"

周围有不少人都在往这里看，戚鱼也配合地说了句"谢谢"。虞家大嫂多看了戚鱼一眼，听说戚家这小姑娘刚上大学，在这种场合却不怯生，安静乖巧。

虞家这边男士居多，只有几个跟着一起来的太太。到了戚家那边，就几乎都是女人了。

在场女人的目光几乎都要黏在虞故峥身上。

虞家显赫，虞家人也都长得好，一家之主虞立荣当年就是风度翩翩，而传言虞故峥的生母是某演员，虞故峥的长相更是不用说，无论是容貌还是身形气度，都让人挪不开眼。

虞故峥领着戚鱼见过一圈宾客，又去司仪那边确认流程。男人一双桃花眼深邃流转，偶尔低下头和身旁的少女说两句话，说不出的般配。

"妈，我看我虞故峥也没你说的那么难相处。"远处湖边，戚甜捏着香槟杯，不甘心道，"当初两家联姻的话，我的年龄更合适，干吗非拦着我？"

孟贞兰皱眉："你懂什么？"

戚明信也是公司老总，戚家经营的明信集团是百强企业，主业务是做一些投资物业、电信和物流，但在虞家的华盛集团面前，不值一提。

两家能联姻，是因为戚家恰好在文旅城项目上有便利通道，误打误撞，高攀上了。

"我怎么就不……"

"闭嘴！"孟贞兰恨铁不成钢，环顾周围没人，威严地低声道，"就不说虞故峥的私生活了，他跟他那个大哥在私底下争得多水深火热，你知不知道？这两年虞家内部肯定是要变天了，你嫁过去，到时候出事谁保你？"

戚甜被训得一噎。

"这桩联姻，在他看来就只是一步棋。等咱们两家的合作项目过去，你猜他会怎么做？"

戚甜愤懑的表情收了，现在才被点醒。想明白后，她幸灾乐祸："那戚鱼不是……"

"跟你没关系了。"孟贞兰低斥，"别整天闲着，你都毕业这么久了，有时间就跟着你姐进公司学点东西，以后也好接管你爸的产业。这个家该是我们的，就必须归我们。"

十五分钟后，订婚礼正式开始。

礼台上，等戚明信和虞远升各自代表两家致辞完，戚鱼和虞故峥交换了戒指。

订婚的仪式很快走完，宾客们聚在宴宾区的各处聊天喝下午茶，都在等晚上的订婚宴。

刚下礼台，虞故峥被某位宾客请去谈公务了。戚鱼在女宾区坐着，周围都是闲聊的太太们。

女人之间不可避免地聊起了男人。

"他们哪个不忙？开口闭口的就是经济趋势、产业政策、央行汇率……"

"要我说，男人在自己的领域翻手为云，覆手为雨，比在床上还要性感。"

有人笑道："床上说不定更性感呢？"

"这个要分人……"

"小孩子还在呢。"虞家大嫂抱着女儿嗔怪一声。

视线一扫，见到来人，她喊了句："故峥。"

虞故峥结束谈话，过来了。

周围窃窃窣窣的交谈声骤降，虞故峥无疑是这群女人眼里的"性感"榜首。男人深邃的眉眼如画，身形颀长挺拔。

可惜现在榜首的眼里没别人，正径直走向座位中的戚鱼。

戚鱼仰起脸，和虞故峥对视两秒。他忽然俯身，以手背探了探她的额温。

男人腕际的褐木佛珠也跟着贴近，戚鱼嗅到冷调的淡淡沉香，感受到额头贴上的温度，明显愣住了。

片刻，虞故峥牵过戚鱼的手，言简意赅："她不舒服。我先带她走。"

"发烧了？"虞家大嫂惊诧，"那赶紧让家里的医生看看……"

众目睽睽下，戚鱼人都没反应过来，就顺从地被虞故峥牵着离开，穿行过偌大草坪，往别墅里走。

戚鱼抿着唇，看和虞故峥牵起的手，下意识想摸裙袋里的糖。

离开最热闹的宴宾区，戚鱼才小声道："您骗他们了。"

虞故峥侧过脸看，戚鱼的唇边还沾了一点未舔净的奶油。他失笑一瞬，不答反问："喜欢吃甜食？"

戚鱼点头。

"以后别墅里给你腾一间房，专门放零食。"

好半晌，戚鱼确认般开口："我以后也可以来这里吗？"

"到时候会有需要我们一起出席的活动。"虞故峥问，"你遇上太晚回不去学校的情况，就住在这里，介意吗？"

虞故峥的声音带了笑意，又接道："当然，是单独的卧室。"

戚鱼才"嗯"了声。

"不能参加志愿活动，就没有情绪？"

戚鱼再一次看向两人牵着的手，想了下，认真地回道："您会拒绝我也很正常，我没有生气。"

虞故峥侧眸看了戚鱼一眼，没接话。

进了别墅区，又是一个绿意葱郁的中式内院，亭台楼阁，曲水流觞。刚跨进正门，虞故峥松了手。戚鱼跟着停下，轻轻地蜷曲了一下手指。

小院里面，庄成已经等在那里了。

"虞总。"

虞故峥的眸光落在戚鱼身上，略略停留，对庄成道："从后门送出去。"

庄成颔首，将手里的袋子递给戚鱼，里面是她先前在酒店换下的衣服。

"戚小姐，您给我一个地址，我现在送您去志愿活动。"

戚鱼转头看虞故峥。

"让庄成送你去。"虞故峥一双桃花眼像含着光，不紧不慢地接一句，"今晚回来吃饭。"

第二章

骗过的，不止一次

市体育场馆外，乔文文拿着手机从员工通道出来，远远捕捉到戚鱼的身影，忙挥手招呼。

"小鱼！"

戚鱼刚从街口那边一路小跑过来，顶着些微泛红的脸道歉："对不起，我迟到了。"

"没事。他们的负责人磨叽得要死，还没开始呢。"走近了，乔文文顿时惊艳道，"哇，宝贝你今天化妆了？"

"嗯……"

乔文文没见过戚鱼化妆，连夸了三遍仙女下凡。

美中不足的是戚鱼不爱笑，表情管理做得太好了，即使小跑喘气也幅度很小。

"我发现了，你就跟'三无少女'差不多。"

戚鱼接过乔文文给的志愿者 T 恤，戴上工作牌，抬头问："什么？"

"就是一种性格属性，无口、无心、无表情。"乔文文给她"科普"，开玩笑道，"就是你心里只有学习，莫得爱情。"

两人一起进了场馆，刚和大部队碰头，戚鱼的手机收到一条信息。

【庄助理叔叔：等您那边结束，请通知我。】

【戚鱼：谢谢。】

时间才下午，演唱会还没开始，万人场馆内的观众席上座位空旷，底下的中央舞台上还在彩排调试。戚鱼他们这些志愿者的首要任务，就是将荧光棒分配到每一个座席上。

戚鱼领了一袋荧光棒，负责在 A 区摆放。然而在摆完两排座位后，她却分了神，转头看向舞台的方向。

舞台上的女歌手正跟着伴奏唱歌，声音慵懒。两旁屏幕上映出女人风情妩媚的脸，但表情却不怎么好看。

一首歌都没唱完，女歌手岑姿影忽然叫停了伴奏，直接摘了耳返，离开舞台。

她心情不好，居然在演唱会前翘掉彩排了？观众席上的大学生志愿者们面面相觑，像拿到什么一手八卦似的，赶紧摸出手机发朋友圈。

戚鱼顿了会儿，默默收回目光，还没继续，突然被人叫了一声：

"戚学妹！"

有女生从另一排座位穿过来打招呼。

戚鱼转过脸，点头的时候还有些茫然。

"还真是你！"女生热情地自我介绍，"我叫许圆，跟你一个学校，计算机学院读大三。"

"学姐好。"

许圆早就认识戚鱼，聊天兴致很高，问："你们是下学期分专业吧？"

"嗯。"

"你的话，计算机学院的专业应该随便填了，想好选哪个了吗？"

戚鱼想了下，回："应该会选软件工程。"

眼前的小学妹真的人如传言，漂亮乖静，还待人实诚到问什么答什么。

聊天半晌，许圆加了戚鱼的微信，笑眯眯道："是这样的，我想邀请你加入我们的神秘组织，队伍里除了我还有一个大四学长。"说完，她又迅速补充一句，"不过你放心，他绝对靠谱！"

"神秘组织？"

"打 ACM 的队伍。"

戚鱼瞬间明白了。

ACM，国际大学生程序设计竞赛。

一项团队编程竞赛，大学生可以自发组织队伍。队伍里一般会有三名队员，通过校内选拔后的队伍能以校队名义出去打比赛。

别说世界赛，只要能打进区域赛拿金牌，含金量就已经非常高了。

"那个学长是大佬，我还凑合，加上你，我们能所向披靡！"许圆极力邀请道，"万一拿了奖牌，以后刷简历找工作多方便。"

戚鱼听完，思忖片刻，还是拒绝掉了："学姐对不起，我没有时间。"

参加竞赛需要日复一日地刷题，而竞赛虽然含金量高，奖金却很少。

对戚鱼来说，超纲学习是为了有能力接兼职私活，发表学术期刊论文是为了拿额外奖学金，做其他兼职也是。

都是为了尽快攒够钱，还给戚明信，离开戚家。

"大二怎么可能没时间？你是对这个不感兴趣？还是不喜欢？"

戚鱼想了想道："都不是。"

"那你再考虑考虑嘛。"许圆不死心，瞥见主办方负责人正往观众席走来，忙结束聊天，"你考虑好了就告诉我，那我们微信聊。"

等志愿者们在下午把活做得差不多时，负责人过来安排晚上检票的岗位。

演唱会晚上七点开始，提前四十分钟检票。戚鱼和乔文文一起被分到内场检票的其中一个通道口，能听到演唱会现场。

观众都陆陆续续进场后，乔文文偷偷看手机："我朋友圈有人在里面看演唱会，还拍了小视频，说岑姿影把自己唱哭了。你说她今天是不是心情不好啊？我看当演员也挺心累的。"

戚鱼也摸出手机看，七点半了。

"文文，我有事要先走了。"

"啊？"乔文文傻眼，劝道，"别啊，等会儿我们还能溜进去看后半场。"

像这种演唱会的志愿活动，一般站到演唱会结束就散了。要是遇上主办方管得松，志愿者中途还能溜进场听一程。

谁知道戚鱼想了下，摇摇头坚持道："我要回去了。"

"你的心里只有学习！"乔文文自叹弗如，"回去吧，回去吧，我帮你签退。"

走出场馆，戚鱼给庄成发了条信息。

【戚鱼：庄叔叔，我这边结束了。】

别墅的宴会厅内，宾客满座，觥筹交错。

庄成将戚鱼带到主桌时，她已经换回了下午的婚纱，乌黑长发披散如瀑，像睡了一觉起来的样子。

入座后，戚鱼转头，挪向旁边的虞故峥。

"我听庄叔叔说，下午您都在卧室里，说是……陪我。"她礼貌地小声道，"给您添麻烦了。"

虞故峥看戚鱼一眼，不应什么，反问："没等到活动结束？"

戚鱼"嗯"了句："因为答应您了，要回来吃饭。"

未几，虞故峥像是短促地轻笑了一声，语气辨不出褒奖与否："玩性不大。"

主桌上都是两家本家的人，隔了几个座的戚明信关切地笑问："小鱼，身体好点了吗？"

戚鱼专注地喝水，垂着睫毛。

戚明信笑得有些尴尬。

"要是还不舒服，要不然等下的敬酒流程就省了。"虞家大嫂询问，"故峥你们说呢？"

戚鱼摇了摇头："我没事的，不用……"

"酒就算了，她喝果汁。"

虞故峥替戚鱼选了，庄成很快让人换果汁过来，给戚鱼倒了一杯。

"以果汁代酒也好。"孟贞兰笑容和蔼，熟络地对虞故峥道，"故峥太体贴了，小鱼嫁给你，我肯定放心。"

虞家大嫂附和两句："他们的感情是越来越好了。我听管家说，小鱼喜欢吃甜食，故峥还准备给她腾一间零食房出来，已经在叫设计师画图纸了。"

戚鱼又转头看虞故峥，表情愣愣的，默默抿了下唇。

原来，他不是随口一说。

桌上，戚甜听得咬牙，忍不住暗自翻了个白眼。

"二叔也对宝宝很好！"

一直在虞家大嫂怀里窝着睡觉的小女孩醒了，带着清脆的奶音："二叔给宝宝造游乐园……"

虞家大嫂嗔笑般掐了把女儿的小脸蛋，说："你是小孩子，凑什么热闹。"

小女孩眨着眼睛巴巴地看虞故峥，"咯咯"直笑。

虞家大嫂心道，虞家兄弟俩在私下里斗得暗潮汹涌，但虞故峥却很招自己女儿喜欢。

去年女儿生日，小孩子只不过在家宴上提一句想去游乐园，虞故峥就拆了他那套在西郊豪宅区的房子，改成了游乐园送她。但要说他有多喜欢自己女儿，也不见得。

因为就在游乐园建成没多久，虞故峥就吞了虞远升一个大项目，比起那套拆建游乐园的房子，根本不值一提。

虞家大嫂的视线在对面的戚鱼身上停留一会儿，嘴上说着两个人感情好，但心里门儿清。

把人家当小孩罢了。

晚宴临近结束，一顿饭吃得差不多，逐渐有客人过来道喜告辞。

戚明信也跟虞故峥聊了一会儿，都是生意上的事。等宴会厅内的客人走得差不多了，戚家几人也准备离开。

戚明信蔼声道："故峥，以后小鱼就交给你了。"

订婚之夜，新郎新娘肯定是要在一起的。

戚鱼闻言，终于抬头看戚明信，顿了顿，又收回目光。

她垂在裙摆处的手指忽然轻轻蹭了下，婚纱的口袋很小，一早放的那几颗糖已经吃完了。

虞故峥容色未改，让庄成去送客人。

最后走的是虞远升一家，小侄女还非要过来抱一抱二叔才肯走。

偌大的宴会厅内，用人都在收拾残羹冷炙。戚鱼听虞故峥出声，问："睡这里，还是想回学校？"

"……我明天早上有一节课。"垂首片刻，戚鱼才仰起脸，"可以等一下就走吗？"

虞故峥并不强留，似笑非笑地俯视了她须臾，道："我送你走。"

别墅离清大有近一个小时的车程，送戚鱼回学校的路上车里很安静，戚鱼已经换下了婚纱，身上的学生气更浓了。

车里没开灯，戚鱼看不了书，但也不往虞故峥那边看，转过头像在看车窗外。

副驾驶上，庄成的手机振动了几次。他随手摁了，敲键盘的声音没停。

手机又坚持不懈地嗡鸣起来。

"怎么不接？"虞故峥仍合着眸。

庄成低声："虞总，是岑小姐的电话。"

戚鱼放在膝盖上的手指动了动，没有转头。

虞故峥总算睁开眸，稍顿，淡淡念出一个名字："岑姿影？"

"是。"庄成道，"岑小姐从今天下午开始就打电话来了，她问过我几次您订婚的事，还想托我约您见面。我看您太忙，所以没告诉您。"

这些年虞故峥的身边并不缺自荐枕席的女人，赶都赶不走，有图钱的，还有图人的。图钱的好打发，逢场作戏，虞故峥并不吝啬施舍；可就是有那种动了真感情的，不要钱，不要名，一心一意只想求一个位置。

谁能想到当红的岑姿影就是其中一个。

庄成从后视镜里看了一眼戚鱼，她正安安静静地注视窗外，像不太感兴趣。

车窗外是飞驰往后的街景。

还有倒映在车玻璃上的身旁男人的英隽侧颜。

戚鱼杏眸闪烁，见虞故峥听完就笑了，桃花眼里似勾带几分醉意，无情无欲，说不上来的好看。

虞故峥道："太吵了。"

庄成知道，摁断了来电。

那边的人没再打过来。

过了会儿，戚鱼转过脸，虞故峥已经在处理公务。

虞故峥察觉到戚鱼的目光，侧过眸，道："想问我什么？"

戚鱼没问别的，想了下，认真地问："您上次说的合约费是真的吗？"

虞故峥有些失笑。

"我不会骗你。"

片刻，戚鱼道："如果以后有需要我一起去的应酬，我也会配合您的。"

虞故峥没应，低眸继续看文件，须臾，出声问："有没有喜欢的颜色？"

"……粉色和白色。"她如实回，"最喜欢白色。"

"家里的女主卧布置成这两种色系，愿意吗？"

家里……

默了会儿，戚鱼忽然垂下眼，"嗯"了一声。

回宿舍已经是深夜十一点。宿舍里只有早早上床看剧的郑司佳，苏桐出门约会去了，乔文文是本地人，周末不住校。

戚鱼在桌前坐下。几秒后，她探身打开衣柜，从深处摸出一个小盒子，打开。

盒子里只有两件小物，其中之一是张白色的名片。

名片中央印着虞故峥的名字，后面是手写的一行私人手机号码，似乎还能嗅到淡淡的沉香味。

还有一小张很旧的玻璃包装纸，放了很多年，已经旧到泛黄，辨不出本来的颜色。

只能依稀辨出是一张糖纸。

戚鱼垂敛着睫毛，小心翼翼地将今天的订婚戒指一并放进去。

扣上盒子，戚鱼想了想，给白天遇到的学姐许圆发了一条信息。

【戚鱼：学姐，我想好了。】

戚鱼推进糖水铺的店门，门上挂着的玻璃风铃顿时被碰响。

里桌的许圆见到她，连忙拍拍旁边的男生。

"小鱼，我给你介绍一下，这是我们计算机学院大四的学长，夏新宇。"坐下后，许圆拉着戚鱼介绍，又对高瘦斯文的男生笑道，"戚学妹，我就不说了，反正你知道。"

"学姐，学长好。"

"你好你好，给你们上编译原理的陈教授是我导师，你绝对是他课上的名人。"夏新宇笑着伸手，道，"都说你是美少女学神。"

戚鱼也伸手和他握了下，看她表情，显然被夸没有不好意思，反而板板正正地回了句"谢谢"。

夏新宇瞬间乐了。

三人点单后边聊边吃，许圆想起昨天收到的微信："小鱼你最近是有空了吗？"

"嗯，我辞掉了家教那边的兼职。"戚鱼咽下一口双皮奶，继续道，"以后就有时间准备竞赛了。"

许圆差点喜极而泣，感叹："太好了！"

许圆和夏新宇是老队友，上个一起的队友毕业退役了，最近想重新组队，能拉到戚鱼简直是意外之喜。

"最近要开始校内选拔赛了，这周末就是网络预选赛。"许圆长话短说，"预选赛是个人比赛，前一百名才能有资格组队，不过你肯定没问题。"

许圆拿了一堆资料给戚鱼，都是一些往年预选赛的题型和模板。

"反正等你的预选赛通过了咱们就组队，到时候去找一个导师挂名，就能冲校队了。"许圆问，"还有三天时间准备，你要不要我和他帮你练练题？"

题目不是很难，戚鱼摇摇头道："有这些资料就够了，谢谢。"

几人又聊几句，许圆好奇道："其实我本来以为你不参加竞赛来着，怎么突然改主意了啊？"

戚鱼刚把资料都收进帆布袋里，思忖了会儿，抬头道："我想尝试一下，做自己想做的事情。"

那天后，戚鱼被许圆拉进了三人小群里。

几乎都是许圆和夏新宇在群里互甩表情包，戚鱼没屏蔽消息，偶尔回复两条，专心致志地准备周六的线上预选赛。

在图书馆练了两天题，戚鱼目光从电脑屏上挪开，瞅了眼手机。

屏幕上跳出一条信息。

【庄助理叔叔：戚小姐，您周末有空吗？】

戚鱼对着屏幕杵了会儿，才敲字回复。

【戚鱼：嗯。】

很快，她接到了庄成的来电。

"虞总要在周六参加一个俱乐部活动，想带您一起。"庄成道，"到时候我来接您。"

戚鱼"嗯"了句："是晚上吗？"

"宴会从下午开始。"庄成补充，"礼服已经准备好了，虞总按照您试婚纱的尺码挑的，我马上给您送来。"

庄成的办事效率很高，当晚就把礼服送到了清大门口。

戚鱼带回宿舍的时候，乔文文见到她手里的袋子，吃了一惊。

"宝贝你去买衣服啦？"

"哇，苏桐你不是有这个牌子的钱包吗？"郑司佳认出这个高奢牌子，"小鱼你好有钱！"

贴着面膜的苏桐也过来看了一眼。

戚鱼将袋子放在椅子上，回道："……不是，是有人送的。"

庄成送来的是这个牌子的当季成衣，浅杏色的无袖翻领裙，剪裁设计很简约，百褶裙边却带了点校园气。乔文文查了官网价，倒吸一口冷气。

"谁啊？送这么贵的衣服！"乔文文羡慕地问，"玫瑰花学长？"

戚鱼摇摇头，乔文文她们倒没追问太多，默认成追求者送的，看过热闹也散了。

苏桐就收过追求者们送的奢侈品，跟她那个男朋友送的堆在一起，舍友们都习惯了。以前也有人送戚鱼，只是她不收。

怎么突然就收了？

苏桐在自己桌前揭下面膜，忍不住往戚鱼那边看了一眼。

她见戚鱼将裙子重新收回礼盒前，似乎是剪下了裙子的吊牌，又从衣柜里拿出一个小盒子，将吊牌放进去。

苏桐有些好笑，无声地转回去，继续拍脸。

连吊牌都要当宝贝，果然是没见过世面。

戚鱼藏起小盒子后，打开电脑，登录学校教务处平台，又再次提交了一份周日的预选赛报名表。

线上预选赛可以打两天，周六没能挺进前一百名晋级的学生，能在周日再次参赛，只不过戚鱼赶不上周六的了。

一次机会，对她来说也够了。

"戚小姐。"

庄成恭敬地拉开车门，将戚鱼请进后座。

戚鱼乖乖道了句谢，坐进车里时，虞故峥还在接一个电话会议，视线扫着电脑屏上的文件，间或出言敲定两句，声线低沉冷淡，看着兴致不高。

车往市区外开，一路上了高速，会议才结束。

戚鱼还在专注地看车窗外，旁边响起虞故峥的声音：

"很合适。"

闻言，戚鱼转头，对上虞故峥落过来的视线，又低头看自己的裙子，蜷在裙边的手指蹭了蹭："……嗯。"

"我们今天要去哪里？"她想了下，说，"好像要开出市内了。"

"津市。"

虞故峥闭目揉了捏眉心，已经剥离了工作时的压迫感，问："今天怎么不看书？"

半晌，戚鱼才默默回了句："其实，我也不是一直都看书……也会做别的。"

虞故峥看了一眼戚鱼，终于稍稍笑了，解锁了刚才的平板电脑，随手递给她："那就做别的。"

戚鱼捧着平板电脑，有点愣。

她愣的不是虞故峥轻描淡写地将工作平板电脑给她玩，而是虞故峥递过来的手。

男人的左手手指极为修长漂亮，戴着一枚戒指。

"……您一直戴着戒指吗？"

虞故峥循着戚鱼的目光，指腹略一摩挲戒环，道："不戴太敷衍。"

她和虞故峥对视几秒，他说这话的时候眉眼深邃不可捉摸，似情致脉脉，仔细看却又无波无澜。

片刻，戚鱼扭回头，心跳怦然，小声回："我也带了。"

她从帆布袋的内袋中摸出戒指，也低头认认真真地戴上了。

车子一路疾驰，两个小时后下了高架，开进邻市地界，泊在市中心某会展酒店的地下停车场。

顶层宴会厅，四面环形大开的落地玻璃窗映得厅内光线通透，满眼富丽奢华，觥筹交错。

戚鱼跟着虞故峥进去，手上接了一杯庄成给她拿的气泡水。

这是一场俱乐部办的大型业内聚会，戚鱼在旁边看那些在新闻里常出现的男人携带女伴，各自递名片，聊金融时政。

虞故峥显然是场内的焦点。

"万经上市的当天原始股翻了五倍，消息都快传遍了。"某快消品企业老总过来攀谈，"华盛这次赚得不少啊！敢在天使轮就注资，就数虞总有魄力。"

虞故峥道："先予后取。老话有老话的道理。"

"是，是。"老总大笑着附和两句，看向虞故峥身边的戚鱼，笑问，"这是虞太太吧？"

虞家和戚家商业联姻的事不是秘密，他也听说了。

戚鱼顿了会儿，礼貌地打招呼："你好。"

倒是不说您了。

虞故峥侧眸看戚鱼，她手里的气泡水已经喝完，恰好侍应生端着咖啡经过，他替她换了一杯。

老总恭喜道："新婚快乐——"

"爸。"

老总往旁一看，过来的是自己女儿，瞬间亲切道："来，介绍一下，这是华盛泰源的虞总。"又对虞故峥笑，"这是我女儿，茵茵。"

一身银色礼裙的女人揽住老总胳膊，笑靥盈盈道："我知道的，之前我们见过。"

戚鱼闻言顿了顿。

茵茵的视线都快黏在虞故峥身上，她伸手道："您可能不记得我了，虞总。"

虞故峥与她略一回握，继续刚才的新零售话题。

茵茵也挽着她爸的手臂在听，听了片刻，百无聊赖地开始打量面前的戚鱼。

名媛圈内消息灵通，都知道虞故峥为了商业联姻和明信集团的戚小姐订婚了。

她跟戚甜喝过几次下午茶，听过戚甜形容这个妹妹，闷、无趣，连欺负几天都觉得腻。

明信集团比起华盛母公司来说还是小了，听说要不是那个项目比较特殊，还轮不到戚家来联姻。等合作过后，虞故峥八成会悔婚。

但要是换了她爸的公司，那就不一样了。

茵茵想起以前虞故峥那些绯闻，心道：到时候不仅婚约稳定，说不准他还会收心。

聊过一轮，老总注意到女儿道："今天怎么这么乖，肯在旁边听爸爸讲生意经了？"

"我想等你一起吃饭嘛。"茵茵道，"那边的厨师在切和牛，说是高定和牛呢，每一片都有编码，口感都不一样。"

茵茵意有所指："食品有高定，婚姻也有高定，肯定要找最合适的呀。虞总您说呢？"

虞故峥的眸光总算落在茵茵的身上，气质从容，极淡的笑中竟像含了那么一丝丝谑意。

茵茵辨不出来是什么意思，只感觉心跳如雷，看着虞故峥，简直在用眼神向他打情骂俏。

"瞎说什么话！"老总反应过来，佯怒斥责了句女儿，抱歉道，"虞总，她平时被我惯坏了，说的话您别介意。"

茵茵立马撒娇："我就是随口一说。"

戚鱼似乎没注意到茵茵投来的挑衅眼神，垂下睑，喝了口咖啡，才看向她。

这个眼神太清澈干净了。刚才这么难听的话，就如同一根针落入大海，无声无息。

茵茵愣了下。

虞故峥却笑了，语气循礼，简扼的三个字："缺管教。"

老总语讷，连说了三个"是"，但脸色不大好看。

话题断了，人也离开。戚鱼将咖啡咽下去，沉默了几秒，感觉舌尖的苦味缓过来了很多，抬起头看虞故峥。

"您……"

"小鱼？"

忽然一道讶异的声音传来。

戚鱼转头道："汪阿姨。"

虞故峥循声瞥过去，问："熟人？"

"嗯，是我的阿姨。"

汪盈芝今天跟着合作伙伴来宴会，确实听说虞故峥来了，但没想到他会把戚鱼也带过来。

她和虞故峥不熟，统共聊过没几句，见面客套地笑了笑，就转向戚鱼，温和地问："小鱼，最近学习忙不忙？"

戚鱼摇了摇头，想去看虞故峥，恰好对上他的视线。

虞故峥道："既然是阿姨，就去好好聊一聊。"

夕阳余晖透过四面环形落地窗，遍洒偌大的宴会厅。

靠近一侧落地窗的自助餐区，戚鱼和汪盈芝坐在长方形料理台前。

汪盈芝眉头紧锁，环顾四下无人，低问："小鱼，你和虞故峥……他没有为难你吧？"

戚鱼捧着杯子，回道："没有。"

"那就好。"汪盈芝松了口气。上次戚鱼的订婚礼她去不了，想来戚明信也不会给她发邀请函。

毕竟当年戚明信接私生女回家的那天，汪盈芝冲到戚家，当众替戚鱼故去没多久的亲生母亲大骂戚明信。戚明信好面子，这茬算是过不去了。

想到订婚，汪盈芝看着戚鱼白皙姣好的侧颜，一颗心忽然又提起来。

"那你们平时见面多吗？订婚那天晚上留宿了？"

戚鱼眨了眨眼，好半晌没吭声，默默道："汪阿姨。"

"阿姨这不是关心你吗？"汪盈芝焦急，悄声问，"到底有没有？"

戚鱼乖乖摇头："……没有。"

看来虞故峥虽然风流，但还不至于这么禽兽。

汪盈芝的心放下大半，叮嘱："阿姨在国内的这段时间，你要是出了什么事，一定记得来找阿姨。"

戚鱼顺从道："好，谢谢阿姨。"

聊了几句，汪盈芝发现戚鱼在看宴会厅内，也跟着望过去。

视线的方向是远处的虞故峥。

虞故峥在跟人谈事，身边莺莺燕燕环绕。

汪盈芝长长地叹了口气，深知两家联姻间的利害关系。这段婚姻不会长久，而戚明信"卖"女儿养公司，到最后孟贞兰很可能还不会分给戚鱼一点家产，到时候一无所得的就是戚鱼。

想到这里，她看戚鱼的眼神带了点心疼。

戚鱼看得专注，忽然收回目光，在料理台上安安静静地趴下来，脑袋靠在手肘上，似乎是轻轻叹了一小口气。

"怎么了？"汪盈芝关切地问，"哪里不舒服吗？"

片刻，戚鱼才开口："好多。"

汪盈芝奇怪："什么好多？"

戚鱼垂敛下睫毛，在亲近的人面前，语气终于变了，变得异常糯，听不出是撒娇还是委屈——

"她们。"

戚鱼的声音实在太轻了，汪盈芝没听清，贴近了问："什么？"

靠近她才发现戚鱼身上有些微的酒味。

汪盈芝讶然："你喝了什么？"

"咖啡。"

戚鱼手上的那杯咖啡已经被喝得差不多了。汪盈芝拿过来闻了闻，咖啡香，以及威士忌的酒味。

是爱尔兰咖啡，一种含有酒精的咖啡。

汪盈芝立即就皱了眉，好在戚鱼看着没什么醉意，正要说什么，跟她一起来的美裔合作伙伴过来，邀请她去楼下的画廊看展。

她只能不放心地叮嘱戚鱼几句，就此告别。

"戚小姐。"

庄成来找戚鱼，恭敬道："虞总那边还要谈一阵子，让我过来问您，楼下有钟表展和珠宝展，还有画展，您要不要去看看？"

另一边，宴会过半，厅内办起了品酒沙龙。

虞故峥面前的灰西装男人与他一握手，笑道："虞总，那今晚可是谈妥了，明天我让秘书送合约书上门。"

谈妥生意场上的事，聊兴正浓，几位上市公司的老总靠坐在沙发里，喝着酒，话题开始往酒色欢场上带，旁边女伴听得面红耳赤。

有女人主动过来为虞故峥剪雪茄，低眉顺眼地蹲跪下来一点，刻意挤出胸前旖旎风光。

忽然听头顶的男人似乎笑了一声。

"虞总？"

女人羞怯地抬头，见虞故峥眉眼间有笑意。和其他老总醉眼暧昧的眼神不一样，男人垂眼俯视她，反而有股兴味寥寥的清醒。

对视不过须臾，虞故峥将未剪的雪茄递给旁边一位影视公司老总，问侍应生要一杯咖啡。

女人一怔。

虞故峥喝尽杯子里的咖啡，搁下杯子，起身道："失陪。"

旁边，影视公司老总奇怪地问女人："怎么了这是，你惹他不高兴了？"

女人惶急道："我……我没有……"

楼下珠宝展会厅里，有侍应生端着新开瓶的酒来回穿行。

看珠宝展的人比钟表展要多，但很安静。戚鱼沿着展柜一件件看过来，忽然听见身边的庄成低声叫了一句"虞总"。

"一个人觉得无聊吗？"

戚鱼闻言抬起脑袋看虞故峥，摇摇头："不无聊。"

她手里拿着一杯百利甜。虞故峥看了眼，酒已经被喝了大半。而她似乎是酒劲上来了，脸色红红，圆杏眼里亮着水光，带着一种近乎天真漂亮的少女感。

"会喝酒了。"

"嗯，因为他们说这是甜酒。"思忖会儿，戚鱼还是如实道，"其实还不会喝，但是咖啡太苦了。"

"忘了你喜欢甜食。"虞故峥的眸光落在戚鱼脸上，道，"咖啡也是酒，刚才给你换的时候没注意。怎么喝了？"

戚鱼想了下，回："您给我了，我就喝了。"

虞故峥失笑一瞬，没接话，让庄成去楼上拿一杯气泡水。

前面的展柜前围了不少人，戚鱼跟着虞故峥过去，见玻璃柜里展览着一组宝石首饰，每件饰品下还立着克拉和估价的小牌子。

首饰上的宝石在灯光下呈现一种稀有的土耳其蓝色，熠熠闪光，周围都是赞叹声。

"爸，这个胸针我要了——"

一道女声插话，是下午那位快消公司老总的女儿。茵茵刚挽着爸爸的手撒娇，转头就看到了虞故峥，瞪大双眸，叫道："虞总。"

先前虞故峥对老总道"缺管教"的一幕还没翻篇，茵茵不长教训，视线又黏在了男人身上。

虞故峥对戚鱼道："挑一件。"

戚鱼似乎还有点茫然，这次不用想，直接默默摇了摇头。

"虞总。"茵茵搭腔，"我听说虞太太还在读书，年纪这么小，戴首饰还太早了呀。"

戚鱼瞅了眼虞故峥，欲言又止。

太贵了。

"不让你白喝一杯咖啡。"虞故峥接过庄成送来的气泡水，递到戚鱼手上，音色比酒要醇郁，重复道，"挑一件。"

玻璃展柜中的这套首饰仅有几件，最便宜的是那枚八克拉的胸针。

"胸针。"

茵茵难以置信地瞪向戚鱼，转头就挽紧爸爸的手臂："爸——"

老总面上倒没有不快，只是笑侃："虞总，你这是打算让我的女儿割爱啊。"

戚鱼捧着水杯，也看过去。

虞故峥微微笑了，道："她还小，让一让她。"

宴会结束已经是晚上近十点，戚鱼在车里拿回自己的手机，发现多了数条信息。是许圆在群聊里问比赛的事。

聊了片刻，她将手机放回帆布袋，手指在袋里碰到一个黑色丝绒盒子。

里面是虞故峥买下的宝石胸针。

"您买得太贵了。"考虑片刻，戚鱼蹭了蹭小盒子，看向虞故峥，"婚纱和裙子是需要的，但是这个不用。"

"不喜欢？"

戚鱼摇摇头，小声道："没有，但是我还不起。"

"算进我们那一笔合约费里。"虞故峥笑了，并不打算继续这个话题，道，"今天太晚，跟我一起回别墅住，愿意吗？"

戚鱼："啊。"

这个反应实在罕见。

"怎么了？"

"……我明天有一个比赛，在晚上。"戚鱼默了会儿，补了句，"晚上七点开始。"片刻，又轻轻补一句，"应该来得及。"

虞故峥道："明天送你回去。"

戚鱼"嗯"了句，将胸针盒放回去，思忖片刻，问："刚才他们也想要胸针，您那样说，以后会被针对吗？"

庄成从后视镜里看了一眼戚鱼，知道她比同龄人要懂事，但没想到她这么懂事。

"不会。洪传良的女儿理亏在先，他早晚会找一个由头补给我。"一晚上的推杯换盏，虞故峥像是有醉意，稍一合眼，神色很淡，"我们的婚约，轮不到别人说什么。"

半晌，戚鱼才回："嗯。"

她手心挪回裙角处，小幅度蹭了一下。

她感觉有汗，心跳得也很厉害。

回京市，车下了高架一路驶进近郊别墅区，到了虞故峥常住的那套中式园林别墅。

用人早就布置好了房间，戚鱼住的女主卧在主宅的三楼。用人带戚鱼熟悉了一圈环境。

一眼看过去，她的房间里床单被套、桌台、沙发等，都是白和粉的色调，而偌大的整层只有一套男主卧和一套女主卧，两套之间隔着客厅。

虞故峥回来就接到一个越洋电话，径直去了楼下书房。

洗完澡，戚鱼换下了今天的衣服。她没带换洗衣物，裹着浴巾去了衣帽间。

宽阔的衣帽间里极为空旷，但推拉式衣柜里还是提前放了几件干净内衣，不知道是谁放的。戚鱼捏着内衣杵了半天，忽然伸手，揉了揉脸。

临睡前，床头铃响了。

"喂？"

"睡得习惯吗？"虞故峥的声音。

"嗯，床很软，颜色也很好看。"戚鱼抱了个枕头，坐在床边，认真地回，"还有衣服……麻烦您了。"

衣服大概是家里阿姨留意置办的。虞故峥稍顿，并不多解释，问："为什么喜欢粉色和白色？"

戚鱼轻轻晃了下小腿："以前妈妈喜欢我穿粉色，小时候我的裙子都是这个颜色。"片刻，她逐渐停了动作，"白色是……看别人穿得很好看。"

虞故峥那边还有轻微的键盘声，应该还在处理公务，闻言很淡地笑了一声，没有多问。

戚鱼似乎有点局促，想了想："您明天会送我去学校吗？"

键盘声稍停，这次虞故峥的笑意深了。

"我不会骗你。"

挂完电话，戚鱼慢吞吞地爬上床，坐着默了会儿，忽然小小地叹了口气，声音轻得像呓语："骗过的。"

还不止一次。

六年前，京市的新闻媒体都在狂欢。

虞家长子虞远升新婚，娶了某地产大亨的千金，强强联姻。婚宴就办在虞家老宅，大办特办，几乎整个京市的权贵名流都到场了，记者媒体更是蜂拥而至。

酒席桌上，孟贞兰有意让戚明信带着适婚年龄的戚娴去认识青年才俊，一番叮嘱，又去看二女儿，才发现不对："戚鱼呢？"

旁边戚甜在玩手机，公主裙下的腿晃了又晃："我怎么知道？"

"你又撵她了？"孟贞兰不太在意，"行了，把嘴巴擦一擦。"

入夜，下起倾盆大雨。

花园的欧式回廊下，戚鱼抱着膝盖，缩在一根廊柱下。她的肩膀抖得厉害，哭得像小动物呜咽。

良久，戚鱼揉了下眼睛，泪水却怎么都止不住，无措地多揉了几下，却流得更凶了。

"怎么在这里哭？"

一道极为好听的声音自后传来，戚鱼瞬间忍住哭音，转过身。

"别哭。"泪眼蒙眬间，有人在她面前俯身，止住她不停揉眼睛的手，"怎么了？"

戚鱼刚出声就打了一个哭嗝，小声抽噎："睫……睫毛掉进眼睛里了。"

视线还是模糊，她听到对方说了句"别揉"，接着稍显冰凉的指腹在眼下轻轻擦过，带走了那一根睫毛。

戚鱼睫毛上还挂着泪，愣愣地抬起脑袋看，总算看清讲话的人。

一个哥哥。

一个穿着白衬衫、黑长裤的，很好看的哥哥。

哥哥的眉眼里俱是笑意，问她："你多大了？"

"十三岁。"

"怎么一个人在这里哭？"

戚鱼不安地看了看他，稍稍戒备地后退一步："因为……裙子脏了。"

她的裙子上有很明显的一块斑驳，应该是刚沾上的油渍印，很脏。

片刻，戚鱼见哥哥在自己面前蹲下，顿时更不安地揪了下裙子，想要藏起那一块难看的油渍印。

他没有看裙子，而是在看她的膝盖。

那里有一处明显的磕碰伤，伤口擦破了，泥水和小沙粒还粘在上面，在渗血。

"这里是你自己摔的吗？"

"嗯。"

"不处理会发炎。"哥哥起了身，问道，"要不要我带你去包扎？"

戚鱼一直在盯着他看，表情还是怔怔的，轻轻点了点头。

他笑了："你妈妈有没有告诉过你，不要跟着陌生人走？"

半晌，戚鱼才小声回："没有。"

他失笑。

"那走吧。"

戚鱼跟着他来到楼上。眼前的房间比她的要大得多，书架宽敞，上面几乎都是书。

她坐在小沙发上，看他拿来医药箱，屈膝替她处理伤口，漆黑密长的睫毛敛着，很好看。

"三天内伤口不要碰水，下次小心。"

戚鱼愣愣地看着对方，一时间没动，不知道怎么，一颗心像是被浸在水里，跳得很闷，很重。

戚鱼在脑海里措辞了三遍，才小心翼翼地问出口："哥哥，你叫什么名字？"

"虞故峥。"

虞故峥见她还是蒙，瞥见桌上的喜糖，揽一把递给她："吃糖吗？"

戚鱼不贪心，挑了一颗，轻轻攥在手里。

"哥哥，你也在读书吗？"

"嗯。"

戚鱼从来没有这么多话，几乎是绞尽脑汁想问题："以后你还会在这里吗？"

"会的。"

她仰着脸，又问："以后……你会做什么呀？"

"医生。"

半晌，戚鱼慢半拍地想，他笑起来真的很好看。

"回去吧。"虞故峥道，"找不到回去的路，就问那些穿西装的人。"

走前，戚鱼摊开手掌看了一眼，是玻璃糖纸包装的草莓糖，小小的，粉色的。

她像是这颗糖一样，剥开糖纸，一下露出了最甜的部分。

戚鱼极为紧张地将那颗糖轻轻地捏了又捏，终于尝试向虞故峥弯眼露出一个笑，原来她脸颊边还有一个小小的酒窝。

片刻，她糯声道："谢谢哥哥。"

第三章
❤ · · · ❤
今晚要不要留下来

翻来覆去一个晚上，戚鱼时隔久远地做了很多梦，睡得不太好。

翌日起晚了，用人阿姨在一楼厨房给戚鱼留了早饭，虞故峥不在。

"虞总上午有一个会，还在书房。"庄成特地下来一趟，"您要是没有急事，吃过午饭再走也不迟。"

"没事的，我不急。"

这套中式别墅很大，一楼四面敞亮通光。院子里有园丁在修剪杂草，戚鱼在一楼客厅找了个座，翻出帆布袋里的两张卷子，开始写作业。

准虞太太不得了，周围这么闹还能写得下去，用人阿姨叹为观止。

中午有人上门送货，抱进一个白色的泡沫纸箱。正好虞故峥从楼上下来，让庄成开箱，是从北海道空运过来没多久的新鲜食材，真鲷、琵琶虾、海胆、生蚝，样样冰寒鲜嫩。

"昨天你在宴会上吃得不多。"虞故峥刚开完视讯会议，雪白的衬衫笔挺，他扫过食材，抬手解了领带，问戚鱼，"吃不吃鱼生？"

戚鱼见状杵了会儿，像没太反应过来："您要自己下厨吗？"

虞故峥又解下手串，搁在桌上，一双桃花眼看向戚鱼，不答反问："挑食吗？"

戚鱼摇摇头，见虞故峥已经向厨房走去。男人的背影颀长挺拔，窄腰下是笔直修长的腿，白衬衫搭黑色长裤，与很多年前如出一辙。

那一串褐木佛珠手串还搁在桌上，怎么都感觉能嗅到淡淡沉香。戚鱼低下脑袋写了两道题，片刻后笔尖一顿，抿了下唇。

作业写不下去了。

半开放式的厨房光明通透，戚鱼放下笔往那儿看，虞故峥正在处理食材。他的动作游刃有余，鱼生被片得薄如裁纸，晶莹剔透，琵琶虾去壳剜肉，干净利落。

刀工应该很好。

今天来别墅拜访的人络绎不绝，前脚食材刚送到，后脚又有人来送合约书。

庄成把人请进门，男秘书站在厨房外，笑容恭谨："虞总，昨天您和我们盛虹谈的总包项目合同，我给您送过来了，您看看有没有问题。"

虞故峥横刀撬开一个生蚝，未以目光回应，简扼地回："放着。"

秘书就在那儿等着。

"您和我们任总师出同门，这次又有生意往来，真的算是缘分上的缘分。"秘书恭维话没停，"这次工程一定是锦上添花。"

终于虞故峥动作稍顿，像是有些感兴趣："怎么同门？"

"任总本科也是就读于京大经管院，真是缘分一场。"

虞故峥像是短促地笑了一声，并不接话。

百科上是这么写的，秘书没明白自己的马屁怎么拍错了，正冷汗涔涔间，旁边庄成道："虞总当年修的是医学，第二专业才是金融。"

秘书愣了下，咋舌："虞总真是……厉害。"

一计不成，秘书又问："虞总平时喜欢自己下厨？"

庄成替虞故峥应了。

"虞总真有生活雅兴，"秘书笑道，"治大国如烹小鲜，凡事讲究掌控有度，下厨时火候如此，生意场上也如此，相信虞总运筹帷幄，我们的合作也能马到成功。"

这回连戚鱼都瞅了一眼那位秘书。

虞故峥洗净手，将刺身刀插回刀架，神色似笑非笑，对秘书道："留下吃一顿饭。"

"……不敢不敢！"秘书干笑，"怎么好打扰您和太太用饭。"

马屁拍得虽好，但说的是真心话。

秘书看着虞故峥心道：这样拿刀的手，掌控欲太强，学医太庒气。在生意场上掰手腕，刚刚好。

等食物端上餐桌，琵琶虾做面，真鲷片鱼生，还有一道烧汁焗生蚝和一道红海胆寿司。

虞故峥将面碗推给戚鱼，道："试试。"

每一道料理的分量都不是很多，但加在一起却足够了。她吃得很安静，却慢慢地吃完了自己那份，连面汤都一滴不剩。

虞故峥也搁下筷子。

"不够？"

"够的，已经很饱了。"戚鱼认真地补一句，"真的很好吃。"

她的模样太过笃定，对视须臾，虞故峥笑了。

刚才的秘书舌灿莲花，都没能让他一笑。这一笑好看得要命，深邃的五官都染上了活气，昙花一现般勾人心魂。

戚鱼顿了下，放在桌上的手挪到了腿边，轻轻蹭了蹭掌心。

虞故峥道："以后有机会，再试试。"

吃过饭，送戚鱼回清大。

庄成目送戚鱼下车，对虞故峥道："戚小姐在您面前一直很拘谨。"

像是怕，却又差那么点儿。

话音未落，庄成见戚鱼在校门口被一男生拦下。庄成只能见到戚鱼的背影，而男生面带笑容，两人似乎在亲昵地聊些什么。

庄成哑然，似乎懂了。

车内，虞故峥仅瞥了一眼，也看到了，并不接话。

他眸色波澜不惊，已恢复成工作状态时的疏淡，道："去机场。"

"学妹你就再考虑一下呗？"

戚鱼刚要进校门就被拦住了。

对方满面笑容，极力邀请她加入他们的队伍。

游说半天无果，男生终于放弃："队友做不了，还可以做朋友吧？"他使劲抛橄榄枝，"有空一起吃饭啊，小学妹！"

周末，清大校门口车流和人流拥堵，不是学生在打车就是有游客在排队进校参观。

戚鱼转头往回看，远处街口原本停着的车早就开走了。

晚上的个人预选赛从七点半开始，四道题目限时一个半小时。戚鱼在图书馆找了座位，登录指定的在线程序测评平台，开始做题。

校内预选赛严格按照官方排名规则来，每个人的名次先按解题数量排序，而对于解题数量相同的人，则按照解题的时间和错误提交次数再次排序。

前一百名才有资格组队。

许圆和夏新宇早就通过了预选赛，晚上就等着戚鱼的这场比赛出结果。

几乎是比赛一结束，排名就公开在了平台上。许圆咬着奶茶的吸管，点进去，和身边的夏新宇一起愣住。

名单上，第一名的一串学号后面跟了两个字：戚鱼。

名字旁边紧跟着每道题的解题时间，她解四道题的时间加起来都没超过一个小时。

按照 ACM 计算解题时间的规则，一次提交错误就算罚时二十分钟，而今晚最难的那道链表排序题，第二名的罚时都超过三个小时了，戚鱼却只花了二十分钟，一次通过。

即使是熟悉 ACM 的人，都未必能做到这种程度。

许圆话都说不利索了："她这……这是什么级别的隐藏大佬啊？太牛了！"

通过预选赛的第二天，戚鱼和许圆两人碰面，夏新宇拍了一张报名表在桌上。

"明天我去找老陈给我们队挂个名，咱们就能组队了。"

戚鱼接过报名表，校内选拔的线下赛就在下周六，以组队的方式竞赛。

清大往年都有两个 ACM 校队的名额，今年也不例外。他们如果能在这次线下赛中拿到前两个名次，就能代表学校出去打比赛。

接下来，三人除了上课，就是泡图书馆刷题。

距离线上预选赛过去两天，戚鱼总算没再收到新的好友申请，却收到孟贞兰发来的信息——

【孟贞兰：我在你们学校附近办点事，中午一起吃饭。】

茶餐厅内，孟贞兰放下茶杯，笑容和蔼可亲。

"怎么不动筷子？点的菜不合胃口？"

戚鱼从半个月前的订婚礼开始就没再见过孟贞兰。此时她捧着杯子喝了一口水，才安静地看向对方："您找我来，是有什么事吗？"

"哪有什么事，不过就是我和你爸爸都很关心你。"孟贞兰笑问，"最近在学校里面不忙吧？"

半晌，戚鱼才"嗯"了声。

"你的学习我一直都是放心的，但学习和生活也要兼顾。"孟贞兰的笑意越发温和，"你和故峥相处得怎么样？"

戚鱼没接话。

孟贞兰见状，就猜到虞故峥对戚鱼不过就是三天热度的新鲜劲，订婚礼一过，该风流的还是风流。那更要趁着他还没厌弃戚鱼前，好好把握利益了。

"小鱼，你们夫妻之间要有共同话题，感情才能稳固。"

孟贞兰开门见山，推了一封牛皮袋过来，蔼声道："我听说他那个站城一体的开发项目快要收尾了，但投资物业这块还有空缺，这个我们家正好能帮上忙。等你们见面的时候，你就跟他聊聊这事。"

戚鱼拆开封袋，看完了项目文件，放下道："我不懂这些。"

"你看不懂就拿回去给他看，他会懂的。"

戚鱼像是懵懂不明白："我们很少见面，您最好是自己拿给他。"

孟贞兰一噎。

如果能直接把这份文件给虞故峥，她早就给了。

这个项目纯粹是他们明信集团中途插队捞好处，像虞故峥那样惯会以利换利的人，恐怕不会同意。

可戚鱼毕竟是床边人，说不定呢？

"这个项目合作对他有利，对我们家也是有利的。"孟贞兰笑容淡了几分，语气不由分说，"文件你留着，下次见到他给他就行了。"

戚鱼还是那副乖静温顺的样子，一动未动。

孟贞兰有些维持不住笑，戚鱼在戚家的这十几年一直还算听话，今天怎么回事？

"小鱼，这个月的生活费我还没打给你吧？"

孟贞兰意有所指："虞故峥不会给你钱，但是我们会。不是你嫁人了我跟你爸爸就不管你了，以后万一遇上点什么意外，你要记得，家里永远是你的退路。"

孟贞兰这番话恩威并施，她胸有成竹。

可对视数秒后，戚鱼忽然小幅度摇了摇头，稍稍抿出一个笑。

孟贞兰猛然一愣。

她从来没见过戚鱼的笑。

"不是的。"

戚鱼看着孟贞兰，左侧脸颊陷进一个小小的酒窝，礼貌地回道："我的退路，从来都不是你们。"

"你……"孟贞兰太阳穴都在跳，"戚鱼，你不要以为嫁人了，翅膀就硬了！"

戚鱼似乎没感受到孟贞兰的跳脚，又垂敛下睫毛，拿起帆布袋，小声道："您慢慢吃。"

孟贞兰一个人坐在餐桌前，好半天才缓过神，表情还是愕然。

就在刚才的那瞬间，好像有什么事情开始不受控了。

回到宿舍，乔文文正在激情组织晚上的生日聚餐。

"宝贝你回来啦！晚上我们去吃火锅，"乔文文拉过戚鱼，"让我们庆祝郑司佳小姐'母胎'单身二十年整，感情红红火火！"

郑司佳佯怒："乔文文你找死！"

戚鱼从书桌下拿出包好的礼物盒，递给郑司佳："祝你生日快乐。"

"啊，谢谢！还是小鱼好！"

晚上的火锅就约在学校东门外的辣府，点了鸳鸯锅，除了苏桐怕长痘不吃辣锅，其余三人都在往红汤里下菜。

苏桐看了眼："戚鱼你手机响了。"

来电显示是"庄助理叔叔"，戚鱼接起，那边泠泠如玉的一把低醇声音，道："戚鱼。"

虞故峥的声音。

戚鱼就在那瞬间咬到了舌尖，辣和疼混着涌上来，她似乎浑然不觉："嗯。"

虞故峥问："在哪里？"

"我现在和室友在一起。"戚鱼离开座位往外走，找到一个安静的地方，"您已经回国了吗？"

虞故峥像是默认，道："晚上一起吃顿饭，我父亲也在。"他问，"愿意吗？"

等接完电话后，戚鱼回到座位，桌上已经风卷残云，一片狼藉。

告别乔文文几人，十五分钟后，戚鱼坐进车里。

虞故峥看了她一眼："你和同学聚会，就不想多留一段时间？"

"没关系，我们已经吃得差不多了。"戚鱼转过头看他，思忖一下，补了句，"而且……我也没有吃饱。"

虞故峥笑了，没说什么，对庄成道："开车。"

一路上戚鱼都默默没开口，直到舌尖的辣意完全下去了，才听到虞故峥出声："你父亲想要站城一体的项目，怎么不告诉我？"

戚鱼像是一愣，难得有点局促，语速比平时略微快了一些："他们跟你说了？"

"下午你继母给我打过电话，说已经把标书转交给了你。"虞故峥问戚鱼，"还带着吗？"

"嗯。"

戚鱼斟酌一下，抿了抿唇："您还是不要看了。"

车驶过霓虹灯鳞次栉比的五道口，戚鱼听见虞故峥似乎是轻轻笑了一声。

"半年后，我们的约定照常进行，合约费照付。"虞故峥道，"我不会因为你家里的索取而为难你。"

她不是这个意思。

戚鱼手指动了动，往旁边看。

光线很暗，衬得男人的侧颜轮廓异常深邃，影绰而暧昧。

沉默了会儿，戚鱼问："那您会同意他们加入这个项目吗？"

"会。"虞故峥也转眸过来，视线交错一瞬，道，"不过是小利。"

他不紧不慢道："我不为难你。自然，他们也不会为难你。"

戚鱼和虞故峥对视两秒，忽然扭回脑袋，给自己剥了一颗糖。

嘴里的辣味还没下去，反而沿着神经一路麻到了心尖。

半个小时后，庄成将车开到一家市内有名的素食餐厅。戚鱼跟着虞故峥穿过古色古香的四合院，到了包厢前，她停下来杵了会儿。

虞故峥回身看她。

戚鱼把嘴里的糖嚼碎，认真咽下去："好了。"

"别紧张。"虞故峥失笑一瞬，替戚鱼推开包厢门，俯身道，"不过是吃一顿饭。"

虞故峥这个自然礼貌的凑近动作，让戚鱼始料未及。

男人的气息在耳边稍稍拂过。她垂在身侧的手猛然攥了一下，看表情有点无措，片刻才含糊地"嗯"了句。

包厢里内，古韵十足。

虞立荣早就到了，正坐在席间喝茶。

戚鱼礼貌地鞠了一躬："虞叔叔好。"

"来了，坐。"

虞立荣今年六十有余，看起来仍精神矍铄，依稀可辨年轻时候的好样貌。只是他的眉间有竖纹，光看着就有一股权威施压的气质。

虞故峥面色未改，让服务生给戚鱼拿菜单，问他："身体怎么样？"

"还没到服老的时候。"虞立荣打量戚鱼，"你们的订婚礼我没到场，按理说缺一份见面礼，想要什么你就提。"

戚鱼瞅了眼虞故峥，摇摇头："我没有什么想要的，谢谢您。"

闻言，虞立荣笑着对虞故峥道："不像戚明信的女儿。"

"见面礼就不用了。"虞故峥没接虞立荣的话，看了一眼戚鱼，随手将水递给她，"她缺什么，可以向我要。"

戚鱼顿了会儿，才点点头。

虞立荣像长辈一样接连问了戚鱼几个问题，基本是与学习和爱好相关。

对这个联姻的儿媳妇，虞立荣的第一印象不错，但表现出的关心也并不多。

饭桌上，戚鱼几乎都在听二人聊天，从家常聊到生意。

虞家这对父子并不像外界传的那样感情不和，据说虞故峥是虞立荣当初和一个女演员的私生子，但他很小就住进了虞家。当年虞故峥刚大学毕业，立即接手了华盛集团底下的子公司华盛泰源。

虞故峥接手的华泰经过这些年的发展，经营业务遍布各行各业，还开了不少分公司,俨然已经从濒临破产做到了即将与母公司平起平坐的地步。

这么一来，虞家长子虞远升就坐不住了，这几年虞家两兄弟在私下里斗得暗潮汹涌。但虞立荣似乎有"立贤不立长"的意思，一直坐看两兄弟的斗争。

媒体报道这事的时候，也总爱夸张地用"太子之争"来形容华盛集团未来的继承权。

虞立荣问："你们的婚房还没定下来吧？"

虞故峥简扼地回："暂时住在颐和。"

"颐和那套房子好。"虞立荣换了话题，"正好，我跟你也好久没下棋了，今晚过去下两盘棋，顺便聊聊议案的事，不嫌我打扰你们吧？"

虞故峥笑了，说好。

戚鱼在旁边听了全程，见虞立荣接了个电话，她抬眸瞅了眼虞故峥，恰好接到他敛眼看过来的目光。

"明天有课吗？"

戚鱼想了下，放下筷子回："明天早上没有课。"

虞故峥低敛了一双桃花眼看她，问："今晚要不要留下来？"

戚鱼捏着瓷勺的手指瞬间收紧，小声开口："是要……"她顿了会儿，半晌才补完，"是要一起睡吗？"

虞立荣也在的话，两人是不是应该更像订婚夫妻一点？

"你睡你的。"

虞故峥似乎看出戚鱼的紧张，接过瓷碗，盛了一碗松茸汤推给她，道："你不愿意，庄成会先送你回去。"

片刻，戚鱼才"嗯"了句，又摇摇头："我想看您和虞叔叔下棋。"

虞故峥笑了笑："那就回家。"

戚鱼正接过汤碗，闻言差点要打翻。她没看虞故峥，埋下脑袋喝了一口汤。

好一会儿，等心里那阵怦然的悸动消停点了，戚鱼默默点头道："嗯，好。"

晚上回虞故峥在近郊的那幢园林别墅，戚鱼跟着去了书房，看他和虞立荣下棋。

戚鱼没下过象棋，看不懂也不玩手机，就在旁边认认真真看棋。

下棋的气氛比饭桌上更轻松，虞立荣是真喜欢下棋，边下边跟虞故峥聊生意上的事，也聊家事。虞故峥偶尔接几句，虽说是亲父子下棋，但他落子并不客气，连将了虞立荣几盘棋。

生意人间下棋，赢了有筹码，赌注也并不低。

戚鱼看得专注，忽然旁边的虞故峥侧过脸，问："看明白了没？"

她想了下，如实回："会一点了。"

虞故峥微微笑了，起身给戚鱼让位置，音色低缓："替我下两局。"

戚鱼有点愣。

虞立荣问："你这是存心想让我了？"

虞故峥拿着烟正要出门，闻言眸光落回戚鱼身上，对视须臾，道："她聪明，未必肯让。"

夸她了。

戚鱼垂睫喝了一口水，"嗯"了句："那我尽量好好下。"

虞立荣毕竟还是老手，和戚鱼下了两盘棋，刚才输的场子全找了回来。戚鱼聪明，下棋知道举一反三，但比不过对方下了几十年棋。

下了两盘，棋局又陷入劣势，戚鱼的注意力集中在看棋盘，刚想走马，身后伸过一只骨节分明的手，按住了她的动作。

虞故峥自后俯身过来，拿过她的象，像轻促地笑了一声。

"下这里。"

"这步棋不能算。"虞立荣也拦住了。

"她是小辈，难免有好胜心，"虞故峥道，"让让她。"

戚鱼一个字也没听进去。

虞故峥的声音还在头顶，气息笼过来，她能嗅到他身上极淡的烟味和沉香。顿了好半天，她才悄悄动了动手指。

这局下赢了，但戚鱼却意外在走神。

虞立荣要和虞故峥对弈，意犹未尽地开了一瓶酒，看架势不下到赢不算完。戚鱼的表情还有点愣，视线挪在酒瓶上，又挪到虞故峥脸上，看表情居然有点眼巴巴的意味，不知道是想要喝酒还是什么。

虞故峥有些失笑。

"你不准。"虞故峥瞥了眼时间，"上楼早点睡。"

临睡前，用人阿姨送上来一杯牛奶。

"太太，先生说是给您喝的。"

戚鱼接过杯子，抿了一口，甜的。

她就喝了一口，随后杵着盯了这杯甜牛奶半天。

用人愣了下，不确定地笑问："怎么了，您不喜欢喝吗？"

"……没有。"戚鱼摇摇头，"我喜欢。"

"先生特地让我在牛奶里多加了糖。"用人笑道，"我还以为您喝不习惯呢。"

戚鱼又抿了口："不会，以前我喜欢喝甜的。"

"那就好。"

戚鱼想了下，想起来了。

以前这种甜味她记了很久，但不喝慢慢也就忘了。

戚鱼慢慢把牛奶喝完了，沉默了会儿，小声道："还是好甜。"

还是喜欢。

翌日，庄成送戚鱼回学校，在客厅碰面的时候看见戚鱼有些困顿的神情，心里叹气。

庄成知道她和虞总分房睡，心道：戚小姐在虞总身边未免也太拘谨了，每回来留宿都像是没睡好。

见多了前赴后继想贴上虞总的女人，像戚鱼这么发怵的，他还是头一回见。

"虞总一早去公司了，等下我送您回去。"

戚鱼说好："谢谢，麻烦了。"

等上了车，庄成想起来："虞总说，昨晚您赢的筹码能兑现，您要是想兑，我现在就给您转账。"

戚鱼顿了下，也想起昨晚那盘棋，以及虞故峥将拢未拢的那个动作。

她掌心轻轻擦过裙边，破天荒地声音有点僵："没事的，我不用了。"

唉，庄成又在心里叹了口气。

一路无话到学校，车子还是停在清大附近街口的里道。

庄成替戚鱼开了车门："您慢走。"

话音刚落，戚鱼身后响起一道迟疑的招呼声——

"小鱼？"

戚鱼回头看，苏桐正站在不远处，视线疑惑不定地在庄成身上打量一眼。半晌，苏桐迟疑："这是你的男朋友？"

车就停在附近隐蔽的街口，苏桐拎着一袋糕点，愣在原地。

眼前这个男人怎么看都有四五十岁的样子了，苏桐认得出牌子，无论是他的西装、腕表还是身后那辆商务豪车，都是一副社会成功人士的模样。

三人对峙，戚鱼半晌才接话："不是。"

"我是戚鱼的叔叔，你好。"庄成温和一笑，"你是她的同学吧？"

苏桐又愣了下，忙回："对，我是小鱼的舍友，您好。"

"她在学校里就麻烦你们多照顾了。"庄成颔首，"那我不打扰你们，先走了。"

庄成挺理解，还记得上次在校门口看到男孩和戚鱼亲昵交谈的那一幕，猜到戚鱼在学校里应该是有男朋友的。

说到底是商业联姻，虞总不在乎这个，庄成也没必要多解释。

戚鱼目送车驶出街口，才转向舍友："苏桐，你要一起回宿舍吗？"

"一起吧，我想回宿舍补觉。"苏桐看着戚鱼身上穿的奢侈品裙子，若有所思，又问，"小鱼，你这条裙子也是你叔叔给你买的？"

"嗯。"

苏桐的神色更微妙了："你叔叔对你挺好的啊，是亲叔叔？"

"不是。"戚鱼思忖会儿，"是我家里人的朋友。"

苏桐看着心情不是很好，不咸不淡地"哦"了声，没有再问。

接下来，戚鱼连着忙碌了两天。

这周六就是 ACM 校队选拔的现场赛。许圆是学校俱乐部的成员，能直接借用校内科研楼的实验室训练。

距离比赛剩下不到几天时间，戚鱼三人每晚都在实验室内对着电脑，在平台上刷题到凌晨三四点。

回到宿舍，熄灯后的房间静谧得只剩舍友沉睡的呼吸声。戚鱼摸黑进了卫生间，没开灯，借着手机的打光在刷牙。

她不用卸妆，洗漱很方便，刚擦完脸，听见卫生间外一阵关门的闷响。

有人回来了。

"戚鱼？"

苏桐走进卫生间，脚步明显一顿："你也没睡。"

"嗯。"

苏桐说话时的鼻音比她更重，戚鱼借着打光，见她的眼妆早已哭花了，脸上满是泪痕，似乎还有两道泛红指印。戚鱼小声问："你怎么哭了？"

沉默了一阵，苏桐关上门，低声问："小鱼，你能借我点钱吗？"

戚鱼一顿："你要借多少？"

"五十万。"

戚鱼放下毛巾："可能没有那么多。"她想了下，"你很急吗？"

"小鱼，你能不能帮我想想办法？我知道你有办法的。"苏桐脸上不见平时的冷淡，抓住戚鱼的手，慌乱声音中闷着哭腔，"我明天就要还给他，我是真的没办法了……"

不是戚鱼不肯借，从上大学开始，戚鱼的生活费都是由孟贞兰打到她的卡上，每个月并不多。而偶尔戚明信打电话来的时候也会提出转钱，但戚鱼拒绝了。

这些年来戚明信他们给的，加上她做兼职接私活赚的，统共攒起来不过二十万，还都是要还的。

"为什么要借这么多？"

"我想跟费哲分手……他不肯，说要把以前送我的东西折现还给他，要五十万，明天就要。"苏桐泪流得更凶了，"我根本没有这么多钱。小鱼你帮帮我好不好？"

费哲。戚鱼知道苏桐的这个男朋友，两个人感情很好，苏桐平时收到的那些奢侈品礼物几乎都是他送的。

"我可以先借你一小部分，"戚鱼抿了下唇，又抬指点了下苏桐脸上的指痕印记，"但是这个，我建议你报警。"

苏桐哭着摇摇头，又追问："你能问你那个叔叔借钱吗？他对你这么好，肯定——"

"你们还没睡呀？"

戚鱼循声看去，门口正站着起夜的郑司佳。

凌晨三点，苏桐刚分手的事闹到了全寝皆知。

"五十万？他要你就给啊？他怎么不去抢银行呢！"乔文文震惊，"费哲还打你？他有病吧？"

戚鱼看向苏桐，问："还不起会怎么样吗？"

比起打抱不平的乔文文二人，戚鱼的情绪要平静很多。苏桐和她对视一眼，见她那双圆杏眼目若点漆，清晰地映出自己的所有难堪和狼狈。

苏桐沉默地别过眼，脸色更苍白了。

戚鱼明明能帮她。

一整个晚上，苏桐哭得厉害，被问为什么想分手，她却只是摇头，一句完整的话都回不上来。

"五十万怎么还得上来？去找他说清楚啊！"乔文文当即拍板，"明晚你们约在哪里见？我们跟你一起去吧。"

郑司佳明晚有节要点名的课，去不了，于是乔文文只好顺道拉上戚鱼。

翌日晚上九点，市中心的某豪华会所灯火通明。

戚鱼跟着苏桐进门，来到某个包间前，一推门，满眼纸醉金迷。她听见旁边的乔文文惊呼一声，随后手臂就被她拽住了。

包间里称得上群魔乱舞，一帮阔绰公子哥在聚会喝酒，还有正和女人在调情的，行为露骨。

"费哲，你出来。"

苏桐对靠坐在沙发中央的男人叫了一句，男人示意了下，随后歌声停了。

"费哲，这是谁啊？"

"我女朋友。"费哲嗤笑一声，"有话就在这儿说，你以为我还像以前一样伺候你？"

僵持一会儿，苏桐才走近几步，抖着声道："我要跟你分手。"

"要分手行啊，我没说不行。"费哲道，"今天你把我花在你身上的那五十万还了就行。"

苏桐脸色憔悴："你明明知道我还不起……"

"你之前怎么就没想到还不起呢！"

"砰"的一声，费哲忽然暴怒，扬手砸了一个酒瓶。

包间里骤起一阵尖叫声。

费哲已经捡了酒瓶碎片逼近苏桐，冷笑："苏桐你够可以啊，我好吃好喝供着你，你都背叛我！"

"那次我真的是喝醉了……"

"还蒙我呢！"费哲面目狰狞。

苏桐惨白着脸，回身就攥住了戚鱼的手，一个腿软跌坐在地。

"小鱼你帮帮我，我求你了。"苏桐哽声，"我真没有那么多钱，你先帮我还了，我以后肯定还你。我知道你有，你——"

乔文文挡住费哲："你好好说话行不行，别打人啊！"

费哲没有不打女人的原则，抬脚就想踹乔文文。

戚鱼皱了下眉，迅速把乔文文拉开了，抬眸瞅了眼费哲。

这一眼不像她平时乖静温顺的模样，反而眸眼凌厉，那瞬间像只竖了刺的小兽。

费哲一愣。

刚才灯光昏暗，他没发现苏桐带过来的这个同学这么漂亮。

费哲舔了舔后槽牙，点了点戚鱼，蹲下对苏桐道："还不了倒也行，你让这个同学跟我几个晚上，我们以后一笔勾——"

"你不要说话。"

戚鱼开口打断了费哲。

她的声音是糯的，但像夹着碎冰，有点冷。

苏桐没见过这样的戚鱼，抬头看她，神情也愣住了。

但戚鱼压根儿没看那几个人，她摸出手机，默默对着屏幕思忖了会儿，忽然抿了下唇，这个表情居然看着像苦恼。

戚鱼存了虞故峥的私人号码，手指在通讯录上停留片刻，还是点向"庄助理叔叔"。

费哲被她的一本正经给气笑了："你……"

"庄叔叔。"

电话接通，戚鱼丝毫没有身处剑拔弩张气氛中的紧张感，像在措辞，小声问："之前下棋的那个筹码，我还可以兑现吗？"

"戚小姐。"庄成接到电话，声音讶异，"当然可以。您现在就要吗？"

"嗯。"

戚鱼不像是会要筹码的人，庄成又多问了句："您现在缺钱用吗？"

"嗯。"

电话那头没了声音，戚鱼没拿手机的手指轻轻蹭了下裙边，才问："您可不可以先别告诉虞先生？"

"怎么了？"

是虞故峥的声音。

戚鱼一下就消了音。

而没静默多久，虞故峥那边稍顿，问得直截了当："在哪儿？"

戚鱼这一次似乎是真紧张了，看表情有点无措，片刻，乖乖报了一个地址。

隔了两秒，虞故峥出声，音色低沉："等着。"

"您——"

戚鱼的话音未落，手机直接被一道狠力拍了出去。

"你想借钱，还是想叫人？"费哲先戚鱼一步捡起手机，对着屏幕上的备注嗤笑一声，想也不想地断了通话，扔回身后沙发，"怎么，还给我找家长？今天这事不解决，来多少个人都没用！"

"费哲你是不是有病？"

乔文文声音吓得发颤："小鱼你的手没事吧？"

戚鱼皱了下眉，轻轻动了动小拇指，没说话。

费哲手上有碎酒瓶片，打落戚鱼手机的刹那，她的小拇指顿时被划了一道血痕。

乔文文看得面无血色，本来以为只是来谈分手，没想到闹这么大。

而像苏桐这样追捧者众多的女神级别人物，此时却软坐在地上。

"小鱼，你叔叔来了吗？"苏桐仰头看戚鱼，哽着哭腔，"他现在真的什么事都做得出来，求你帮帮我……"

戚鱼默了会儿，道："你先起来。"

"苏桐，我们走吧。小鱼怎么可能帮得了你啊？"乔文文慌得没主意了，"这钱我们再想想办法，先走吧。"

苏桐只求助般盯着戚鱼看，泪眼里尽是难堪。

"费哲，这事你想怎么解决？"

包间里其他人也看够热闹了，有人边安抚女伴，边笑问："哥几个帮帮你？"

戚鱼转头看，早已有人把门堵上了。

"行了，苏桐，我也不是死缠烂打的人。"费哲出言打断，扔了碎酒瓶片，回去喝了口酒，"今天你这五十万能还上最好，要还不了，我保证今晚你们全校都能看见你那样儿。"

费哲示意戚鱼，笑笑："还有，她也别走了。一报还一报，这笔账是得这么算吧？"

周围哄闹声一片，有人帮腔："可以啊，费哲！"

僵持之际，包间外传来一阵激烈的敲门声。

正堵着门的两人不悦地朝外喊："滚！"

敲门声还是没停。

"哪个不长眼的……"

有人杀气腾腾地开了门。

包间外，会所经理带着四名保镖急匆匆进来，撞见门口满地碎酒瓶和瘫坐在地上的苏桐，抱歉地笑道："费少不好意思，打扰你们的兴致了。"

费哲神色难看："什么事？"

"我们来找个人，请问您这儿有个叫戚鱼的吗？"

"谁认识什么鱼？"费哲不耐烦，"唱个歌都不扫兴，赶紧给我滚！"

经理道了歉正要去找下一间，却听见有人应了一声。

"您找我有什么事吗？"

"您就是戚小姐？"经理惊喜地松了口气，赶紧让保镖发信息，恭敬地回，"有位先生在找您，他就快到了，请您——"

"赵海平你什么意思？"费哲打断，"我包间里的人你都敢带走，我在你这儿办的黑卡都白办了？"

经理一愣，忙笑着回："不敢，但这……"

"别废话，欠债还钱。"费哲点了点戚鱼，又指乔文文和苏桐，"她们这几个欠钱不还，我要替学校管教管教。"

"怎么管教？"

一道低缓、醇郁的声音自门口传过来，未见其人，先闻其声。

在场众人皆是一怔，戚鱼的心跳在刹那间怦然而响，跟着转头看，一眼就看见了进门的虞故峥。

苏桐离门最近，愣愣地循着男人一尘不染的黑皮鞋和剪裁精良的西裤望上去，冷不丁撞上了那双深邃无波的桃花眼。

对视一眼，眼前极为英隽华美的男人掠过视线，看向戚鱼，倒是笑了。

"想替别人还钱？"

戚鱼抿了抿唇，思忖着回："是我舍友——"

"你是哪个？"费哲终于回过神。

"虞总，实在是不好意思！"经理连连道歉，"我们不知道您的朋友在这儿，招待不周，真是对不住！"

费哲被经理一打岔，神色惊疑不定。

这天下的"总"多了去了，可是能让小白宫的经理点头哈腰成这样的，是真少见。

经理谄媚地赔笑："华泰和我们集团这么多年的合作关系，要是早知道是您的朋友，我们怎么敢怠慢！"

华盛泰源，虞故峥！

费哲这才猛然反应过来，刚才的嚣张气焰尽数被掐成了愕然。

苏桐这个同学怎么会认识虞故峥？

旁边，乔文文已经蒙得大脑转不过弯了。苏桐见到虞故峥身边的庄成，想也没想，忙不迭起身拉戚鱼："小鱼，你能让你叔叔帮我吗？"

她还没拉上，戚鱼的手腕忽然被另一道力扣住。虞故峥已经走过来，托起她的左手腕，借着包间内稍显昏暗的灯光，注视她手指片刻，问："手怎么了？"

"刚才被划到了。"戚鱼眉头蹙了下，似乎有些疼。

"替别人还钱，自己倒受伤。"虞故峥神色很淡，语气辨不出褒奖与否，问，"手机呢？"

戚鱼小声道："在沙发那里。"

虞故峥让庄成去拿回手机，在场人的神色各有各的震惊，没人敢拦。

苏桐也怔怔地看着虞故峥，可男人的眸光并未分过来，又问戚鱼："谁是叔叔？"

"不是您，是庄叔叔。"戚鱼小声回，"上次庄叔叔送我回学校，被我的舍友看到了。"

"原来是虞总！"费哲在这时接过话，态度一百八十度急转，尴尬地迎合，"误会一场，今天是我和前女友在算旧账，不小心牵扯别人。这位是您的——"

虞故峥的视线总算落在费哲身上，并不接他的话，稍顿片刻，才微微笑了。

"小孩子怕生，还不到别人管教的时候。"他道，"我的人，我教。"

戚鱼在那一刹那没管好自己的心思，仰脸一瞬不瞬地看向虞故峥，有点挪不开视线。

包间内光线暗，也安静，她的心跳声却吵得惊人。

"庄成，你来处理。"

众目睽睽下，虞故峥牵着戚鱼出了包间。

第四章
可不可以等我长大

车内，庄成时隔十五分钟后上了车，还带回会所经理给的医药箱。

"钱的事处理妥了，他答应按清单上的条目来算，让戚小姐的舍友分期偿还。"庄成又接，"戚小姐受伤的事也提了，费总那边说要带小公子登门致歉，想跟您约个时间。"

"苏桐要分期偿还吗？"

"是，不用您帮忙还了。"庄成恭敬地回戚鱼，"今天好在您给我打电话，费总那个小公子脾气不好，以前也惹出过事。"

戚鱼忽然听旁边的虞故峥出声。

"你来之前，没有想过后果？"

戚鱼转过脸看虞故峥，思忖了下，才回："我担心她有危险，没有想那么多。"

庄成感慨，到底是二十岁的年纪，再懂事也有天真的时候，确实还是小孩。

要不是接到戚鱼的电话，他还不知道这事。

"情不立事，义不理财。"虞故峥瞥见戚鱼受伤的手指，桃花眼里平静无波，却又罕见地少了笑意，道，"你自己攒下的钱，不用对外人这么大方。下次不准。"

戚鱼杏眸闪烁："嗯。"

虞故峥让庄成将医药箱递过来，随后戚鱼受伤的手被托起，蹭到了男人温热的指腹。

还没擦碘酒，忽然，她蜷缩了下手指，轻轻握住了虞故峥的食指。

虞故峥抬眸。

戚鱼巴巴地注视着他，像是今晚受了惊吓，一双杏眸湿润泛光，显得格外不安与委屈。

惹人心疼。

"我不想回宿舍，"戚鱼小声问，"今晚能跟您一起回去吗？"

虞故峥没接话，前头的司机适时笑问："虞总，那您还回酒店吗？"

戚鱼才注意到虞故峥今晚打着领带，比平时要正式一些。

"您刚才是有应酬吗？"她顿了下，眸光还是巴巴的，"对不起，我打扰您了。"

庄成也借着后视镜看见戚鱼惶惶然的样子了，心道：看来戚小姐今晚真是被吓到了，这会儿非但比以前要不怵虞总，反而还意外黏人了。

"颐和那套房子有你的房间，你随时都可以过来住。"对视须臾，之前虞故峥身上那股寥寥的淡意散了，失笑一瞬，"不用道歉。"

戚鱼又握紧了点虞故峥的手指，"嗯"了声："好。"

虞故峥任她捏着，继续处理她小指的伤口。他消毒包扎的手法娴熟，纱布在他那修长分明的手指间成了艺术品。

直到处理完伤口，虞故峥才对司机道："回家。"

车子一路开回别墅区，还没进去，远远看见第一道门外停着一辆白色的车。似乎是被别墅保安拦在外面，只能停在门口等主人回来。

"那好像是岑小姐的车。"

庄成认出来，一时哑然。

今晚虞总在应酬宴会上碰见了岑小姐。岑小姐对虞总痴情得过了头，上次订婚日联系未果还不死心，这次在宴会上又屡屡对虞总献殷勤。

看那架势，虞总稍稍笑一笑，岑小姐的神魂都如同万物复苏，满心满眼都是他。

没想到现在她又完全不顾形象地直接等在了别墅外。

"虞总，岑小姐把车停在门口了。"庄成问，"您需要见她吗？"

虞故峥仍在闭目小憩，像是听见了，又像是不在意。

对面的车窗早就摇下了，车内的年轻女人也摘下墨镜往这边看过来，是岑姿影。

这位平时以慵懒冷淡风走红的歌手摘下了墨镜，露出精致妩媚的面容，脸上的神情却不同以往，眼里全是炽热的渴慕和爱恋。

戚鱼看了一眼，默默收回目光，抿了下唇。

回到别墅内，庄成去书房向虞故峥汇报完今天的工作，刚出来，在门口碰上了戚鱼，面露诧异。

"戚小姐，您还不休息吗？"

戚鱼还乖乖等在书房外，点点头。

庄成看她想进书房，替她叩了叩房门，让人进去。

书房内，虞故峥在书桌前处理公务，未以目光回应，直到戚鱼开口询问："我能借用一下您的电脑吗？"

虞故峥闻言抬眸。

"睡不着？"

"不是，是我明天有一个比赛，刚才同学发了一道题目给我。"戚鱼杵在门边，像有点为难，"她有一个程序一直调试错误，我能用您的电脑试试吗？"

虞故峥看了戚鱼一眼，言简意赅："过来。"

书房里有一台宽屏台式电脑，红木书桌宽敞，两边各坐一人绰绰有余。戚鱼也不开口打扰虞故峥，兀自在电脑上下载了软件，登录平台后就开始解刚才许圆发过来的那道编程题。

她敲键盘的声音明显磕磕绊绊，动一下就会牵扯小拇指的伤口，动作迟钝。

书房内，忽然响起虞故峥的声音："打字时疼不疼？"

"还好。"戚鱼抬头看，摇了摇头，又点头回，"其实有一点疼。"她补充，"但您包扎得很好，应该过两天就好了。"

对面，虞故峥的视线从笔记本电脑屏幕上落过来，似乎轻轻笑了一声。

"疼也不出声？"

"不是特别疼，忍一忍就过去了。"

"想要不疼，先要学会对人哭。"虞故峥拉了铃，叫用人上来，笑意里辨不出认同，"太放不开不是一件好事。"

闻言，戚鱼睫毛颤了颤，一时没吭声。

用人很快上楼，虞故峥让人去热一杯甜牛奶上来。

很快，热牛奶就被递到了戚鱼手边，书房里那股淡淡的沉香和咖啡味逐渐被香甜的牛奶味替代。

戚鱼捧着玻璃杯顿了好一会儿，才小声道："以前……我也会哭的。但是后来我发现，觉得难过也不能哭出来，会更加被欺负。"

这句话戚鱼还从来没对人说过，措辞了下："我想要的东西也不能说出来，那就不会是我的了。"

虞故峥并未接话，书房灯光映出男人轮廓深邃的眉眼。他落在戚鱼脸上的眸光很静，分不清是什么情绪。

戚鱼不受控地紧张起来，片刻，见虞故峥笑了，道："你在我这里，哭有用。"

"嗯。"

戚鱼看了几秒，忽然垂下脑袋，捧起牛奶杯喝了一口。甜牛奶还是热的，喝下去心口似乎都在隐隐发烫。

连着熬了几天夜都没睡好，现在一放松下来，这杯牛奶就像催眠药，戚鱼对着屏幕敲了会儿代码，困意上来，思维就开始迟钝。

她慢慢趴在桌上，想打个盹。

十分钟后，庄成上楼，正撞见虞故峥抱着睡熟的戚鱼从书房里出来，愣了愣，恭敬道："虞总。"

"怎么回来了？"虞故峥瞥他一眼。

"外面下雨了，看雨势还不小。"庄成回来拿一份文件，想起什么，又低声道，"我出大门的时候看见岑小姐的车还停在那儿，就想回来跟您说一声。您看是接进来，还是我去打发了？"

虞故峥没说什么，只简扼一句："你去处理。"

庄成明白了，颔首应下，离开前又多留意了眼。

戚小姐蜷缩在虞总的怀里睡得正熟，少女漆黑密长的睫毛乖巧垂落，全然是不设防的稚气模样。而虞总虽然抱着人的动作亲密，但神色疏淡，眼里分明无情无欲。

庄成想起还在暴雨里苦苦等着的岑小姐，摇了摇头。

虞总心思难测，不"吃"太有目的性的接近，反倒肯对戚小姐这样的小孩子上心。

虞故峥把戚鱼放到床上的时候，她就醒了。

卧室没有开灯，等虞故峥离开，戚鱼慢慢坐起来。她一个人在床上杵了会儿，摸了摸自己心跳怦然的胸口。

她手指轻轻蹭了下刚才被抱起的腿弯，顿了会儿，又轻轻嗅了下身上的味道。

外面在下雨，戚鱼摸黑下床。

落地窗外是偌大宽敞的露台，透过露台的栏杆往外看，雨幕滂沱。庭院外的人工湖波心晃荡，更远处，铁门外似乎朦朦胧胧亮着两道车灯的光。

那辆白色的车在雨中被笼成了一个白色的小点。

戚鱼的手摸上窗户，牵扯了绑着纱布的小拇指。她动了动手指，抿了下唇。

其实，不是很疼。

她的伤口在小拇指，还没有到很影响敲键盘的程度。刚才那样做，是想让别人问。

说的那些话是真的，但那样说出来，也是想让别人有那么一点点在意。

戚鱼默默感受了会儿，心跳还是很快，脸也开始有点热了。

今晚那样，她也不是很怕。

打给庄叔叔，说那些话，她也是想让别人来。

想让他过来。想让他问，想让他在意。

室内只能听见闷重雨声。戚鱼小小叹了口气，尝试般将脸凑近了，贴在落地窗户上，降了下温。

十分钟后，远处那辆车的灯光闪了闪，光点在慢慢模糊，驶离向远方。

戚鱼才踩着地毯上床，缩进被窝，将自己团成一个被团。

暴雨下到一早才停。

虞故峥一早离开别墅了，庄成也不在。戚鱼吃完早餐，司机开了一辆车库里的迈巴赫出来，准备送她去学校。

到清大已经过了中午。

戚鱼没顾得上回宿舍休整，直接去图书馆和许圆两人碰面。

聊了两句，许圆忽然八卦："对了，你们昨天刷表白墙的时候看到那条新闻了吗？"

"什么？"戚鱼抬起脑袋。

"我就知道你昨晚睡早了，没看到吧。"许圆把手机递给戚鱼看。

昨晚表白墙公众号照旧发了一条每日推送，而其中的一条匿名表白显得格格不入。

【今晚在某酒店门口，撞到某个特有名的上市企业老总（已婚）搂着一妙龄少女进酒店，看清了才发现那个女孩居然是咱学校的学妹。学姐给个忠告：学妹，咱回头是岸吧。】

戚鱼看完，顿了下。

"今天我的朋友圈一刷全在发这条，都在猜这个学妹是谁！"

戚鱼思忖片刻："有人猜到了吗？"

"还没，学妹这么多，这哪能猜得到啊……"

"行了，都别聊八卦了。"夏新宇拉回话题，铺了一桌的参考资料，"看看这些，下午五点进场，我们还有不到四个小时的准备时间。"

今天团队现场赛如火如荼，清大的六十支队伍共同争夺仅有的两个校队名额。

比赛场地在综合体育馆内，主席台前早已拉起了"ACM 国际大学生程序设计竞赛校内选拔赛"的横幅，而偌大的万人场馆中央分隔着数十张三人桌。一桌配备一台电脑，一个队伍分到一桌。

戚鱼刚放下帆布袋，忽然被叫了一声："戚学妹！"

眼前背着摄像机的男生有点眼熟，身形挺拔，长眉凤眼，对她笑出一口白牙："今天比赛加油，赢了我请你吃饭，挑贵的请。"

"柏昕！"戚鱼还茫然地杵着，一旁的夏新宇认出来了，笑着钩过男生脖子，"你怎么也在？"

"我来拍东西，你们争口气，我给你们拍校网头条。"男生友好地拍了拍夏新宇的背，全程看戚鱼，又笑开了，"学妹，你不能因为之前拒绝过我，这回就不让我给你拍照啊。"

片刻，戚鱼还没想起来："你是？"

"学妹，我上回还给你送玫瑰花，你这么快就不记得我了？"男生故作受伤一秒，又大方地扬了扬胸前的工作牌，"喻柏昕，这次不要再忘了。"

戚鱼瞅见名牌上的字：校团委新宣部，喻柏昕。

不远处有人在叫他名字，喻柏昕笑着挥手告辞："加油！打完比赛我请客，给你们补顿大的。"

许圆抱住戚鱼的手臂，表情八卦："哦，他就是那个——"

上个月，他为了向戚鱼告白，铺了满宿舍楼底的玫瑰花，还是惨遭拒绝。这一消息都传遍校内论坛了。

是这个喻柏昕，经管院读大三，在校团委新宣部当副部长，听说还是富二代。

"他认识小鱼我理解，"许圆奇怪，"你们两个院系的宿舍不在一块儿，怎么认识的？"

夏新宇高冷地回了两个字："打球。"

"赢了不会真的要请吃饭吧……"

"我们赢不赢还没底，你就不能想点有用的？"夏新宇坐下。

戚鱼也坐下来，想了下，摇了摇头："我不和他一起吃饭。"

顿了会儿，她又认真道："但是我们会赢的。"

　

竞赛过程中允许选手带纸质参考资料，开始前五分钟，场馆内喧闹的人声逐渐消弭。组委会工作人员和志愿者就位，参赛队伍各自登录竞赛平台，不时翻着带来的资料，小声交谈。

"叮"一声敲下。

戚鱼瞅了眼屏幕右下角，那里有一个实时更新的小框，六十支队伍的排名实时可见，此时每个队伍都能看见自己和其他队的排名。

从五点半开始，三个小时，八道题。每解一道题可以通过局域网提交多次，而正确提交一道题，志愿者就会过来往队伍的桌上绑一个气球。

没错，气球。

在竞赛里，每道题都对应着不同颜色的气球，解出一道，就能获得一个相应的气球。

最终各队将会按解出题目数量的多少来排名，而解题数相同的队伍，则按各自的罚时再次排名。

竞赛过程中，错误提交一次，则记为罚时二十分钟。罚时越少越好。

他们三人的分工很明确，戚鱼和夏新宇主要负责解题，许圆则负责翻资料。

竞赛开始不过十五分钟。

陆续有队伍解出最简单的 D 题，紧接着是稍难的 B 题和 H 题，场内绑气球的志愿者们走动得越来越频繁。

实时更新的排名框内角逐激烈，黑马不断蹿出，第一却稳稳独占鳌头。

第一名的队伍栏中，并排着三个名字：戚鱼、夏新宇、许圆。

竞赛开始一个半小时，这支队伍仍遥遥领先，六道题全部一次提交通过，没有额外罚时。

剩下两道题，一道动态规划，一道数据结构，都是难题。

戚鱼还在默默思忖，忽然余光瞥见有人朝着这边挥手，就下意识抬起眼眸。

只见前方背对着她的一个队伍，有队员将手背过来，先是向他们这桌激烈地挥了挥手，紧接着，缓缓地竖起一个颤颤巍巍的大拇指。

"叮"声一响，竞赛结束。

许圆看向大屏幕，排名已经锁定了。

队伍排名的首栏上，赫然列着他们三人的名字，过去三个小时内，第一名稳坐如钟。

八题全解，罚时比第二名少了整整三个小时。

这次校内选拔赛，三人出线得毫无悬念。

以前不是没赢过，但从来没赢得这么轻松。

戚鱼也抬起脑袋看，脸上没有表露太多喜悦的神色，但她的杏眸衬着场馆内的灯光，显得有些亮晶晶的。

夏新宇一拍资料："过了！"

"夏总你们牛啊！"

体育馆内，热闹还没散场。夏新宇应付完一群竞赛完过来恭喜的熟面孔，背起包笑道："走走走，庆功去！"

旁边，戚鱼东西收到一半，被许圆抱住了手臂："小鱼，喻柏昕要请我们吃饭，走呗。"

"我不去了。"戚鱼斟酌了下。

"不行，我们队的庆功宴你不去不行。"许圆道，"今天周六，反正也没什么事，一起去嘛。"

喻柏昕出手阔气，将庆功吃饭的地方订在市中心的酒店自助餐厅，人均消费四位数。

一行人分别打车过去，许圆和戚鱼一上车，忽然听见她问："学姐，你有喻柏昕的微信号吗？"

许圆精神一振。

"有，必须有啊。"许圆刚才就加了，开始姨母笑，"你要吗？我现在推给你。"

戚鱼摇了摇头，乖乖道："我把餐费转给你，你可以帮我转给喻柏昕吗？"

无言片刻，许圆无奈地收了戚鱼的转账，帮她转给了喻柏昕。

车内，戚鱼一路安安静静地听着车载音乐，感觉有点困顿。旁边正玩手机刷微博的许圆出声。

"岑姿影这是恋爱了吧？"

戚鱼一顿，有些合敛的睫毛抬起来了。

"小鱼你还记不记得上回，我们做志愿者那次，岑姿影在演唱会排练时发脾气来着？"许圆递过手机。

屏幕上是一条八卦新闻，今天中午，当红女歌手岑姿影被拍到为京市新开业的马术俱乐部剪彩，偷拍照片里她笑得很好看，上了微博的热搜。

戚鱼瞅了眼，视线突然就定住了。

照片背景是高尔夫球场，中午还下着细雨，一行受邀宾客都撑着伞，像是在边走边聊。

岑姿影的助理为她撑着伞，旁边还走着一名身形颀长的男人。这个拍摄角度刚好挡住男人的脸，但戚鱼却注意到了他撑伞的手。

手指极为修长漂亮，骨节匀称，雪白的衬衫袖口下露出半截熟悉的褐木佛珠手串。

戚鱼只要一眼，就认出来了。

是虞故峥。

"你看，这张照片中她笑得好甜。"

戚鱼抿了抿唇，刚才那点困意没了。

许圆兀自玩了会儿手机，转头又想找戚鱼聊天，愣了下，发现小学妹已经默默在剥糖吃。

她含了糖，脸颊稍稍鼓起一点，但看着蔫巴巴的，感觉……有点委屈。

夏新宇他们四个比戚鱼先到酒店，早就先上去了，仅剩喻柏昕留在一楼等她们，一起坐电梯上自助餐厅。

"戚学妹，那个钱我没收，等下我让许圆退给你。"刚上电梯，喻柏昕换到戚鱼身边，不太好意思地摸了摸后脑勺，"本来就是我请你们，你不用还我。"

许圆调侃："对，别还了，大不了下次你也请他一次。"

"你收——"

手机忽然嗡鸣，戚鱼的话说了一半。

"我要接一个电话，"她只看到来电，一顿，想也不想地就按了最近的楼层，抱歉地补充，"你们可以先上去。"

来电显示是"虞故峥"。

其实戚鱼很早就存了他的私人号码，但两人一次都没有用这个号通过话。

她走出电梯，发现身后的喻柏昕也跟了出来。

喻柏昕体贴地解释："我怕你找不到路，在这里等你。"

来电已经响了好几声，戚鱼只能往旁边挪开几步，接起电话。

虞故峥那边似乎还有人声，那道悦耳的嗓音传过来："戚鱼。"

"虞先生，您好。"

戚鱼这个招呼打得似乎太过恭谨客气，那边稍顿，有些失笑。

"比赛赢了没？"

他没忘记她今天有比赛。

片刻，戚鱼"嗯"了句，声音是糯的："赢了，我们是第一名。"

"赢了要庆祝，也该喝点酒。"虞故峥道，"我挑一瓶酒给你，庄成会送到你的学校。"

虞故峥的音色比酒更醇几分。戚鱼的手指摩挲了下手机，才回："我现在不在学校里，可能收不到您的酒。"她措辞了下，"我要……和一个学姐一起吃饭。"

那边没接话。

戚鱼等了会儿，还是不闻回应，她莫名有点紧张，不经意抬起脑袋瞅了眼，瞬间顿住。

远处廊道那边正有一群人向电梯间走来，接待助理在前方笑容殷切地引着路。隔得并不远，众星拱月的人群中央，西装革履的英隽男人也在看她。

对视须臾，虞故峥瞥过戚鱼身旁深情等待的男生，眸光又落回她身上。

手机那端，戚鱼听见虞故峥轻促地笑了一声，听上去似乎并不生气，却格外低缓："看见了。"

这层是酒店的商务会议层，一行人正朝这边走来，喻柏昕发现戚鱼捏着手机滞在原地。

错杂的脚步声越来越近，就在旁边停下，她扭回视线，下意识想摸袋里的糖，还是忍住。

"我向您保证这是一期有重大突破的剂型创新……"交谈声渐近，有人殷勤地按开了电梯，"虞总，请。"

电梯门开，却没有人进。

戚鱼侧过脑袋看，恰好对上虞故峥的目光。他不发话，一双桃花眼沉静地瞥来，疏淡里似乎含了点兴味。

"你们先上吧。"旁边专家笑着给他们让路。

喻柏昕爽朗一笑："谢了。"

等戚鱼二人上了电梯，一干专家、领导忙不迭地跟着虞故峥走进。

庄成显然也看见戚鱼了，他按下六十六楼的行政酒廊层，又礼貌地问戚鱼："你们去哪一层？"

"四十六楼。"喻柏昕接话。

原来是去自助餐厅，庄成帮忙按了楼层。

戚小姐显然是有约会，虞总没有指示，庄成也当碰了面不认识。

"虞总如果肯赏光，我现在就让小林准备一下，今晚好好攒个局。"说话的人看见虞故峥手上的婚戒，又谄笑，"当然虞太太要是也肯来，那就再好不过了。"

戚鱼愣了下，然后就听见虞故峥不紧不慢地接话："学校空闲时间少，她忙不过来。"

那人揣测着虞故峥这句话里的意思，自作主张，笑声里挤出暧昧："那就攒个轻松的局，一定让虞总满意。"

戚鱼差点没忍住去看虞故峥，手心在帆布袋口蹭了蹭，抿了下唇。

电梯在自助餐厅楼层停下。

喻柏昕订了靠窗的位置，几个男生聊天侃地，许圆也拉着戚鱼聊八卦，时不时还帮她和喻柏昕之间牵话题。

吃到一半，侍应生竟然送了瓶价值不菲的红酒过来，1989 年份的柏图斯干红。

"谁送的酒？"

喻柏昕确实常来这家自助餐厅，却是头一回被送酒，半惊半喜地收了。侍应生但笑不语，开瓶后，替他们拿来醒酒器醒酒。

红酒倒进杯中，果香浓郁，气味细腻醇厚，戚鱼尝了一口，顿了顿。

她还是不习惯喝酒，但仍是捧着慢慢喝完了一杯。

许圆诧异："没想到小鱼你挺会喝酒的。"

"醉了没事，有我们送你俩回去。"有男生笑嘻嘻，"是吧，柏昕？"

戚鱼像是听进去了，又连要了两杯酒。一瓶红酒分喝完，许圆奔着餐台拿龙虾、帝王蟹腿之类，余光捕捉到戚鱼往酒台那里去了，不吃海鲜、甜品，就只拿酒。

香槟、啤酒、红的、白的、洋调酒，日本清酒、泰国米酒……只要是摆得出来的酒，戚鱼都尝了一遍。

许圆都惊呆了，平时文文静静做事不出格的学妹居然这么能喝。

一圈喝下来，众人回校的回校，换地方续摊的续摊。

"小鱼，我打算叫车回去了。"许圆看戚鱼安安静静地伏在桌上，脸也埋进臂肘，不知道睡过去没有，轻声询问，"你要不要走呀？"

戚鱼睡得很深，一点动静都没有。

"你先回去吧，等她醒了我来送就行。"喻柏昕语气温柔。

"那你可一定给我安全送到！"

喻柏昕并三指发誓："放心，靠谱。"

很快，许圆离开，耳边的聊天声断了，只剩下餐厅的提琴乐和远处的窸窣人声。

喻柏昕也去酒台拿了一杯香槟，再坐回来的时候，戚鱼已经醒了。她其实没睡着，默默捧着手机，动作有点迟钝，像在叫车。

"学妹一起吧，我送你回去。"他在对面坐下。

戚鱼闻言抬起脑袋，一顿，摇了摇头："我不要你送我。"

喻柏昕快被拒绝惯了，也学戚鱼半趴在桌上，含笑低语："学妹，给个机会啊，我是真的喜欢你。你可能不记得了，你们新生报到的时候我给你们拍军训照，当时喊着让你们班笑一个，就数你笑得最好看。"喻柏昕隔空指了指她的左脸颊，"你笑起来这里有个酒窝，特别好看。"

喻柏昕五官出挑，凤眼含情，专注看戚鱼的眼神能腻死人。

戚鱼却垂下眼睫毛，在看早已经拨通电话的手机屏幕。

通话人显示是三个字：虞故峥。

电话已经接通有两分钟了。

"我不喜欢你。"她盯着虞故峥的名字看了片刻，才小声道，"会有人来接我的，你可以先走。"

"那怎么行？"喻柏昕仍不死心，"我不放心你一个人打车啊。"

戚鱼虽然还是乖顺的模样，但不配合。僵持两秒，她终于拿起手机，贴近了。

电话那头听了几分钟，并未挂断，也没出声。

戚鱼开口时酒意明显，含含糊糊，像有点委屈："您可以让庄叔叔来接我回学校吗？"

须臾，她听见虞故峥出声，吩咐司机把车掉转开回酒店。

庄成在那头问了句："那今晚的局……"

"推了。"

又是片刻，虞故峥的声音隔着手机听筒传过来，低沉悦耳：

"下来。"

庄成替戚鱼开车门时吃了一惊，这得是喝了多少。

戚鱼显然已经醉了，瓷白的脸颊晕着不自然的红，睫毛困顿得直颤，偶尔抬眸看人一眼，眼里都是雾气氤氲的水光。

人畜无害的模样。

"刚才谢谢您替我解围，麻烦您了。"戚鱼迟钝了会儿，才转头看虞故峥，迟疑地问，"您本来还有事情的，不去没关系吗？"

"不要紧。"

虞故峥侧眸看了戚鱼一眼，微顿，道："怎么喝这么多？"

"是您送过来的酒，我就喝了。"戚鱼没有坦白自己掺着喝了几杯酒的事，想了下，又如实道，"我不太会喝酒，那一瓶酒给我喝有点浪费。"

"酒要陪喜欢的人喝，是我送错了。"

戚鱼一愣。

虞故峥又问："不喜欢他？"

"嗯，不喜欢。"

戚鱼默默瞅了虞故峥一会儿。她本来喝多酒有点反胃，此刻坐在他旁边却能嗅到淡淡的沉香气息，好闻得很招人，还想挨得更近一点。

她忽然想起那张在马术俱乐部的照片，别人应该也能闻到。

"我之前没有骗人。"戚鱼扭过脑袋，思忖一会儿，"今天和我们吃饭的还有一起比赛的学姐，我和她最熟。"她补充，"那个男生，我不喜欢他，也拒绝过很多次。"

说完，她认认真真地补一句："如果是我不喜欢的人，我就不想再见到他了。我也不想他送我回学校。"

庄成从后视镜里看向戚鱼，没想到她喝醉了还真和小孩子一样，先前那么怵虞总，说话也拘谨，现在反而借酒自言自语，怪可爱的。

他见虞总闻言笑了，像是顺着戚小姐撒小脾气，道："不会再让他送你。"

虞故峥笑起来实在好看，说不出是纵容还是安抚，一双桃花眼光华流转。

戚鱼一瞬不瞬地瞅了两秒，又兀自道："其实今天晚上的海鲜不好吃，没有您做得好吃，我也不喜欢。"

对视须臾，虞故峥出声："下次我做。"

"我还喝了别的酒，味道都很呛，"戚鱼蹙了下眉，小声道，"也不喜欢。"

虞故峥接道："以后不给你喝酒。"

"可是我喜欢一个人。"

停顿了好一会儿，戚鱼揉了下眼睛。

杏眸里氤氲的水汽终于蓄为实质，眼泪簌簌地顺着往下掉，戚鱼看着虞故峥，止不住哭。

不带任何亲昵，像只是醉酒吐露心声的无措和求助，她委屈地哽咽——

"我喜欢一个人，喜欢好久了，可是他不喜欢我。"

车内一片寂静。

虞故峥的眸光落在戚鱼湿漉漉的睫毛上，那双漂亮深长的眼微眯了一瞬，逐渐敛了笑意。

片刻，他问："是谁？"

"我是真的……很喜欢他。"戚鱼不肯说，眼泪还在掉，一腔委屈和着酒意往外吐露，"高中的时候，我问他能不能等我长大？能不能不要喜欢上别人？他答应我了，但是没有做到。他觉得我太小了，我的喜欢也太渺小了。"

戚鱼小声哽咽："可是我没有办法再这么喜欢上别人了。"

她哭着看虞故峥，倾诉得毫不设防，脸颊都是泛光的水痕，看上去触感湿软。

半晌。

戚鱼见虞故峥伸手，她往后躲了下。下一秒，男人的修长手指仍触近了，温热指腹在她眼尾稍一带过，替她擦了眼泪。

她慢半拍地怔住。

"不小。"虞故峥道，"也该是喜欢一个人的年纪。"

戚鱼抿唇，一时间手都不知道该怎么放，过会儿才轻轻重复："可是他不喜欢我。"

"不喜欢就不要了。"虞故峥替戚鱼擦完眼泪，一触即收，神情辨不出清晰情绪，简扼地接，"以后不准喜欢他。"

戚鱼已经止住了哭，但没吭声，眼眸仍然红得可怜。虞故峥容色未改，让庄成拿来医药箱。

戚鱼小指上缠绕的纱布早在刚才擦眼泪的时候就沾湿了，虞故峥重新替她包扎一遍。他的手指将要撤离，却被戚鱼攥住了。

她似乎是醉得太困顿了，默默抱着虞故峥的手，伏低了脑袋，凑近，侧脸在他的手背上小小地蹭了一下，借他的手擦掉了脸上未干的泪痕。

"我想回学校。"戚鱼小声道。

虞故峥俯视着戚鱼乖乖垂下来的睫毛，没接话。

她像只是借他的手擦眼泪，不带狎昵，难过也难得很纯粹干净。

两秒后，戚鱼刚想放开虞故峥的手，却感觉他手指稍动，直接反扣住了她的手。他止住她要起身的动作，屈指，在她的脸颊滑落而下。

戚鱼被触得一愣，茫然地抬起脸看虞故峥。

虞故峥在看她的唇。戚鱼乱七八糟哭了一通，唇也泛着细微的水光。虞故峥用指腹蹭过她的下唇，不紧不慢地在柔软嘴角一抚而过，敛着眼，意味不明。

就在戚鱼无措到屏住呼吸时，对方松了动作。

虞故峥对司机道："不回家，先把她送回学校。"

车掉头一路开回学校，还是停在街口。到的时候戚鱼已经安安静静地靠着座位睡熟了。

乔文文这周末留校期末复习，接到电话没两分钟就出来找到了戚鱼。

上回乔文文在会所里看到的男助理打开后座车门，乔文文看车里的戚鱼睡颜恬静，探进去轻轻推了下人："小鱼醒醒，回宿舍了。"

一时半会儿没叫醒，乔文文视线一抬，才注意到车里还有人。是昨晚那位先生。

对方看到她，略略一致意："麻烦你。"

"不……不麻烦，不麻烦……那我……我就接她回去了……"

好在戚鱼迷蒙间醒了，乔文文大松一口气，赶紧带人回宿舍。

车内，庄成查看手机消息："虞总，李总他们还在等您，说那边的局没散，今晚还去吗？"

虞故峥闭目小憩，并不回应，须臾，才淡淡道："给她同学去个电话，确认一下人到了。"

庄成反应过来是说戚鱼，恭敬地打了电话，得知人已经安全到了。

"戚小姐的心里能藏得住事，喝醉了才肯倒出来。"挂完电话，庄成搭话，"没想到她年纪还小，这么重情。"

刚才戚鱼哭诉的那些话庄成也听见了，听着戚鱼应该是单恋着一个人，看样子还陷得挺深。庄成挺吃惊，看待戚鱼的态度也变了一些。

"确实不是小孩子了。"庄成道。

虞故峥抬眸看了庄成一眼，片刻，终于出声："告诉他们，今晚不去了。"

"宝贝，你看看我的眼睛。"

宿舍只有两个人，乔文文表情凝重而严肃地坐在戚鱼面前，问："你喝醉了吗？"

戚鱼听话地看她，点点头："有一点。"

"不行，你喝醉了我也要问！"乔文文抓心挠肝，把手机屏幕递到戚鱼面前，表情纠结，"小鱼，他们说的这个人不是你吧？"

屏幕上是戚鱼先前看到的表白墙内容。

乔文文对昨晚在会所里发生的事记得一清二楚，当然也记得戚鱼是怎么被突然出现的男人带走的事。

当时场面混乱，一群人像打机锋般聊到"华泰"，乔文文回来后上网查了一下。

一查吓一跳。

华泰还真是华盛泰源，是那些临近毕业的学长学姐心中挤破头都想进的大厂，而于总是虞总，华泰董事长，虞故峥。

果然，昨晚的惊鸿一瞥实在印象太深了，乔文文深有领略，不谈样貌，他身上那种气质就太不一般了，不是单靠穿西装打领带就能撑起来的，一看就不属于他们这种圈子。

"不是我。"戚鱼摇摇头，"昨天晚上我没有去酒店。"

"真的不是你？"乔文文如释重负，见戚鱼迷迷糊糊的模样，又忙道，"别睡，等会儿宝贝！还有件事！可是我查到，那个虞故峥他……订婚了？"

"嗯，我知道。"戚鱼糯声回。

"你知……"

乔文文失语半晌，震惊："不是，他……他订婚了啊！到底是你喝醉了，还是我醉了？"

"我没有特别醉。"

说完，戚鱼认真地思忖，慢慢抬手，感受了下自己的心跳，还是很快。刚才在车里的时候，心跳得更快。

戚鱼抿了下唇。

她其实也不是很醉，还知道自己想要什么。

她故意喝醉，是不想他去赴会。

有些心思不想让他明白，但又想让他知道。

不想让他觉得自己还小。

"那你以后怎么办啊？"乔文文难以置信，磕巴地问，"你们……那他……他太太知道这事吗？"

乔文文没在网上查到太多关于虞故峥结婚的消息，只能查到他和一个什么集团的千金有婚约，不过除此倒是搜到不少花边绯闻，看完说实话，贵圈真乱。

"是我。"

"啊？"

戚鱼捧着水杯，坦白道："和他订婚的那个人是我。"

乔文文不知道自己艰难地消化了几分钟。良久，她万千言语只讷讷地吐出一句："鱼宝宝，你要保护好自己啊！"

戚鱼闻言看着乔文文，眼神有困意，但清澈干净。

乔文文更痛心了："那个虞故峥好像感情史很丰富，他和好多人传绯闻……"

"什么？"戚鱼迷茫。

乔文文翻了一篇两年前的八卦新闻给戚鱼看。

当年有媒体在酒店拍到某个小模特陪着华泰虞总一起出席商务酒会，据说酒会中途，有端酒的侍应生不小心泼脏了虞总的衬衫，小模特就又陪着一起上楼换衣服。

可后来从酒店房间里出来的是一个穿校服的女孩，跟上来的媒体只来得及拍到背影。一看女孩背影那差不离的黑长发和校裙下纤细笔直的双腿，当即拍板，这可就是小模特吗？

于是这事也传了一阵。

但在名流圈内权势为尊，这点八卦也就是闲着的太太们会在茶余饭后提一嘴，压根儿起不了水花。

戚鱼对着那几张图沉默了会儿，片刻，又点点头。

"这个可能也是我。"

"……啊？"

"这个人也是我。"

.067.

乔文文眼睁睁看着戚鱼滑过那张小模特的照片，停在那一张校服背影照上。

随后，她垂敛下眼睫毛，小声道："不过，他应该不记得了。"

但戚鱼还记得。

两年前，戚甜留学毕业回国，孟贞兰给她在市中心的酒店办了一场接风宴，宾客满堂。

戚鱼那时还在读寄宿高中，甫一放学，就被孟贞兰的司机不由分说地接到了接风的酒店。

宴会厅内，戚甜看见主桌边坐着的戚鱼，当即拉下了脸。

而今天酒店里还在办一场大型商务酒会，就在楼下，戚明信也在。

孟贞兰在戚明信面前还会稍稍做样子，并不明显表现出苛待戚鱼，反而皱眉打量戚甜裸露出一截的大腿："你这个文身明天就去给我洗了，像什么样子。"

"哎呀，烦死了！"

戚甜烦得要死，转身就走。

戚鱼只一言不发地在旁边写数学卷，等宴会厅里的人逐渐来齐了，侍应生开始上菜。

戚甜刚下楼去找戚明信撒娇了一番，回来的时候一扫不耐烦。

主桌这边热闹成一片，戚甜似乎在楼下的那场酒会上拍到了什么照片，拿着手机给朋友传阅。

戚鱼听着，耳边都是此起彼伏的惊艳声。

"妈，你看看，这个人好不好看？"戚甜拉住过来的孟贞兰，双颊绯红，"你跟爸说说，去帮我要一下联系方式嘛。"

谁知孟贞兰看了一眼屏幕，当即没好气："他你就别想了。"

"为什么？"

"什么为什么？虞故峥他……"

戚鱼忽然就打翻杯子，倒了自己一裙子的水。

"我去一下卫生间。"戚鱼终于开口，声音糯软而动听。

没有人理会戚鱼，她的离开悄无声息。

离开宴会厅后，戚鱼一路来到电梯间。

她按亮下楼的键，随后手心轻轻攥了下校裙的裙摆，逐渐感觉自己的心跳越来越快。

戚鱼在想：自己也是戚明信的女儿，应该可以进楼下的商务酒会。

也可以……再见到他。

只是看一眼。

"叮"的一声。

上行的电梯在这层停下，旁边有人进电梯。戚鱼并不进，只是抬眸瞅了一眼。

她一下顿住。

电梯里，男人颀长挺拔的身影在合上的电梯缝隙间一闪而逝，像一个定格的瞬间。戚鱼看到了那双熟悉的桃花眼，以及黏在他身旁笑得妩媚的漂亮女人。

虞故峥。

屏幕显示电梯在七十层的酒店套房层停下。

十分钟后，戚鱼出现在同样的楼层，踩进走廊厚软的地毯，一时没有往前走，似乎有点茫然和犹豫。

她不知道要去哪里，等在这里，好像也不合适。

忽然远处传来一阵凌乱的脚步声，戚鱼抬起脑袋，顿了下。

方才在电梯里笑得甜腻的女人正往电梯间这边跑来，神色尽是委屈和难堪，在哭。

走廊尽头的套房门没有关死。

戚鱼推门进去时，男人正靠坐在客厅的沙发里，闭目捏着眉心，看着兴致不高，似乎是醉了。

听见去而又返的脚步声，虞故峥面无表情地抬起眼，眸光落在了刚进门的戚鱼身上。

对视片刻，虞故峥笑了。

戚鱼默默看着他，抿了下唇，肉眼可见地有些紧张和局促。

当初，她第一次见到他，他笑得很好看，让她别哭。

而时隔四年，此刻。

虞故峥同样轻笑了一声，脸上有几分醉意，模样从容，像一尊遥远不可及的神。

他道："滚出去。"

虞故峥就靠坐在沙发里，西装外套被扔在地上，似乎有红酒渍。戚鱼怔怔看了会儿，寸步未挪。

僵持半响，戚鱼异常紧张地攥了下裙边，声音像还打着战："我……走错了，找不到怎么回去。"

虞故峥只看了她一眼："你不会撒谎。"

对方似乎把她当成从酒会上黏过来的莺莺燕燕，并不感兴趣。戚鱼却仍没走，又近乎执拗地小声补了句："你以前也骗过我的。"

四年前在虞宅，在虞远升的婚礼上，他替她包扎伤口，她当时问他以后会做什么，他回答说医生。

直到半年后，戚鱼在新闻里看到他接手华盛泰源，一身西装笔挺，并没当医生。

可是他不记得了。

话音刚落，地毯上的外套响起手机嗡鸣声，断断续续响了一阵，虞故峥没动。

戚鱼问："你不接电话吗？"

"拿过来。"

戚鱼摸出虞故峥的手机，递过去的时候碰到了男人的手指，被触得蜷缩了一下。

他的体温好像很热。

虞故峥瞥了戚鱼一眼，起身倒水，通话开了免提。

"虞总，我给您拿了一套新的西装。"那头应该是助理的声音，恭谨地问，"您在哪个房间？我马上送过来。"

"先去找陈舒。"

虞故峥的声音听上去比往常要沉，那边庄成一愣："那个模特陈小姐？""查清楚，她下了什么料。告诉汪海明，他公司里的人手脚不干净。"虞故峥道，"他管教不了的人，我替他处理。"

即使是庄成见惯风浪，也吓得快魂飞魄散，这模特的胆子实在太大了。

那边兵荒马乱，今晚不知道有多少人要上来请罪。戚鱼仰着脸，和虞故峥对视，他五官英隽，却带着不近人情的疏冷，半晌，又笑了。

"还不走？"

他的衬衫袖子忽然被轻轻扯住。

戚鱼问："哥哥，你是不是不喜欢刚才那个人？"

她从来没有这么问过人，紧张得手指也在轻颤，手足无措，问得莽撞又直接："你有有喜欢的人吗？"

房间静默。

虞故峥俯视着戚鱼的眼睛，眸底未有动容，片刻道："你还太小。"

"那你可不可以等我长大？"戚鱼被戳穿心事，声音越发小，认真地问，"可不可以不要喜欢上别人？"

见虞故峥不接话，她松开了手，轻轻蹭了下手心的潮意，又补一句："如果我只会喜欢你，你可不可以……也等等我？"

虞故峥有些失笑。

他靠坐回沙发休憩，神色仍倦乏，倒是有了点教导小孩子的兴致。

少顷，安静的室内响起虞故峥的声音，告诉戚鱼，慧极必伤，情深不寿。

　　"下次再喜欢上别人，不要让他先知道。"

第五章

绯闻的事，以后不会再有

临近期末，宿舍里的四人同寝不同专业，少有能聚齐的时候。

接下来连着一周，戚鱼的空闲时间都分给了图书馆，那晚在会所的事仿佛只是插曲，乔文文看她那样也就不多问了。

乔文文难得认真，跟着戚鱼同进同出。下学期计算机大系就要分专业方向，不拼一把不行。

戚鱼每晚回宿舍都能碰上在床上看剧追综艺的郑司佳，而对面的床铺却还是没人。

苏桐一直没回宿舍。

期末的图书馆人满为患，戚鱼低垂着眼整理笔记，忽然听旁边正玩手机的乔文文倒吸一口凉气。

"小鱼你看看这个！"

戚鱼被乔文文一把送过来的手机屏幕给晃了下，入眼的是一篇公众号推文，题目很正经，叫"论大学生如何实现资本的原始积累与阶级跃迁"。

这题目真的太正经了，早上这篇推文刚被人转到朋友圈的时候，乔文文都懒得点开。刚才终于点开，还是因为她在朋友圈里看到了太多次，都快被疯狂刷屏了。

她点开一看，才发现不对。

这是一个在清大很有名的个人公众号，经营账号的也是该校的学生，平时最常发的就是一些替校内学生抱不平的推文，像男女生宿舍楼的待遇差异等。在校内学生之间的普及度都快赶上学校官方公众号了。

乔文文给戚鱼看其中一段。

【题外话，那学妹跟的是某个真巨擘大佬，前年在我们对面的大学做校友演讲轰动全校的那个。】

【来自朋友的靠谱消息，听说那大佬送学妹的一枚胸针就很贵。我男朋友的哥们儿当初在宿舍楼下铺的上千朵玫瑰都逊色了，怪不得会被拒绝。】

……

【太明显了，我假装不知道那学妹是计算机学院的戚鱼。华泰董事长当年做演讲的那个视频真的绝了，我存到现在，长这么好看可惜了。】

……

"这帮人在瞎造谣什么啊？"乔文文忍不住扬声。

周围的目光悉数聚了过来，她忙闭嘴，悄声道："小鱼，你别理这个。发推文的谁啊？神经病吧。"

戚鱼还是认认真真地把整篇推文看完了，不见生气，只是偏过头小声问："昨天晚上，苏桐回来过吗？"

"没有吧，司佳也一直联系不上她。"乔文文一愣，问道，"怎么啦？"

戚鱼摇摇头。

校网首页还挂着上周校内选拔赛的新闻，戚鱼的照片就在上面。从这篇推文开始传阅后，估计戚鱼的照片也被传遍了。

乔文文环顾一周，发现还真有人特意朝这里看。

怪不得今天出宿舍，一路注意她俩的人这么多。

戚鱼收起笔记本，将笔袋和本子一并收进帆布袋里。

乔文文问："鱼宝宝，你要回去吗？"

"嗯。"

戚鱼却没有立即离开，而是轻轻蹭了蹭手机的边沿，顿了会儿，还是拨通电话。

响了片刻，那边接了。

"您能让庄叔叔接我回家吗？"图书馆里十分安静，戚鱼压着音，就显得格外有些闷闷的，"我们快要期末考了，我想回家复习。"

须臾。

乔文文离得近，听见手机里隐约传来一道低沉动听的声音："怎么了？"

这音色格外熟悉，乔文文不可能忘，是那个虞……

戚鱼垂睫。

隔了好一会儿，她才接对方的话，语气很软，轻轻道："我不开心。"

会议室内，秘书见虞故峥接完电话，一时没有继续会议的意思，忙小心地询问："虞总？"

.073.

"庄成，你去接人。"

虞故峥示意会议继续，稍顿，又对庄成添一句："把人接过来。"

偌大的顶层办公室窗明几净，庄成将戚鱼的行李箱搁在沙发旁边。

"虞总还在开会，估计结束要到晚上，请您在这里等等。有什么需要可以给我打电话，也可以直接叫外面那些秘书。"

"好的，谢谢您。"

戚鱼礼貌地点点头，也不多问，在沙发兀自找了座位。

复习完编译原理的笔记，她捧过水杯喝了一口蜂蜜茶。

桌上摆了不少茶点，造型诱人。戚鱼默默看了会儿，又起一小块栗子蛋糕，一口完整地塞进嘴里。

忽然传来一声轻微的响声，她循声扭头，视线恰好撞上推门进来的虞故峥。

戚鱼鼓着双颊，半晌才挤出一个字："唔。"

虞故峥有些失笑。

"看着有情绪。"他问，"怎么了？"

戚鱼有点局促，喝了半杯蜂蜜茶才把蛋糕咽下去，抿唇斟酌一下，说道："我不想在学校复习……打扰您了。"

虞故峥没接话，径直过来，抹去戚鱼唇边的奶油沫，抽一张纸巾给她。

"每次都喜欢这么吃蛋糕？"

"嗯，遇到好吃的，就想全部吃掉。"

恰时门被敲响，庄成进来送一份文件，虞故峥边解西装外套，边往落地窗边的办公桌前走。

签完字，他搁下钢笔。

"我的话一直作数。你在我这里，哭有用。"虞故峥出声，话出口却在问戚鱼，"是谁让你不开心？"

戚鱼从书本上抬头看过去。

两人视线交错，半晌，戚鱼的下巴轻轻抵了下书脊。她手指蹭着书页，一双圆杏眼的眼尾比以往还要垂落，似乎有些蔫蔫的。

"好多人。"她终于小声回。

那篇公众号的推文还在被推转，传播面说小也不小，至少覆盖到了市内高校的学生圈。还有一些不明情况的小媒体，也发了类似的推文。

当初虞故峥和戚鱼的订婚礼办得从简，没有请媒体，也很少有人知道和虞故峥联姻的这位明信集团千金就是戚鱼。据说订婚后两人各自潇洒，虞故峥在出入公众场合时虽然戴着婚戒，但从来不带未婚妻。

连以往那些和华泰虞总传过绯闻的女演员、主持人等，都要比这位虞太太出镜多。

现在绯闻里又多了一个在校的女大学生，更何况，虞故峥对外似乎并不管束媒体写的风流韵事，也从来没有避嫌的明示，不知情的小媒体乐得对此大做文章。

庄成看完这篇洋洋洒洒的推送文章，一时说不出话。

这篇公众号敢这么笃定戚小姐和虞总在一起，还是第三者，多少和虞总以往传的绯闻脱不了干系。而戚小姐心事藏得深，缺乏安全感，恐怕很在意自己在学校里的风评，虞总的绯闻可能已经给她带来了困扰。

"我马上去联系他们删掉。"庄成颔首道，"其他那几家媒体应该是不知道内情，我去通知一声，下次也就知道了。"

"去查写文章的人。"

虞故峥略略扫一眼文章，意味不明地笑了一声，问戚鱼："在学校里得罪过人？"

"应该没有。"戚鱼乖乖摇头。

"传消息的是谁，猜得到吗？"

"嗯。"

这件事在虞故峥眼里实在太小，也做得太浅显，戚鱼知道他差不多能猜到，如实说了。

"您送过我胸针的事，应该只有我的舍友知道。"她思忖须臾，安安静静地报出一个名字。

庄成对苏桐这名字倒是有印象，微诧地问："上回那个同学？"

虞故峥又简扼地问了几句，戚鱼知道得不多。这几天苏桐没有回宿舍，电话、微信都联系不上，而戚鱼又在复习，两人没有碰过面。

"查一下在哪儿。"虞故峥对庄成道，"约个时间。"

庄成的办事效率很高，很快联系上写文章的个人公众号，第一时间删除了这条推文。

对方说到底还是学生，在庄成打一棒给一颗甜枣的询问手段下透了底。她是苏桐所在学生会的副部长，前几天两人无意间聊起前段时间表白墙的事，苏桐就透露了戚鱼的八卦，她不疑有他。

"对不起，真的对不起。"女生被庄成起诉的话语吓到了，声音慌促，"推送我已经删了，需要的话我就再发一条解释。"

庄成客气地问："你知道苏桐在哪里吗？"

"我也有几天没联系上她了……"

也是凑巧，在庄成联系那些媒体撤新闻稿的时候，得知有家不入流的小媒体最近想做市内名校女大学生的相关专题，还搜集到了一些八卦消息。

"虞总。"庄成挂完电话，看向虞故峥，沉吟少顷，才道，"听说最近启逸科技的梁总身边多了一个小姑娘，他去哪儿都带着，也是学生……姓苏。"

戚鱼闻言顿了下，看过去，见虞故峥倒了杯水，一双桃花眼沉静无波，倒是淡淡笑了。

"那就和梁贺约时间。"

庄成记下，道："戚小姐，都处理妥了，您放心。"

其实戚鱼不太在意。

公众号的那篇文章，她原本能自己删掉。只是一个程序的事，不是特别麻烦。

她却更想要……别的。

虞故峥注意到戚鱼在看他，问："还是不开心？"

庄成也看向她。

戚鱼的目光巴巴望着虞总，神色说撒娇吧，也不像，更像是纯粹的困扰和委屈。

她小声问："您以后能不能……在我们的合约期间，不要让他们再传那些新闻了？"

虞故峥的眸光落在戚鱼身上，微眯了眼睛，英隽眉眼间露出一点不太分明的神情。

戚鱼认真道："他们总是乱传，对您不好，我也不喜欢。"

一时没有人接话。

戚鱼看着很紧张，庄成心道：看来这次的事对戚小姐的影响不小。只是虞总向来不堵媒体人的口，对于逢场作戏也可有可无，不知道会不会答应。

片刻，虞故峥出声喊："庄成。"

庄成忙应。

"桌上少个相框，"虞故峥将签完字的文件合起，"找时间摆上。"

庄成一愣，也看向办公室内那张宽敞明净的红木办公桌，恭敬地问："是要摆谁的照片？"

虞故峥仍在看戚鱼，不知道在想什么，话语里似有纵容："太太的。"

庄成面露诧异，随即反应过来，说道："戚小姐，那就麻烦您提供一些生活照，我马上找人去做。"

戚鱼一时没吭声，像有些愣愣的。

"不急。"

虞故峥对庄成道："和梁贺约在角马，明天下午。上次费康源要提的事，也一并安排在明天。"又问戚鱼，"明天我们去拍合照，有空吗？"

"嗯。"

庄成那边去重新安排工作行程，出去了。恰时手机来电声响起，虞故峥接通，应该是合作伙伴打来的越洋电话。

戚鱼垂睫捧着水杯慢慢喝了一口，感觉自己的心跳怦然作响。笔记本上的一行字，她反复看了几遍，还是没看进去。

耳边都是虞故峥些微压低的声音，低醇顿挫，听着比平时要疏冷压迫，他讲英文也很好听。

虞故峥驻足在落地窗前打完电话，衬衣袖口忽然被轻轻牵扯了一下。

"您要喝这个吗？"戚鱼不知道什么时候挪到他旁边，递过来一小杯蜂蜜茶，小声道，"这个应该可以润嗓子，我还多加了两勺蜂蜜，很甜……很好喝的。"

虞故峥无声俯视戚鱼片刻，稍稍笑了，接过道："不用向我道谢。"

戚鱼稍顿，摇摇头，回道："还是要……谢谢您。"

"这是该有的诚意。"

蜂蜜茶确实甜得过头了，倒是不腻。虞故峥饮尽，搁下杯子，道："绯闻的事，以后不会再有。"

戚鱼等虞故峥喝完，心跳还是快，半晌才"嗯"了句，想起问："明天我们要去哪里？"

"马场。"

临近期末，接下来两周都会是不上课的复习周。戚鱼暂住进虞故峥在近郊的那幢别墅内，没回学校。

当晚，洗完澡，她收到乔文文的微信。

【乔文文：小鱼你今晚还回宿舍睡不？】

她放下浴巾。

【戚鱼：这几天我都不回来了。】

【乔文文：好，那你好好复习！不回来也好。】

【乔文文：那个乱写你的公众号已经改了，有好多人跑到我们宿舍门口围观。】

戚鱼点开乔文文转发的公众号推送链接，先前那篇阅读量破十万的文章已经显示被删除，写文章的个人公众号还新发了一则简短的解释。

道了歉，说之前的消息有失偏颇，是误会一场，不知道那位学妹和大佬是订婚关系，学妹也不是之前盛传的表白墙第三者。

消息应该传得很快，连许圆也发信息向戚鱼确认，满屏的问号和感叹号。

戚鱼没有瞒着，回完消息，兀自踩着拖鞋去了露台。

夏天的晚风吹得很舒服，她趴上栏杆，前倾身体往外探了点，扭头能

.077.

看到隔壁房间的露台，以及透出来的一点灯光。那是男主卧，虞故峥的房间。

戚鱼的脸颊慢慢靠贴上手肘，侧着脑袋，默默瞅了会儿。

她想起虞故峥说要拍合照的事。

两人的关系好像近一点了。

她不是一个很贪心的人，在这件事上，却很想再近一点点。

翌日，庄成一早就在别墅里露了脸，给戚鱼带来一个摄影团队。其中的女摄影师平时是给时尚杂志拍大片的，寻常的人物还请不动她，但对戚鱼却异常热情，见面一直找话题攀谈。

在去往马场的路上，庄成和摄影团队一辆车，戚鱼上了虞故峥的车，身边总算安静下来。

车内，戚鱼想了下，转向虞故峥道："其实，您不需要这么正式的，可以直接让庄叔叔帮我们拍一张合照。"

虞故峥看了一眼戚鱼，反问："不适应？"

"不是的。"戚鱼摇头，回道，"就是觉得，太麻烦您了。"

虞故峥不与戚鱼推让这个，深邃眸眼里似有笑意，没接话，只是随手将平板给戚鱼，容她打发时间。

须臾，戚鱼蹭着平板的屏幕边缘，又开口："昨天晚上……我还去看了您上次说的给我放零食的房间，我也很喜欢。"

司机从后视镜看了一眼戚鱼，没想到今天戚小姐的话格外多，跟要去郊游的小孩似的，终于有同龄人的样子了。

虞故峥也笑了。

"心情不错。"

谁知道戚鱼一见虞故峥笑了，手指不由得绕紧耳机线，默了一瞬，忽然扭回头，乖乖坐好。

"嗯。"

一个小时后到达目的地。

附近是市郊新开业不久的马术俱乐部，提供度假服务，占地上千亩，酒店和高尔夫球场一应俱全，丘陵山水共一色，风景极好。

俱乐部的经理早早就等在停车场，毕恭毕敬地笑着将一行人接到酒店，先接待午饭。交谈过程中，戚鱼才知道这里有虞故峥的投资。

一进包厢，她稍顿了顿。

包间内早等着一位中年男人，以及另一位熟面孔。那人戚鱼见过，是苏桐的那位富二代前男友费哲。

"虞总，终于把你盼来了。"中年男人立即起身来迎，笑道，"这顿赔礼饭我可是准备很久了，几回都和你的助理约不上时间，我不知道有多提心吊胆。"

入座后，服务生很快拿来菜单。虞故峥转递到戚鱼面前，接道："给她的赔礼，不看我的时间，要看她。"

"是，是。"

中年男人随即向戚鱼做自我介绍，是某个药企的老板，也是费哲的父亲。

费康源对着小自己两轮的戚鱼一口一个虞太太，满脸堆笑："虞太太，上次那事是费哲不懂事，我教育过他了。今天我叫他来给你赔罪，希望你海涵。"

"对不起。"费哲在他爸面前没了上次在会所见到时的嚣张气焰，态度服帖地给戚鱼鞠躬道歉，"上回我不对，说话没分寸，你别生气。"

戚鱼看了看虞故峥，又看费哲，思忖一会儿，回道："我没有生气。"

"虞太太年纪轻轻，气量却大，果然跟虞总般配得很！"

费康源哈哈一笑，顺势连连夸了戚鱼几句，打开话匣，话题又转向别的地方。

明面是赔罪，实则还是谈生意。

戚鱼听对方和虞故峥聊起金融、时政，又谈最近公司将要招股募资的一个生物医药项目，动辄上百亿的单子，一杯茶的工夫就出了眉目。

费哲显然听得无聊，碍于他爸的威严只得规矩坐着，一看对面的戚鱼，她正在喝水。

上次在昏暗的包厢里没看仔细，这回费哲看清了戚鱼的脸。她皮肤白皙细腻，目若点漆的一双眸，唇红齿白，五官精致，是个万里挑一的小美人。

费哲天生爱美人，更爱戚鱼这种气质乖顺的，但视线偏移几寸，看到了她手上戴的戒指，刚动的心思悻悻掐灭了。

可惜。

饭桌上的谈话仍在继续，费康源记起今天的局应该还有一人："听庄助说，今天启逸科技的梁总也会来？"

虞故峥瞥过包厢内挂钟的时间。

"该到了。"

不过两分钟，果然又有人进包厢。

"虞总！费总！"来人身形微胖，还带了女伴过来，一脸赔笑，"我来晚了。"

费哲一见到男人身后的女伴，立刻瞪大眼，霎时间坐直了身。

苏桐！

戚鱼循声瞅过去，也难得顿住了。

苏桐一眼就对上戚鱼的目光，瞬间僵滞在那儿。原以为陪人谈事的局，没想到遇见两位熟人，她的脸色刹那煞白。

"你愣着干什么？"男人回头。

苏桐赶紧跟上，六神无主地入座。

来人是某通信科技公司的老总，看上去三十有余，很是健谈，叫来服务生递菜单的时候，还光明正大地捏了捏女服务生的手。

费康源笑道："梁总，怎么不见梁太太？"

"叫不动她。"梁贺搂过苏桐的腰，让她为自己点烟，笑眯眯地回，"这不是有人嘛。"

费康源没见过苏桐，但费哲的目光却紧紧盯着她，脸色阴晴不定。若非有他爸和别人在场，他已经炸了。

苏桐被搂着腰，一眼都没往戚鱼那边看，僵硬地点了烟，脸色也好看不到哪里去。

"这是……"梁贺看见戚鱼，客气地招呼，"虞太太？久仰久仰。"

须臾，戚鱼礼貌道："你好。"

"虞太太和虞总真是般配……"

苏桐的脸色却越发苍白。

上次会所的事后，她以为戚鱼不过是虞故峥包养的。

像虞故峥这样的商界巨擘，对情人确实慷慨大方，连戚鱼这种性格不讨喜的人，一送礼物就是价值百万的胸针。

戚鱼平白无故捏着这么一笔钱，却连拿出五十万都要再三犹豫，后来叫来虞故峥，也只是将一次性付清改为分期付款。

可即便这样，苏桐也还不起那五十万。

苏桐于是就傍上了梁贺。

她自己知道，学校表白墙那条说的第三者是她，但当朋友无意聊起那事的时候，她一时心虚，点名推给了戚鱼。

反正戚鱼也不冤枉。

而她昨天才知道，戚鱼和虞故峥已经订婚了。戚鱼的家世并不像表面那样拮据。

装得真好。

让她觉得自己像个笑话。

饭桌上的几位男人还在聊合作，苏桐忍不住往虞故峥那边看。他的侧颜轮廓分明，偶尔接几句话，随手给戚鱼倒了一杯水。男人的手指修长漂亮，戒指极为显眼。

费哲从头到尾都在盯苏桐，见状冷笑一声，那种讥嘲的视线，让人想忽略都难。

苏桐起先还强撑着牵起嘴角，不多时，终于咬着唇，崩溃了。

"好端端的，你哭什么？"

梁贺捏过苏桐的下巴，有点败兴致，不悦地皱眉。

"我……"苏桐哭也哭得很美，模样惹人疼，"对不起。"

梁贺却有些看腻了，出来谈事，最忌讳身边的人闹情绪，当即赶人："行了，你去隔壁包厢吃饭。"

苏桐难堪得一刻都坐不住，求之不得，刚想走，又听梁贺殷殷地问："虞总，没扫兴吧？"

她不由得看向虞故峥，刚巧接上对方落过来的眸光。

苏桐见过不少这个阶层的上位者，而眼前的男人实在好看，气质出众。明明眼角眉梢有笑意，却疏淡得毫无人气，不近人情。

对视须臾，虞故峥淡淡笑了笑，道："还是留下。"

这话一出，梁贺一愣，不明就里地看了看苏桐，又捏了把她的腰，暧昧地笑问："虞总这是……感兴趣？"

戚鱼喝水的动作停了一下，默默放下水杯，小幅度抿了抿唇。

"都是同龄人。"虞故峥在看梁贺，却当众扣住戚鱼的手，手指不轻不重地抚蹭过她的掌心，轻描淡写道，"正好陪她聊聊天。"

梁贺看见虞故峥握戚鱼手的动作，恍然赔着笑，示意苏桐："听见了？去陪人家聊会儿天。"

苏桐脸色难看，像是极不情愿。梁贺不悦，又问戚鱼："听说虞太太也在读书，是在哪里？"

"我在清大。"

戚鱼还没缓过神，注意力都在手上，紧张到有点不知道自己的掌心是不是在出汗。

"巧了！苏桐也是那儿的学生，缘分啊，你们一定有话聊。"

不是巧合。

戚鱼看向旁边的虞故峥，默了几秒，右手手指动了动，尝试般轻轻回握住了。

"虞总和太太的感情真不错。"费康源道。

"新婚嘛。"梁贺拍了拍苏桐，"还不快去。"

苏桐通红着眼眶，一言不发地坐到戚鱼旁边。梁贺几人并不拿她此刻的屈辱感当回事，费哲则乐得冷嘲看好戏。她的目光越过戚鱼看虞故峥，心里仍抱有一丝侥幸幻想，哭的模样我见犹怜。

戚鱼在苏桐坐过来的时候注意了一眼，安静地想了下，没有主动开口。

苏桐也缄默着，两个人的确没什么好聊的。

这段小插曲过去，桌上的几人依旧继续刚才项目合作的话题。虞故峥不看这边，却一直没撤动作。

直到服务生进包厢，开始上菜。

戚鱼惯用的右手被牵着，她没有抽出来的想法，就不夹菜，又慢慢喝了口水，平复了下越来越吵闹的心跳。

忽然听见虞故峥问："吃不惯吗？"

戚鱼抬起脑袋，摇摇头："没有，但是……"

她瞅向自己的手，有点茫然。

虞故峥眸底的笑意加深，没接话，却也没松开。

"苏桐，你帮虞太太夹菜。"梁贺明白了，扬声吩咐，"不会聊天，夹菜总会吧？"

虞总有你侬我侬的兴致，旁边的人也只有顺着来的份。梁贺要借讨好戚鱼的机会和虞故峥达成合作，隐含警告意味地看了一眼苏桐，意思是让她摆清楚自己的位置，再不配合，就给他滚。

苏桐一颗心顿时冷到了冰点。

桌上觥筹交错，苏桐拿起公筷给戚鱼夹菜，泪痕顺着下巴滴落，妆都哭花了，脸上尽是羞辱。

饭局过半，戚鱼离席去卫生间，在洗手台前杵了会儿。

她掌心轻轻蹭了下裙边，暂时没有舍得洗手。

缓了两分钟，卫生间的门又被推开，苏桐进来，在台边洗完手，又抽纸擦干了自己脸上的泪痕。

"看我这样，你应该还挺开心吧。"苏桐扔了纸巾，转向戚鱼，"前两天朋友圈传你的那些事，是我说出去的。"

戚鱼闻言"嗯"了句，片刻才道："我知道。"

"既然你有钱，平时干吗装一副没钱的样子？"苏桐看着戚鱼人畜无害的乖顺模样，轻嗤了一声，"我们宿舍里最有心机的就是你。"

戚鱼瞅了苏桐一眼，没有回她的话。

"你不想问问我为什么在这儿？"苏桐的眼眶还是红，不甘地叫住她，"你要是肯借我钱，我也不至于变成这样。"

就在刚才的包厢里，她那点自尊心被践踏成了碎屑，每一片都在提醒着她的可笑。

"我看得出来，虞故峥对你没太多感情。"苏桐一心想在戚鱼身上找平衡，口不择言，"都是为了钱才在一起，你和我有什么区别？你比我还不如。"

戚鱼停住脚步，回头。

"你在这里，不是因为我不借你钱，是你当初想要费哲的礼物，因为你没有。"戚鱼的杏眼里澄澈无波澜，不见生气，"但是你想要的太多了。"

苏桐的脸色顿时犹如被打一耳光，愕然又难堪。

她家境不好，一路从小地方念到大城市，再怎么成绩好，再怎么被追捧成人物，骨子里的自卑还是抹不去。买东西要挑贵的，男朋友也找富，所有的心高气傲都来自外表光鲜的包装。

片刻，苏桐颤着音，质问："说什么联姻，说得好听，不也是为了钱？"

戚鱼却摇了摇头。

"我和你不一样。"

两个月前，知道要和虞故峥联姻的时候，戚鱼还不太执着，也不一定要在一起。

可即便过了这么久，还是喜欢。

已经，很喜欢了。

戚鱼垂下眼睫毛，很轻地蜷缩了下右手手指，碰了碰刚才触到的掌心。

那一笔合约费，她也已经不想要了。

苏桐回到包厢后，比刚才更失魂落魄。

梁贺看得烦躁，也觉得扫兴，更怕扫了虞故峥几人的兴致，于是等饭局过后就赔笑着要带苏桐走，想回去算账。

临走前，梁贺不忘向虞故峥赔礼道歉："女人就是麻烦，不知道怎么了，一个劲哭。"

好在虞故峥似乎并不上心，只给了一句话："哭是长记性。"

苏桐的脸色在刹那间更苍白了，但梁贺没听懂，打着哈哈说是，又是一番恭维，这才走了。

费康源邀请虞故峥去打高尔夫，想边打球边聊公事，费哲只能跟着。

虞故峥看了眼戚鱼，让庄成陪她去马场骑马。

"虞总，你这是不舍得虞太太跟我们一起啊？"费康源调侃。

"今天带她出来散心，打高尔夫太闷。"虞故峥对庄成道，"马挑温驯的，别摔到人。"

戚鱼被庄成带去了马房，很快有专业的驯马师过来陪他们一起挑马，选了一匹高大温顺的温血马。

戚鱼是新手，不能跑马，驯马师就牵着她在马场里慢慢悠悠地逛圈。

碧草连天，白马佳人。

不远处，一直被冷落的摄影团队没活干，镜头对准了正在骑马的戚鱼和牵着马的驯马师，"咔嚓咔嚓"连拍数张。

草场另一头，费哲跟着一行人打高尔夫回来了，也注意到马场那边。

"哎哎，虞总，你看那儿。"

虞故峥将球包递给球童，抬眸望去。

"虞太太是真好看！这一身马术服穿在她身上，气质完全和别人不一样。"费康源刚谈成项目，殷勤地夸赞，"怪不得之前都不见你带太太出来，长得这么好看，肯定是要金屋藏娇了。"

马场内，戚鱼骑着白马，一身贴身的白色马术服，腰身曲致，跨马的腿纤细笔直。她正接过驯马师递的草料俯身喂马，弯身的时候，乌黑长发从肩背流泻而下，散在风中。

这一幕，戚鱼身上的学生气被压下去了，少女气息却鲜活起来。

虞故峥没有接费康源的话，视线远远落在戚鱼身上，眼底深邃无波，情绪与平时不太一样，却又细微难辨。

戚鱼已经绕了马场十几圈，忽然听见身后骑马跟着的庄成叫了一声"虞总"。

"别急，我扶你下来吧。"驯马师看出她想下马，忙伸手。

戚鱼顿了下，摇摇头道："不用了，我自己能下来的。"

然而她刚尝试两秒，双手又扶回了马鞍。

"我一个人下不来，您能帮我一下吗？"这话问的是径直走近的虞故峥。

驯马师一看，识趣地退到一边，看来没他什么事了。

戚鱼看着有点紧张，对视一瞬，虞故峥道："下来。"

她乖乖想翻身下马，动作很小心，腿刚跨到一侧，腰际蓦然一紧，被虞故峥托扶着腰背安全带下了马。

戚鱼才站稳，感觉到腰际的力道没撤，有些茫然地抬起脑袋，恰好对上虞故峥近在咫尺的英隽面容。此刻他那双桃花眼离得太近，敛着眼帘看她，显得要命的勾人。

她心跳怦然动了动。

虞故峥俯视着戚鱼的眼睛，像打量得很细致。

半晌，虞故峥轻轻笑道："确实好看。"

戚鱼被夸得明显无措，心跳实在太快，怕被听到，下意识地往后挪了一步。

"我下次可不可以去看你们打球？"

虞故峥接过庄成送过来的水，旋开，递给戚鱼，问："不喜欢骑马？"

"也不是。"她如实道，"我不会骑马。"

"那就不骑马，换成别的。"

虞故峥又问："考过驾照吗？"

戚鱼跟在虞故峥身后，问什么回什么："还没有考。"

"放暑假的时候去考。"虞故峥道，"送你一辆车。"

戚鱼愣了下，好一会儿才问："您……为什么想要送我车？"

虞故峥像是短促地笑了一声，脚步稍顿，低缓的嗓音传来。

"怎么不说还不起了？"

戚鱼也跟着他一起停下，见他回身，垂眸看她。不知道为什么，戚鱼觉得他眼底有星星点点的谑意，不轻佻，反而很好看。

局促了几秒，她认真地回："不管您送我什么，我肯定是……还不起的。"

旁边庄成越听越讶异。

虞总居然也会逗人了。

戚鱼喝了一口水，没看虞故峥。她的手指默默贴着冰凉的水瓶，只觉得心跳似乎越来越快。

片刻，又听到对方的声音。

"庄成不一定随时在国内。"虞故峥道，"下次你什么时候想回家，自己开车回来。"

第六章

做鲸，不必做鱼

从马场回来不过一周，摄影团队就把戚鱼和虞故峥的合照修完传了过来，庄成给戚鱼也发了一份。

戚鱼看了下，这组照片是虞故峥扶她下马的抓拍，还有几张两个人在马场上并排走路聊天的照片。

摄影师很会抓拍，构图和光影都极为动人。

戚鱼一张不落地把合照存进了手机相册。

期末的考试安排持续两周，这几天戚鱼不住学校，庄成又跟着虞故峥一起出国去了马来西亚，就都是虞宅的司机送她去考试。

考完最后一门，戚鱼回宿舍收拾东西。

"宝贝你怎么这么快就走了！"乔文文还有一门选修课没考，很闲地往戚鱼桌前搬小凳子坐下，"来来，坐会儿，咱俩聊聊。"

戚鱼放下叠好的衣服，抬头："什么？"

"我就是想知道，你们富家千金的暑假都是怎么过的？"乔文文八卦，"去马尔代夫看海？去北海道吃海鲜？跟我说说呗！"

戚鱼认真地想了两秒："我找了一份家教兼职，在学校附近，应该要教一个月。"

乔文文震惊地问："没啦？"

"可能还有别的兼职。"

乔文文喃喃道："懂了，现在有钱人都时兴勤工俭学了。"

聊天间隙，有人敲门。

自从上周那个公众号解释了戚鱼的事后，不时有看热闹的女生跑到她们宿舍门口来打听八卦。不过大众的新鲜劲也持续不了几天，这两天来她们宿舍门口围观的人几乎没有了。

来的是许圆，她只字不提公众号的八卦，一来就跟戚鱼说正事："我们下学期，大概十月份的时候吧，应该会出去打比赛，你八月份的时候有空吗？"

戚鱼对了一下脑海里安排好的行程，回复："嗯，有空的。"

"太好了！那到时候我们抽几天训练训练。"许圆揽住戚鱼的手臂，神秘地问，"还有还有，亲爱的，你能不能帮我向你那个谁，要一个签名啊？"

戚鱼一时没听懂。

"就是你……男朋友？未婚夫？"许圆说出来也觉得不自然，忍不住笑道，"我男朋友特别想进华泰的秋招，想要一个大佬的签名祈福……你要是嫌麻烦就算了。"

没想到戚鱼愣了一下，居然也抿唇笑了瞬，颊边陷进一个小小的酒窝。

"嗯，好，我尽量。"

今年的暑假，戚鱼不用再回戚家。除了戚明信在七月初给她打过一个电话，孟贞兰没再找过她。

假期开始第三天，戚鱼接到一个本地的陌生号码，对方态度热情，自称是某个驾校的负责人，反复保证他们接下来会提供全程的驾考辅导，一定让她快速拿本。

戚鱼挂完电话，查了马来西亚的时间，斟酌了下，拨通虞故峥的号码。

响了几声，那边接起，她听见虞故峥沉静地吩咐一句，让庄成暂停会议。

戚鱼顿时紧张地问："您还在开会吗？"

"不要紧。"虞故峥的语气仍是处理公务时的疏淡，一顿，低缓几分，简扼地问，"怎么了？"

戚鱼一五一十地报备道："也没有什么事……就是刚才您给我报的驾考班联系了我，说我明天就可以上课，麻烦您了。"

片刻，虞故峥那边似乎是轻笑了一声。

"你对我还不是麻烦。"

明明虞故峥的音色含笑，戚鱼却听出了点别的意思，想了下，小声询问："您是不是心情不好？"

虞故峥的语气似是褒奖："你比他们聪明。"

会议室里鸦雀无声，其中一名高管唇抖如筛糠。

大马这边的项目出了差错，有高管捅了娄子，在座十几个人等候发落，吓得大气都不敢出。

戚鱼感受过虞故峥更具压迫感的时候，没有发怵得挂电话，反而想了想道："您可以喝一点蜂蜜茶，甜甜的，心情就会好很多了。"

电话里，少女的声音格外糯，像沁了甜意。

挂了电话，庄成小心地问："虞总？"

"继续说。"

会议进行到一半，有秘书进来换咖啡。

虞故峥却止住她的动作。

秘书忙用不太流畅的中文问了句，态度惊慌。

眼前矜贵的男人好看是好看，可敛尽笑意后，疏冷得几乎不带人气。

"怎么了，虞总？"庄成也问。

虞故峥略一沉吟，沉静无波的神色里总算带了点兴味，搁下杯子道："去换杯蜂蜜茶。"

暑假对戚鱼来说和上学的区别不大，接连一周，她在做兼职的闲暇抽空看完了驾考的网课，很快考过科目一，又紧接着开始学习科目二的路考。

一般是早出晚归。

这几天别墅里除了值班的管家、用人就只有戚鱼，但她不到处乱走动，吃完饭就上楼待在女主卧，只有在睡前会去露台杵一会儿。

卧室的露台下种着一片竹林，晚风一吹就簌簌作响。戚鱼趴在栏杆边听竹海声，侧过脑袋，目光瞅了片刻男主卧那边的露台。

那边漆黑一片，虞故峥应该还在国外。

忽然，目光所至的露台亮起了灯。

一道颀长而熟悉的身影走出来。

虞故峥咬着烟，还没点燃。似乎察觉到不远处的视线，他转头瞥见了在隔壁发愣的戚鱼，笑了。

"看哪里？"

戚鱼："啊。"

虞故峥摘下烟，又进了房间。

戚鱼猝不及防，不过两分钟，卧室传来了叩门声。

开门，虞故峥站在门外，手上的烟已经不见了。戚鱼捏着门把手，难得有点无措地问道："您……您是什么时候回来的？"

"才到。"虞故峥打量戚鱼，问，"怎么还不睡？"

"我快要睡了。"戚鱼仰脸看着他，缩在拖鞋里的脚趾蜷了一下，局促地回，"明天早上要去练车。"她又补一句，"我学到科目二了，后天就能考试。"

虞故峥失笑一瞬。

"不查你的作业。"

"嗯。"戚鱼像怕冷场，找话题问，"您这次回来，会在这里待很久吗？"

"这几天都会在。"

虞故峥看起来兴致不错，反倒问："有事要问我？"

其实戚鱼只是想多说几句话，但回忆了下，确实有一件事，片刻后，"嗯"了句："是我有一个同学想要您的签名，可不可以？"

戚鱼见虞故峥同意，看了看他，接着转身回卧室内，想找纸和笔。

床边的化妆台被戚鱼当成了书桌用，桌上堆着明天下午要做家教的备课教案。

戚鱼想从草稿纸和笔记本中挑出能签名用的，忽然自身后伸过男人漂亮而修长的手，拣起她放在最上面的那本教案。

"放假还要学习？"

戚鱼鼻间嗅到了淡淡的沉香味，顿了好一会儿，才回身看虞故峥，点了点头，回道："我接了一个家教的兼职，在教高中的数学。"

她已经不打算要那笔合课费，而虞故峥送的东西，也不可能卖掉。戚鱼还没攒够钱，就只有继续做兼职。

这些她当然不会说。

虞故峥看了几页戚鱼的教案，搁回桌上，说道："我这里再给你一份兼职。"

"什么？"

"明早下楼吃早饭，会有零花钱。能回来吃晚饭，也有。"虞故峥道，"当然，早睡也会有。"

戚鱼似乎有些没听懂，默了半晌，按自己的理解，讷讷地问："是……只是待在家里，就有零花钱吗？"

"等你考出驾照，也有。"

戚鱼和虞故峥对视几秒，组织了会儿语言，实话道："您这个不是兼职，您这个是……"

"怎么？"

戚鱼小声道："慈善。"

虞故峥稍眯了眼眸，一双深邃桃花眼静静俯视戚鱼须臾，片刻笑了："是学习。"

戚鱼抿了下唇，心跳更快，也更茫然，问道："学习？"

虞故峥却不接话，随手从桌上的草稿本中抽一张纸。

他执笔，签了名，而后将签名纸搭在戚鱼的教案旁边。

戚鱼循着虞故峥的动作看过去，见他的眸光恰好落过来，难辨情绪的一眼，分不出是倦意还是懒意，好看得要命。

"不学这个。"虞故峥屈指叩了下教案，淡淡道，"去学怎么过一个假期。"

卧室内静默了几秒，戚鱼都快听见自己喧闹的心跳声。

她忽然低头收回视线，半天才开口问："我要什么时候睡觉，才算是早睡？"

"现在。"

戚鱼点点头，没看虞故峥，回头板板正正地爬上了床，靠着抱枕坐好，被子拉到腰际才发现身上穿的不是睡裙。

一顿，她又放下怀里抱着的玩偶，掀开被子穿拖鞋，自顾自地认真解释："我好像忘记洗澡了。"

"不急。"虞故峥看了戚鱼一眼，"不扣你的零花钱。"

戚鱼想去洗澡，坐在床边又停住，像紧张道："那您……"

"平时不习惯一个人睡？"虞故峥问。

"什么？"

戚鱼的心怦然一跳，终于抬起脑袋，才发现虞故峥的眸光落在床头，原来是在看她枕边躺着的那只兔子布偶。

布偶看上去很旧了，到处都是磨旧的痕迹，但戚鱼会定期清洗它，所以很干净。

"这个是我妈妈留给我的，有很多年了。"戚鱼伸手拿过来，亲昵地捏了捏兔子的双耳，小声道，"我小时候睡觉的时候，就喜欢它在旁边，现在已习惯了。"

虞故峥垂眸俯视戚鱼的眼睛，片刻接话："戚太太过世那年，你应该还小。"

戚鱼"嗯"了句，说道："我妈妈是……在我三岁的时候离开的。"

"十六年。"虞故峥打量戚鱼怀里抱着的布偶兔，一顿，才稍稍笑了，"留了这么久，倒是长情。"

戚鱼抱着布偶的手指顿时紧了下，差点要泄露心事。

恰好虞故峥的手机响起，那边庄成有工作上的急事要找。他刚回别墅不久，又要去公司，离开前打内线电话叫来用人，给戚鱼送了一杯热牛奶上来。

戚鱼捧着热牛奶，坐在床边安静地喝掉。

她摸了摸胸口，心跳还是特别快。

坐了会儿，她把杯子放回桌上，注意到教案旁边的签名纸，拿起来仔细瞅了一眼。

虞故峥的字极为漂亮，签名走笔遒劲。

然而，他在签名下还添了一行，笔锋凌厉的四个字：辞学行乐。

这段时间以来戚鱼的日常安排得很满，上午学车，下午做家教兼职，晚上回去备课，或者接一些做网页、小程序的私活。

傍晚从家教小区出来，戚鱼接到一个电话。

孟贞兰在那头道："你爸明天过生日，我已经跟虞故峥的助理说过了，你明天就跟虞故峥一起来。"

戚鱼默了会儿，才平静地"嗯"了句。

"还有，上个月的生活费我忘记打了。"

明天戚鱼要回戚家，她现在翅膀硬了，孟贞兰怕她向戚明信当众告状，让自己下不来台，于是话锋一转，笑道："晚点我连着这个月的一起给你，不会怪我健忘吧？"

"不用了。"

"怎么能不——"

孟贞兰的场面话还未说完，一看通话，难以置信地揭下面膜——戚鱼现在居然敢挂她的电话。

还真是翅膀硬了！

当晚，虞故峥难得出现在家里用晚餐。

戚鱼还在喝汤，听对面的虞故峥出声："明天是你爸爸的生日，你继母打过电话，想我们明晚过去。你想去吗？"

她想了想，抬起脑袋："明天晚上您有空吗？"

虞故峥没接话，打量戚鱼须臾，很轻地笑了一声："看来是不想去。"他问，"怎么了？"

"下午我挂了我继母的电话，明天在那边的气氛不会很好。"戚鱼放下汤勺，小声回。

"挂就挂了。"虞故峥似不在意，并不细问原因，又问，"你的生日呢，以前办过吗？"

戚鱼："啊。"

她稍愣片刻，才回："我吗？"

恰好阿姨端上了餐后甜点，是一块草莓慕斯蛋糕。戚鱼瞅了眼，摇头道："以前没有办过正式的生日会，但是我爸爸会转一笔钱给我。那也是很小时候的事了，后来，他可能也忘了。"

戚明信的公司生意确实很忙，小时候的戚鱼很少能在戚宅里见到他，所以孟贞兰和戚娴、戚甜这几个人占据了她很大一部分的童年，而这段童年，戚鱼不太想回忆。

可即便再忙，每年在孟贞兰为戚甜办的生日会上，戚明信也会到场。

虞故峥看着戚鱼，问："没有闹过情绪？"

沉默了会儿，戚鱼回视，杏眸漆黑湿润，诚实道："有的，我在很小的时候……讨厌过爸爸，也讨厌过我继母她们，也很难过，会哭，但是现在不会了。"

并不是不再讨厌了，而是根本就不在意了。

虞故峥的视线未动，不知道在想什么，隔着长桌的距离，容色显得影绰不分明。

"我记得你是二月份的生日。"少顷，虞故峥拿了打火机，起身，"今年的生日也没有办？"

戚鱼点了点头，以为虞故峥要去抽烟，目光跟随着他往外挪。

然而虞故峥的身影停在酒柜前，片刻，像找到了什么东西，又向餐厅门口去，道："那就补过一次。"

下一秒，"咔嗒"一声，餐厅这一片的灯光熄灭了。

戚鱼无措地在黑暗里眨了眨眼，刚想站起来，动作一顿，感觉到脚步声渐近。身后有气息靠近，熟悉的沉香味顿时将她的那一点不安压了下去。

伴随轻微的打火机声响，虞故峥点燃细长蜡烛，倾俯过身，插在戚鱼面前的蛋糕上。

"送你一个愿望。"虞故峥的声音在戚鱼脑袋上方响起，低而从容，"明天不想去戚明信的生日宴，那就不去。"

戚鱼盯着蜡烛上跃动的火苗，心跳如擂鼓，没扭头看身后的人。

"我要是提了，我们就真的不会去吗？"

虞故峥像是笑了，道："提提看。"

戚鱼没吭声。

两家有商业合作，于情于理，明天虞故峥都会去戚明信的生日会。

她可以借着说以前的事，偷偷地，哪怕让虞故峥小小地心疼她一下，但不能真的有恃无恐，提这样的事。

"那……"

不能有恃无恐，却可以……得寸进尺。

戚鱼站起来，转身，仰脸看虞故峥，像不确定道："您可不可以抱一下我？"

"或者，给我唱一首生日歌。"她思忖着继续道，"这样就算过过生日了，好不好？"

对视几秒，虞故峥没接话。

他那双漂亮深长的桃花眼俯视着戚鱼，稍顿，问："不打算提明天不去的要求？"

戚鱼有些笃定，点点头，道："反正我提了，您应该也不会同意的。"

虞故峥无声地看了戚鱼片刻，忽然笑了，低缓道："不识好歹。"

这四个字被他念出来没半点火气，反而"当啷"如碎玉，一下一顿地敲在戚鱼心上。

戚鱼不能看虞故峥笑，感觉紧张，刚想低下脑袋，垂在裙边的手腕却被轻扣住了，一道力气将她整个人往前方带。

虞故峥略一俯身，气息欺过来。

淡色的阴影罩落。下一秒，戚鱼腰脊一紧，被虞故峥拥进怀里。

明明是一个循礼的拥抱，但戚鱼滞在那里，一动都不敢动。

半晌，她才小心翼翼地伸手攥住虞故峥的衬衫，借着稍显昏暗的光，用脸轻轻蹭了下对方的肩，往里埋了埋。

此刻她脸上的笑，她不想让任何人看到。

这一刻的快乐，她也不想跟任何人分享。

戚明信的生日会在戚宅里办，请了一些亲戚和生意伙伴来参加。虞故峥到戚宅时，戚明信亲自出门厅接人。

这算是戚鱼订婚后真正意义上的第一次"回门"，戚明信还是慈父模样，笑容温和地问了戚鱼一些学校里的事，又忙接过虞故峥带来的礼物。

戚明信当众揭开长画框上的黑缎布，周围顿时哗然声一片。

眼前画框里裱着一幅名人山水画，引首还有乾隆亲题的四字楷书，拍卖行里出来的真品，一看就名贵异常。

戚明信平时附庸风雅，最喜欢这些，当即想请虞故峥去书房品画谈生意，又对戚鱼蔼声道："小鱼，你也有好久没回家了，去找你姐姐们说说话。"

戚鱼顿了下，没有回话，却扭头看向虞故峥。

虞故峥接上她的目光，道："你一起上来。"

戚明信一愣。

"故峥你们谈事情，她跟上去也无聊，还不如待在客厅里跟我们一起聊聊天。"旁边还有亲戚看着，孟贞兰笑道。

戚甜羞怯地注视虞故峥，也接话："是呀，上去不是太打扰你们了吗？那也太不懂事了。"

"有道理。"没想到虞故峥竟然破天荒地应了。戚甜脸热心跳，还没反应过来，见他微微笑了，又道，"那就不懂事一回。"

戚甜蓦然愣怔。

戚鱼也怔住，垂在身旁的指尖忽然碰到了男人修长温热的手指，垂下睫毛，发现虞故峥自然地牵住了自己。

"要不要去书房？"虞故峥问她。

片刻，戚鱼稍微回握住了，点点头。

虞故峥真要带戚鱼一起进书房，戚明信当然也不能说什么。戚鱼跟着上楼，默默瞅着两人相牵的手，回想起来。

昨晚那个拥抱过后，虞故峥送她上楼睡觉，在卧室门口对她说过几句话——

"明天你的继母和姐姐不会为难你。合作是我和戚明信的事，婚约是我和你之间的事，别人插不上手。"

这话的意思应该是，如果孟贞兰她们为难她，他会帮她。

戚鱼的心跳很快，斟酌了一下，才措辞道："其实我跟她们待一起，也不会怎么样，您也不用……特意帮我。"

对视几秒，虞故峥失笑一瞬，接话："下次说你想说的话。"

戚鱼被虞故峥看得有点紧张，一时不知道怎么回。

须臾，听他又道："不和她们待一起，和我一起。"

……

楼梯口，戚甜低声愤愤道："戚鱼还真把自己当回事了？周围这么多人，虞故峥做戏而已，她还真跟上去！"

孟贞兰听得皱眉，但没说什么。

换成平时，孟贞兰估计要呵斥戚甜几句，顺便还会让女儿对戚鱼态度好点，免得让虞故峥觉得这是不给虞家面子。

可一想到昨天被挂的电话，孟贞兰心里发笑。戚鱼联了姻，不会真以为她能仗着和虞故峥这段貌合神离的关系，可以回戚家摆架子吧？

戚鱼和虞故峥一起上楼进了书房。戚明信将那幅山水画摆在办公桌上，爱不释手，拿起放大镜仔仔细细地观察。

家里阿姨泡了茶进来，虞故峥瞥了一眼，让阿姨将戚鱼面前的龙井换成蜂蜜茶。

两个人要聊画，戚鱼就捧着杯子坐在旁边听，也不出声打扰。

虞故峥好像什么都会，下棋、字画，甚至厨艺。

戚鱼咽下蜂蜜茶，听两人聊天，抿了抿唇，无声地呵出一小口气。

要不要找个时间……也学一下？

"我有很多年没好好练字了，这字写出来不能看。"戚明信照着那幅字画临摹了一遍，不满意地放下笔，"还是把画挂起来吧。"

随后，戚明信叫来阿姨，要把画挂在书房会客区的一面墙上。

那边在忙着挂画，虞故峥正巧接到电话，离开片刻。

戚鱼慢慢喝完杯子里的水，从沙发边站起，到办公桌前认真地看了会儿。

宣纸上的墨已经干了，毛笔还搁着。戚鱼安静地瞅了片刻，尝试般拿起笔，在空白部分学着练了一遍。

她写完，对比了下。

自己的字不算难看，只是撇捺弯钩没有书法的味道。

戚鱼神情专注，重新拿笔，"天"字的一横才落完，顿了下，感觉还是笔力不足。

她刚想放回笔，抬起的动作却被自后伸过来的手微微止住。随后，淡淡的沉香味笼罩过来。

戚鱼明显一顿。

男人骨节分明的手指搭在戚鱼捏笔的上方，没有碰到她的手。但戚鱼睫毛颤了颤，像是有点无措，一时忘了撤手。

身后，虞故峥略俯过身，也不在意，就这么带着戚鱼的手和毛笔，接完了她的字。

横，撇钩，点竖……

戚鱼连呼吸都很轻。

很漂亮的行楷，是一个"戚"字。

"故峥，你看挂在——"

那边戚明信回过头，正好见到书桌前的这一幕，不由得愣了愣，没了下半句。

反倒是虞故峥出声："华泰准备重启澳洲的矿采项目。"

谈起公事，戚明信终于缓神收回视线，清了清嗓子："当年澳洲的那个矿采项目失败，我也听说过，现在要重启……这是虞董的意思？"

"他的意思是，"虞故峥的音色淡而沉静，不紧不慢，"在开发这一块还需要衡量成本。"

此刻戚鱼的心跳吵得惊人，一瞬不瞬地看着宣纸上的笔墨，是"戚鱼"两个字。写完她的名字，他才开始写乾隆的那四字题字。

虞故峥的声音就在相隔不过咫尺的身后。

有种他的气息微拂过她耳畔的错觉。

最后一笔带完，力道撤开。

感觉到身后的虞故峥要离开，戚鱼下意识放下笔转身，仰头。

像一个想要抬头看人的动作，可这个距离，她稍一抬头，嘴唇就不偏不倚在虞故峥的下巴轻轻擦过。

触感温热，很轻很柔软的一下。

虞故峥垂眸看着戚鱼，稍眯了眼睛。

"对不起，我不小心……"

虞故峥没接话，却也没有要撤身的意思。

戚鱼看起来更不知所措了，脑袋往后仰了仰，拉开一点距离："我是想问您……以后我能跟您学写书法吗？"她轻声补一句，"我觉得您的字很好看。"

视线交错一刹，虞故峥笑了。

眼前英隽深邃的五官轮廓顿时有了活气，他那双桃花眼光华流转，情绪不明，问："好看吗？"

好一会儿，戚鱼才认认真真地"嗯"了句。

她的神情不带暧昧狎昵，仿佛就是在回答字好看。

虞故峥的眸光仍落在戚鱼身上，眉眼仍有笑意，并没有回她学书法的话。须臾，他撤开距离，径直转向戚明信谈公事。

戚明信和虞故峥在书房里聊完了矿采项目的初步合作方案，不久后阿姨敲门，提醒说楼下准备得差不多了，生日宴随时都能开始。

离开前，戚鱼瞅了眼桌上那张写着她名字的宣纸，思忖了下，还是没开口。

她刚才已经忍不住，差点泄露心事。

再想带走宣纸，就太明显了。

生日宴在戚宅的会客厅办，宾客入座后，宴席开始。

戚鱼坐在主桌，一顿饭吃下来，不停有人过来与她身旁的虞故峥攀谈和敬酒，基本都是戚家的亲戚。

耳边都是殷切的交谈声，戚鱼还在默不作声地吃菜，猝不及防，面前的碗里被放了一只剥好的虾。

她顿了下，扭头看虞故峥。

"吃不吃虾？"虞故峥侧过眸问。

"吃的。"

一直在搭讪虞故峥的亲戚顿时止声，像才注意到戚鱼，随即热络地笑道："小鱼都长这么大了，真是越长越漂亮了，想当年我刚见到你的时候你才……"

紧接着，从虞故峥为戚鱼剥虾开始，所有过来攀谈的人都会顺道拉着戚鱼热情聊一阵。

虞故峥容色未改，红虾剥壳，贝壳剔肉，一并搁进戚鱼的碗里。

戚鱼乖乖吃掉，垂着眼睫毛，耳边的交谈声逐渐减弱，随之上来的，是自己越来越喧闹的心跳声。

而旁边，全程往戚鱼那边看的戚甜脸色不太好看，差点咬碎筷子。

宴席接近结束，陆续有客人来主桌打招呼告辞。戚甜找了一个虞故峥离席接电话的空当，落座在戚鱼旁边。

"戚鱼，你们今晚不会还要走吧？"戚甜好整以暇地问，"不准备在家里留宿？"

戚鱼已经吃完，静静地瞅了眼戚甜，想要站起身。

"跟你说话呢，走什么走。"戚甜一把拉住她的小臂，使力拽回来。

戚鱼蹙了下眉，挣开了。

"听到留宿你这么紧张？你们不会还没同床吧？"戚甜见戚鱼不说话，心情畅快许多，语气顿时幸灾乐祸，"也是，虞故峥连蜜月都不给你，听说他以前还包下一个海岛跟女模特度假呢，怎么到你这里就没了……"

"戚甜。"

戚鱼乌黑澄澈的眼睛注视着戚甜，一字一顿地叫了戚甜的名字。

她的眼神很平静，戚甜却莫名觉得有点冷意。

发脾气？长本事了？

戚甜冷笑，声音也不受控地扬起："你搞清楚，虞故峥现在对你好只是因为合作——"

"你很了解我？"

一道低缓的声音自身后传过来，疏淡从容，戚甜霎时僵滞。不仅是戚甜，连戚鱼也没有想过虞故峥会这么快回来。

戚甜僵愣地看向虞故峥，又羞又讷然，粉底遮不住她迅速涨红的脸颊。可虞故峥并未分来目光，反而看着戚鱼，起兴致道："做你想做的事。"

戚鱼握着水杯的手蓦然松了力，有点茫然地抬起脑袋，对上了虞故峥沉静垂落下来的眸光。

两人对视一瞬。

虞故峥俯过身，屈指碰了碰戚鱼刚松开的水杯，片刻笑了，道："怎么不泼？"

刚才戚鱼的手指碰到水杯，确实有过想这么阻止戚甜说话的念头。

只是一瞬间。

她缩回手指，抿了下唇，显得有点局促。

虞故峥却将水杯重新递到戚鱼的手里。

旁边，戚甜不知道两人在聊些什么，通红着脸回神，装作亲昵般要揽戚鱼的手臂，边说边贴过去。

"虞先生，我刚才在跟我妹妹开玩笑，小鱼你说是——"

话音未落，变故就发生在一刹那。

戚甜感到戚鱼被自己揽紧的手臂挣了一下，还没反应过来，视线一花，脸就被猝不及防泼了一杯水。

冰凉的刺激感在面部感官间炸开，戚甜不受控地尖叫了一声。

"戚鱼！"那边的孟贞兰刚回头就看到这一幕，失声喝止，"怎么回事？"

此刻戚鱼的心跳快得惊人，她手上还无措地握着泼空了的水杯，没往孟贞兰那边看，而是有些紧绷地看向虞故峥。

孟贞兰也看到虞故峥了，电光石火间猜测着之所以出现眼前的场景，八成是戚甜犯什么事了。

她急步过来，语气已经和缓一百八十度："出什么事了？"

孟贞兰看戚鱼，再怒也语气和蔼："你这孩子，都是一家人，有什么话不能好好说，怎么泼姐姐水呢？"

"妈，她——"

"你闭嘴！去把脸擦一下。"孟贞兰表面斥了句戚甜，到底还是心疼，转向虞故峥，说道，"故峥，你看这……"

"泼就泼了。"

虞故峥接过戚鱼的空水杯，搁回桌上，轻描淡写地笑了，淡声道："下次不准。"

明明这话是看着戚鱼说的，戚甜却感觉自己从脸烧到了脚。

刚送完几位客人的戚明信也注意到这里，忙问清楚情况。虞故峥在旁边，戚甜不敢撒谎，支支吾吾地把话说了。

"我真的是开玩——"

"像什么话！"

一向慈父模样的戚明信面色难看，让戚甜给人道歉。

戚甜被训得低头，狼狈地擦着脸上的水，心里气得不轻，道歉的声音犹如蚊蚋。

戚明信头疼道："戚甜被家里惯坏了，实在不懂事，长不大，是我平时管教太松了。"

"总要长大。"虞故峥看着不见半点追究的神色，话语却耐人寻味，"若要小儿安，三分饥与寒。老话有老话的道理。"

这话就是在说戚甜缺管教。戚明信比虞故峥多活了近二十年，此刻却丝毫没有被强压一头的不快，点头说是，反而板起脸当众训斥戚甜一顿，发话要收走副卡，让她在家闭门思过两个月。

戚甜听到"闭门思过"，一下蒙住了，脸色煞白，不由得看向虞故峥。

男人仍是她初见时候的模样，矜贵从容。可现在看，华美但无人气，多情却又不像。

戚甜从没想过自己有一天会这么嫉妒戚鱼，而嫉妒过后，身上完全冷了下来。

这样的人，她抓不住。

半个小时后，戚鱼找到留在车里的帆布袋，剥开一颗糖，默默含进嘴里。

"还是紧张？"

"……嗯。"戚鱼转头看虞故峥，咬着糖说话就有点黏糊，声音比平时要糯，"我是第一次……这么用水泼人。"

虞故峥问："后不后悔？"

戚鱼摇摇头，一顿，小声回："她说的那些话不对。"

戚甜刚才对戚鱼口不择言说了挺多话，什么同床，什么在海岛和女模特度假，还有因为合作才对她好。

虞故峥看了一眼戚鱼，难得感兴趣问："怎么？"

"我觉得，就算不是因为合作，您应该也是一个很好的人。"

庄成坐在副驾驶座，闻言诧异地从后视镜里看向戚鱼。他跟了虞总这么多年，还是第一次听到有人用"好人"这个词形容虞总。

说这话的时候，戚小姐的神情很认真，也笃定，确实是在夸人，漂亮的杏眸里含着少女的稚气和天真。

虞故峥没接话，和戚鱼对视了片刻。突然，他毫无预兆地伸过手，屈指，轻轻抵起她的下颌。

戚鱼滞了下。

这个动作由虞故峥来做丝毫不轻佻，戚鱼心里却怦然一跳，感觉他的骨节抵着自己下颌处的软肉，下一秒，温热指腹在自己下唇边缘触碰而过。

戚鱼手指动了动，想抬起来的前一秒，虞故峥松了动作，刚才眸底那种深之又深的情绪也隐没了。

接着，虞故峥出声道："下个月有空，教你书法。"

车驶进别墅车库，庄成恭敬地给戚鱼开了车门。

戚鱼回头看，虞故峥没有下车的意思，对她道："你先上去。"

司机以为虞故峥要和庄成谈公事，也暂时下车去抽烟了。而等庄成坐进车里，发现虞故峥开了车窗，咬着烟，神色在丝缕缭绕的烟雾里看不太分明。

"虞总。"

看来虞总就是想抽根烟放松一下。庄成也不提公事，就闲聊："戚小姐现在比两个月前刚见面的时候好多了，那时候我看她怕您，现在好多了。"

虞故峥容色疏淡，问："现在是什么样？"

"现在在您面前她放得开了，也亲近您了。"庄成笑道，"您对戚小姐这么好，她感激您也很正常。"

"好吗？"

庄成颔首道："我可从来没见您对别人这么好过。"

这番话庄成说得真心实意。

一开始庄成倒没有这种感觉，因为虞总对他那个五岁的小侄女也好，在物质上几乎是予取予求，说到底只是随手的施恩，对戚小姐也是。

可上回虞总出面解决了戚小姐舍友的那事，还真在公司的办公室桌上摆了合照——虽说虞总也不怎么回公司，但庄成揣测着虞总的心思，感觉出了一丝上心。

要说是出于婚约的责任感，肯定没有；但要说男女之情，恐怕也差点儿。

庄成猜不出虞总心里怎么想的，但他相信等过了两家的合作期，到时候虞总该断还是会断。再说了，戚小姐心里不也还喜欢别人吗？

"我觉得，也是因为戚小姐讨人喜欢。"庄成见虞故峥并没表露出不耐烦，话也多起来，"她在这样的家庭环境下成长，能是现在这样也不容易。"

烟燃尽，虞故峥随手掐灭，不知道想到什么，淡淡地笑了笑。

庄成看着这笑，像是纵容，也不像。须臾，才听虞故峥平静地出声："确实太好了。"

虞故峥在别墅里仅仅待了两天，就没再露过面。

戚鱼还是照常该考驾照考驾照，该做家教做家教，晚上回来准备一下明天的课程内容。不同的是，这次戚鱼偶尔会约乔文文出来。

有时候是一起吃饭，有时候是看电影。

直到七月底，她都没在别墅里见过虞故峥。

月底时，戚鱼考过科目四，顺利拿到了驾照。可能是驾考班那边的负责方顺道也通知了虞故峥，两天后的一早，戚鱼下楼吃早饭，在一楼客厅里碰见了上门的庄成。

庄成是来送车的。他拿着平板电脑请戚鱼挑车。

软件里有百余款豪车，戚鱼只认认真真地看了几分钟，就确定了一辆。

庄成惊讶，这辆的价格在豪车里根本算不上贵。

聊了几句，戚鱼开口问："虞先生没有回来吗？"

"虞总这段时间都在澳洲。我也是才回来，要办点事，接下来一段时间我都会在，您有什么事可以找我。"

用人阿姨想留庄成吃早饭，推辞间隙，庄成的手机响了。

"虞总。"

戚鱼喝粥的动作　顿。

庄成恭谨地回了几句工作上的进度，又报告了选车的事，对面说了几句什么，紧接着庄成就将手机递给了戚鱼。

戚鱼接过，那边响起虞故峥的声音："确定要那辆吗？"

"嗯。"戚鱼很久没有给虞故峥打电话，手指蹭了下瓷勺，想话题间，"您觉得不合适吗？"

虞故峥道："低于预期。"

"多退少补，剩下的您也可以补给我的。"

话音刚落，戚鱼自己都停了一秒。

这段时间她和乔文文相处久了，听多了类似的话，不过大脑就说了出来。

细听这句话，好像还有一点点撒娇的意思。

戚鱼忽然有些不安。

须臾，那边像是轻促地笑了一声。

"补你一张机票的价。"虞故峥的音色低缓，接话道，"你和庄成一起过来。"

既然是虞故峥的意思，庄成索性就在别墅里多留了会儿，询问戚鱼几句，又写给她一个申请签证的材料单。

"明天我还会过来，先送您去办护照。"庄成道，"澳洲那边还是冬天，您如果有什么需要买的东西，可以给我一个单子，我提前给您准备。"

戚鱼折好材料单，点点头，道谢："好，那就麻烦您了。"

"应该的。"

等庄成离开后，戚鱼上楼进卧室，找出行李箱，将箱子里的身份证拿出来。

收拾了几件毛衣和外套进去后，她坐在床边，垂睫看那张材料单，瞅了一会儿，蹭在床沿的小腿忽然轻轻晃了下。

翌日上午，庄成果然又上门，送戚鱼去办护照。

从出入境局出来，戚鱼没有回别墅，而是请司机将她送到附近的一家咖啡厅。

两个月后在市内有一场 ACM 的亚洲区预选赛，先前戚鱼和许圆他们约好了从八月中旬开始训练。

因为她临时有时间调整，三人见面一商量，将训练提前到了八月初，训练两周。

隔周，戚鱼的加急护照办了下来，八月中旬，去澳洲的签证也过了。庄成早在一周前就已经办完虞故峥交代的事，特地等戚鱼的签证下来，第二天就订了最近的航班回澳洲。

飞机升入云层，戚鱼适应了最初耳鸣的那种不适感，扭过头看窗外。高空下云翻雾涌，她忍不住伸手指，碰了碰冰凉的窗户。

这是她第一次坐飞机，还是飞太平洋彼岸这么远的地方。

十余个小时的飞行，落地在珀斯国际机场，到的时候已经是当地凌晨三点。庄成帮戚鱼提着行李箱，两人出通道，接机的人早就等在航站楼外。

澳洲和国内没有多少时差，这个点，庄成看戚鱼有点困顿，解释："虞总住在市内的酒店，路上还要半个多小时，您可以先眯一会儿。"

戚鱼却睡不着。

一路安静，随着车驶进市区，她那点残留的困意反而越来越少。

半个小时后，车停在市中心的某豪华酒店外，庄成带戚鱼乘电梯上楼，到套房门口，摁响门铃。

开门的是一位棕发蓄须的中年男人，身上的男士沙龙香水很浓，从上至下都是精英模样。他操着一口本地口音的英语，熟络地跟庄成聊了几句，转而恍然，向戚鱼热情地伸出手。

戚鱼也伸手，轻轻地和男人握了一下。

她能听懂两人的对话，庄成刚才向男人介绍她，说是自己老板的未婚妻。

而这是虞故峥的房间。

庄成提着行李箱进套房，戚鱼跟着踩进绒软的地毯，步入复古式装潢的客厅，一抬眼就望见了沙发里靠坐着的虞故峥。

对方一身黑色浴袍，正垂眸看一份资料，容色沉静无波，而旁边身材曲致的红发女人正殷切地给他点烟，主动凑得很近。

戚鱼顿了下。

而后，她身边那位棕发男人也坐过去，搂过女人的腰，笑着说了句什么。

戚鱼蜷缩起来的手指才松了松，下一秒，就对上了虞故峥疏淡抬眼看过来的眸光，视线深而静，在打量她。

对视须臾，虞故峥笑了，掐灭手里的烟，出声是中文，问："热吗？"

"嗯，有一点。"戚鱼有点局促地点了点头。

戚鱼进来的时候裹的是羽绒服，但室内暖气很足，她还在思忖要不要换，虞故峥已经过来，接过庄成手里的行李箱。

"热就脱了。"

也许是熬夜缘故，虞故峥今晚的音色既低沉又沙哑。一个多月没见，戚鱼瞅了眼他，忽然低头看自己的行李箱，感觉心跳怦然得厉害。

那边棕发男人喝尽杯子里的酒，过来笑着说了几句，大概是在提议明天聊工作，却被虞故峥平静地出声止住，用英文道了句"今晚继续"。

戚鱼被虞故峥带到卧室，行李箱搁在衣帽间内。

"你先睡。"

"我睡在这里……会不会打扰到您？"戚鱼回头瞅了眼那张黑色大床，措辞会儿，"那您今晚睡在哪里？"

虞故峥看了她片刻，却问："会认床吗？"

戚鱼乖乖摇头，回："不会。"

"今天太晚，不用洗澡了。"虞故峥已经往卧室外走，淡淡留下一句，"你睡你的。"

外面，庄成见虞故峥出来，忙问："虞总，需要我再去给您开一间房吗？"

"我今晚在这儿。"虞故峥接过旁边递来的酒，简扼地对庄成道，"这里没你的事了。"

卧室内，戚鱼缓过神，挪进衣帽间，从行李箱里翻出睡衣换好。

爬上床前，她注意了下，床铺很整齐，应该是有人理过。但床头柜上搁着一串褐木佛珠手串，还有半杯水。

……确实是虞故峥睡过的床。

戚鱼在松软的被窝里躺了会儿，似乎嗅到点很好闻的味道，很淡，分不清是沐浴露还是须后水的味道。

片刻，她慢吞吞挪到旁边的位置，又轻轻嗅了下。

直到默默滚过整个被窝，戚鱼重新回到最初的位置，开始睡觉。

一夜无梦。

醒来的时候，窗外阳光遍洒，远方是西澳广阔无垠的海岸线。

戚鱼踩着拖鞋出卧室，一眼就看到了在落地窗边打电话的虞故峥，没有别的人。

她明显停了下。

虞故峥身上还是昨晚的黑色睡袍，经过一夜，敞得有些松散。

寻常快三十岁的男人到这个年纪，身材已经开始走形，可虞故峥却身形挺拔，也许是常年健身，他裸露在外的每一寸肌理弧度都漂亮如雕刻。皮肤也很白，却不是冷白，而是那种健康的偏象牙色。

他浑身上下，都带着那股致命的成熟迷人感。

戚鱼手指不受控地蹭了蹭，还拿着的手机就不慎滑落，掉进了地毯。

听见动静，虞故峥看过来。

戚鱼刚紧张地捡起手机，对方已经收了线。

虞故峥失笑一瞬，看着戚鱼，昨晚那种工作时的疏淡感不见了，道："今天不谈工作，我带你出海。"

在酒店吃过午饭，戚鱼跟着虞故峥上车。

昨晚的棕发男人也随行，只是这次身边换了一位金发碧眼的女人，两人坐另一辆车。

车后座，虞故峥闭目小憩，旁边戚鱼安安静静地剥了一颗糖，没开口打扰。

两辆劳斯莱斯一路往海边开，随着周围的建筑越来越矮，视野越发开阔，两个小时后，到达某片海港。

这显然是一片私人海港，游客稀少。眼前的海港泊着几艘型号不一的游艇和渡轮，一艘中型的双层游艇上已经等了人，见到他们的车来，远远在甲板上招手。

戚鱼上游艇，听棕发男人和虞故峥在甲板上聊天，知道棕发男人似乎是叫 Nate，和虞故峥在这里有一个铁矿的项目合作。

游艇没开，艇长和副手在驾驶舱内抽烟，工作人员也来回走动。

忽然后方扬起一道声音，戚鱼回头看，二层小甲板上站着那位金发碧眼的女人，看到众人的视线投过来，她大方地脱了风衣，露出里面性感的比基尼。

棕发男人发出一声暧昧的笑，对虞故峥说了句什么，过去了。

戚鱼扭回头看，见虞故峥瞥了眼甲板上的女人，神色有点似笑非笑，一双桃花眼里并无情欲。

随即，虞故峥看戚鱼，问："会晕船吗？"

"我不知道。"戚鱼如实回，"我以前没有坐过船。"她又补一句，"昨天也是第一次坐飞机。"

"感觉怎么样？"

戚鱼想了下，正要回，恰好庄成从船舱里出来，颔首给了虞故峥一小袋东西："虞总。"

"晕船药和防晒霜。"虞故峥随手将袋子转递给戚鱼，道，"你应该会需要。"

突然一阵轻微晃荡，游艇要开了。

昨晚两人没怎么聊天，戚鱼垂睫瞅了眼袋子里的东西，手指蹭了蹭，找话题问："我们等一下要去哪里？"

"去看鲸。"

戚鱼有点愣，问道："看……鲸？"

"现在正好是这里的观鲸季节。"虞故峥让庄成去拿杯水过来，接话道，"把药吃了。"

庄成很快拿来　杯水。戚鱼咽下晕船药，又拆开防晒霜，看着挤出一点，默默在脸上揉搓一遍。

她将袋子递还庄成，小声说了句谢谢，又转向虞故峥，说道："您——"

却蓦然被对方触向自己脸颊的手指给打断。

虞故峥的指腹只在戚鱼左脸颊处停留一瞬，擦匀防晒霜，自然收了动作。

"想问什么？"

忘记了。

戚鱼心跳如擂鼓，回过头默不作声地搭上栏杆。她低头往下看，视线一顿，说道："您看，这里有好多鱼。"

游艇还没开出内海，水线尚浅，澄澈的海水中游过成群结队的小鱼群，在粼粼波影下泛着光。

下午的室外温度不太冷，但等游艇出了外海，气温骤降，海风也越来越大。戚鱼被腥咸的海风扑面灌满，即便吃完晕船药，还是感觉有点难受。

倏然远方传来一声空灵的长啸。

戚鱼循声望去，远处海天相接，云压得很低。深蓝海面惊起几只白色海鸥，紧接着，一头巨大的黑色鲸鱼自海面而起，跃身击浪。

她那点难受的劲淡了很多，回身看虞故峥，声音在海风里稍微扬起一些："那是鲸鱼。"

虞故峥也在看着，像是极轻地笑了一声，道："座头鲸。"

接下来，长啸声此起彼伏。

艇长将游艇径直开向那边。

十分钟后，游艇靠近鲸群。戚鱼第一次见到这么多头鲸，那些庞大的鲸身仰泳在海水中，缓慢而亲近地跟着游艇，时而在水面翻滚，胸鳍拍击水面，发出咕噜声。

它们在深海里自由穿梭，蔚然壮观。

庄成和副手也到甲板上来看鲸，二层小甲板上，刚才的比基尼女人正裹着风衣，惊呼着拿出手机拍鲸。

戚鱼一瞬不瞬地看着，赞叹："好漂亮。"

"每年这个季节是澳洲看鲸的时候，这些鲸都是从南极迁移过来的。"庄成笑道，"您不拍一张照吗？"

戚鱼摇了摇头。

她的记忆力不算太差，这一幕可以记很久。

戚鱼伏在甲板栏杆上往下看，目送鲸群经过游艇时换气喷水，长啸如箜篌，又潜入深海游远。

"这是我第一次看海，"戚鱼又看向虞故峥，左脸颊陷进一个小小的酒窝，眼神微亮，"也是我第一次出来旅游。"

一旁的庄成惊诧，心道：这也是他头回见到戚小姐这么笑。

　　"以后拿到车，想过要去哪里吗？"虞故峥却问。

　　戚鱼被问得有点怔，思忖了下，看着虞故峥道："我还没有想过。"

　　周围惊然声一片。虞故峥俯视着戚鱼的眼睛，眸底深邃无波，片刻，才不紧不慢地念道："戚鱼。"

　　戚鱼刚平复不久的心跳又骤然加快。这次不知道为什么，她没能挪开目光。

　　视线交错一刹，虞故峥忽然笑了，英隽容色衬着海天一色，说不出的好看。

　　"去哪里都可以。"虞故峥道，"做鲸，不必做鱼。"

第七章
· · ·
不一定是那种喜欢

晚饭在游艇的餐厅里吃，厨师陆续端上龙虾和鲷鱼。戚鱼还是有点晕船，没怎么吃海鲜，连饭后的苹果派也没吃。

回酒店后，虞故峥让庄成出去一趟。

庄成去了趟当地北桥的唐人街，按照吩咐买了一些练书法的字帖和文房四宝，又从华人餐厅打包带回来几份吃的，一起送进套房。

"虞总，能买到的字帖都在里面。纸和笔也买了，不算太好。"

庄成买的这些价格不便宜，但做工欠考究，用这些取悦外国人还行，在虞总这里恐怕根本入不了眼。

戚鱼见虞故峥略一瞥，没说什么，随后解下腕际佛珠手串，径直进了卧室，去洗澡。

庄成又把吃食放在厨房区的中岛台上，一样样拆盒摆出来。他买的都是很清淡的中国菜，说是给虞总让带的。替戚鱼摆好碗筷，他没再逗留，兀自离开。

戚鱼闻到味道确实饿了，在台子前坐下，慢吞吞地吃了几个小馄饨。目光忽然瞥到旁边一个长条形包装纸袋，撕开，是两根山楂冰糖葫芦。

十分钟后，虞故峥从卧室出来，她已经默默吃完半根冰糖葫芦。

"您要吃吗？"视线相接几秒，戚鱼将另一根冰糖葫芦借花献佛似的递了一下，居然还有些巴巴的分享意味。

虞故峥有些失笑，没接话。

"吃完过来。"他走向客厅，铺开庄成带来的宣纸，"教你写字。"

冰糖葫芦顿时不甜了。

戚鱼又咬了一个山楂就放下，又凑近自己的衣袖轻轻嗅了嗅，闻到毛衣上似乎没有海风的那种味道，这才过去。

桌上摊着庄成带回来的笔墨纸砚，虞故峥随手一翻，将那些依葫芦画瓢的临摹田字本搁在旁边，拿起一本行楷碑帖，教戚鱼学写。

不从线和点教起，直接教她写碑帖上的字。虞故峥就在戚鱼旁边，她看他落一笔，也跟着写一遍。

就是学得不太像。

其实戚鱼平时写的字不错，但今晚悟得很慢，学写了三遍还是那样。

戚鱼思忖了下，仰头道："我好像写不好。"

虞故峥眸光落在她脸上，无声地打量片刻，问："不想学？"

"不是的，"戚鱼小声地解释，"就是我觉得，这样是不是应该多练几遍？"

她其实就是想多跟虞故峥练几遍。

闻言，虞故峥反倒搁下了笔，低眼看戚鱼的字，神色波澜不惊，辨不出褒奖。戚鱼被看得有点紧张，不知道要不要提笔再练一遍，就见虞故峥伸手过来，止住她的动作。

像那天在戚家书房里那样，虞故峥带着戚鱼走笔练字。不同的是，这次他用的是左手，而修长手指直接搭拢上她拿笔的手，那种贴近的温热感直接烧进了戚鱼的脉搏。

每一下力道，都在贴着她的手背走。

鼻间能嗅到点清冽的沐浴露香，余光还瞅得见他的黑色浴袍一角。

一遍下来，戚鱼在虞故峥撤手的瞬间也立马松开笔，像是无措地缩回手，都没去管写了什么。

对视须臾，戚鱼讷讷地找话题："原来您左手也能写字吗？"

虞故峥看了她一眼，回道："以前习惯用左手。"

"您用右手写字也很好看。"

上回在书房他用的就是右手。

戚鱼顿时想起，那次她转身亲到了虞故峥的下巴。

并不是不小心，是她……故意的。

"我看您一直戴着这个。"她看向桌上的佛珠手串，"您信佛吗？"

"不信。"

戚鱼问完也觉得问多余了。

她的心跳还是很快。

还没等她想出别的话题，却听虞故峥短而轻促地笑了一声。戚鱼循声仰起脸，刚巧对上他深邃难辨的目光。

"心不够静。"虞故峥不再提练字的事，拿起烟往外走，淡声道，"今晚早点睡。"

洗完澡后，戚鱼在被窝里躺了会儿，不知道过了多久，没睡着，又默默爬起来。

他下床想往卧室外走。

门刚推开一条缝，戚鱼顿了下。

客厅那边还有光，也有动静。

虞故峥靠坐着沙发，在看文件。这回他身边不是之前那个棕发男人，而是另外两位外国人，一位在低声跟虞故峥说些什么，一位在敲键盘，还连着视频会议。几人都在工作。

戚鱼在门边杵了好一会儿，还是没出门打扰，爬回床睡觉。

虞故峥又工作一晚，连着两天不见怎么休息，翌日容色未改，不显疲色。

但戚鱼看着有点困顿。

昨晚她没太睡着，偷偷爬起来看了几次。

接下来两天，还是棕发男人作陪，白天带他们登山去国家公园，出海海钓，晚上住在附近的酒店。这次庄成按照虞故峥的吩咐，给戚鱼另开一间房，就在虞故峥的套房隔壁。

戚鱼明显比前两天更放松一点，也是第一次看到，这片地区的红色峡谷，金黄沙漠和粉色盐湖交汇在一起，美得就像天然画廊。

第三天，戚鱼跟着虞故峥坐飞机去伍伦贡，一个位于澳洲东部沿海的城市。

听说要去见一个人。

这次棕发男人没随行，同行的另有几个。航班还没飞，几人围在虞故峥的座位旁边，在谈公事。

看戚鱼一直往旁边看，庄成以为她好奇，解释了几句。

"八年前在虞总还没来的时候，华泰收购过一个铁矿项目。"这不是秘密，庄成笑道，"后来项目失败，中止了，最近才重启。"

华泰被这个项目拖着损失上百亿，濒临破产，被母公司华盛集团叫停。当时华泰的董事会主席引咎辞职，随后虞故峥任职，花了六年时间扶起华泰。

项目失败有各方面的原因，其中最大的原因，出自这次他们要见的这个人。

这人叫以利亚，一位澳洲富豪。当初华泰从他手里买下有数亿吨铁矿开采权的公司的全部股权，却没想到在交易合同上被下了绊子。对方利用合同里的含混用语起诉华泰，至今没解决。

"现在项目要重启，就要跟他解决合同纷争。"

说话间，座位旁传来低缓的一声："聊什么？"

戚鱼闻言仰起脸看，是虞故峥。

她还在想庄成说的话，下意识地摇摇头，回道："没什么。"

虞故峥俯视着戚鱼的眼睛，一顿，瞥了眼庄成，神色带了几分似笑非笑的意味。

庄成也不知道哪儿来的错觉，不禁被看得一虚，忙一五一十地重复了遍。

戚鱼回过神，虞故峥已经随手递过来一台平板，道："打发时间。"

夜色已深，坐落在半山的山庄别墅却灯火通明。

车停在这片有名的富豪区。下了车，戚鱼跟在虞故峥旁边，庄成和几人也跟随其后。

今晚山庄里在办一个派对，外面的停机坪上停满了宾客们的超跑和豪车。而山庄的主人不是别人，就是那位富豪。

虞故峥受邀进别墅。戚鱼远远就能听见欢呼和笑谈声，环视一圈，半露天庭院里有不少在碰杯交谈的男女，男人西装革履，而女人却姿态各异，在不到十度的室外穿着露背礼裙。

无边泳池旁边，甚至还有穿比基尼的女人。

山庄内更热闹。

大厅灯火辉煌，装潢奢靡。有男人从人群中拨开过来，一副主人姿态，上下打量虞故峥一眼，笑着与他握了握手。

眼前的外国男人看上去年纪很大，眼珠浑蓝，鬓角连着络腮胡都是灰白色，然而身材却精壮，看起来保养得很好。此人应该是以利亚。

虞故峥与以利亚浅聊几句，要上楼，让另外几人一起，又侧过眸对庄成道："庄成，你跟着她。"

"好的。"庄成颔首道。

戚鱼看向虞故峥。

"可以吃东西，不准喝酒。"虞故峥仍用的中文，略一沉吟，又平静地添一句，"水也不准。"

戚鱼乖乖点头，想了下，还是有点茫然。

庄成用中文解释像这种派对的酒水里可能会掺些别的什么，通常是为了助兴。

其实戚鱼在来之前已经吃过晚饭了，不用吃什么。庄成替她在大厅一角找到沙发座，就在旁边候着，时不时接一个电话，处理点工作的事。

戚鱼的手机办了当地网卡，她低头看微信。

良久，大厅内忽然人声喧哗，比之前更热闹。

"外面下雨了。"庄成看着远处拥进来的人群。

外面骤然下起暴雨，派对散了一半。大半宾客都提前离开，有部分人上楼住下，还有一部分仍在大厅里攀谈调情。

大约一个小时，一行人下楼，看样子已经谈得差不多。

虞故峥与以利亚还有些事要聊，吩咐庄成一句："庄成，你送他们回去。你也一起。"

后半句是对戚鱼说的。

庄成刚应下，发现虞故峥神情沉静，容色似乎不兴。

刚才楼上谈判的几个交锋，庄成全程接收进程，知道胜利偏向他们这一方，虞总不至于不快。

电光石火间，庄成恍然，用中文低声问："您是胃病犯了吗？"

戚鱼收手机的动作突然顿了下。

"不要紧。"虞故峥神色很淡。

"我想跟您一起回去。"戚鱼抬头问，"他们坐一辆车，我应该挤不下，我可以跟您一起回去吗？"

虞故峥垂眸看着戚鱼，片刻，不紧不慢地留下一句："在房间里等我。"

以利亚给戚鱼准备了一间客房，让用人带她去暂时休息。庄成正要带另一拨人走，却被叫住了。

"庄叔叔。"戚鱼走到一半就回头小跑下楼，微喘着气问，"您刚才说虞先生……什么胃病？"

庄成微诧。

"虞总的胃几年前动过手术，其实这两年已经养好了，就是偶尔太累会犯，估计是最近太累了。"

客房有一面很大的落地窗，山庄建在半山临海，从窗外望去就是无垠的海。

外面暴雨越下越大，室内却温暖通明，但戚鱼根本没有心思看房间里豪华奢侈的装潢。

又等了一个多小时，那边谈话总算结束。以利亚叫司机送两人下山。

车后座，戚鱼偏头看向旁边闭目的虞故峥，抿了下唇，忍不住小声问："您是不是很难受？"

胃疼起来要人命。虞故峥却看着容色沉静无波澜。

但能感觉得出他气压迫人，眉眼有几分淡淡倦怠。

话音刚落，庄成打来电话报备。虞故峥出声回了几句，声音低而从容，听上去没有任何异样。

挂了电话，他微微皱了眉。

既快又细微的一下，可戚鱼捕捉到了，忽然感觉心被针尖轻轻地戳了一道。

"车里有没有胃药？"戚鱼用英文问了句司机，见对方摇头，她又问虞故峥，"您带了吗？"

虞故峥终于抬眼，侧眸看她。男人的五官轮廓极为英隽华美，完美得像一尊神。

半晌，虞故峥微微笑道："没有。"

靠近一点，戚鱼似乎闻到很淡的酒味。

"您怎么还喝酒？"她语速比往常要急，顾不上了，忍不住蹙起眉。

虞故峥稍眯了眼眸。

片刻，他笑意加深，像是带了点兴味，低缓地问："不能喝吗？"

戚鱼眼眸清亮，直截了当地道："不可以。"

虞故峥的眸光落在戚鱼脸上，不知道在思量什么，笑意敛去一些，一时没接话。

车里光线暗，衬得男人的桃花眼深得像海。

戚鱼顿时止住，反应过来自己的失措，抿了下唇，小声转移话题道："您要不要先休息一下？我们应该很快就到了。"

对视几秒，虞故峥闭目，捏了捏眉心，似乎是真的累了。

雨水不断冲刷着车窗，车外雨幕漆黑。戚鱼扭头，模糊地辨认出路标，算了下，到山脚至少还要一个小时。

戚鱼借着车窗，默默眺了会儿虞故峥的侧脸。

刚才她没有忍住，好像也太急了。是不是关心得太明显了？

忽然车身重重颠簸一下。

戚鱼一顿。

车像一下阻塞住了，惯性地往前拖了一段距离就缓慢停止。

"怎么了？"

白人司机也用英文回了几句虞故峥，看样子车似乎出问题了。

重新启动几次，还是无果，司机干脆撑伞跳下车，绕到车前去检查引擎。

十五分钟后，司机拉开车门，在嘈杂雨声里扬声喊了句"不行"。

这辆是庄成下飞机后去租的车。车是好车，可偏偏在这个时候抛锚了。

戚鱼的手指攥了下，迅速扭过头眺了眼虞故峥。

问过话后，虞故峥神色极淡，没说什么。

戚鱼又紧抿了下唇。他是真的不舒服。

"砰"的一声，司机关门上车，坐回来的时候，他半边身休被雨浇透，随后缩着肩膀给山庄打电话。

打不通。

这个时间点，盘山公路上半天等不到一辆路过的车，司机也发愁。

再倒回去几公里是另一片山庄别墅。司机又尝试打了几个电话，不行，回头对虞故峥解释几句，果断下车去找人。

车内恢复安静。静默了好半晌，戚鱼思忖会儿，小声喊虞故峥："虞先生？"

虞故峥仍合着眼睛。

戚鱼蹙了下眉，还是没继续开口。

车窗外的雨势未停，等了半个多小时，司机没回来。戚鱼斟酌半晌，向前探身，伸手去够刚才司机扔在副驾的工具箱，动静很小。

后座也搁着两把伞，戚鱼拎起其中一把，开门下车。

暴雨里还夹杂着海风的咸腥味，风卷着雨线直直往伞下扫荡，很快戚鱼的发梢就被打湿，冷冰冰地贴在脸侧。

她丝毫未觉，掀开车前盖，正低垂着睫毛认真检查。

"戚鱼。"

蓦然雨声里传来一句，接着旁边又响起虞故峥的声音："回车上。"

戚鱼刚扭过头，迎面阴影罩下。虞故峥将西装外套抛给戚鱼，她下意识扯住遮在脑袋上的外套一角，仰起脸，有点愣。

"您——您怎么下来了？"

"衣服披上。"虞故峥撑伞，瞥了眼裸露的车盖内部，淡淡道，"回去。"

"我想检查一下是哪里出问题了。"戚鱼不知道虞故峥什么时候醒的，瞅着对方的神色，第一次没乖顺听话，"您先去车上等一下，马上就好了。"

虞故峥俯视着戚鱼的眼睛。

"我不用披您的外套，您自己穿上比较好，很冷的。"戚鱼瞅了眼虞故峥半湿的衬衫，主动想还西装外套。

虞故峥没接，无声地打量戚鱼须臾，倒是轻轻笑了："怎么这么不听劝？"

戚鱼一顿，忽然问道："您会修车吗？"

"我会修，真的，您让我试试。"不等虞故峥回，她眉头没忍住又蹙起来，语速也比平时快，"您先回车上等等。"

冬夜的雨一阵比一阵冷。戚鱼顾不上这么多，不由分说地想让虞故峥回去。

不复平时乖乖的模样。

车前灯开着，她被冻得鼻尖微红，唇执拗地抿出一道弧，而杏眸澄澈透亮得却如同雨水冲刷过，太过明亮。

虞故峥在灯雨朦胧中伸手拉近戚鱼，未几，那双漂亮深长的桃花眼看着她，审度一般，多了点耐人寻味的意味。

戚鱼没吭声。

片刻，虞故峥松了动作，道："十分钟。"

不多不少十分钟，戚鱼坐进右边的驾驶座，转动车钥匙，试了下，小小松口气。

能开了。

戚鱼往旁边瞅了眼，虞故峥正在副驾小憩。

"怎么会修车？"虞故峥问。

戚鱼的紧张感消得差不多，想了下，回："以前戚甜的车坏过，在我高中的时候……她和戚明信说，是我做的。所以暑假的时候，我就去学了一点。"

她小声道："后来我知道车是怎么坏的了，但是好像也不重要了。"

戚明信知道，戚甜的那辆车不是戚鱼弄坏的，只是他不想抽时间精力管这样的事，所以后来才不置可否，给戚甜重新买一辆，哄着让她别太闹腾。

也是那个时候，戚鱼彻底下定决心要离开。

虞故峥抬眼，斜睨了她一眼。

刚才下车一趟，虞故峥的西装外套已经半湿，戚鱼看他此刻只穿衬衫，衣服腰际处被雨打湿，衬得腰腹肌理的弧度分明而流畅。

戚鱼看得有点局促，扭回头，默了片刻，找话题问："您感觉好一点了吗？"

虞故峥没接话。

半个小时后，雨不见停，司机也没出现。

戚鱼见虞故峥仍是休息的模样，尝试轻声喊了一句，依旧没人应。

"虞故峥。"

没得到回复，戚鱼紧抿着唇，给庄成打了电话，直接开车下山。

盘山路蜿蜒，一路开到山脚仅仅四十分钟。

戚鱼开导航，往前是一条沿海公路。公路窄而曲折，开进市里至少要半个小时。

庄成又打来电话，戚鱼放缓车速，瞅了眼，正思忖着要不要接。

下一秒抬眼。

一个过窄的弯道，迎面那辆车也打了方向盘，在漆黑雨幕里直直向戚鱼的车开来。

戚鱼心跳忽地跳快一拍，踩下刹车，下意识转向——

她什么都还来不及想，车身猝然一震，安全气囊随即弹出。

她整个人失去意识。

医院。

"戚小姐不严重。"

庄成等在卫生间外，对虞故峥道："说是肩关节轻微脱位，手指软组织挫伤，养一两周就能完全恢复。"

虞故峥换了衣服，走出过道，随手扣上袖扣，接过庄成递来的病历和片子。

"不过您的胃……幸好送得及时。"

今晚两辆车迎面撞上，庄成胆战心惊地赶到现场，大松口气，还好是小事故。只是撞断保险杠，虞总还在和车主交涉。

而戚小姐，可能是既受撞击又受安全气囊的冲击，加上淋雨发了烧，人晕过去了。

庄成后怕。

虞总抱着戚小姐进医院的时候还容色无恙，可公立急诊排队近一个小时没排上，在转送私立医院的路上，庄成怎么都叫不醒他了。

一查胃溃疡，差点又要动手术。

"解决了没？"虞故峥瞥过病历。

"车主那边都解决了。"庄成恭敬地颔首，想到什么，迟疑道，"就是现在戚小姐还没醒，她……"

虞故峥神色疏淡，道："说完。"

"受撞最严重的是戚小姐那边的驾驶位。"这个虞总也知道。庄成拿捏着话语，隐晦道，"先前她还特地问过我您胃病的事。"

戚小姐第一次开车，遇到事故相撞的第一时间想的却是让副驾规避伤害。

而联想到今晚戚小姐匆匆跑下楼问他的那句，对他的关心已经很明显，并不是一两句感激之情能解释得了。

庄成心道：连他都能感觉出来，虞总不可能没有察觉。

"戚小姐喜欢您。"这话说得太武断，庄成观察虞故峥的神色，又道，"不过，也不一定是那种喜欢……"

可能是因为缺爱，家庭原因，喜欢过别人却没得到回应的原因，总之种种原因。而虞总又对戚小姐这么好，有依赖感、会喜欢上是难免的事。只是戚小姐的这份喜欢里面有多少男女之情，就说不准了。

他能想到，虞总应该也会想到。

只是不知道虞总对此是怎么想的。

虞故峥容色沉静难辨，并不打断。庄成看不出虞总的心思，边说边跟随他往病房走。

远处过道那边，似乎有人不小心摔了什么东西，"哐当"一声金属落地的清脆声响，惊起一阵喧哗。

虞故峥这才平静地出声："行了。"

庄成连忙止住话头，不敢再说。

病房内，戚鱼听到一阵响动，睁开眼，意识逐渐清晰。

她茫然地缓了片刻，想抬手揉眼睛，顿时牵动输液的针，手背感受到轻微刺痛。

半响，戚鱼坐起来点，一动就轻轻皱了下眉，肩膀隐隐在疼，手指也是，还些微有些发肿。

默默环视一周，她拿过床头的手机瞅了眼时间，是凌晨。

"别动。"倏然传来虞故峥的声音，"你在发烧。"

戚鱼闻言抬起脑袋，恰好见虞故峥和庄成进病房。

庄成说撞车事故都处理妥当了，又转述医生的话，说她明早能出院，一两周就能痊愈。

戚鱼动了动手指，看向虞故峥。他已经换了一身衣服，衬衣笔挺，看起来似乎没怎么受伤。

"您的胃疼好了吗？"一开口，她发现自己嗓子有点哑。

虞故峥倒了一杯水，随手递给戚鱼。

庄成见状，低声向虞故峥打过招呼，离开病房。

"疼不疼？"

戚鱼捧着慢慢喝了半杯水，诚实地点头道："有一点疼，肩膀和手都疼。"

对视片刻，虞故峥俯身过来，伸手，手背在她额际稍碰而过。

"还是烫。"虞故峥拆开药给戚鱼，道，"吃了药睡觉。"

戚鱼"嗯"了句，乖乖吃药喝水。

额头好像还留着对方触碰那一下的温度，还有那股若有似无的沉香味道。

"我的手好像不能练字了。"戚鱼没有立即躺下，仰脸看虞故峥，又问，"我可不可以等伤好以后，再让您教我书法？"

视线交错一刹，虞故峥忽然笑了。

他这一笑，刚才疏淡的神情不再，一双桃花眼光华流转，说不出是纵容还是蛊惑。

戚鱼心跳怦然一快，稍顿，就听虞故峥出声："对小孩子才是教。"

虞故峥又倾身过来，这次却屈指抵了抵戚鱼的下颌，隔着咫尺距离平视她，问："你在我这里，还是小孩子吗？"

虞故峥说这句的音色格外低，戚鱼凑近距离与他对视，心跳快得惊人。

"您……"戚鱼明显顿了下，"那您觉得，我是小孩子吗？"

虞故峥稍眯了眼睛，无声地打量她片刻，没接这句话。

戚鱼被看得有点紧张，刚要仰头往后退一些，却感觉下颌处的修长手指收紧，随后，下唇被指腹微一抚擦而过。

她被触得一怔。

虞故峥问："撞车前，你在想什么？"

"我也没有想很多，"思忖一会儿，戚鱼小声回，"就是在想要怎么避开。"

虞故峥不再问，眉眼间的意味不太分明。

少顷，他撤了动作。

"今晚早点休息。"

虞故峥离开后，单人病房重新归于安静。戚鱼等紧绷的心跳缓下来后，默默捧着杯子喝完剩下半杯水，抿了抿唇。

今晚她好像太明显了。

虞故峥是不是已经感觉出来了。

病房外，庄成刚挂完电话，那边团队还在忙着拟和以利亚敲定的新合约，需要请虞故峥去一趟。

车候在医院外，刚开出一段路，庄成却听虞故峥淡淡地吩咐一句，停车。

虞故峥拿烟下车，问："今天几号？"

庄成报出日期。

"戚鱼刚来是几号？"

庄成一愣，片刻才反应过来，精确地报出商谈订婚那天的日子，又一算："也快四个月了。"

虞故峥点烟却不抽，抬眸扫过医院大楼那一片明亮灯火。庄成看去，虞总那双眼里看似还像平时那样沉静无波，但情绪陌生，像在审度一个极为复杂的局面。

五色令人盲目，五欲使人乱心。虞总身边从来不缺各式各样的莺莺燕燕，但不论以往的应酬有多声色犬马，外面的报道写得多暧昧不堪，虞总最多不过是逢场作戏。这双看似多情的眼睛里一直是冷的。

庄成又感慨，他还是第一次见到有人在车祸时能违背本能，把别人的安全看得比自己的命都重要，也是第一次见虞总露出些微竟然类似意外的神情。最初只是一场商业合作，一个不太在意的联姻对象，一个小时候的遭遇和自己有些许相似的小孩子。不知道从什么时候起，虞总多了一分上心，连他自己都感到意外。

两分钟后，虞故峥掐灭烟，对庄成道："上车。"

翌日，戚鱼醒的时候，烧已经退了，只是肩膀和手指还有些疼，但差不多已经消肿。

半夜应该是有医生来过，虞故峥似乎也来过，不知道是梦还是真的。戚鱼摸了摸额头，对方手背贴上来的触感也分明，梦里带着很淡的沉香味。

不过一天，戚鱼就办了手续出院。在伍伦贡的事办得差不多，第二天戚鱼跟着虞故峥坐火车去悉尼，在悉尼机场搭航班直飞国内。

商务候机室内，庄成给戚鱼拿了一杯橙汁。她礼貌地道了句谢谢，慢慢就着吸管喝。

"还疼吗？"

戚鱼瞅向一旁的虞故峥，摇摇头，回道："今天起床的时候已经不怎么疼了，现在也不疼。"

忽然传来一阵动静。

不远处的亚裔女人应该是不小心打翻了咖啡，旁边的助理在忙着给她抽纸巾。

戚鱼循声看过去，女人身段窈窕，摘下墨镜，没有第一时间擦拭身上的咖啡渍，而是直直看向这里。

墨镜下是精致妩媚的一张脸，媚眼红唇，含情脉脉，在看虞故峥。

庄成也愣了愣，这不是岑小姐吗？

看来岑姿影是在悉尼办演唱会，也要启程回国，这会儿同在商务候机室里碰上了。

很快候机室里有华人认出这位当红女歌星，激动地前去要合照签名。岑姿影最后往这边深深投来一眼，可虞故峥在接通一个电话会议，视线并没有落到那边。他像是看到，又像根本不在意。

这只是一个小插曲，戚鱼在回国的航班上再没见过岑姿影。

飞机降落在机场，时间还是下午。

"虞总，马总那边是六点的飞机走，五点前人都在公司。"庄成一上车就开始汇报工作，"华京的研发部小组刚到，现在也在会议室里等着。"

"不急。"虞故峥简扼地问庄成几句，转眸看向戚鱼，道，"先送你回家。"

"您要回公司吗？"戚鱼措辞一下，认真地回，"我跟您一起去。"

她又补一句："你们有急事，我可以在公司里等的。我回去没有重要的事……也不是很累。"

对视须臾，虞故峥没出声应允，倒也没说不准。

司机见虞总似是默认，直接将车开向坐落于市中心的华泰总部。

戚鱼就在虞故峥的办公室里休息。直到晚饭时间，虞故峥还没从会议室里出来。中途庄成露面，让秘书给戚鱼订了一份星级酒店的外卖，生滚鲜鱼片粥搭配几个清淡小菜，名厨掌勺，鲜香诱人。

再次从会议室里出来，戚鱼已经趴在董事长办公室内的那张会客桌上，安安静静地睡着了。

她乌黑的长发乖乖垂下，从胳膊肘弯处露出小半张瓷白的脸，身上还穿着奶杏色的薄毛衣，脸颊在温暖的室内微微泛红。

庄成将文件递交给虞故峥，悄悄离开办公室。

戚鱼睡得很浅，感觉到动静，动了动，迷顿地抬起脸，刚巧对上男人落在她脸上的眸光。

若即若离，像细致打量，又好像有几分探究估量的意味。

戚鱼下意识伸手，握住虞故峥悬在自己脸侧的手指，开口还带着鼻音："虞先生？"

虞故峥垂眸看着戚鱼，不知道在想什么，片刻才低缓接话："回家。"

夜晚时分，司机将车开进颐和别墅区。

才要开进去，司机却降了车速，他远远看见别墅的第一道门外停着一辆熟悉的车。

"虞总，"庄成也看见那辆白色车了，回身通报，"岑小姐等在门口。"

戚鱼闻言抬起脑袋。

虞故峥仍在闭目小憩，庄成会意，刚想示意司机直接往里开，后座却传来不紧不慢的一道低醇嗓音——

"停车。"

岑姿影再次出现在虞故峥面前，全身已经换了一副装扮。和今天凌晨在悉尼机场相比，妆容更精致无瑕，从首饰到鞋子，都是极为用心搭配的模样。

车就停在距离不到两三米的地方，虞故峥下车后，戚鱼能清楚瞅见两人说话的模样。

两人站得近，岑姿影抬脸看虞故峥，眼波流转，在说什么。但这边的车窗关着，隔音很好，听不清。

戚鱼瞅了会儿，忽然扭回头，抿了下唇。

她垂睫剥开一颗糖，咬进嘴里，微鼓着脸颊，斟酌两秒，将车窗摇下一小道缝。

岑姿影含情的声音顺着窗缝传来，话语里满是爱恋。

"……我们第一次见面的时候，我刚北漂到这里，还是个连自己都养不活的小艺人。那次我的经纪人想让我陪李总，是您一句话救了我……"

岑姿影说得既轻又柔，娓娓道来，说到后来那双漂亮的眼睛含了湿润水光。

几年前一场酒局应酬上，岑姿影被经纪人推出去应酬。可当时的虞故峥瞥了一眼哭得梨花带雨的小艺人，似笑非笑地随口说了一句"太勉强"，让她逃出生天。

回忆总有矫饰，当时情况未必如同岑姿影话里那样英雄救美，可她的情意却毫不作伪。

虞故峥容色疏淡，没接话。

"这些年来，我知道您不是那些小道媒体里传的那样。"岑姿影眼里都是星星点点的动情，衷情道，"我知道您对她们都只是逢场作戏……"

岑姿影真情流露，婉转剖白了一大段，情深意浓地仰视着虞故峥。

"你很了解我。"

破天荒地收到回应，岑姿影声音更柔婉："可是我和她们不一样。"

戚鱼在车里默了会儿，听到岑姿影对虞故峥说仰慕他，喜欢他，想做他的知己。她知道他是商业订婚，但只要他哪天想断了这段关系，她随时都在。

庄成听得唏嘘。

新闻媒体和粉丝眼中的冰美人化为绕指柔，将一颗真心捧到虞总的面前，死心塌地，一往情深，有几个人能不感动。

虞故峥也无声地俯视着岑姿影，神情辨不出什么意思。

男人就这样站在她面前，英隽华美。岑姿影带着泪意看虞故峥，满眼都是期许和渴慕。

须臾，虞故峥轻笑了一声，气质矜贵从容，一如初见。

他道："滚。"

戚鱼顿了下，无意识捏着糖纸的手指松了松。

而下一秒，虞故峥却侧眸看过来。

戚鱼心跳怦然一快。车窗贴了膜，她却感觉虞故峥像与自己对视上了。

那双桃花眼里波澜不惊，刚才那些情意绵绵的话语，像湮没入深海，溅不起一丝水花。

戚鱼还没反应过来，就听虞故峥淡淡地出声："车里能听到什么？"他道，"下来。"

岑姿影见到戚鱼，泪痕未干，僵在原地，愣了好半晌。

虞故峥却不再分视线给她，让司机先将车开进别墅。

戚鱼心跳得厉害，跟着虞故峥从第一道雕花铁门徒步走进去，沿着走几百米的林荫道才到别墅前院。

一路上，庄成都在和虞故峥汇报一个项目进程。戚鱼没吭声，鼻间嗅到了一点桂花味道。

八月底，金桂早开，整条道路都是细腻的甜味。

回到卧室，戚鱼在房间里杵了会儿。喝完一瓶矿泉水，她舔了舔唇，又杵了半天，还是打内线电话给用人阿姨，想要一杯热的甜牛奶。

不过十分钟，卧室门被敲响。

戚鱼去开门，发现虞故峥在门口，还端着一杯热牛奶。

她表情有点局促，接过牛奶托盘，少顷才问："怎么是您拿过来的？"

虞故峥眸光垂落下来，回道："顺道。"

戚鱼低下脑袋，瞅了眼托盘，目光忽然定在牛奶杯旁边的一张黑色信用卡上。

"这个也是给我的吗？"

"你应得的零花钱。"虞故峥的声音听着低沉悦耳，"你的假期结束，也该到兑现的时候。"

戚鱼知道那是黑金卡的副卡，戚明信也有。她失措一秒，认真地摇摇头，道："您给的太多了……我不用。"

虞故峥不与戚鱼推让，并没接话。

"……您可不可以换成别的？"戚鱼察觉出对方可能要离开，还是抬起脑袋，"我不用零花钱，换成别的也可以。"

视线交错，虞故峥问："你想要什么？"

戚鱼一时没开口。

她瞅了会儿虞故峥，忽然小声回："除了钱，别的您能给的，都可以。"

虞故峥神色沉静地打量了戚鱼一瞬，稍顿，有些失笑。

不似方才对岑姿影的笑，这次他笑得像是有了人气。随后，他接上不轻不重的一句："跟谁学的得寸进尺。"

等虞故峥离开，戚鱼捧着杯子，将稍烫的牛奶喝完。

她嘴唇被热得有点泛红，却像毫无所觉，只感觉心跳声一阵一阵，越来越明显。

戚鱼确定——

虞故峥知道了。

他已经知道，她喜欢他了。

戚鱼握着还有余温的空奶杯，手心似乎微微泛潮。

今天自己在办公室睡着了，醒来的时候不受控地握了虞故峥的手指。他没有抽开，也没有惊讶。

刚才她故意说那些显得越界的话，虞故峥的反应也和平时不一样。

虞故峥知道她喜欢他，但应该不知道，自己是从什么时候开始喜欢他的。

在戚家那么久，戚鱼在察觉别人的情绪这一点上并不迟钝。她还记得下午醒来的时候，虞故峥看自己的眼神。

他像是在想些什么，但是至少不反感，不讨厌。

现在也没有……让她滚出去。

戚鱼兀自思忖好半响，伸手摸了会儿胸口，感受自己快得前所未有的心跳。想了下，她又扭头看向桌上那张黑色信用卡，将它收好。

接下来两天，虞故峥没再出现在别墅里，或许是回国后公务繁忙。戚鱼也在收拾开学的行李，直到报到前夕，才看到虞故峥露面。

庄成跟着虞故峥上楼，刚巧看见拿着杯子下楼的戚鱼，笑着颔首。

"戚小姐。"

虞故峥稍一抬眸，问："怎么还不睡？"

"我好像有点感冒了，想下去找药。"戚鱼停在楼梯上，手指握紧朴枘，解释一句。

确实是感冒了，今晚她从露台回来的时候忘记关门，半夜被冷醒的时候感觉喉咙微疼，现在说话也有鼻音。

虞故峥看了一眼戚鱼，出声让庄成在书房等着，带她去药房拿药。

两人拐过走廊的时候，戚鱼停了下，忽然伸手，像那天在办公室里醒来那样，轻轻握住了前面虞故峥的手指。

脚步顿停。

戚鱼松开动作，缓了好一会儿，才措辞问："我明天要开学报到，可以搭您的车去学校吗？"

虞故峥回身垂眼，神色是淡的，说道："明天庄成不在这里，林辉会送你去。"

"你们很早就要走吗？"戚鱼想了下，又小声补一句，"可是我想跟您一起出门。"

虞故峥沉静地注视着她的眼睛，五官在光线下显得影绰模糊，一时没接话。

良久，虞故峥问："七点的飞机，能起吗？"

戚鱼认真地"嗯"了句，点点头。

虞故峥没说什么，等带着戚鱼拿完感冒药后，上楼径直进了书房办公。

卧室里，戚鱼喝完冲剂，又剥开一颗荔枝味的糖，糖珠在舌间默默滚了一圈，还是特别紧张。

刚才她问那些话，虞故峥没有拒绝她。

他的表情像冷淡，但又不完全是。

戚鱼从来没有这么大胆过，以往她最莽撞的尝试，无非是在高中那一年走进虞故峥的套房向他告白。她感觉自己现在像只蜗牛伸出触角，一次一次地在试探虞故峥的底线。

她想知道，他对她不反感到什么程度，不讨厌到什么程度。

戚鱼睡得很晚，翌日一早就爬了起来，吃早饭的时候明显有点困。

"戚小姐，您要是困就再上楼休息一会儿吧。"庄成到得很早，在一楼碰到戚鱼，笑道，"还有两个小时才出门，不着急。"

戚鱼咽下粥，问："不是七点吗？"

"虞总临时要开会，今早的航班已经改签到十点了。"

虞故峥在书房里开完视讯会议，司机已经等在别墅外，先送戚鱼去学校。

今天是清大本科生报到的日子，校门口熙熙攘攘全是学生。司机将车停在附近地铁口的街边，戚鱼先下了车。

车后座，虞故峥闭目小憩，并没有分视线给车外。

随着后备厢关上的响动，隔了两秒，后左车门却被轻轻拉开了。

"虞先生。"戚鱼一手搭着行李箱拉杆，稍微探下点脑袋问，"我的背包落在座位上了，您能帮我拿一下吗？"

帆布袋落在了戚鱼的座位上，她却开了虞故峥这边的车门。

虞故峥闻言抬眼。

今天很热，戚鱼梳了马尾，脖颈被晒得白里透红，整个人沐浴在熠熠光芒下，漂亮得极为吸引人。

戚鱼见虞故峥不接话，思忖了下，又道："或者您让一让……我这样也可以拿到的。"

"感冒好点了吗？"虞故峥却问。

戚鱼一顿，点了点头道："嗯，已经好很多了。"

须臾，虞故峥拎起旁边的帆布袋，随手递给她。

刚接过，戚鱼的手腕却随即被男人扣住，往车里一带。

戚鱼猝不及防，上半身一下就顺着力道被拉下去，和虞故峥咫尺相隔。

她脑袋下意识往后撤了一点，后颈却被一只手抚按住，顺着往虞故峥的方向凑得更近了。

戚鱼抓着帆布袋的手指攥紧了，和虞故峥那双深邃漂亮的桃花眼近距离对视。嗅到他身上那点好闻的味道，她紧绷到舌尖都悄悄蜷缩起来。

虞故峥细致打量戚鱼，神色细微难辨，像厚积的云层终于漏出一点天光。

几秒后，虞故峥极轻地笑了一声，道："胆子不小。"

嗓音很低，似乎还带了点纵容意味，就响在戚鱼耳边。

不知道是说故意让他替她拿包这件事，还是说别的。

戚鱼紧张得抿了抿唇，默了好一会儿，才小声回："您以前不是说，我可以做自己想做的事情吗？"

虞故峥的目光落在戚鱼的唇上，微眯了眼眸。

片刻，他低声道："教坏了。"

在戚鱼的心跳鼓噪到完全失控的前一秒，虞故峥松开动作，不再看她，淡淡地吩咐司机一句："去机场。"

戚鱼进宿舍时，乔文文和郑思佳也在。

新学期她们分专业方向，但不分宿舍。戚鱼认真地挑出从澳洲带回来的纪念品，分给两人。

聊了几句，才知道苏桐这学期不住校。

三人打算去校门口的火锅店解决午饭，戚鱼却临时接到一个来电。

"汪阿姨。"

"小鱼，你今天在学校报到了吧？"手机那头是汪盈芝，"阿姨正好在你们学校见老朋友，也过来看看你。中午你要是有时间，我们一起吃饭。"

戚鱼远远在食堂门口看见汪盈芝，她身边还跟了一个清癯和蔼的老教授。

戚鱼认出来，那是学校的教务处副处长，她还选过对方的课。

"汪阿姨，张教授。"戚鱼礼貌地叫人。

"戚鱼，我知道你。"闲聊几句，张教授还有事要离开，笑着点点头，"那你们聊。"

两人在食堂找了一个清静的位置说话，刚坐下来，汪盈芝关心戚鱼："你的伤怎么样了？"

汪盈芝今天主要是来看戚鱼的。

前几天她给戚鱼打电话，知道戚鱼跟着虞故峥去澳洲，还出车祸受了伤，差点吓一跳。汪盈芝不方便去虞故峥家看戚鱼，忙让她好好休养，今天才见到面。

好在戚鱼的手指瘀青早就消了，肩膀那边看不了，但也不疼。

"太危险了，幸好是小伤。"汪盈芝皱着眉，又问，"虞故峥他……照顾过你吗？"

提到虞故峥，戚鱼一顿，忽然想起早上的那个凑近。

汪盈芝见状，就猜到戚鱼这段联姻的日子不会好过，深深地叹了一口气："算了，不说这个。"

寒暄几句，汪盈芝问："小鱼，你有没有想过离开？"

戚鱼难得茫然一瞬："离开？"

"我刚才和你们张教授聊天，听说你们下学期就能报名出国交换生项目，是出去交换两年吧？"汪盈芝温声道，"你没有考虑过出国吗？"

清大本科确实有和合作学校的交换生项目，有一学期到两年不等。而汪盈芝说的那个项目，是清大和常春藤高校的联合培养项目，出去交换两年，毕业后能拿两边的学历，到时候还可以直接在国外工作。

戚鱼思忖会儿，乖乖地回："我没有想过这个。"

"我问过了，张鹤荣说按你的学习情况，争取申请到杭大、深大也不是问题。更何况……我还听说你参加了那个程序设计比赛？要是今年拿奖，那申请就更没问题了。

"最重要的是，到时候我在那里。要是你能去国外也有照应，省得留在这儿受这么多委屈。"汪盈芝语重心长道，"而且，以后也不会发生像在澳洲那样的事了。"

汪盈芝把桩桩件件的好处都列出来，戚鱼却没思考太久，摇了摇头。

不行。

不说学费的事，只是离开……就不行。

"还有个把月的考虑时间呢，你再想一想。"汪盈芝劝道。

"不用了。"戚鱼抿出一个酒窝，认真道，"谢谢您，您真的很好。"

汪盈芝也不勉强戚鱼，叹了口气，又对她叮嘱几句。

两个人在食堂吃了顿饭，戚鱼带汪盈芝逛了一圈学校，这才告别。

回宿舍的时候，她收到几条微信群聊。

许圆发了一张在学校实验室的自拍图。

【许圆：准备好了吗，各位？】

【许圆：准备好开启新学期了吗？】

【夏新宇：……】

【夏新宇：退群了。】

第八章

以后不让你疼

九月一日开学，戚鱼多数的时间除了去上课，就是和许圆他们待在实验室内训练。

下个月中是 ACM 的亚洲区预选赛，比赛地点就在对面的京大，去比赛很方便，可准备比赛就要没日没夜熬训练。一连大半个月，戚鱼几乎都在校内，连兼职都很少做，周末也难得回别墅。

回去的两次，虞故峥都不在。

用人阿姨提了一句，上周先生刚回国。

那也已经回国很久了。

戚鱼低下脑袋点开手机屏，瞅了几秒通讯录的那个名字，还是退出来。

晚上的实验室里除了戚鱼三人，空旷得只剩数十台电脑。

"愿天堂没有渣男。"许圆恹恹地趴在桌上。

许圆今天状态很差，有气无力地趴着。她趴了会儿，发现戚鱼也在电脑桌对面安安静静地伏下，密长睫毛垂敛着。

夏新宇眉心一跳，问："你们都来'姨妈'了？"

"我是失恋，小鱼你怎么也这么丧？"

谁知戚鱼揉了揉眼睛，回："我有一点困。"

"困什么困，起来嗨！"许圆愤然道，"走，我请你们去唱歌！"

许圆和交往三年的男朋友大吵一架，在气头上提了分手，唱歌的时候连喝五瓶啤酒，还要再喝。

酒劲上来，许圆醉得又唱又哭，号啕完后，直接倒在沙发边缘不省人事。

"我服了，走吧，我去结账。"

夏新宇和戚鱼一人搀着许圆一边，从包厢门出来不久，许圆忽然难受醒了一回，胡乱抓过旁边夏新宇的短袖，紧接着，"哇"的一声，吐在正要结账的夏新宇身上。

夏新宇怒吼："许圆！"

一片兵荒马乱，有服务生连忙抽纸巾。前台拿着 POS 机，尴尬地看着夏新宇被吐了满屏的手机："你们谁结账？"

"我来结。"戚鱼应了句，低下脑袋翻帆布袋。

手机的旁边躺着钱包。

她动作停下，默默想了会儿，放回手机，拿起钱包，翻出那张虞故峥给的卡。

"可以刷卡吗？"

夏新宇边擦边抬起头，当即惊叹一句："这不是传说中的黑卡吧？"

是副卡。

戚鱼想起戚甜也有一张，是戚明信给的。

……但是用的时候，戚明信会收到消费短信，还会知道在哪里消费了。

夏新宇被许圆吐了一身，出来的时候索性背着她走。已经凌晨一点多，两个还清醒的人一商量，打算先去酒店开间房。

戚鱼依旧刷了那张卡。

酒店房间，夏新宇将许圆扛上床，闻了闻自己身上短袖那味，差点被熏死。

他转身发现戚鱼坐在茶几前，像丝毫不受影响，正垂下脑袋专注地看摆在面前的手机："学妹你想什么呢？"

戚鱼有点困，闻言小声回："我在想，是现在打电话，还是明天再打。"

夏新宇疑惑地问："打什么电话？"

打给虞故峥，告诉他自己刷了卡，再聊点别的。

话音刚落，手机屏幕却亮了起来。

虞故峥的电话。

戚鱼有点愣，伸手接起。

那边传来一道低沉声线，音色悦耳，简扼地问："在哪里？"

酒店房间。

夏新宇刚洗去一身异味，裹着浴袍出卫生间，门铃响了。

他一把拉开门，和房间外的庄成撞了个对脸蒙。

"请问戚鱼小姐在里面吗？"庄成客气地问。

夏新宇越过庄成，看见他身后气质矜贵的男人，觉得眼熟，满堂生辉这个成语放在现实里恐怕就是这么用的。直到男人也瞥眼过来,浑身散发着那股子上位者的气质,夏新宇才猛然想起来了,男人是几年前在对面京大做演讲轰动全校的那个华泰老总。

这不是戚学妹的那谁吗?

"您好您好,她就在里面。"夏新宇忙不迭摸后颈,又伸手,说道,"我是戚鱼的学长,跟她在同一个比赛队伍。今天有个朋友喝吐了,我就帮忙送过来……"

戚鱼早就注意到门口的动静,但手还被许圆紧紧攥着,她只能一点点抽出来。

等走到门口,发现夏新宇在笑着和虞故峥聊天。

夏新宇根本没想到大佬这么随和,两人还聊了几句比赛的事,对方太从容也太知识广博,连算法这种技术层面的都懂。短短两分钟,夏新宇一改刚才的拘谨反应,都快称得上是景仰。

"学妹,许圆这里我来处理就行了,你和虞总回去吧。"

虞故峥的眸光落在戚鱼身上,容色仍沉静,问:"回学校,还是回家?"

戚鱼抬起脑袋,诚实地回:"我想回家。"

有大半个月没见到虞故峥,戚鱼在电梯里忍不住转头看,想了下,开口道:"刚才我用了您的卡……今天晚上我们唱歌和来酒店的钱,都刷了那张卡。"

"看到了。"

虞故峥看戚鱼一眼,接话道:"给你的卡,怎么处置由你来定,不用经过我的同意。"

戚鱼"嗯"了句,默默扭回头,抿了下唇。

刚才她接到电话的那一瞬间,忽然意识到,虞故峥看到刷卡的短信有可能会误会。但他似乎并不在意。

一路无话。

到别墅已经是凌晨两点,车驶进前院花园。戚鱼靠着车窗,像已经安安静静地睡着了。

虞故峥容色疏淡,低眼看了片刻,将人抱出车。

一路回卧室。

戚鱼被抱进床里,静默一刹,卧室里响起虞故峥低缓的声音:"早点睡。"

虞故峥知道她没有睡着。

戚鱼揉了揉眼,适应了卧室里的暗淡光线,目光找到床边的虞故峥,顿了下,如实解释:"我刚才睡着了,是您带我上来的时候才醒。"

今天戚鱼就这么看着虞故峥,胆子比以往都要大,眼神清亮专注,丝毫不遮掩。

虞故峥俯过身，无声地和她对视，一双桃花眼底既深且静，不知道在想什么。

忽然，虞故峥轻促地笑了一声，问："看什么？"

戚鱼被他笑得有点局促，心跳又开始快，下一秒，感觉视线一暗，眼睛被手掌遮住了。

静了须臾，对方没出声。戚鱼在黑暗里抿了下唇，小声回："我很快就会睡的。"

虞故峥并没接话。

戚鱼感觉等了有几秒。

"刷卡可以。"虞故峥淡淡地道，"不准再带人去酒店。"

男人遮覆在眼睛上的手不轻不重，带着淡淡的白奇楠沉香味，好闻得很招人。

戚鱼默一会儿，才乖乖回："嗯。"

虞故峥像是笑了，道："有这么听话吗？"

这话戚鱼不知道怎么回，无措地眨了眨眼，下一刻感觉遮着眼睛的手撤开了。

虞故峥已经起身，似乎打算离开，但身体却没动。

"虞先生。"戚鱼手指蹭了下被角，突然开口，"下周我们有一个比赛，就在您以前的学校，您要不要过来看看？"

虞故峥没应允或拒绝，与她对视片刻，却问："会不会赢？"

"我不知道，拿第一可能有点难。"戚鱼认真地思考一秒，又补道，"但是我们应该会尽力打，说不定能拿到金牌……那您会来吗？"

虞故峥沉静地俯视着戚鱼，神色难辨兴致。良久，他才出声："是周六下午？"

戚鱼反应了两秒，之前夏新宇和虞故峥聊天的时候大概说了比赛的事，她"嗯"了声。

那就是说，他会来。

"如果我们赢了，我能请您吃饭吗？"戚鱼心跳怦然作响，脚趾在被窝里蜷缩起来，"不刷您的卡，用我的钱。"

"为什么？"

戚鱼思忖会儿，小声回："您以前请我吃过饭，我也可以请回来的。"

视线交错一刹，虞故峥轻轻笑道："算得倒清楚。"

"也不算是。"戚鱼一瞬不瞬地看着虞故峥，显然有点紧张，斟酌着换了一种说辞，"是礼尚往来。"

虞故峥并没接话。

戚鱼那双杏眸泛着微光，话语听着礼貌，眼里却有挨挨碰碰的试探，还有小心思，现在也并不怕虞故峥看到了。

虞故峥逐渐敛尽笑意，容色却不像疏淡，看着她的视线意味不明。

未几，他道："怎么生了这样一双眼睛？"

戚鱼闻言有点怔。

虞故峥不再说什么，平静留下一句早点睡，随后离开卧室。

戚鱼睡不着，默默坐起身，手指碰了碰脸上虞故峥刚才触过的地方。她的下巴轻轻抵上膝盖，慢慢地，左脸颊陷进一个小酒窝。

今晚她的话特别多，也刻意找了很多话题。只要虞故峥表露出有一点越过分寸的迹象，她就会缩回去。

可试探的触角没有碰到底，虞故峥好像也没有不耐烦。

一楼客厅，刚送客回来的庄成看见虞故峥，恭敬道："虞总，人送走了。"

虞故峥瞥一眼时间："今天太晚，你就睡在客房。"

庄成颔首应下。

上楼的时候，庄成也注意到时间，还真是，这都凌晨近四点了。

以往虞总事事都安排明晰，不会在公务缠身的时候还想着去接人，还到这么晚。

戚小姐确实太不一样。

翌日戚鱼一早有课，下楼吃早饭时，虞故峥已经不在别墅，是林司机送她去学校。

她和许圆两人在图书馆碰头，照常训练比赛。

下周六是 ACM 的亚洲区预选赛，竞赛地点就在对面的京大。

这次的区域赛难度要远远大于校内选拔赛，参赛队伍也多达三百余支，分别来自国内与朝鲜的高校，共同争夺明年世界总决赛的出线资格。只有前六名能有资格参加世界赛。

按照竞赛规则，最终名次按积分排名，积分则按解出题目的数量和用时多少来计算。

清大有两支队伍参赛，一队是戚鱼他们，另一队是三位计算机学院大四的男生。

训练时间一晃而过。

周五下午是竞赛开幕式，地点在京大体育馆内，戚鱼三人到场，和在场三百多支队伍一起，提前熟悉了下场地。

开幕式持续不过一个小时，等京大校长的致辞结束，各自散场。

翌日，正式竞赛这天，天气转阴，中午开始下起细雨。

偌大的体育馆内，声音嘈杂喧哗，现场分隔着三百多张桌子，每桌配备一台电脑。竞赛从下午一点开始，将持续五个小时，此刻数千名赛参者已经差不多全部到场。

戚鱼刚签到进场，就接到了乔文文的电话。

"小鱼你在哪儿呢？"乔文文比戚鱼来得早，在熙熙攘攘的人群里找人，"找不到你们啊。"

"我们在 C 区。"

等乔文文找到戚鱼几人，开口就夸："宝贝你好美！"

现场的参赛者都穿着昨天主办方发的 T 恤，用来区分队伍。而戚鱼身上这件是荧光红，原本是灾难色，可穿在她身上，衬得肤色更白，吸引来往的路人，回头率高得惊人。

"你要不要喝奶茶？"戚鱼把手里的奶茶递给她。

"我说真的，"乔文文接过来，道，"你越来越好看了，当然原来也好看，但现在怎么说，气质不一样了……"

过完暑假回来，戚鱼像变了不少。

她变得爱笑了，轻松了，像是从以前那种闷着的状态里脱离出来，整个人都生动了许多。

离竞赛开始还有半个小时，几人聊了会儿，戚鱼又瞅一眼手机，恰好庄成打来电话。

她避开到一旁，接起："庄叔叔。"

"戚小姐，虞总今天不能来您的比赛现场了。"庄成抱歉，"我们还在津市开会，今天不一定回得来。"

戚鱼想了想，问："他现在还在开会吗？"

"是，虞总现在不方便通电话。"庄成恭谨道，"等这边结束了，虞总应该会联系您。那就先祝您比赛顺利。"

"嗯，谢谢。"

挂断通话，戚鱼在原地杵了会儿，忽然轻轻叹了口气。

现场广播已经在提醒参赛队伍就位。

竞赛从一点整正式开始，随着"叮"声响起，现场纷乱的嘈杂音转为窸窣的小声议论，各个区域的志愿者和工作人员也在旁待命。

五个小时，十三道全英文的题目。

计时开始后，戚鱼三人看了一遍题。不出意外，和历届的真题难度差不多。

离他们上一次比赛已经过去四个月，前后训练近两个月，三人早就达成了某种默契。戚鱼和夏新宇边商量思路边敲代码，旁边许圆着手翻模板。

十五分钟，解出最简单的那道签到题，一次提交通过。很快，有志愿者过来绑气球。

竞赛进行到两个小时，陆续有队伍接连解出题目。

现场的公屏上能看到各支队伍的实时排名，那边乔文文注意了一眼，戚鱼的队伍已经解出四道题，排名在二十名开外，三十以内。

继续保持这个排名，拿金牌没有问题。

只是戚鱼队伍的目标不是这个。

三人卡在一道动态规划题上。

戚鱼再次敲代码，三人又仔仔细细检查一遍，提交。

第五次提交失败，提示答案错误。

"还是不对。"戚鱼抿了下唇，捧起水杯喝了一口，再次确认，代码没有问题。

竞赛时间已经过了三个小时。

"换题吧，下一道。"夏新宇拍板。

简单和中等难度的题已经被试得差不多，剩下的都是难题，现场绑气球的志愿者们走动得也越来越少。眼看着竞赛时间就快要过四个小时。

戚鱼瞅了一眼屏幕右下方的名次，本账号排名为第十二名，已解出七道题。已经到了这个时候，再往后，每解出一道题都是大跨度的名次跃进。

离竞赛结束还有一个小时，公屏和电脑屏幕上的小框排名都突然锁定住了。

和校内选拔赛不同，正式竞赛的最后一个小时，排名会锁定。并不是不变动，而是不显示给现场所有参赛者看了。

此刻戚鱼又默默喝了一口水，反而没有刚才那么紧迫。

夏新宇还在着急，忽然听戚鱼开口："如果建立一个虚点连向所有点……"

"啊？"

"如果换一种算法，建立一个虚点连向所有点。"戚鱼已经在敲代码，认真道，"这样应该也可以。"

六点整，竞赛结束，公布排名。

公屏上的名次表内，最后一个小时的战况正在以十几倍的倍速播放，异常激烈。

乔文文也看过去。

战况胶着，第一名不断被踢下，又奋力赶上，突然一匹黑马杀出。

最后一个小时，戚鱼他们连解出两道题，直接从第十二名跃进十个名次，一路跳到第二名。

随着又一道题解出，第一名被第二名踢下，黑马蹿到了头，快进播放也停住。

冠军!

这次的区域赛,清大的两支队伍,一支拿下冠军,获得金牌,另一支排名第四。

赛后是颁奖仪式,下台后,一群人商量着要庆祝。

"你们也太棒了吧!弯道超车啊!"乔文文挽着戚鱼,表情激动。

戚鱼也弯了下眼睛,显而易见地开心。她摸出手机,刚瞅了一眼,顿住。

十五分钟前,虞故峥打来过电话,馆内太吵,她没接到。

戚鱼走到一旁回电话,接通后,那边传来低沉悦耳的一道应声。她稍顿,开口问:"您开完会了吗?"

"在外面。"虞故峥道,"出来。"

体育馆外,天已经黑了,中午的小雨也成了中雨,黑色地面湿漉漉地映着各色的光。

不少没走的参赛队伍堵在场馆门口聊天,或躲雨,或等人,人头攒动地挤了一片。

戚鱼撑开伞,往馆外走两步,一眼就望见了底下停在不远处的车。

"同学。"

戚鱼刚想走下台阶,被喊了一声。她茫然地回头,眼前的男生穿着蓝色的参赛选手服。

"我是江大的,刚才看到你和朋友在里面聊天,就没打扰你。"男生笑得不好意思,问道,"能加个微信认识一下吗?"

戚鱼摇了摇头道:"不用了。"

"那——"

戚鱼却扭过头,视线已经全然被不远处的人吸引。

虞故峥不知道什么时候已经下车,正撑着伞,拾级而上。

戚鱼一瞬不瞬地看着。

男人身形颀长挺拔,跟戚鱼小时候第一次见到的那样,一身白衬衫搭黑色长裤,腿笔直修长,气质贵气从容。

虞故峥眼眸稍抬,和台阶最高处的戚鱼对视上。这一眼显得他眉目深邃至极,像从画里出来的模样。

这么多年,他反而越发成熟迷人。

戚鱼心跳怦然如擂鼓,表情也有点变了。

刚赢下比赛的喜悦,见到人的雀跃,这些都在这一瞬间裹成比糖还甜的东西,在她胸口处炸开。

她撑伞往下走,几乎是接近小跑,一步跳一个台阶,直接踩着水坑往虞故峥那边靠。

虞故峥在台阶中央停住。

戚鱼已经走到跟前，还细微喘着气。

少女明眸善睐，抿了下唇，弯起一点眼睛，向他露出一个很好看的笑。

片刻，戚鱼小声道："哥哥。"

体育馆前的灯光勾勒出戚鱼的样子，这个角度，连她微动的睫毛都鲜活明亮。

虞故峥稍抬起伞面，微眯着眼眸注视她，像是听清了，却没接话。

"我们赢了，拿到冠军了。"戚鱼已经摘下刚才颁奖时戴的奖牌，仰脸递过去，"晚上能一起吃饭吗？"

虞故峥接过金色奖牌，垂眸看了片刻，倒是笑了，淡淡道："去打声招呼再走。"

戚鱼闻言点点头，转身走上几级台阶，又回头瞅了一眼，虞故峥还在台阶中央等自己。

"干吗呀宝贝？你一步三回头啊。"乔文文一脸的八卦笑，"我拍了你俩的照片了，回头发你。"

许圆倒吸凉气："大佬真人也太好看了！"

门口有不少围观这一幕的参赛队伍，还有拿出手机往这里拍的。戚鱼打完招呼，刚才情不自禁的笑容已经抿了回去，可心跳还是快。

雨越下越大，戚鱼撑开伞重新下台阶，跟着虞故峥往车的方向走。

"您是什么时候到的？"

"才到。"虞故峥看了戚鱼一眼，"心情不错。"

"嗯。"

戚鱼想起刚才轻轻喊的那一句哥哥，转脸又瞅了下虞故峥，对方容色沉静，反应并不明显，不知道听见了没有。

那边，庄成在底下看了戚鱼一系列的来来回回，戚小姐的脚步都比平常要轻快。为两人开车门的时候，庄成也笑道："戚小姐今天看着心情很好。"

戚鱼认真地收起伞，又露出一点笑容，回道："我们比赛赢了。"

还在赢下比赛之后，如愿以偿见到了想见的人。

上车不久，戚鱼收到乔文文发来的信息，附带几张截图。

【乔文文：连我们年级群里都在传你和虞故峥的图！全在夸你们般配！】

【乔文文：你们现在是订婚对吧，以后办结婚酒的时候能请我不？】

【乔文文：我会出份子钱的。[玫瑰]】

戚鱼垂下睫毛，手指在屏幕上顿了会儿。

当初在谈订婚的时候，虞故峥和她有一个合约。

等半年后，两家合作的文旅城项目步入正轨，虞故峥会提出解除婚约，到时候也会支付一笔合约费。

这是五月份的事，到现在已经过去五个多月。快到约定时间了，虞故峥却没提这事。

戚鱼思忖一会儿，没有回复乔文文。

车开出校园，司机恭敬地询问一句去向。

"去哪里？"虞故峥侧眸，看着戚鱼，"你定地方。"

戚鱼没把吃饭的地点选在高档餐厅，选了一家街巷里的小餐馆。

店面干净，只是里堂很小，仅有四五桌的位置，今天下雨，里面已经坐满了客人。而外面用雨棚搭出半露天的一片地方座位还很空，顶上暖黄色的大灯罩着，莫名多出一丝温馨。

车停下，庄成乍一看是这样的地方，面露惊诧。虞总倒是没说什么，径直过去。

年近中年的老板娘迎出来，见到虞故峥先是一愣，又认出旁边的戚鱼，恍然笑着喊"小鱼"："你都好久没来了，上大学了吧？"

老板娘熟络地跟戚鱼聊了两句，帮两人把菜单拿过来。戚鱼还没坐下，扭头问："您习惯在这里吃吗？"

虞故峥已经在空桌入座。

"你以前经常来这里？"

"嗯。"戚鱼乖乖地坐在对面，"我的高中就在这边，以前放学我会过来写作业，有时候放假也会来吃饭。"

戚鱼在高中前两年不是寄宿，但每天放学后，孟贞兰并不会让司机及时来接她，而放假回了戚家，大部分时间也只能面对孟贞兰她们，所以这里就成了戚鱼驻扎的一个小地方。

可能是到熟悉的地方，她的话也多了。

"这里以前有一只黄白色的猫，叫安安，是乔阿姨收留的，刚来时只有三个月。"戚鱼回忆一瞬，还稍微给虞故峥比画了下，"只有这么小。"

讲起这里的猫，又讲到学校的事。戚鱼回忆一句就讲一句，似乎是一种分享领地的亲昵，眼里像有光，声音也比平时要糯。

两人坐在隔绝大雨的蓬下角落，四周无人，灯光衬得虞故峥的五官轮廓极为深刻。男人像在思量什么，落在戚鱼脸上的眸光既深且沉。

戚鱼一顿，想起之前也有人这么在虞故峥面前回忆往昔，得到的回应只有一个"滚"字。她手指蹭了下菜单，一时没再吭声。

"您有没有想吃的菜？"她默默转过菜单。

"你定。"

恰好老板娘忙里抽空出来问，戚鱼点了几个菜。老板娘刚拿着单子要走，虞故峥出声，又添一瓶酒。

"我们这儿只有啤酒和白酒。"老板娘看虞故峥不像是会来这种地方的，就详细报了几个酒的牌子，笑问，"您想喝哪种？"

"不能喝酒。"戚鱼忍不住开口，发觉语气有点急，又抿唇小声接话，"您的胃不好，还是不要喝了。"

虞故峥看着戚鱼，良久，道："今天该喝点酒。"

酒先拿上来，一整瓶白的。

"我也喝一点。"戚鱼给自己分走了一整杯。

她低下脑袋抿了一小口，顿时蹙起眉。

虞故峥有些失笑。

这个笑格外好看，戚鱼心跳怦然一动，又垂睫抿了一口。

等几道菜上来，戚鱼注意到离自己最近的一道酒酿鸭，夹起一块，伸手递过去："这个很好吃，您要不要尝尝？"

虞故峥并没接话，戚鱼被看得有点紧张，礼貌地补了句："我没有用过筷子。"

"坐过来。"虞故峥神色很淡。

戚鱼一顿，"嗯"了声。她放下筷子，起身来到虞故峥旁边，刚要拉开他斜角对着的木凳坐下，忽然手腕被攥紧。

戚鱼来不及反应，随即腰际也一紧，一时没站住，整个人跟着力道倾倒过去。

回神的时候，她已经跌坐进对方怀里。

就两秒的时间，戚鱼心跳快得厉害，扭过脑袋看虞故峥，顿时无措到手都不知道往哪里摆。

近在咫尺，虞故峥容色沉静无波，长睫在眼下落下淡淡阴影，视线辨不出情绪。

"不是要喂吗？"

好半晌，戚鱼讷讷道："您……"

"叫我什么？"虞故峥又问。

对视片刻，虞故峥终于笑了，道："不知死活。"

这一笑深达眼底，戚鱼看得有点怔。他的话虽然听着重，但音色低而勾人，比酒要醇。

戚鱼心跳加速，刚想局促地站起身，手却被扣住了。

虞故峥握着她手腕的手指往下滑，托起掌心牵上来，低眼，问："怎么不戴戒指？"

"以前同学还不知道我们的事情，我在学校里就没有戴。"沉默了须臾，戚鱼本能地回，"现在习惯了。"

虞故峥无声地打量她半晌。

松开戚鱼前，虞故峥抚蹭过她那一节手指，道："以后戴着。"

接下来一顿饭，戚鱼没能回忆起来味道和细节，但喝了很多酒。上车时她有点愣，一路没吭声。

车停到校门口，戚鱼才像醒了。庄成给她开车门，她连伞都是反应一刻才撑开。

上了车，庄成从后视镜里觑着虞故峥，问："您需不需要吃药？"

酒确实喝多了，虞故峥闭目，道："不用。"

"很多年没见您喝白酒了。"庄成笑道，"不过戚小姐今天赢了比赛，确实是该庆祝。"

话音落下不久，庄成听见后座的虞故峥像是极轻地笑了一声，没说什么。

见状，庄成诧异。

他从虞故峥读大学时就认识对方，相处这么多年，还没见过虞总在人后这么笑过。

虞总城府深沉，喜怒不形于色，像在大学里学医也只是表象。潜龙在渊，庄成知道虞总有野心，有权欲，就是没有人情，学不了医。

庄成又看一眼虞故峥。

虞总仍在闭目，看着矜贵华美，笑意已经敛了。

他神色疏淡，却似乎多了点说不清道不明的活气。

戚鱼回到宿舍，乔文文和郑司佳已然睡着了，房间里静谧无声。

她思忖片刻，还是默默到阳台上，拨通虞故峥的私人号码。

几秒后接起，戚鱼开口："您——您到家了吗？"

"在公司。"那头似乎还有人声，虞故峥声音传来，"怎么还不睡？"

戚鱼停住脚步，乖乖"嗯"了句："马上就睡了。"

戚鱼却没挂电话，忽然开口："我以后能经常给您打电话吗？"她补一句，"或者您告诉我什么时候有空，我再打给您。"

等了片刻，那边虞故峥像是笑了一声，一瞬间戚鱼像有种晚风化为雾雨的怅然感。

"想打就打。"

等戚鱼结束通话，躺在床上时还觉得心跳很快。

今晚虞故峥的每一个言行，全都在戚鱼脑海中细放，不知道是不是酒劲返上来，有些不真实感。

虞故峥默许她所有的亲近要求。

她可不可以理解为，他对她不讨厌，不反感，甚至可能还有那么一点喜欢。

戚鱼翻过身，伸手在被窝中轻轻碰了碰戴戒指的左手手指。

无论是学习还是与生活有关，她都不是一个笨的人，唯独在虞故峥面前，却显得天资愚钝。

戚鱼默默无闻这么多年，第一次学会了毫无保留地得寸进尺。

天气转眼入深秋，银杏落黄。十一月初的学校田径运动会在即，戚鱼每晚从图书馆结束自习，会转去操场训练半个小时。

睡前再给虞故峥打一通电话，但只有简短的两分钟。

年底将至，虞故峥应该很忙，有几次不在国内。戚鱼像报备日常一样找话题，那边应声，有时会问几句，聊过片刻就收线。

他们现在这样的相处，有点像情侣之间的谈恋爱。

宿舍内，戚鱼手指蹭着手机的屏幕，半晌，剥了一颗糖含着。

半年期已到，虞故峥也没有提合约的事。

恰时，她的手机又响起嗡鸣。

孟贞兰打来电话，声音板着："明天来医院一趟，你爸住院了。"

这些年戚明信一直很忙，但也格外惜命，每隔半年就要进行一次全身体检。不承想近期的半年检报告出来，他被检查出肝癌早期。

万幸是早期，病灶小，动手术后很大概率能治愈。戚明信当天就在市内闻名的三甲医院住了院，准备一周后做手术。

可能是大病当前，戚明信终于想起被自己忽视很久的小女儿。正陪床的孟贞兰只能忍着气给戚鱼打了电话，让她来。

戚鱼推开病房的门，病床前的孟贞兰回身看到她，笑了笑，客套一句："小鱼，来啦。那你们先聊，我再去找医生问问情况。"

"小鱼来，你坐这儿吧。"戚明信一见戚鱼就靠坐起身，笑得温和，"最近学习怎么样？忙不忙？"

戚鱼在床尾的位子坐下，摇了摇头道："不忙。"

戚明信嘘寒问暖几句，笑容有些尴尬，有一搭没一搭地聊了几句。

他看起来状态不错，面色红润，只是面容迎着病房外的阳光，皮肤明显已经显老态。

他打量戚鱼，脱离公事后，对这个由于两家商业利益嫁出去的女儿，心里多多少少还有点愧意。

戚明信蔼声问："最近有没有想要的东西？"

戚鱼安静地瞅了会儿戚明信，才道："我不缺什么。"

戚明信笑道："怎么跟爸爸这么生分……爸爸有的肯定也是你的，这个家将来有你的一部分，你想要什么就和爸爸提。"

原以为这番话会让戚鱼态度亲热一些，可她的表情却还是没什么波澜。

"不用了。"戚鱼眼神澄澈，礼貌地回，"我不想现在欠您，也不想将来欠您。"

攒钱是为还这些年的养育，放弃一部分的家产，也是在摆脱将来尽赡养的责任。戚鱼笃定要离开戚家，也想得明白而清楚。

这些话根本不像是戚鱼会说的，戚明信一下愣住："你……"

"戚明信你什么意思？"孟贞兰突然推门闯进，"什么这个家将来有戚鱼的一部分？到底这是谁的家？"

戚鱼闻言转头。

"你之前跟我说什么？戚鱼嫁人了就是出去了，这话不是你说的？"孟贞兰质问，"娴娴在公司工作这么多年，甜甜好歹还跟你亲，以后家产少不了她们的，但戚鱼算怎么回事？"

戚明信脸色变了又变，顿时有些面子挂不住："你闹什么？"

"要论先来后到，我认识你，给你生孩子可比梁婉早多了！"家产是孟贞兰的底线，她不再维持表面客气，指着戚鱼厉声道，"当年你自己服从你家的安排娶梁婉，让我在外面等这么多年！你最亏欠的是我！"

"妈，你们干吗呀？"

病房门又被推开，戚甜急匆匆地进来，第一眼看到床边的戚鱼，脸色一下不太好看。

戚甜被她妈催了数个电话，说什么戚鱼也在，她不能不在。而戚甜从走廊远远过来，就听到里间孟贞兰拔高的吵架声。

又是戚鱼。

要不是她，自己也不会被爸爸禁足两个月，何至于每天被妈妈训话。

戚甜和戚鱼对视一眼，刚要发作，可戚鱼已经拎起帆布袋，离开病房。

戚甜一口气不上不下，顿时堵死在胸口。

病房里争执声不下，所有人都在翻陈年旧账，没工夫顾上要走的戚鱼，看护也一时没注意到这边。

戚鱼关了门，却在廊道里没走，轻轻靠着墙，兀自杵了会儿。

这时候虞故峥应该在国外，戚鱼思忖半晌，拨通号码。

十几秒后接通。

她顿了顿，小声开口："虞先生。"

她不知道怎么往下接，有点茫然地沉默了片刻。

这边病房里扬起的几声尖锐质问已经透过听筒，被电话那端的人细微捕捉到。

.139.

戚鱼不吭声，虞故峥倒也没问什么，须臾，像是感知到她的全部情绪，那一道低沉悦耳的嗓音传来："明晚的飞机。到了来接你。"

　　当晚戚鱼收到庄成发来的航班信息，他们的飞机在明晚九点左右降落市内。

　　翌日，宿舍里。

　　"对了宝贝，今晚我们聚餐，去熊家吃饭。"乔文文喝了口水，报出一家学校附近的烧烤店，"佳佳她男朋友说要请我们宿舍吃饭。"

　　"男朋友？"

　　乔文文八卦道："昨天下午他们刚在图书馆认识的，今天就在一起了，快不快？"

　　戚鱼垂睫注意一眼时间，去吃完饭也来得及。

　　傍晚，她去了一趟饰品店选礼物，随后跟着乔文文去烧烤店。

　　郑司佳的男朋友是研究生院的学长，还带了个健谈的舍友过来，饭桌上气氛热络，根本不缺话题聊。

　　一顿饭吃下来，几人打算去清吧续摊聊天。

　　戚鱼没加入大部队。

　　"啊，小鱼你不一起来呀？"郑司佳讶然。

　　"嗯，等下我还有事，不能去了。"戚鱼从帆布袋中翻出一个小礼盒，给郑司佳，"这个给你。"

　　那位健谈的男生还想留人，却被乔文文用眼神打住，只好目送戚鱼的背影出餐厅。

　　"她怎么不一起来？"

　　"哎呀，你别想了。"郑司佳打开礼盒，里面是一对很可爱的星星耳坠，也道，"你刚没看到我们小鱼手上的戒指啊？她都订婚了。"

　　从烧烤店的巷子出来，再拐过一条夹在居民楼间的小道，才彻底出去。

　　路灯昏黄，戚鱼拿出手机瞅了眼，还是晚上八点四十。

　　还早。

　　思忖了下，戚鱼还是将手机放进袋里。转过前方灯光昏暗的拐角，忽而从阴影处猝不及防伸出一双手，死死箍着她的口鼻和腰际往暗处拖。

　　戚鱼瞬间要挣扎。

　　"唔——"

　　"哎哟，别喊啊。"

　　一道声音自身后响起。

　　另一道声音也在笑："聊聊嘛，小美女。"

一场秋雨一转凉，一行人从航站楼出来时已经入夜，还下着细雨。

庄成在车里连着给戚鱼打去三个电话，那边都毫无回音。他从后视镜里注意一眼，虞总还在处理国外项目的事，正开着电话会议，就一时没打扰。等车在高架上驶过半个小时，庄成又拨号。

"虞总。"庄成脸色微变，转头道，"刚才戚小姐的手机一直打不通，现在关机了。"

戚小姐向来准点守时，原本定好今天去学校接她，她即使临时有事也会发条信息过来。

片刻，虞故峥切断会议，平静地出声："给她同学去个电话。"

乔文文还跟郑司佳几人在清吧喝酒聊天，接到庄成的电话，听了两句后酒意都醒了大半。

"小鱼很早就走了，她说晚上有事。"一听庄成打电话的来意，乔文文才反应过来，这个有事说的是要见虞故峥，"那她肯定是回宿舍等了。"

乔文文也给戚鱼打了几个电话，还是关机。他们找的清吧离学校不远，乔文文就抽空回了宿舍。别说看到人了，就连今晚宿舍门上插着的刷寝宣传单都没动过。

"从烧烤店出去就一条小路……走路五分钟吧？再过一条马路就到我们学校的西门了。"乔文文慌了，又解释，"应该没事吧？我们学校附近治安很好的，很少出事啊。"

这来回折腾已经过去一个多小时，等司机把车停在学校附近，又等了半个小时，电话没通，还是杳无音信。

不是意外出事，那就只可能是被找上了。

庄成回头想征询虞故峥的意思，发现他容色沉静，有几分耐人寻味的深意。

虞故峥道："去戚家。"

今晚戚宅只有孟贞兰，昨天在医院和戚明信大吵一架，她气得甩脸直接走人。得知虞故峥上门拜访，孟贞兰惊诧地揭下面膜，连忙收拾下楼。

"故峥，来来，喝茶。你看你今天好不容易回家，明信反而不凑巧在住院……"孟贞兰让阿姨倒水，摸不准虞故峥干什么来了，笑得热络，"小鱼怎么没跟你一起来？"

虞故峥没接话，倒是旁边的庄成颔首道："我们联系不上她。"

庄成向孟贞兰解释几句，孟贞兰面上还是笑盈盈的："怎么会，她还是小孩子，学校里的热闹事情这么多，应该是跟谁约出去玩了也不一定。"

又是一番主动寒暄，孟贞兰态度热情，又说想起过几天就是虞故峥的生日，正好今天把礼物提前拿给他。

等孟贞兰面色和蔼地上了楼，脸色立即垮了，刚才虞故峥那一副捉摸不透的样子，难不成还真怀疑是她把人绑架了？

她是巴不得戚鱼哪天能跟梁婉那样消失，但还没蠢到在两家合作的时候干这种事。

孟贞兰忽然想到什么，神情一变，给戚甜打了个电话。

十分钟后，孟贞兰拿着一幅字画下楼，在桌上铺开画轴，笑容极为殷勤，道："故峥你看看，听说过几天就是你的生日，这是明信花了不少价钱拍下来的，你最懂这个，不知道他拍得值不值……"

这是戚明信最宝贝的字画，大家真迹，比虞故峥上回送来的那一幅还要珍贵不少，孟贞兰其实是擅作主张要把它送给虞故峥。

虞故峥没看字画，仅是瞥了一眼孟贞兰，就问："她人在哪儿？"

"什么？"

遮掩得再好都瞒不过对方，孟贞兰虚了，强笑道："我刚才也打了电话，确实联系不上小鱼，但她懂事又聪明，再等等说不准马上回来了。"

"你教不了的人，我来管教。"虞故峥不与孟贞兰表面客套，又淡淡问一句，"人在哪里？"

孟贞兰一下消声，莫名怵了。虞故峥猜出来了。

虞家和虞故峥在她这里都是尊大佛，原本孟贞兰根本不信虞故峥会对戚鱼上什么心，但现在看来，大错特错。

"我想起来了……今天晚上应该是甜甜约了小鱼。"人是戚甜带走的，孟贞兰也是才知道，还想着为戚甜开脱，"甜甜最近性子收敛了，她们年纪差不多，能玩到一起去是件好事……"

可虞故峥落过来的眸光既沉又静，眉眼轮廓深邃，不出声就已经足够逼迫人。

孟贞兰端着茶杯的手有些颤抖，报出地址，是带到近郊的一家跑车改装厂去了。

虞故峥听完，忽然就笑了。

孟贞兰以为他起身要走，然而虞故峥倒是分神扫了一眼面前摊开的字画，低眼须臾，敛尽笑意，微一抬手打翻了茶杯。茶渍浸没字画，迅速洇染开。

茶是好茶，明前特级龙井，字画也是罕见的真迹，价值连城的典藏品，一下全毁成这样。

虞故峥道："不值钱。"

戚鱼眼前一片漆黑，坐在椅子上，轻轻动了动被反绑在身后的手腕，手指蜷起来摸到绳索。

房间里很安静，戚鱼的双眼被蒙着。听了好一会儿，确认暂时没有人，她的手腕在粗糙的绳圈里艰难扭转一点方向，用手指找绳结。

手腕疼，脚踝也疼。

戚鱼从烧烤店出来就被绑了。两个男人不由分说地捂死她的口鼻，箍拽着把她往面包车里拖。挣扎的时候，戚鱼的脚踝不知道踢到哪里，疼得厉害。

好像是肿了，不久前那两个人要绑她脚踝，绳子刚收紧蓦然就是一阵钻心的疼。

戚鱼抿了下唇。

她一路被带到这里。下车，进到一个人声嘈杂的地方，周围有人交谈，回音很大，再上楼，关进安静的房间内。

鼻间能嗅到机油的味道、刺鼻的橡胶味，似乎还有涂漆的化学味道。

戚鱼摸到绑住的死结，一点点收拢旋转手腕，试图解开。

刚才那些人绑住戚鱼时，她努力用手腕撑开了一些空隙，现在才有稍微活动的机会。虽然这时候她解开麻绳的进展缓慢，但有用。

不知过去多久，戚鱼悄悄呼出一小口气。

终于反解松了绳索。

指甲很疼，手腕也摸到湿漉漉的一点滑腻，丝丝拉拉地刺疼着，是出血了。

戚鱼摘下眼罩，眼前像是狭小昏暗的一间杂物室，没开灯，只有从外透进来的微弱光线。她扭头看，角落有一扇小窗。

她垂下脑袋，解脚踝上的绳子时明显顿了下，没吭声。

手机和包都不在身边，戚鱼默不作声地从窗外望下去。这里是二楼，而不远处是一大片平地，好像是水泥跑道。夜色漆黑，下着小雨，再远就看不清了。

此时门外传来窸窣声响，由远及近。

凑近门才能听清一点。

一道女声："烦死了，我都说了她在你这边关两天，你绑都绑来了还问这么多？"

是戚甜。

"我这么辛苦把人给你带来了，你就打算绑几天？"一道陌生男声。

"废话。"戚甜不耐烦道，"她让我被关禁闭两个月，我关她几天怎么了？"

男的暧昧笑了："我是说，这么漂亮的姐送到我这儿就只能看着？你不是羡慕她嫁给虞故峥吗？我要是跟她有一腿……是不是？这婚不就毁了？"

戚鱼的手指倏然动了动。

杂物间外。

戚甜看着男人，一瞬间有点心动，但还是狐疑道："常海你当我傻？你那是犯法，我不陪你坐牢。"

常海乐了："关人不犯法？"

"你关的，她有证据吗？你被发现顶多拘几天……"见常海变了脸色，戚甜嗤笑，"放心吧，虞故峥这段时间不在国内，没人知道她在这儿。"

戚甜昨天在医院见到戚鱼，想新仇旧怨一起算，就找到了常海。

常海是一家跑车俱乐部的老板，名下还有一个跑车改装厂。答应戚甜后，他就直接找人把戚鱼绑来了厂里。

老实说，常海刚才确实动了想办戚鱼的心思，一方面她确实是个活色生香的小美人，另一方面他心里还挺想动动虞故峥的女人。

他没跟虞故峥碰过面，与人没仇，仇在戚甜。他是戚甜的前男友，但戚甜恨不得天天把虞故峥挂嘴上，分手后还为这事找他。

但这事他也就想想，不敢，也根本惹不起。

好在戚甜说虞故峥对他这个未婚妻不上心，常海才放心关几天。

两人正要开杂物间的锁进去，戚甜手机响了，到旁边去接电话。

常海一个人开门进去，不到两分钟后又急急匆匆赶出来。

戚甜恰好挂断通话，脸色难看："我妈打电话来问我……"

"人逃了！"

戚甜一愣："什么？"

"戚鱼逃了！"常海扬声吼。

杂物间里的椅子边散落着被解开的麻绳，窗户还向外开着，人八成是爬窗逃了。

常海赶紧冲下阁楼，底下偌大的车间里停着十数辆超跑，但人少，今晚在车间的也就五六个人，还包括两个刚刚奉命绑戚鱼过来的小弟。

一听戚鱼跑了，所有人开车出去找，打着远光灯，一圈圈绕着附近搜人。

附近是空旷的平地，改装厂外有一大片试速跑道，这附近都是低矮的厂子，大路上基本没车，戚鱼跑也跑不远。

可将近四十分钟过去，一无所获。

常海脸色更阴沉，戚甜更咬牙："二楼也能让她爬窗跑了？刚才你在房间里不会多留一个人？"

有人也插话："海哥，她不是脚踝扭了吗？能跑到哪儿去？"

对啊，脚踝扭了。

常海突然就想到二楼那扇窗外没水管这种东西，戚鱼要怎么爬窗？要不就是真跳了，跳下去也半死摔残，要不就是压根儿没跳——

"她还藏在——"

话还没说完，车间里一声跑车气管的轰鸣，在厂子门口的几人齐齐回头，中央那辆冷银色的科尼塞克亮起了灯，坐驾驶座里的不就是戚鱼吗？

"关门！别让她开走了！"

车已经径直朝着门这边急速驶来。

有几人反应迅速地拉下极宽的卷门，可快不过超跑速度，拉到一半，车擦着卷门的边冲了出去，生生刮擦下车顶一大片漆。

常海骂了一句脏话，拔腿追出去。

没开出几十米，车却陡然熄火，降速往外开了一段，开不动了。

这辆科尼塞克是某老板送来改装的宝贝车，发动机还没替换完毕，就被糟蹋成这样。

常海真的火了，甭管戚鱼是谁的女人，今天她别想好过。

车内，戚鱼再一次尝试踩油门，却毫无反应。后视镜内，身形高大的皮衣男阴沉着脸，已经带着几人疾奔过来。

手腕疼，脚踝也疼，戚鱼紧抿着唇又看了一眼，握着方向盘的手指攥得发白，心跳也快得惊人。

常海在敲车窗，盯着戚鱼的眼睛像蛇。

"给我出来，别逼我卸车门。"常海压不住火，一声暴斥，"快！"

"你听——"

忽然远处传来一声汽车鸣笛。

戚鱼扭过头，视线有点难以聚焦，看到朦胧细雨里亮着灯的车，一时以为自己看错了。

常海也循声看去，男人已经开车门下来，他一眼认出眼前的英隽男人，心里"咯噔"一下，冲天的嚣张气焰顿时消散得一干二净。

赶过来的戚甜刚巧撞见这一幕，气没发作，脸色反倒刹那间煞白——

虞故峥！

后面一行人一看常海这样，也往回退了几步，都怵了。

"开门。"

戚鱼见虞故峥径直过来，容色疏淡，眸光落在她身上，这一刻竟然有种温存的错觉。

开了门，戚鱼愣愣地想下车，脚刚伸出去一点，虞故峥低眸瞥了一眼，倾俯过身，自然将她打横抱起。

戚鱼下意识揽住虞故峥的脖颈。

刚才她藏在杂物间的柜子里，手指不知道沾到哪里，此刻黑色油污混着一点血迹擦脏了虞故峥的衬衫。可戚鱼没想这么多，还是不由得抱紧了。

脸上看不出来，但整个人还在细微地发抖。

"好了，没事了。"

耳边是虞故峥那熟悉的嗓音，鼻间又嗅到那点淡淡的沉香味道，戚鱼松懈了些，仰起脸与他对视两秒，手指也揪紧了对方雪白的衬衣领口。

她终于忍不住，眼泪簌簌往下掉，哽咽着小声道："疼。"

庄成开了车门，虞故峥将戚鱼抱进后座，垂眸看着她片刻，像是纵容又像安抚，出声接话："以后不让你疼。"

虞故峥好像是在哄她。

司机忙给戚鱼递来毯子，虞故峥又询问几句，让司机留下照顾。

那边戚甜吓得一动都不敢动，虞故峥却已经关了车门，向这边过来。

"虞……虞先生……"

虞故峥瞥一眼旁边想解释的常海，言简意赅："带她过来。"

这时候常海已经没心思管那辆科尼塞克，他眼里全是惊疑和恐慌。虞故峥一副要秋后算账的样子，戚甜不是说他不在意戚鱼？这是哪门子像不上心的样子？

虞故峥让常海带着戚甜进车间，他就本能地攥了她的手臂带过去。而戚甜也傻了，还真怔怔地让常海拉着。

车间里，几个小弟面面相觑。

上楼前，虞故峥略略扫一眼数辆车和呆立的那几人，仍是波澜不惊的神色，但能感觉出来情绪不高。

"庄成，你去处理。"虞故峥道，"人来之前，车也处理掉。"

常海刚带着戚甜上阁楼，突然底下传来一阵砸碎玻璃的巨响，他猝然回头。

虞故峥带来的那个助理正在打电话，而几个小弟收了钱，在砸车。

常海心里骂了句，骂戚甜也骂自己。

那辆科尼塞克的老板他惹不起，虞故峥他更惹不起，戚甜这次害惨他了。

"虞先生，我也没把小鱼怎么样，她那些伤不是我弄的。"戚甜被拉着走，发现是要去那间杂物间，一下就慌了，"我本来……本来只是想让她在这里留两天，没想真把她怎么样……"

戚甜想挣扎，却被常海大力扯住了。

来到杂物间。

戚甜是真的慌了，她以为这事的后果顶多只是她被训几句话，现在看来还不止。她挣不开常海的动作，眼眶慢慢红了。

可虞故峥似乎并不在意。

戚甜悼然和男人对视上，那张脸矜贵是真矜贵，气质从容，但话出口带了冷淡，竟像是有细微不耐烦："滚进去。"

　　司机递给戚鱼一杯热水，又调高车内暖气。

　　车内安静，戚鱼慢慢喝完水，垂下脑袋嗅了下身上的黑色毛毯。毯子带着一股很好闻的淡香，毛质柔软。她的身体也逐渐回温，就这么侧靠着睡着了。

　　等庄成处理完车间的事回来，见虞故峥在后座为戚鱼处理手腕和手指上的伤口，戚鱼睡得很安稳，手指也软软地垂着。

　　车全砸了，那些人也给了教育，领头的那个自顾不暇，而戚甜则在阁楼关着。虞总给孟贞兰去了个电话，通知这事的处理结果。

　　寥寥几句，意思很明白，戚甜缺管教，要想动别人，得先学会以克人之心克己。

　　简而言之，关几天。

　　这事是私了了，戚甜差点闯大祸，孟贞兰那边也只能照单全收，还得赔着笑脸说好。

　　庄成心道：这次他们是项目中途回来。昨天戚小姐打来电话，虞总就让他订了临时回来的航班，也幸好是回来了一趟。

　　只是这么中途回来，还是有史以来头一回。

　　庄成又从后视镜里看一眼，虞总处理完伤口，一只手被戚小姐无意识攥握着，他也不在意，用单手敲字处理公务。

　　虞总这双手，能下棋，也能下厨，这两件事的乐趣可能在于排布和掌控，但这次是破例中的破例了。

　　戚鱼感觉睡得有些冷，模糊睁眼后，第一眼看到的是虞故峥弧度分明的下颌，离得很近。

　　她正被虞故峥横抱出车，仰着脸瞅了会儿，伸手抱住对方的脖颈。

　　虞故峥垂眸看戚鱼一眼："还疼吗？"

　　"有一点疼……不过没有刚才那么疼了。"戚鱼摇了摇头，才发觉手腕已经被纱布细致缠起来了，小声问，"这是您包扎的吗？"

　　虞故峥默认，没接话。

　　戚鱼看了片刻包扎的伤口，默默补一句："我睡着了，没有感觉到。"

　　庄成给两人打着伞，边走边报告今晚这事的处理结果。三人进别墅时把用人吓一跳。看着虞故峥已经抱着戚鱼上楼，径直进了女主卧，用人忙不迭想跟着照顾，却被庄成止住，只让上去送了医药箱。

　　戚鱼的脚踝肿了，她本来皮肤就白，这时候脚踝青青紫紫还结着细小血痂，看着就触目惊心。

　　虞故峥就坐在床边，为她清理伤口。戚鱼的小腿横搁在对方膝上，整个过程虞故峥容色未改，她却看得一瞬不瞬，感觉心跳快得厉害，刚才开车逃出来的那瞬间都没有这么紧张。

戚鱼开口找话题："您今晚这么做，我继母应该不会说出去，但戚甜有可能会告诉我爸爸。"

"知道就知道了。"虞故峥处理完伤口，倒并不急着撤开，抬眼与戚鱼对视。

"那会影响你们的合作吗？"戚鱼表情认真。

"不会。"

戚鱼顿了好半晌，才点点头。

她提了合作的事，虞故峥却没说什么，也没有提到他们订婚时候的合约。

戚鱼忖忖片刻，又问："您这次要在家里待一段时间吗？"

虞故峥托着戚鱼的小腿搁下，起身，拆出消炎药，再倒一杯水递过来，道："明早的飞机走。"

"明天？"戚鱼一顿，"您是临时过来的？"

刚才庄成向虞故峥报告的时候提了几句工作上的事，确实在提 × 国那边的工作。

戚鱼拿着消炎药却没动，抬起脑袋看虞故峥，隔了好半天，忽然小声问："您为什么……会回来？"

虞故峥俯视着戚鱼的眼睛，刹那间，那双桃花眼里的情绪难辨，像是在思量一个极为复杂的问题。

良久，他才出声道："你。"

这回答只有一个音节，戚鱼表情有点愣，理解两秒后，顿时抿起唇。

她这个表情如同不经意讨到糖的小孩，明显可见的惊喜，眼里泛着光，鲜活生动无比。但虞故峥却不再接话，深邃眸光落在戚鱼脸上须臾，一眼收回，留下医药箱，径直离开卧室。

戚鱼一晚上都没怎么睡着。

睡意模糊间，她感觉身边有人。

外面天光微亮，戚鱼睁眼的时候刚巧看到虞故峥要离开的背影，一下就伸手轻轻扯住对方的衣角。

虞故峥转过身，问："睡醒了？"

"您快要走了吗？"戚鱼揉了下眼睛，又乖乖回，"还是有点困。"

虞故峥容戚鱼扯着衬衣衣角，无声地打量她片刻，平静道："你在家休息几天。"

但戚鱼不老实，认认真真看了会儿，带着鼻音喊："哥哥。"

"你说什么。"虞故峥倾身俯近床头，下一秒，屈指扣上戚鱼的下巴，凑近了，一双漂亮深长的眼注视过来。

在咫尺距离间对视，戚鱼心跳如擂鼓，突然就学会怎么得寸进尺了。她微微弯起眼，又小声重复："哥……"

虞故峥伸手覆住戚鱼的唇。

戚鱼始料未及，紧接着阴影已逼近，虞故峥直接吻上她的眼睛。

胸口处猝然一跳。

全部的声音都消匿下去，戚鱼只能感受到自己眼皮上的那一下温热触碰，带了点力道，像是不悦但又不像，带着独属于虞故峥的气息。

好半晌，戚鱼没说出一句。

虞故峥似是轻而短促地笑了一声，简短地留下一句："好好休息。"

真的走了。

第九章

我尝过了，很甜

虞故峥离开后许久，戚鱼才慢慢有反应。

戚鱼在床上杵到天光几乎大亮，好一会儿，窗外传来院子里园丁除草的窸窣声。她扭头看窗外，又转过去看门口，再摸到自己怦怦乱跳的胸口。

她喜欢很多年的人，从小到大唯一想要的人，是真的有点喜欢自己。或许是一点，也或许不止一点。

这个秘密只有她一个人知道，所以这一刻也只有她能了解，自己是什么样的心情。

翌日正好是周六，整个周末戚鱼都在别墅里休息，手腕结痂的地方已经不疼不痒了，脚踝也总算消肿不少。

期间孟贞兰打来电话，态度温和得接近亲近，在通话里慰问连带着道歉，甚至提出要上门来看望。

这次戚甜捅了娄子，虞故峥处理这事的态度又让孟贞兰心下惊愕，终于反应过来他对戚鱼是真的不一般。两家就算往后没有合作在也有交情，想到这份交情以后或许还要靠戚鱼来维系，孟贞兰悻悻然，对戚鱼笑也笑得比以前亲热。

如果虞故峥还在国内，恐怕孟贞兰真要殷勤到上门探病。

但虞故峥忙到不见人影，戚鱼最近临近期中考，也开始忙。

等一周的期中考过去，戚鱼的伤好得差不多，许圆在群里冒了个泡，说是上回区域赛的奖金到了，学校对 ACM 获奖者也有相应的学科竞赛奖，已经连着打进了卡里。

这个学期过去大半，上一学年的奖学金也拨下来，戚鱼先前申请过一笔学业奖学金，再加上院里将她推荐上了学校的特等奖学金，答辩通过，一起到账。

戚明信手术完后在医院休养近一周，临出院当天，戚鱼找了没课的上午，来到病房。

手术很成功，后续治疗也在跟进，戚明信看起来状态不错，笑着招呼："小鱼来了，坐这里。"

戚鱼没有坐，把手里的银行卡放在床头桌上，礼貌道："这张卡还给您。"

"还什么？"戚明信一愣，看到那张卡，又笑问，"把卡还给爸爸干什么？"

这是以前用戚明信的名义给戚鱼办的银行卡，平时孟贞兰他们打生活费也会打到这张卡上，而戚鱼自己攒的钱在另一张卡里。就在今早，她把那张卡里大部分的钱也转进了这张卡。

这段时间戚鱼又攒下一笔钱，加上最近赢下区域赛后，她又接到一个互联网大公司的外包私单，项目要做大半年，但项目组提前支付给了她一笔数额不小的定金。

凑了凑，应该勉强够了。

戚明信还没理解这意思，戚鱼眼神澄澈，继续补充："这是这么多年你们给过我的，我一起还给您。"

戚明信慈蔼的笑容逐渐收了，看着那张卡，拧起眉："小鱼，这是什么意思？"

"卡里是还你们的钱，"戚鱼报出一个数目，又拿出一册记账本，跟着放在桌上，眼里还是安安静静的，"您可以对一下。以后我不再欠您什么了，您也不用再见到我。"

这话一出，戚明信心里隐约浮出的猜想得到验证。

"胡闹！"他脱口而出。

"小鱼来了……"

孟贞兰一推门进病房，看到正对峙的父女二人，笑容一滞。

"你难道要和我断绝关系？"戚明信不敢相信这话是从戚鱼口里说出来的，这个最听话的女儿也有叛逆的一天，他觉得荒唐，继续道，"你知不知道你在说什么？"

孟贞兰忙接话："这是怎么了？好好的别说这种气话，都是一家人……"

"卡的密码写在本子的第一页。"戚鱼没看孟贞兰，转身要走。

"你给我站住！"戚明信扬声叫住后，语气和缓几分，"小鱼，你跟爸爸说，好端端的，为什么突然闹这个？"

不等戚鱼回应，孟贞兰忙温和地笑道："你攒了钱就自己收着，自家人还给自家人算怎么回事。"

孟贞兰心里也惊疑，没想到戚鱼今天会来闹这一出。

她不信戚鱼真会跟戚家断绝关系，思来想去，唯一的可能只能是戚鱼借这事故意摆她一道，想顺势在戚明信面前提起上回被戚甜绑去那件事，借由头诉说委屈罢了。

谁知戚鱼摇了摇头，眼底干净清澈："我从很久前开始，就想攒钱还给你们。"

孟贞兰拿起床头桌上的笔记本，越翻越惊愕，本子里一条一条，戚鱼事无巨细地估算了从小到大的花销，自高中起，花销开始变得精确，每一笔转账用度都记录在册。

可这也是笔不小的数额。

"小鱼啊，这卡你还是拿回去。"孟贞兰笑吟吟道，"我猜，里面有不少是故峥借你的吧？"

孟贞兰提起虞故峥，也是在提醒合作的事。

虽然最近两家合作的文旅城项目已经步入正轨，各方合同也签订完毕，但联姻这半年来两方在别的业务也有往来。要是这时候在戚鱼这里出岔子，那些合作不继续了，家里公司说不准要损失不少进项。这就远非戚鱼这张卡里的数额能比的了。

戚明信思量着，也蔼声道："小鱼，要是你在故峥那边遇到什么不顺心的事，就回家休息一段时间，不能拿这事闹脾气。"

戚鱼终于睇向孟贞兰，轻轻蹙了下眉。

"那个不是我的家。"她开口。

戚明信愕然道："什么？"

"从您把她们接进来以后，那里就不是我的家了。"戚鱼望向戚明信，话语轻却坚定，"您说要和睦相处，您一直也知道所有的事，不过您不关心，也不在意。只要看起来和睦，您就可以问心无愧地忽视，可以偏心。"

戚鱼顿了下，抿唇道："可是我妈妈没有错，我也没有错。"她又补一句，"错的是您。"

"小鱼……"戚明信半晌才出声。

"但是已经不重要了。"

戚明信看着戚鱼朝自己露出一个笑容，深陷的酒窝还有几分记忆里天真稚气的可爱，一时恍惚地想，他这个女儿有多少年没这么笑过了？

"这些钱都是我一个人攒的，现在还给你们。"

戚明信接不了话，眼睁睁地看着戚鱼要离开。

孟贞兰叫住："你在故峥那里——"

"不用你管。"戚鱼在病房门口停住，转过身看向孟贞兰，破天荒地打断了。

住院部一楼的花园环境清幽，十一月中旬，银杏落了一地。戚鱼经过花园时，杵了会儿，低下脑袋摸出手机。

美国达拉斯的时间刚刚入夜，电话响了近十声虞故峥那边都没有接，可能是在忙，戚鱼等到第十声时主动中止拨号。

她刚想往地铁站走，手机却响起来电。

戚鱼接通，小声问："您现在在忙吗？"

"不要紧。"虞故峥的声音传过来，"听着心情不错。"

"嗯。"

戚鱼没提在医院的事，一开口声音含着轻松："生日快乐。"

"我准备了生日礼物，不过不是很贵，下次见面就给您。"她又补一句，"本来我想等您那边过零点再打，但是我下午有课，就只好现在打……"

虞故峥似乎是笑了一声，低沉好听，音色像寒冷冬日里煨的酒，在戚鱼耳侧慢慢烧起。

戚鱼忽然就停住脚步，有点局促，刚才好像自顾自地说了不少话。

"我打扰到您了吗？"

虞故峥却问："准备了什么？"

"是一支钢笔。"戚鱼挑来选去，还是买的这个，"但是应该没有您平时用的那支好。"

"我也该换一换了。"

"嗯。"戚鱼感觉自己应该是在笑，话语也扬起一点，"那等你们回来的时候，我送给您。"

从医院回来不过两天，戚鱼接到几个戚明信打来的电话。

戚明信大概是知道了改装厂发生的事，特意说一定会严厉惩罚戚甜，还想约戚鱼见面好好聊聊，话语里的关心也比以往要真切许多。只是戚鱼仅仅接过第一个电话，后面打来的都没再接。

戚鱼是真要和戚家断绝关系，这事出乎戚明信的意料。家丑不可外扬，他没把事往外传，却想到了同在市内的汪盈芝。

"戚明信以为是我教你这么做，还打电话来问我。"

咖啡厅内，汪盈芝放下瓷杯，冷嗤一句道："他倒会推卸责任，也不想想事情是怎么到今天这一步的。"

"您不要再接他的电话了。"戚鱼道歉，"我没想到他会打给您。"

"这有什么。"

汪盈芝也没想到戚鱼真会离开戚家，又是欣慰又是担忧。

"你现在是一个人，以后再有事就来找阿姨，反正戚明信那里……"汪盈芝长叹口气，打住不说了，又关切地问，"既然都跟他们断了，阿姨上次跟你说的事考虑过吗？有没有想过要留学？"

"我没有想要出国。"

"学费的事你不用担心，阿姨可以先替你付了，到那边也能住阿姨这儿。"

汪盈芝支持戚鱼参加学校的交换生项目，可看戚鱼实在没那个意思，只得作罢。

"那你和虞故峥的婚约也能断了，只是订婚——"

"汪阿姨。"戚鱼开口接话，礼貌地摇了摇头，说道，"这段关系……我不想断了。"

她说这句的表情居然接近郑重。

"你对虞故峥……"汪盈芝欲言又止，面上难掩惊诧。她多活这么多年，戚鱼现在什么心思，一目了然。

汪盈芝惊得不轻，冒出的第一个念头是糟了，刚急着想多说几句，合作伙伴的电话打过来。戚鱼还要回学校上课，汪盈芝没办法，只好打定主意等下次有空好好聊聊。

这一等就是大半个月。

戚鱼照旧上课、做兼职，戚明信没再打来电话，倒是在别墅里的司机林辉联系她，说是车到了。

暑假时戚鱼挑的那一辆车刚到 4S 店，林辉陪戚鱼去提车，办完一系列的手续，当天就开回了别墅。

车牌是先前就办好的，拿到车就能直接上路。但戚鱼没把车开去学校，一是平时她也不怎么用车，二是学校附近的停车位收费很贵，而现在戚鱼自己的卡里已经不剩多少钱了。

第一次正式上路，是去机场接人。

"您先别告诉虞先生，可以吗？"戚鱼算着航班落地的时间，在前一晚给庄成打电话，"等你们到的时候，您给我发一条信息，我就知道了。"

庄成没料到戚小姐要主动来接虞总，愣了愣，恭敬地答应："好的。"

戚鱼也是第一次做这种类似给惊喜的事，挂电话前，认真地补一句："麻烦您了。"

候机室内，庄成从几步开外的地方回座位，见虞故峥容色疏淡，仍在低眸处理公务。

他悄悄地舒了口气。

不过两秒，虞故峥未以目光回应，平静地出声："怎么？"

"戚小姐说要来给您接机，让我保密，先别告诉您这事。"庄成迟疑不过一瞬，就卖了戚鱼。

虞故峥瞥了一眼庄成，没说什么。

庄成缄默颔首道：对不住了，戚小姐。

五分钟后，戚鱼收到庄成发来的信息。

【庄成：戚小姐，明天市内可能会下雪，您开车过来的时候要小心。】

航班中午十一点落地，戚鱼提前一个小时将车开到机场附近的停车场。直到庄成发信息提醒到了，她随即将车开到航站楼对应的出口外。

今天确实在下雪，等了片刻，戚鱼一眼就看到从远处出来的虞故峥。

男人身形格外颀长挺拔，西装外套着黑色大衣，气质出众。他太显眼了，在川流不息的人群里就像一帧定格，只看得到他。

戚鱼正要开门下车，却见虞故峥径直往这里来。

庄成循着虞故峥的方向，也看到那辆白色车了，刚跟着过去，车门恰好打开。

"您怎么知道……我刚才本来想告诉您。"戚鱼抬起脑袋看虞故峥，心跳怦然。

虞故峥问："到了多久？"

"一个小时。"戚鱼补道，"也没有很久。"

她原本要给对方惊喜，反倒感觉自己被给了惊喜。

随行的还有两位精英模样的男人，两人殷勤地向戚鱼打过招呼，上了另一辆来接机的车。庄成则来到戚鱼的车旁，为虞故峥开了后座车门。

戚鱼也想回驾驶座，却对上虞故峥落过来的眸光，他低缓道："坐过来。"

庄成就接手了这辆车。

车开出机场，庄成边开车边跟虞故峥报备工作。戚鱼看了片刻窗外的雪景，还是没忍住，扭过脑袋，专注地看向身边的虞故峥。

虞故峥在看邮件，神色沉静，侧颜轮廓英隽无俦，说不出的迷人。

直到车即将开上高速，虞故峥出声："庄成。"

庄成忙应声。

虞故峥道："你去吹吹风。"

戚鱼一顿，庄成已经会意，颔首将车停在路边，下了车。

后座，虞故峥转眸过来，无声地打量戚鱼须臾，忽然笑了："看得这么专心？"

这句话听着竟然像逗人，戚鱼好半晌才回："您好看。"她小声补充，

"这样笑起来特别好看。"

视线交错一刹，虞故峥没接话，一双桃花眼静静看着她，这一眼的视线显得深而沉。

一时间谁也没出声。戚鱼紧绷了半晌，见虞故峥不说什么，随后从座位边摸出一个礼盒，递过去，道："这是上次我说的……送给您的生日礼物。"

滑盖式的金属礼盒里面是一支黑色钢笔，没有任何多余设计，简约漂亮。虞故峥沉静看过片刻，合上。

"眼光很好。"

戚鱼心跳更快，说："本来应该在生日那天送的，但最近您一直没回国。"

将近有一个月没见面，戚鱼瞅向虞故峥的目光有点挪不开。长途跋涉坐十几个小时的飞机，他眉眼间的倦意不明显，反倒打量着自己时的神色若有似无带了笑意。

"不说我，说你。"虞故峥将礼盒搁在一旁，问，"听说你和你家里闹得很不愉快？"

戚鱼稍怔，问："是我继母告诉您的吗？"

戚明信应该不会跟虞故峥说这种事，那天病房里还有孟贞兰，唯一有可能说的也只有她。

从孟贞兰的角度，大概觉得戚鱼最近这么反常是虞故峥的意思。所以她很可能会旁敲侧击去问他。

"我把这些年攒的钱都还给他们了。"戚鱼没隐瞒，一五一十把事情复述了遍。

虞故峥听完，并不评价什么，只问："决定了？"

"嗯。"

"我这样做，会不会影响您？"戚鱼抿了下唇，此刻有点紧张道，"因为那天是您的生日，我就没有说，后来也没找到机会。"她又补一句，"可是我不想再见到他们了。"

戚鱼最后那句声音既轻又糯，听着居然像带了些委屈的意味。

"你做得很好。"虞故峥道。

戚鱼有些愣住。

"本事不小。"虞故峥有些失笑，又问，"钱够不够？"

戚鱼一瞬不瞬地看着虞故峥，手指轻蹭腿边的坐垫，半晌才"嗯"了声："我攒的钱还有剩下的，您给的那张卡也在，那些钱，以后我也能重新攒回来。"

她有那么一刹那的不安，担心虞故峥有可能是想提合约费的事。

对视少顷，戚鱼的手腕倏然被握住，拉过去。车后座空间宽敞，虞故峥倾身凑过来，气息带近，两人之间一下缩短到咫尺距离。

戚鱼胸口处猝然一跳。

"脱离你的家，不是获得自由的唯一办法，掌控也是办法。"虞故峥注视戚鱼，起兴致问，"对你而言，戚明信以后留下的家产不少，不想争？"

良久，戚鱼才小声回："我继母她们不会让给我的。"

她感受着手腕上的力道和温度，注意力逐渐脱出这场闲聊，定在虞故峥的脸上。车内光线暗，就衬得对方的视线深之又深，那双深邃漂亮的桃花眼里，多了点与权欲无关的东西。

刚想开口说些什么，她的下唇一陷，虞故峥的指腹触碰过来，不紧不慢蹭过嘴角。力道比以往要重一些，鼻间静神的淡淡沉香味道都像是惑人。

"还要看多久？"

戚鱼一声不吭，局促到连舌尖都僵抵着牙。虞故峥的动作已经撤开。

又过十五分钟，庄成迟迟上车，特地注意一眼。

虞总在接一个电话，而戚小姐则扭过头在专注地看车外的雪景，庄成放回烟盒，愣是没琢磨出味来。

刚才车内近乎暧昧的气氛已经消了。

"虞总，是去公司吗？"庄成恭敬地问。

虞故峥看了戚鱼一眼，道："不回公司，带你去个地方。"

戚鱼不认路，庄成还是坐在驾驶座。

车下高架后直接往远郊开，一路驶到城郊山腰处的一片度假山庄。

山庄名叫行庐，四面环山绕水，环境僻静清幽，会所式酒店和娱乐场所一应俱全。今天恰逢工作日，又是雪天，停车场里的车不多，戚鱼跟着虞故峥下车，已经有人在等。

来人殷勤地在前面引路，边走边介绍，一直送到餐厅。

眼前是日式和屋风格的包间，推门进去，房间中央的矮桌旁坐着一男一女。

一见虞故峥来，男人笑着起身道："虞总，你们是刚回来吧？"又看向戚鱼，也伸手打招呼，"虞太太。"

"你好。"戚鱼礼貌地跟他握了握。

戚鱼觉得男人有些眼熟。

"虞太太可能不记得我了，我们在订婚礼上见过。"男人自我介绍。

眼前年过半百的男人叫傅东行，是虞家重要的合作伙伴。

入座后，服务员躬身进来倒热茶。虞故峥随手将茶杯搁在戚鱼面前，与傅东行交谈几句。

戚鱼不打扰他们聊工作，捧着搪瓷茶杯，目光瞅了会儿虞故峥，又观察了一圈。

　　包间四周围着一道水渠，流水一直引到后门外的小院子里，汇成一口清澈湖泊。包间的后门大开着，往远处看是半山腰的雪景。

　　她正看着，蓦然对上虞故峥转来的眸光，问："冷不冷？"

　　"不冷。"戚鱼摇摇头，手心贴着身下的木地板，是暖的。

　　话音刚落，虞故峥低眼一瞥，自然握住戚鱼垂下的手。

　　只是试她的手温，一触即收，但戚鱼动了动，随即在矮桌下回握住了虞故峥的手指。

　　戚鱼感觉虞故峥落过来的一眼意味不明，心里一下就冒出不少句他说过的话：得寸进尺，胆子不小。

　　但虞故峥容她握着，继续交谈。

　　直到点的菜上来，戚鱼才松手，默默吃饭。

　　"虞太太觉得无聊？"傅东行看出戚鱼的心不在焉，报出几项娱乐，笑道，"这里好玩的多得很，等下你到处走走就能找着，棋牌、斯诺克、射击……这些都能打发时间。"

　　戚鱼闻言看向虞故峥。

　　虞故峥淡淡地笑了笑，道："她一个人去，未必觉得有意思。"

　　"也是。"傅东行忙附和，笑着拍了下身边女伴的后腰，"那让她陪虞太太去玩吧。"

　　女伴的年龄和戚鱼相仿，是跟着傅东行一起来的某位平面模特，听不懂他们在谈的金融、时政，早就想出去逛。等饭一吃完，她就殷勤地请戚鱼同行。

　　包间里不剩女伴，傅东行才与虞故峥聊起正事。

　　"现在这事对外还压着，但听说华盛那边已经有人知道准备收购的消息了。"傅东行一扫刚才的笑容，担心道，"开年就要提股东议案，消息肯定瞒不住。"

　　"总要知道，瞒不了多久。"虞故峥神色很淡。

　　"那要先恭喜虞总了。"傅东行接着说下去，"华泰能收购华盛，对虞总来说可是好事，百尺竿头更进一步。"

　　虞故峥道："八字还没一撇。"

　　傅东行心道：运筹帷幄这么些年，没撇也要撇了。放在六年前，谁能想到华泰也有准备收购华盛集团的一天呢？

　　子公司要收购母公司，从理论上讲哪里都可行，但放眼国内市场上，还是天翻地覆头一回。别说到时候华盛集团内部会争执不休，这提案一旦被摆上会议桌，牵扯甚广，不知道会乱成什么样。

虞故峥最近肯定为这事忙得无暇他顾，傅东行今天特地挑了一个还算放松的地方谈事。

不过，他没想到虞故峥带太太一起来了。

傅东行心忖，戚家虽然把女儿嫁给虞故峥，但联姻的主要目的是攀附虞家，大部分合作也是跟华盛那边。到时候如果真有华泰收购华盛的一天，戚家公司与虞家公司的合作业务一定也会受到影响。

不过两人的感情，看着倒是比他想象中要好。

正谈事，桌上的手机响起一声消息提示音。

是戚鱼落下没带走的手机。虞故峥平静地瞥了一眼，屏幕上显示收到一条微信。

而手机背景的屏保，是在马场那一次两人的合照。

度假山庄占地面积广，走出包间，一望无垠都是薄雪。

奉命带戚鱼到处逛逛走走的模特叫舒晴，人很活络。她拉过一个服务员问了几句，得知这里除去一些常有的室内室外娱乐，靠近山脚的地方还有一片农场，一年四季开放农家乐项目。

舒晴回头找戚鱼："虞太太，山下有一片草莓种植园，您要是不嫌累，我们下去摘草莓吧？"

这个时候，草莓已经结果了。有专门的司机送戚鱼她们下山摘草莓。

种植棚内气温还算暖和，气味清甜，一眼望去是整齐排列的矮株，一簇簇草莓叶下生长着新鲜诱人的红色果实。这时候只有刚来的两人，戚鱼提着篮子，不时弯腰蹲下，垂睫挑得挺认真。

舒晴挑了一半已经嫌累，叫来旁边的人给自己摆拍，边玩手机，边等戚鱼挑好。

草莓园的工作人员服务很周到，见戚鱼挑完草莓，笑着要为她打包。

"太太，篮子给我吧，我给您洗完装起来，等会儿直接送到您车上。"

戚鱼思忖了下，问："可以先洗一些给我吗？"

"当然可以。"

工作人员热情地为戚鱼洗了一小部分草莓，用透明袋装着，给她带走。

一行人上山的时候，雪下得更大了。车将戚鱼她们送到餐厅外，舒晴还是想去泡温泉，又极力邀请戚鱼一起。

"等我一下。"

戚鱼头也不回地进餐厅，几乎接近小跑，恰巧在包间门口碰上刚出来的庄成。

一看到她，庄成讶异道："戚小姐，您这么早就回来了？"

"虞先生在里面吗？"

"在的。"庄成颔首,为戚鱼拉开门,"虞总一个人在,您进去吧。"

戚鱼进去,没在包间里看到人,目光往后门注意一会儿,发现了院子里男人挺拔出挑的背影。

听见动静,虞故峥转身,打量她一眼,掐灭烟,问:"怎么一身的水?"

戚鱼刚才没撑伞就过来了,满身的雪融化在毛衣外套上,白色的绒毛湿成一小簇一小簇,她浑然不觉。

"我们刚才去摘草莓了。"戚鱼下了台阶,也往湖泊这边过来,"您要吃草莓吗?"

虞故峥看见戚鱼提着的一小袋草莓。

"只摘了这些?"

"摘了很多,但我想先拿一点给您。"戚鱼不由得弯起眼眸,声音明显扬起,表情接近笃定,"我尝过了,很甜。"

虞故峥没接话,戚鱼已经垂下睫毛挑了一颗,从袋里拿出来。

草莓新鲜红透,衬着她白皙细腻的手指,更显诱人。戚鱼伸手向虞故峥递了递,想与他分享:"您要不要尝一颗?"

这笑容既漂亮也热忱,眼里像映着微光,比雪要亮。

虞故峥容色沉静,眸光落在戚鱼身上,片刻,淡声问:"如果我不吃,你会做什么?"

这话戚鱼不知道怎么回,虞故峥笑了,道:"我来教你。"

没等戚鱼反应,虞故峥俯身,屈指扣起她的下巴,气息欺近。

戚鱼几乎愣住,只茫然感觉脸被抬起,漫天大雪中,有冰凉雪粒融化在唇上。随后唇齿蓦然一软,贴附上温热。

虞故峥吻住了她。

他温热的唇带了些微力道,触抚一般。

随后,下巴被虞故峥扣抵着往下,戚鱼下意识跟着微微启唇,茫茫然由这个吻深入齿关,几乎是予取予求。

戚鱼蜷缩的指尖已经陷进草莓,任由红色汁水在手指间蜿蜒流下。手在雪天里降温至冰凉,她浑然不察。

唇齿是热的。这是一个,吻。

气息交错,唇齿间草莓的清甜味、极淡的香烟味道,以及隐约的沉香味道,在这时候盖过了所有感知。

意动,也是情动。

不过几秒,虞故峥撤开。

戚鱼反应不过来,和对方那双桃花眼近距离对视,半晌说不出一个字。

虞故峥静静地注视戚鱼,指腹擦去她唇际的水光,片刻,才极轻地笑了声。

"怎么不说话？"

"您是……"

戚鱼终于找回自己的声音，心跳快得厉害，停顿一下，才又开口："您是……喜欢我吗？"

这话问得直接又大胆，虞故峥并未直起身撤离，也没接话，只无声地打量戚鱼。

她的眼底干净明澈，一片真心带着赤忱，以往这并不在虞故峥的在意范围内。

也不知从什么时候起，待她既纵容也上心，他自己都感到意外。这么一双眼睛，如果沾染世故，会很可惜。可不染世故，又太干净。

"虞总，我把人给您带过来了。"

静默间，傅东行的声音自包间门口传来，几位精英模样的男人见到后院相对的两人，都是一愣。

话题被突然打断，虞故峥要继续和人谈事，戚鱼没再开口问下去，但心跳还是没缓过来，离开包间前，忽然想起什么。

她在门口转身，看向虞故峥，提起手里的一袋草莓："那您还吃吗？"

虞故峥眸光落在戚鱼身上，出声："过来。"

包间里几个人的目光都跟着往戚鱼身上聚焦，她默默过去，把草莓放在虞故峥的座位前，要走的时候却被扣住了手腕。

虞故峥瞥一眼戚鱼湿了大半的毛衣外套，沉静道："冷就脱了。"又脱下大衣，随手给她，"换这件。"

隔了两秒，戚鱼才"嗯"了句，近乎局促地抱着虞故峥的那件黑色大衣，离开包间。

餐厅外头的舒晴等了有一会儿了，甫一跟戚鱼打照面，一怔，笑着调侃："虞太太这么高兴呀。"

"我们去温泉吧。"戚鱼抿了下唇，露出的笑容漂亮又动人。

戚鱼悄悄抬指摸到自己的唇，似乎还残余着吻的触感。

她刚才尝了草莓，却感觉那个触碰的吻要甜过所有。

度假山庄内设有数口风景极佳的半山温泉，工作人员问了几句，引着戚鱼二人到私密汤池，泡药膳汤。

那边的谈事仍在进行中，舒晴听傅东行的话，陪玩做得尽职尽责，又邀戚鱼去喝下午茶。

中途庄成来茶室，找到两人，对戚鱼一颔首，说是虞总那边结束了，等她想回去的时候就能走。

离开度假山庄的时候已经是傍晚。

车后座，戚鱼扭头往旁边瞅，虞故峥在打电话，神色疏淡，简明扼要地吩咐过两句，闭目捏眉心。

从下飞机直到现在，他好像就没有怎么休息过。

戚鱼忍不住，小声开口："您等下还有事吗？"

"晚上不忙。"对视一刹，虞故峥问，"这么高兴？"

"嗯。"

戚鱼不久前泡过温泉，此刻脸颊瓷白透粉，杏眸也亮着温润水光。

"看来是玩得不错。"虞故峥略一沉吟，将手里文件搁在一旁，"要是想留下，也可以再住一晚。要留吗？"

戚鱼摇了摇头道："明天早上我有课，不能住了。"

她稍顿，看着虞故峥，暮色透过车窗勾勒男人的轮廓，更显得他眉目精致，好看得如同蛊惑一般。

戚鱼补道："而且我开心……也不全是因为这个。"

虞故峥没接这句话。

但不知道是不是戚鱼的错觉，对方的视线扫下，似乎在自己唇际停留两秒。

车驶进市区，戚鱼见虞故峥闭目小憩，就没再开口，抽空解锁手机。

一下午都没顾得上看，手机里已经攒了不少消息。

【乔文文：宝贝，我们打算五点排队。】

乔文文拍了张餐馆的照片过来。

【乔文文：这家好火，要排到明年了。】

……

【乔文文：佳佳带着她男朋友在我面前秀，宝贝你快来。】

【乔文文：你不会还在图书馆吧？】

戚鱼想起，今天是宿舍聚餐，一周前就定好了。而昨天她临时知道虞故峥回国，差点忘了聚餐的事。

【戚鱼：文文，我今天有事不能来了。】

乔文文直接回复一条语音，戚鱼想转成文字，却意外错手点开。

"不行不行，我好不容易才请一次客！"乔文文深情呼唤，"今天就算是世界末日你也得来！"

戚鱼的第一反应就是往旁边瞅，正巧对上虞故峥侧过眸的打量。

"既然有约，就先送你去。"虞故峥倒是轻轻笑了。

戚鱼被看得心跳怦然，思忖一秒，忽然问："您要不要跟我一起去？"

乔文文订的餐馆离学校不远，一家刚开的火锅店，据说味道很正宗。

三人已经进去，找到位置坐下。

"来了来了。"乔文文放下手机，"小鱼说他们到门口了。"

"他们？"

郑司佳坐在里桌，也扭身往门口看，正巧看到戚鱼接近的半截身影。

店内的每一桌之间都打着隔断，郑司佳刚要扬手打招呼，又瞧见自戚鱼身后出现的男人，震惊得脱口而出："妈妈——"

乔文文："啊？"

她也循着看去，见到戚鱼已经跟虞故峥一起过来，忙挥手，喊："小鱼！"

这是郑司佳第一次见戚鱼的订婚对象，百闻不如一见，对方模样比照片里更令人咋舌，她当即和乔文文进行激烈眼波交流。等两人入座，郑司佳三人拘谨地坐着，气氛与邻桌格格不入，如同开会。

整个宿舍心照不宣，但戚鱼还是介绍一遍虞故峥，又转头他，为他介绍："这是我舍友，乔文文和郑司佳；这个是佳佳的男朋友，储昊。"

储昊最先反应过来，与虞故峥握手，连声招呼："你好，你好。"

"你好。"

在嘈杂喧闹的火锅店里，虞故峥神色不见有异，反倒自然地和储昊交谈两句。储昊在读研，研究的是量化投资方向，能聊的东西很多，不过两分钟居然已经与虞故峥相谈甚欢，气氛顿时恢复。

郑司佳在看戚鱼，乔文文也看戚鱼，眼里都是抓心挠肝的八卦欲。

其实戚鱼没想到虞故峥会答应。

不久前她在车里尝试般问了句，虞故峥容色未改，让庄成把车开过来。

"要什么蘸料？"虞故峥问。

戚鱼闻言转头，想了下，报出一种最简单的干碟调法。

虞故峥起身，储昊也跟着想去调料台，回头喊郑司佳："走吧。"

郑司佳瞪男朋友。

乔文文也想留下问戚鱼八卦，奈何没人给她调蘸料，只得依依不舍走了。

几人点的是九宫格的锅，吃饭间隙，戚鱼搁在桌边的手机不停振动，消息不断。她瞅了眼旁边的虞故峥，点开。

【郑司佳：这是神仙下凡体验生活吗？】

【郑司佳：不过虞故峥好平易近人。】

【乔文文：但是我看他不怎么动筷子，是不是不习惯？】

戚鱼认真地敲字回复。

【戚鱼：不是，他的胃不好，不能吃太多辣的。】

乔文文和郑司佳默契对视一眼，怎么都感觉被这句话秀了一脸。

【乔文文：宝贝你看着点啊，刚才在调料台那儿有人问虞故峥要微信，

还不止一个！】

【郑司佳：我也看到了。】

【乔文文：那不行，得给小鱼找点场子。】

戚鱼一顿，又转脸看向虞故峥，对方仍旧穿着雪白衬衫，只是经过长途跋涉和一下午的会谈，已经在细微处起了衣褶。

可丝毫压不住男人身上那股矜贵气质，衬着他英隽华美的五官轮廓，找不出一丝岁月痕迹，在哪里都是出众。

虞故峥问："怎么了？"

戚鱼摇摇头。

"看到这朵西蓝花，我想起上学期咱们宿舍楼下的玫瑰花了。"乔文文壮胆道。

郑司佳意会接上："你说那个经管院男生送小鱼的那些？"

"是啊。"

储昊不太明白："你们在说什么？"

"文文，"戚鱼忽然夹了一筷子牛肉给乔文文，"你吃这个。"

乔文文欣然吃掉，含混道："我知道，虽然追你的人很多，但你一个都没接受。"

"没错。"郑司佳再次附和。

戚鱼有些无语。

虞故峥看了戚鱼一眼，深邃眸眼里似有笑意，没说什么。

当然乔文文两人也就敢来这么一回，虞故峥虽然看着平易近人，但内里气质未改，怎么都有一种上位者的距离感。不过一顿饭下来，气氛融洽。

临近散场，虞故峥径直结账。庄成来接时，特地问了句要送戚鱼回哪里。

戚鱼就转向虞故峥，开口回："我想跟您一起回去。"

庄成有点惊诧，感觉今天戚小姐似乎格外黏人。

戚鱼确实有点神不守舍，下午那个吻在脑海里挥之不去，吃饭想跟虞故峥一起，晚上回别墅，见他要往书房去，差一点要跟。好在她马上回神，转身上楼，中途回头，恰好对上楼梯口虞故峥抬眸瞥来的目光。

虞故峥失笑一瞬。

"过来。"虞故峥也径直上楼，到戚鱼面前停住，淡声问，"你想要说什么？"

"我舍友让我谢谢您，"戚鱼仰起脑袋，默了一下，找话题道，"今天您请他们吃饭，下次……"

话音未落，虞故峥垂眸，修长手指插入她的长发间，气息迫近了。

戚鱼的声音戛然而止。

吻落在她额角，一触即收。

"早点睡。"虞故峥松开。

戚鱼好半晌才点点头，眼眸似在发光，出声："嗯。"

得了个晚安吻，戚鱼一夜熟睡。

翌日一早醒来，下楼时虞故峥不在。

戚鱼还要上课，吃完早饭后就出了客厅，打算自己开车去学校。经过前院，园丁一抬头见到她，热情地招呼："太太。"

"这里不准备种竹子了吗？"戚鱼停住脚步。

"对对，正想问您呢。"

前院原本有一片密竹林，每次戚鱼从露台出来都能看到。此时园丁却踩着胶靴在竹林里松土，开了一辆板车在道边停着，似乎要挖走竹子。

"这些竹子要移栽了，这片园子换种别的。"园丁笑道，"以后就要种玫瑰了。"

戚鱼有点怔："玫瑰？"

"这是先生的意思，哦对，我还想问您喜欢哪几种玫瑰。"园丁脱下手套，翻手机图片给戚鱼看。

别墅里平时都是树林绿植较多，很少种花，园丁边翻边报玫瑰种类："红袖、雪山、泰姬……您看您喜欢哪种？"

虞故峥要在这里种玫瑰。

"这会儿播种下去，明年初春能出芽，到四五月就该开花了……"园丁给了几个种植方案，又问，"太太您看这样喜欢吗？"

戚鱼对着那片簌簌作响的竹林杵了会儿，忽然抿了下唇。

她感觉此刻只能听见自己的心跳声，一下响过一下。

原来喜欢以后，还能更加喜欢。

第十章

人管好，心也管好

戚鱼确认：虞故峥应该是喜欢自己的。

她不知道还能怎么表示自己的喜欢，就只想对他好。

只是接下来几天虞故峥都忙着在外，似乎是有要事处理，接连几次戚鱼打去电话，都能听见那边隐约传来交谈声。或是手机关机，对方在飞机上。

月末，许圆在比赛小群冒泡，三人找时间在学校的奶茶店里碰头，一起商讨明年国际大学生程序设计世界赛的事。

在区域赛能拿到前六才有出线资格，而每个学校至多只有一个世界赛的参赛名额，按照积分排名，明年他们这支队伍将代表清大出去打比赛。

"明年咱们是在华盛顿比吧？"许圆咬着吸管问，"时间呢？老陈没跟我说时间。"

"五月十九日。"戚鱼记起来。

历届国际大学生程序设计世界赛的冠军队伍几乎都来自国外，三人不指望能夺冠，但还是要好好准备。

临近期末，戚鱼除了准备复习和写论文，隔三岔五地往实验室跑，在平台上训练比赛，也渐渐忙起来，连跨年的晚上都是在实验室里度过。

一月开始不过一周，戚鱼接到汪盈芝的电话，约她吃饭。是一家市中心的高档餐厅，订的还是包间的位子。

以往两个人吃饭不会这么正式，戚鱼思忖了下，问："明天还会有别人吗？"

汪盈芝笑应："汪丞也在，他放假了，正好来接我回去。"

当年汪盈芝和戚鱼的亲生母亲是发小，汪盈芝结婚要稍早一些，而对方是一位来华投资的美国人。婚后汪盈芝生下个儿子，中文名叫汪丞，比戚鱼不过大两岁。又过几年，汪盈芝举家跟着丈夫移民。

这些年汪盈芝在中美两地来回跑，帮衬丈夫打理生意，最近她在这里的项目接洽得差不多，准备要回国了。

知道汪盈芝要走，戚鱼在去之前也买了礼物，是条丝巾，不是很贵重，汪盈芝倒格外喜欢。

一顿饭吃得差不多，天色擦黑。

汪盈芝今天开车过来，顺便送戚鱼回学校，她先去取车。戚鱼和汪丞一起出餐厅，外面在下雪。

汪丞绅士地替两人撑开伞，含笑出声："你可以叫我哥哥，如果有什么事我能帮上忙，也可以来找我。"

戚鱼不过思索一秒，礼貌地回："还是不麻烦你了。"

街边开过的车内，傅东行通着电话，不经意从车内往外看，刚巧见到这一幕。他打手势示意司机把车停在路边，又向餐厅门口看去。

是戚鱼。

傅东行印象很深，上次在度假山庄，虞故峥不知道有多体贴他这个太太。

"虞总。"通话还没断，傅东行话题一转，忽然恭谨地问，"虞太太跟您一起吗？"

须臾，那边传来一道疏淡悦耳的声音："怎么？"

"我好像看见您太太与人有约。"

眼前的场景，又是吃饭送礼又是体贴地撑伞，傅东行不疑有他，谨慎得出四字结论——

"举止亲密。"

华灯初上。

庄成随着虞故峥从某峰会的礼堂出来，身后一行人殷殷切切地将华泰虞总送上车。

副驾坐着此次陪同参会的招待，庄成为虞故峥打开车门，也坐进后座。

车内安静，忽而响起一声收到邮件的消息提示音，庄成循声看向旁边虞总的平板屏幕，发现傅总竟然连照片都拍了，直接发了过来。

照片拍得很清晰，戚小姐和一陌生男人并排站在街边，男人体贴地打着伞，两人像是在谈笑，挨得很近。

庄成心道，傅总还真是毫不避忌，挺有闲情的。

虞故峥仅瞥了一眼，容色沉静无波，似不在意。

庄成为戚鱼叹一口气。

戚小姐很显然喜欢虞总，但爱慕虞总的人不少。而虞总对戚小姐的态度耐人寻味，比对别人要不同，具体不同到什么程度，窥不出来。

"我看戚小姐手上戴的是跟您一对的戒指吧？"庄成看着那张照片，笑道，"我才发现，她还真是一直都戴着。"

这话有点为戚鱼解释的意思，庄成说完，注意一眼，虞总已经开始看文件。

虞故峥问："十五号是什么日子？"

十五号？

"我们十四号晚上回京市，要开两天的会。"

庄成忙恢复工作时的正色，报出当天从早到晚的日程安排，事无巨细。虞故峥的谈兴不浓，平静地听着。

直到提起晚上那个应酬，虞故峥出声止住，淡淡道："推了。"

戚鱼的生日撞上期末复习周，每天早出晚归，直到被乔文文提醒，才知道自己的生日就是明天。

生日当晚，她在学校附近的餐馆庆生，吃完蛋糕，被乔文文两人带去了一家清吧喝酒。

酒吧环境雅致，昏昧朦胧的灯光衬着爵士背景乐，周围窸窸窣窣的聊天笑谈声不断。

三个人边喝边聊，戚鱼的手机响起来电声，她看了一眼，是戚明信打来的电话。

戚鱼一顿，垂睫挂断来电，开了静音，将屏幕翻盖在桌面上。

"几点了？"酒过一巡，郑司佳问。

"还早啊，才九点多，你们还要喝什么？"

"我不喝了。"戚鱼看着有点困顿，放下酒杯，开口回，"我现在有点晕。"

"啊？宝贝你喝醉了？"乔文文惊诧。

戚鱼只喝了两杯酒，最多也就是乔文文和郑司佳把自己的酒给她尝了两口。

她好像是醉了，浑身发着酒热，眼睛湿漉漉的，连脸颊都泛着红，跟身上那件白色毛衣一对比就更明显了。

戚鱼一醉就犯困，去了趟卫生间，走路软得如同踩着棉花，又热又晕。乔文文一看不行，三人提早收场，准备回宿舍。

酒保带酒水单过来，戚鱼拿起手机想付款，却见屏幕上有一个虞故峥的未接来电，一下清醒了许多。

她顾不上付款，回拨响了几秒，对方接起。

酒吧的乐队声很大,戚鱼往门口走,慢半拍道:"刚才我的手机静音了,没看到您打的电话。"

"在哪里?"那边虞故峥的声音传来,说不出的令人舒服,"我来接你。"

半个小时后,车停在酒吧巷口。

庄成下来开车门,乔文文两人面面相觑一眼,忙不迭送戚鱼上车,借着巷口稍暗的路灯,仅看到车后座里男人极为英隽的半边侧颜,辨不出情绪。

戚鱼的外套还抱在怀里没穿,热得难受,费力地清醒了下。

她扭过头看虞故峥,小声问:"您是什么时候回来的?"

虞故峥没接话,眸光无声地打量片刻,随后伸手过来,指腹触抚上戚鱼的脸侧。

戚鱼呼吸都顿了。

虞故峥指节修长,手指和掌心温凉如缎,指温触上,淡淡的沉香味道也跟着带过来。戚鱼一眨不眨地瞅着对方,感觉虞故峥抚摸的动作带着力道,她心跳一下如擂鼓,甚至有点点口干舌燥。

"您……"

"发烧了。"虞故峥简扼地出声,仍在看着戚鱼,对司机道,"去医院。"

车径直驶到附近医院挂急诊,一量戚鱼体温,三十九度二,烧得还不低。

问诊的医生一听戚鱼喝了酒,点点头开了单子,让她先去做个血常规。

虞故峥在接一个电话,庄成陪戚鱼抽血回来,在厅内找到一个座位:"戚小姐,您先坐这里等等。"

晚上挂急诊的病人不少,戚鱼在大厅内只瞅了一眼,就从人群中找到虞故峥的身影。男人一身西装革履,神色很淡,在熙攘人流里出挑又显眼,戚鱼没看多久,就对上了对方落过来的眸光。

虞故峥接完电话,径直过来。

戚鱼还按着臂弯的抽血位置,刚仰起脸,虞故峥已经弯身俯下,与她平视。

"疼不疼?"

戚鱼想了下,乖乖地回:"就一下,没有很疼。"

"虞总。"旁边庄成也接到电话,颔首请示,"餐厅那边准备好了,想问您和戚小姐大概什么时候到。"

虞故峥托起戚鱼的手肘,未以目光回应,道:"也取消掉。"

"什么餐厅?"戚鱼烧得有些迟钝,但还是捕捉到这一句。

庄成解释几句，今天原本预订了市中心某顶层餐厅的景观位，要给她过生日。

戚鱼转过头，湿漉漉的眼睛微亮，小声开口："我也没有特别难受，还可以……"

"别动。"

扎针的伤口已经凝血了，虞故峥注视须臾，随手将戚鱼挽起的毛衣袖子放下，全程动作容色未改，垂着的眼被长睫阴影遮覆住，像是神色不兴，似乎又不是。

等化验单出来，戚鱼拿着单子去开药。

"抵抗力低下引起的上呼吸道感染。"医生边签单子边道，"你喝过酒，青霉素和头孢这些我就不给你配了。"

医生配了一些基础药，嘱咐几句，建议戚鱼回去做物理降温，多注意休息。

戚鱼在回去的车上吃了药，那阵颠倒的晕劲还没过，一路犯困。

她昏昏沉沉一晚上，到了别墅，窝进被子里的时候困得就要睡着，瞅见虞故峥还在床前，揉了下眼睛让自己醒神。

"您等下还有事要忙吗？"

虞故峥并不接这句，却问："今天是你的生日，有想许的愿望吗？"

"没有了。"戚鱼晕得厉害，想不出来，摇摇头。

"没有愿望，也该有礼物。"虞故峥倒了一杯水放在床头，又将巴掌大的礼盒搁在戚鱼枕侧，道，"好好休息。"

戚鱼听话地往被窝里缩了缩，默了会儿，反应过来，打开枕边灰杏色的小盒子。

盒子里是一条项链，链坠是一条鱼，周身在灯光下闪着细碎光芒，还有一颗粉钻嵌着的心。

仔细一看是鲸鱼。

戚鱼喝了酒又发着烧，感觉心跳越来越重了。

她对生日没有什么特别的感觉，此刻却觉得今天像是一个很完整的生日，完整到不想让今天过去。

虞故峥似乎要走，戚鱼没想太多，伸手就攥握住了对方的左手。

触手温凉，骨节分明。

虞故峥容戚鱼攥着自己的手往回挪，直到她脸也挨过来，无意识蹭了下，他漂亮深长的眼稍稍眯了瞬。

"您的手好凉。"戚鱼得出结论。

下一秒，脸挨蹭着的手动了。虞故峥反手扣抵住戚鱼的下巴，俯身过来，近距离看着她。

视线交错一瞬，虞故峥忽然笑了，道："怎么这么不安分？"

"可是我有点热，还有点难受。"戚鱼眼里有雾气，声音也糯得像委屈，又想让虞故峥探下自己脸的温度，补道，"真的。"

虞故峥却撤回了手。

戚鱼没来得及抿唇，随即，男人的气息欺近，而后脸颊触附上一道温凉。

虞故峥倾过身，用侧脸探了她脸颊的温度。

戚鱼一下就从晕醉的状态里，清醒了。

她脑袋一转都不转，目光怔怔地往旁边瞅，但看不到虞故峥的神色。

戚鱼动了动手指，刚想问。

"管好自己。"虞故峥的气息轻得像是叹出来，就响在戚鱼耳侧，嗓音低沉勾人。

是命令的话语，音色却如同在哄。

"管好……什么？"良久，戚鱼讷讷地问。

虞故峥已经起身。

戚鱼目光跟着对方挪，对上那双深之又深的桃花眼。

"人管好，"虞故峥俯视着戚鱼的眼睛，蛊惑一般，道，"心也管好。"

理解了好半晌，戚鱼揉了下眼，感觉烧得发热的晕眩又回来了，小声吐出一句："管不好。"

"我的心……跑到这里了，我管不好。"她指着虞故峥领口处的一颗衬衫纽扣，话有些慢吞吞，"您可以保管一下吗？"

她的一双杏眸就这么睁着，带着热度也含着水光，比那条鲸鱼项链还要夺目。

虞故峥看着那双眼，没接话。

戚鱼仿佛对这个话题很执着，兀自道："您一定要保管好。"

对视良久，虞故峥失笑一瞬。

戚鱼见虞故峥又俯身过来，伸手，她的眼睛被不轻不重地遮覆住了。

"早点睡。"

"您要走了吗？"戚鱼没听话，在黑暗里眨了下眼，又问。

虞故峥却道："今晚陪你。"

"那您这次会在这里待多久？"刚平复的心跳又乱了节奏，戚鱼抿唇，话也变得格外多，"我们月底才考完期末考……等我放假了，还能见到您吗？"

须臾，虞故峥问："什么时候？"

戚鱼思索两秒，报出一个日期。

"那天公司有年会。"虞故峥又问一句，"想去吗？"

能见到对方，戚鱼几乎不多想就点了头，还想找话题聊，听虞故峥似乎是轻轻笑了一声。

"好好休息。"虞故峥道，"我在这里。"

眼前一片漆黑，戚鱼看不见虞故峥的神色，但对方说话时的音色低缓，覆着自己眼睛的动作接近温存。

鼻间淡淡的沉香味道很好闻，静心安神，她逐渐放心地合上眼。

一晚上迷迷糊糊醒来好几次，戚鱼烧得迷糊，不是渴醒就是热醒，渴醒的时候似乎有人给她递水，热醒那几次，她无意识攥握着对方温凉的手指，又沉沉睡过去。

期间戚鱼短暂清醒过一会儿，虞故峥真的坐在床边，容色沉静，正低眼看电脑屏幕。

翌日醒来，卧室里暖气开得很足，四周安静尤人，虞故峥不知道什么时候离开了。

戚鱼坐起身，感觉已经退烧，整个人神清气爽。她在床上默默杵了会儿，又揭下额头上的退烧贴，直接穿着睡衣下床。

昨晚虞故峥送的鲸鱼项链还在，戚鱼伸指碰了碰脸颊，心跳怦然作响，将项链盒一并收好。

学期期末，开完总结班会，接下来两周都是期末考试的复习周。

戚鱼暂缓了先前接的兼职工作，专心复习期末考。等考完最后一门，她早早回宿舍收拾东西。

刚出宿舍，她收到庄成发来的消息。

【庄成：戚小姐，我在路口等您。】

这段时间虞故峥虽然忙，但戚鱼知道他一直是在市内处理公务。今晚是华泰的年会，地点定在市中心的某酒店。庄成先来接戚鱼，陪她试衣服。

司机将车停在一家高定品牌的旗舰店前，庄成陪同戚鱼，挑了一套出席今晚年会的成衣，又到某家太太名媛常去的造型会馆做妆发。

车开进华泰总公司的地下停车场，时间还来得及。

"虞总还在开会，请您再等等。"庄成准备上楼，询问戚鱼，"您是想去办公室等，还是留在这里？"

戚鱼垂睫瞅了眼自己的裙摆，想到虞故峥还在谈正事，打算留在车里。

将近一个小时后，庄成才跟着虞故峥下来。

今日开总结会议，华盛那边的几个高管也在场。华泰准备收购华盛的提案早就在内部不胫而走，会议室内气氛严肃，几近剑拔弩张，见虞总喜怒不形于色，庄成心里越发忐忑。

庄成跟着虞故峥往停车的方向走，远远看到车窗被摇下，戚鱼正趴出车窗，伸手向这边挥了挥。

戚小姐在虞总面前倒是越来越放得开了。

"这个送给您。"等虞故峥上车，戚鱼停顿会儿，从袋里摸出一个小盒子，转头开口，"我觉得很适合您，就买了。"

虞故峥看戚鱼一眼，打开盒子："袖扣。"

戚鱼"嗯"了句，这对银色的衬衫袖扣是她今天去试衣服时看到的，一眼就觉得合适。价格不是特别贵，戚鱼用了自己攒的钱买，没刷虞故峥给的那张卡。

"我给您戴上试一试，可以吗？"

虞故峥像是默认，戚鱼抿了下唇，有点局促，认认真真地给对方戴袖扣。

她低头的瞬间，一抹亮色划过锁骨，脖颈间那条鲸鱼项链随着动作轻轻晃着。

今天戚鱼一头及腰的黑直发打成微卷，刘海也被夹进长发里，露出饱满的额头和明澈眉眼，化了淡妆，纯真中竟带了一丝少女妖媚。

打量须臾，虞故峥眼底那点疏淡的倦意散了，视线既深且沉，多了些说不清道不明的东西。

"您觉得合适吗？"戚鱼抬起脑袋，杏眸微亮。

虞故峥已经扣住戚鱼的腕际，径直将人拉近。

变故就在一刹那，庄成从后视镜里看了一眼，赶忙收回视线。

戚鱼被虞故峥屈指抵起下颌，那股好闻的气息迫近，她手指瞬间无措地抓住什么。

忽然一阵声响，帆布袋掉下座位，袋里的东西顿时哗啦散了一地毯。

庄成耳听六路，目视前方。

"这是什么？"

虞故峥捡起散落的东西。

将吻未吻的动作撤开，戚鱼心跳快得惊人，也跟着一起捡。

"这是……我们学校交换生项目的申请表。"她瞥见虞故峥手里的那张纸，反应一秒，解释道，"是我之前收到的，忘记拿出来了。"

申请表是先前开班会时辅导员发的，连带着清大交换生项目的宣传册一起，戚鱼当时都收进了袋里，不是很在意，也一直没想起来处理。

清大有和常春藤高校合作的联合培养项目，留学交换两年，下学期开学递交申请表。而项目每年的名额十分有限，至于是否能申请成功，取决于前两年的成绩排名和其他综合评定，要等到下学期期末才知道。

虞故峥瞥过一眼，问："不想去？"

"嗯。"戚鱼一顿，将其他书本和钱包也捡回袋子，摇摇头，"我没有想过这个。"

虞故峥的眸光落在她身上片刻，没说什么，平静地吩咐司机一句，开车去酒店。

年会办在市中心的宴宾酒店，包下了一整层的会场，供人用餐和举行晚宴节目。

今晚华泰在国内外分公司的高管和骨干员工齐聚酒店，受邀的明星和媒体也到场。晚宴的节目还没开始，厅内觥筹交错，人群各自聚在一起聊天。

戚鱼跟着虞故峥在首桌入座，不断有人上来敬酒攀谈，奉承话不断，几乎没有落空的时候。

终于找到一个间隙，戚鱼轻轻扯住了虞故峥的袖子。

"您喝我这一杯吧。"她想起他的胃病，默默把手里的气泡水往前递了递，"我还没有喝过。"

虞故峥侧过眸，稍顿，有些失笑。

"还没那么严重。"

担心又有人来敬酒，戚鱼话音很小，语速也快了点："我发烧的时候您照顾我，我也担心您的胃……也想照顾一下。"

虞故峥看着戚鱼，一时没接话。

"虞总，康总他们到了。"庄成匆匆过来，声音压得更低，"您大哥也来了。"

虞故峥这才从戚鱼脸上收回目光，对庄成道："去拿一杯水。"

"好的。"

虞远升到了，几乎是不请自来。

华泰准备收购华盛的消息传得人心惶惶，股东大会提案还没交，但一旦消息传出来，华盛的股价一定会大动。虞远升坐不住，怕虞故峥在今晚年会的致辞上有动静。

两人客气地闲聊几句，戚鱼在旁边听着。

试探不出结果，虞远升与虞故峥碰杯，扫过一眼，有些意味深长："看来今天你是要宣布大事，连酒也不喝了。"

"会有该喝酒的一天，今晚不是时候。"虞故峥倒是笑了，"太太不许。"

邻近处，听到这句的媒体记者震惊。

以前不知道——

虞总居然还是妻管严。

年会晚宴进行过半，众人发现董事长竟然还坐在席上。往年虞总致辞完就走了，今天却留下来，陪太太看完了全程的节目。

庄成心里感慨，今晚过去，华泰上下恐怕都该知道虞总和太太的感情好了。戚小姐显然也是高兴的，虽然不说，但那股子明亮的雀跃都从眼里溢出来了。

待年会结束，司机先送戚鱼回别墅，虞故峥不留下来，还要赶飞机离开。

车刚停在别墅院前，还没发动，忽然有一道身影从车窗外退回来。

随后车门被迅速打开。

"虞先生。"戚鱼去而又返，脑袋探进车里。

不待虞故峥反应，戚鱼凑过脸，以从未有过的速度在对方的侧脸亲了一下。

庄成和司机都差点从座位上弹起来。

亲完，戚鱼又后退两步，没看虞故峥的神色，紧张得连话也说得轻而快。

"那我先进去了……您一路顺利。"

话尾刚断，她立即关上车门。

整个过程快得令人猝不及防，要不是亲眼见证，恐怕难以相信这是戚小姐干得出来的事。庄成难掩惊讶，连忙觑虞故峥的脸色。

虞总正侧眸往车窗外看，面上倒不显什么，视线却有些许沉沉的思量意味。

直到戚鱼的背影彻底消失在院子里，虞故峥才出声："开车。"

"虞总，刚才戚总打了个电话。"庄成想起一件事，"他问您和戚小姐什么时候回去过年，顺便聊聊澳洲那个矿采项目的进程。"

"约个时间，跟他定在金会。"

这话的意思，是过年不去戚家了？

庄成知道戚小姐跟戚家关系不亲，但不知道她和家里断绝关系的事。他记下虞故峥报的会所，又恭敬地问："我是不是要告诉一声戚小姐？"

虞故峥却淡淡道："不用。"

庄成一想也是，不管过年去哪里，戚小姐肯定是跟着虞总。看今晚的情形，戚小姐对虞总的喜欢可不止一两分。

能这么喜欢也不奇怪。

毕竟一直在戚家那样的环境里，这么多年来，恐怕没人像虞总这样对戚小姐这么好过。

寒假开始一周，戚鱼几乎每天都要出门去实验室，直到傍晚才回别墅。

"太太，您今天怎么回来得这么早？"

前院，园丁刚打理完花园里那些常青植被，单手抱着一个纸箱要走。戚鱼点头打招呼，蓦然听见纸箱里传来一道细弱的呜咽声。

戚鱼停住，注意到箱子："这里面是什么？"

"猫，都是刚生的小猫。"园丁放下箱子，"中午在草里发现的。"

箱子里确实窝着三只小得可怜的黄色小猫，毛发稀疏。天太冷，有两只已经被冻死了，剩下一只在不停呜咽叫唤，看着异常虚弱。

戚鱼瞅向那只还活着的，抿唇顿了好一会儿："那这只要带回去养吗？"

"我哪里养得好，还是找个地方放了。"

这么小的猫，在雪天里放生就是死路一条。

园丁也没办法，这一片都是豪宅区，不允许出现流浪的猫猫狗狗。

"丁叔，等一下。"戚鱼思忖片刻，还是开口叫住园丁，"这只小猫……您还是先给我吧。"

这还是戚鱼第一次收养流浪猫，她前脚抱着纸箱进别墅，后脚就给虞故峥打了电话。

"怎么了？"一道低缓悦耳的嗓音传来。

戚鱼顿时安定许多。

"丁叔在院子里发现了一只小猫……"戚鱼说了经过，征询虞故峥的同意，"我能留下来吗？"

稍顿，虞故峥似乎是轻轻笑了，道："既然想留，那就留着。"

通话一收线，戚鱼就开车出了门。乔文文知道一家猫舍，跟她一起把小猫送了过去。

等猫舍的饲养员擦干净小猫身上的泥污后，检查一遍，发现是只小母猫。确实是刚生下来没多久，擦净后露出奶金色夹白色的毛色，还是只串种的猫。

饲养员悉心地向戚鱼解释几句，小猫刚生下来不容易存活，这情况得在恒温箱里待一阵，要喂母乳，疫苗也得打，建议她在舍里寄养到三个月再领走。

于是戚鱼的假期里新添了一项去猫舍的安排，每日回来又给虞故峥打电话，提起小猫的情况。

"我买了一些给小猫的玩具，他们说它很健康，不到三个月也能接回来。"戚鱼道，"等到四月的时候就可以了。"

"有名字吗？"

"还没有，"戚鱼乖乖地回，"我还没有想好。"

那边有人在低声报告些什么，虞故峥道："早点休息。"

戚鱼"嗯"了句，想了下，又补道："那我等您回来。"

小猫在慢慢好起来，露台下的玫瑰花苗也等着开花。戚鱼从露台回到卧室，打算等虞故峥回来，再给小猫起名字。

她瞅了眼通话时间，今天打够了十五分钟。

晚上用人上楼给小虞太太送热牛奶，看见她坐在床边看手机，杏眸里含着笑，颊边的酒窝陷进去，小腿轻轻蹭着晃了下，猫儿似的。

用人有点感慨。

现在别墅里可比原来要温馨，有人气，也有点年味了。

年三十那天，去虞家老宅过年，在市郊的一片独栋别墅区。

七年前虞远升大婚，婚宴就大办在虞宅，当时整个市内的权贵名流几乎都到场，戚鱼也跟着戚明信他们参加婚宴。比起当年，这天宅子里要清静不少，除了用人，就只剩主人和几位平时来往密切的旁支亲戚。

时间还没到吃年夜饭，偏厅里谈笑热闹。

虞家大嫂正与几人在偏厅打麻将，坐在她膝上的小女儿扭身一看，忽然咯咯笑着张开手臂："二叔——"

虞家大嫂循着看去，笑道："故峥，你们来了。"

戚鱼也礼貌地打招呼。

"来了。"旁边的虞远升微一点头，"来得不巧，爸刚上楼休息。"

虞故峥不久前才落地市内，时差没调过来，眉眼间的倦意倒不明显。闲聊几句，麻将桌边，一位亲戚忙起身让位，虞故峥却没坐。

戚鱼侧过脑袋，见虞故峥低敛着眼看她，问："会打麻将吗？"

"不会。"她如实地摇摇头。

"麻将好学，上桌就会打了。"虞故峥看出戚鱼的紧张，替她拉开椅子，"试试。"

戚鱼仰起脑袋，又小声地问一句："那您要上楼去了吗？"

"我在这里。"

虞故峥要留下看牌，用人赶紧在戚鱼的座位边添了一把椅子。

戚鱼的位置正对着虞远升，两旁是虞家大嫂和另一位亲戚，而虞故峥则坐得更近。

她虽然紧张但不怯场，认真地问："规则是什么？"

"这个规则不怎么复杂，我们只打最简单的玩法。"虞家大嫂笑着解释了一段规则，又抓起桌上一把糖，"今天我们玩筹码，先用糖替着。"

说完，又说了个数，一颗糖的筹码还不低。

戚鱼一顿，下意识瞅向旁边。

恰好用人过来送茶，虞故峥随手将杯子搁在戚鱼手边："怕不怕输？"

对视一刹，戚鱼还是默默点头。筹码确实多了。

虞故峥笑了，道："赢下就是你的，输了我来给。"

前两把戚鱼还是不太熟悉，连着输了两把。她捧起杯子喝了口水，旁边的虞故峥似乎不太在意，只是观牌，并不出声帮她。

"听说这段时间你见了不少人。"虞远升与虞故峥聊起，"议案的事，准备得怎么样了？"

虞故峥道："把握不大。"

"是已经有把握了吧？我可是听说，连平叔都有同意的意向了。"虞远升道，"但爸不一定会同意。"

虞故峥淡淡地笑了笑，没继续收购议案的话题。虞远升也不动声色地转了话题，表面和气地闲聊起家常。

"二……二叔。"忽然桌上响起奶声奶气的呼唤，小侄女在妈妈怀里坐不住，一个劲想亲近虞故峥，"二叔陪宝宝玩，要堆雪人——"

"二叔在和爸爸聊天呢，你乖乖的，坐好。"虞家大嫂嗔笑着哄女儿。

虽然面上笑着，但虞家大嫂心里也直犯嘀咕。

华泰要收购华盛的事她也听说了，收购议案一旦通过，虞故峥可就真成了掌权的那个。偏偏虞立荣立贤不立长，冷眼看自己两个儿子争斗，两不相帮。

虞远升在私底下发了这么多通脾气，家产都要被夺走了，这时候女儿还天真烂漫一口一个二叔。

虞家大嫂哄了会儿，女儿不听，还是闹个不停。

"看来茜茜是真喜欢故峥啊！"桌上另一亲戚打趣道。

"小孩子什么都不懂，给颗糖心就跑了。"虞家大嫂心里有点不耐烦，嗔怪着脱口而出，"谁对她好就亲近谁，也不知道以后会不会后悔。"

这话一出，亲戚愣怔，虞家大嫂知道自己失言了。

她慌忙看向虞故峥，对方容色未改，倒是没瞥过来，不知道是不计较，还是压根儿不在意。

虞故峥的眸光落在戚鱼手里那一副牌上。

"故峥，我没别的意……"表面上不能撕破脸，虞家大嫂的神情接近赔笑。

戚鱼抬睫瞅了眼虞家大嫂，对方还没说完，虞故峥的手机却响起嗡鸣。

虞故峥离席接电话前，没看虞家大嫂，倒是看了眼戚鱼，失笑一瞬。

"怎么只和小牌，不做大牌。"虞故峥道，"既然都会了，拘束什么。"

对视一秒，戚鱼抿了下唇："我……"

虞故峥又道："不用怕。"

说完，他这才离开了。

虞故峥一走，麻将桌上的气氛更加尴尬，隔壁桌四人似乎也注意到这里。亲戚反应过来，笑着和稀泥："那我们继续？"

新开一局，戚鱼想了下，将手边的糖都推了出去。

"全押呀？"那亲戚惊诧。

虞远升也投来目光。

"嗯。"戚鱼点点头。

桌上的几尊都是大佛，亲戚只好找话题活络气氛，还在聊天间，戚鱼将牌一推，自摸了。

赢了。

几圈牌下来，戚鱼赢的筹码已经堆起一小堆。

牌桌散了，她没再继续打，出去找虞故峥。

用人给指了路，戚鱼穿过花园的欧式回廊，男人正在廊下接电话。

余光扫见穿行过来的身影，虞故峥稍顿，言简意赅几句，结束通话。

"给您。"

戚鱼来到虞故峥身前，仰起一点脸，手中的袋子里装的都是糖。

虞故峥看过一眼，问："这是你应得的筹码，怎么全部给我？"

"我就是想都给您。"戚鱼心跳一下就快了不少，杏眸微闪，解释道，"是您让我那么赢的。"

视线交错一刹，虞故峥忽然笑了。

他这一笑，刚才谈公事时的疏淡神情消失，一双桃花眼光华流转。

戚鱼顿时有点局促："我刚才……"

话音未落，阴影落下。戚鱼感觉后颈一紧，修长手指插入长发，她被力道带着过去。

气息欺近，虞故峥径直吻了过来。

这个吻比第一次要更为直接深入，也带足了力道。

几乎是猝不及防，戚鱼只能感知到唇上的触感。

他吮着她的下唇厮磨舔舐，指腹自脑后抚下，按至后颈，抵开唇齿深吻。

两人气息交错，唇齿纠缠。

戚鱼屏着呼吸，怔了足足好半晌才反应过来。

直到这个吻稍稍撤开，虞故峥似乎若即若离地蹭过戚鱼的鼻尖，戚鱼紧抿了下唇，感觉连唇齿都是烫的。

她的杏眸像亮着光，与虞故峥咫尺对视良久，吐出一句："等过年以后，我就……二十一岁了。"

已经过了，法定结婚的年龄。

虞故峥低了深邃眼眸，打量她，却问："你想要什么？"

戚鱼心跳怦然，紧张到连胸口处都像在发紧。

"我——"

"出去看看。"

戚鱼一顿，听得有些茫然，隔了一会儿，才小声问："出去？"

"你学校里的交流项目，应该还没到截止报名的时候。"

戚鱼一时没能理解这句话的意思。她仰起脑袋注视着面前的人，神色还是茫然的。

虞故峥的眸光也平静地落在她身上，须臾，温存敛了，气息撤开，跟着松开手指。

这个角度，对方的模样依旧极为英隽华美，却貌如其人，不带人气，不近人情。

虞故峥淡淡道："去报名吧。"

良久，戚鱼才缓慢反应过来。

"我没有想要去留学。"默了半晌，她仍定定看着虞故峥，"我觉得现在很好……也没有想过离开。"戚鱼思忖理由，又补一句，"学费太贵了，也没有必要。"

"让庄成去办。"有来电打进，虞故峥平静地切断，接话，"你担心的费用和手续问题，他会处理好。"

"我不要您的钱。"

戚鱼抿了下唇，像有点茫然。不报名交换生项目有很多个理由，但那些都不是理由，她不想离开只是因为虞故峥。

"是你应得的。"

戚鱼一时不懂："什么？"

视线交汇片刻，虞故峥微微笑了："我向你承诺过，等我们两家公司的合作项目步入正轨，我个人会支付你一笔费用。记得吗？"

这话稍带着一丝笑意，对方的神色甚至像有些许纵容。

戚鱼却好半晌没开口，感觉心跳一下一下，逐渐变得既重又慢。

刚订婚时，虞故峥说过这句话，她不会不记得。半年后，他会提出解除婚约，并且给她一笔合约费。她以为已经要过去了的事，原来就只有她一个人快要忘了。

戚鱼杵在原地没有动，手指忽地轻攥了下糖袋，想问原因。为什么要她离开？给合约费的意思，是要解除婚约吗？那为什么先前对她这么好？为什么又要亲她？

"那您喜欢我吗？"话一出口，是这句。

戚鱼以近乎执拗的口吻，又小声问一遍："你喜欢我吗？"

虞故峥垂头看着戚鱼，微微眯了眼眸，像打量，也像审视这段关系。

相对而视，戚鱼不避不让，那一双眼睛衬着路灯好似汪着光亮，干净明澈，裏挟着令人意动的漂亮。虞故峥第一次注意到这双眼，是在她醉酒吐露喜欢别人时，在戚家那种环境里长大，还能保留如此热忱的喜欢。虞故峥当时觉得，有些意思。

邹黛的话倒不假，小孩给一颗糖心就跑了。只是她捧过来的也是真心，货真价实，真遇到车祸时差点想以命保护，那双眼看着他，既有依赖也有喜欢。

不可否认，虞故峥待她确实太好了。

好到他越发上心，连自己都意外，好到她的这份喜欢既顺理成章，也理所当然。

事情开始理所当然地脱离掌控，他评判也估量，最终还是松手推出去。

虞故峥倾俯过身，无声地与戚鱼平视，伸指在她湿润的眼角处擦过。

这么一双眼倘若以后不看他，会很可惜。可如果只是看上一时，更可惜。

"这是你从小长大的地方，也该换个环境。"虞故峥不接她的话，从容道，"出去看看，想清楚你要什么。"

戚鱼垂睫看了会儿手里的糖，才发现自己的手指一直不自觉地紧攥着袋子，已经被勒出几道白印。

她又抬脑袋看。

光影勾勒出虞故峥的五官，对方明明自下飞机到现在没有休息过，但容色毫无倦意，贵气不减。足够清醒，也足够理智，所以才将自己摆在进退得当的位置。

戚鱼进退失据，既茫然也有点委屈无措，接着忽然自己懂了。

她想要他，也想要他喜欢自己。

可是他好像不要她的喜欢，也不要她。

"……那我先进去了，这个还是还给您，"戚鱼递过手里的糖袋，没再看虞故峥，抿唇顿了好一会儿，才礼貌道，"本来也不是我的。"

又响来电铃声，虞故峥接起前，看戚鱼一眼，轻描淡写道："去吧。"

虞宅的年夜饭办得正式，餐厅长桌边谈笑不断。

吃过饭，虞立荣与虞家兄弟进书房下棋闲聊。虞家大嫂趁机会，邀请戚鱼去偏厅闲聊。

周围笑语未停。

戚鱼从晚饭起就是一副心不在焉的模样，她想了片刻，找了个空当离席，给庄成打电话。

"戚小姐？"庄成那边挺惊讶，"您有什么事吗？"

"庄叔叔，新年快乐。"

庄成笑回："您也同乐。"

戚鱼不会无故打电话过来，庄成正疑惑，就听她问："最近我爸爸和我继母他们，有找过虞先生吗？"

戚家？

庄成以为戚鱼是问戚明信上次打电话问过年的事，想到虞总说不用告诉戚小姐，他思量过后道："没有。"

"我知道了，谢谢您。"戚鱼又问，"我打电话给您的事，您不要告诉他，可以吗？"

庄成还没应，戚鱼又继续："也不是很重要的事，上次我想偷偷接机的事，您本来答应了，但还是告诉他了。这次可以不说吗？"

"您知道了？"庄成有点尴尬。

"嗯，我猜到的。"戚鱼的语气竟然多了委屈。

庄成心里那条只忠于虞故峥的原则有那么一丝的动摇，犹豫了下，恭谨地回："好的，我不告诉虞总。"

电话挂断，庄成倒是兀自惊讶了几秒。

怎么听戚小姐的语气像是压着哭腔呢？

偏厅里依旧热闹，小侄女欢欣雀跃地在说什么，四处找爸爸，还闹着要找二叔陪她玩。

戚鱼瞅了会儿那位小侄女，又垂睫看向已经暗下屏幕的手机，手指轻轻蹭了下。从下午开始，一直藏得很好的情绪，忽然就掩不住了。

终于明白戚明信是有意偏心的时候，她难受过一次，亲眼见证戚甜扔掉妈妈留给自己的东西，她也发过脾气。

没有人生来铜皮铁骨，刀枪不入。她以为再没有什么事了，没想到还是会有一天这么难过，甚至比以往要难受百倍。

好半晌，戚鱼伸手揉了下眼睛，感觉手指沾染上一片湿润，那瞬间表情接近无措。

没有任何原因。

他只是不喜欢她。

虞故峥或许还只是把她当小孩子，对她的好，似乎也只是比对小侄女要再好一点。

可以那么好，也能收回去。

第十一章

您是有点喜欢我的

虞故峥在年初一的清晨飞去国外，年后就不曾露过面。戚鱼没再打电话给对方，期间庄成倒是来了一趟别墅。

庄成的年假放得差不多，趁最后一天来找戚鱼，给了她一个信封。

"这是虞总交代我给您的，您如果还缺的话，就联系我。"

信封里是一张支票，戚鱼拆开，数额比她预算的还要再多一个零。

"不用了。"她把信封递还回去。

庄成讶然，笑着推辞："您还是收下吧。"

他心道：虞总对戚小姐越来越上心，这钱说不准是压岁钱。

"我不要。"谁知戚鱼摇了摇头，说道，"他已经给我很多了，如果我要出去，会自己想办法。麻烦您了。"

戚鱼拒绝了合约费，正要去猫舍看小猫，目光落在搭在方向盘的手指上，停住了。

沉默良久，她摘下手上的戒指，仔细收进帆布袋里。

戒指不戴了，其实车也不是她的。现在她还住在别墅里，但如果有一天虞故峥提出解除婚约，那就没有地方去了。

第二天，戚鱼收拾出行李，提前住回学校宿舍。

她像一只被碰到触角，就立即缩回壳里的蜗牛，将自己连同情绪一起收拾得干干净净。

决定要参加交换生项目后，甫一开学，戚鱼就开始抽空准备申请的事。

她找到一位以往共同发表课题论文的学姐，请对方帮忙润色申请表上的个人陈述。

去年学院里通过深大联合培养项目的只有三个人，但戚鱼的履历很漂亮，绩点拔尖，一水的奖学金，有竞赛成绩，还有校外的各种实习经历。

"只要这学期的绩点稳住，就没什么问题。其实你现在完全可以开始准备签证之类的材料了。"两人聊过一阵，学姐给她鼓劲。

戚鱼弯起一个笑，回道："知道了，谢谢学姐。"

交完申请表，戚鱼从教务处出来，查了下卡里的余额。

她攒下来的钱在过年前已经去了大头，现在卡里的数目很少。

戚鱼知道自己不可能在短期里再攒下这么多，她翻出先前虞故峥送自己的胸针，默了会儿，还是放回去。两天后，她打电话给汪盈芝。

汪盈芝听说她想借学费，问了几句，反应又惊又喜，当然是答应。

"我会还您的。"戚鱼认真地回，"下个月我有一个比赛，如果可以拿奖，能先还您一部分钱。"

"不着急，还得了就还，还不了慢慢来。"汪盈芝忙道，又问，"虞故峥那边……他知道这事吗？"

戚鱼一顿："嗯。"

汪盈芝知道戚鱼喜欢虞故峥，这时候她却要出国，难不成是两人之间出什么事了？

"怎么突然又想去了？"汪盈芝犹豫一下，"是因为虞故峥？"

"不是。"

是，也不是。

戚鱼在图书馆外的路上停住脚步，没有说太多。

之前这里有戚明信他们，但是也有虞故峥。现在把不愿去交换的最大原因搬开，她好像也没有非要留下来的必要了。

"那你和虞故峥，你们现在……"

汪盈芝还是打住，暗自叹气。

虞故峥未必在意戚鱼那点喜欢，汪盈芝心道，早在两人联姻的时候，她就预料到了。

"小鱼，过两个月阿姨要回国一趟，到时候我们见面聊。"

一切的事情都在往前推。

仅隔一天，汪盈芝就转了笔账给戚鱼。借够钱后，戚鱼很快报名了托福的考试，接下来，她要准备留学需要的材料，还要忙 ACM 世界总决赛的训练，几乎抽不出空去想别的。

直到晚上回宿舍，被郑司佳一道上扬的惊诧声给问住。

"小鱼，华泰要收购华盛了？"

"什么？"戚鱼从电脑屏前回过脑袋。

"真的假的？"乔文文凑热闹。

"真的啊！都上热搜了。"郑司佳又八卦兮兮地补一句，"不过评论都在夸华泰的董事长好帅！"

郑司佳顺手将一条财经新闻分享在了群里，戚鱼戳开，是今天中午的新闻。

华盛泰源宣布收购华盛集团的100%股权，议案已经通过董事会和股东大会表决，交易完成后，华泰将完成对华盛的百分之百控股。

"什么意思啊？"乔文文蒙了，"华泰跟华盛不是一家吗？"

"这意思就是说，以后华泰才是母公司！好复杂，这种是关联方公司的换股吸收合并吧……"郑司佳解释两句。

何止复杂，子公司收购母公司，还是这么大的两家，别说A股市场，放眼国内市场都是头一回出现这种案例。

业界动荡，华盛和华泰的股价也大幅波动，媒体纷纷惊动发稿，夸张地报道称，华盛的这场"太子之争"到了最精彩的部分，看来是要在今年落下帷幕了。

"华泰变成母公司，这说明什么？"乔文文还蒙着。

"说明……华泰很有钱？"

戚鱼没吭声，点开新闻的配图看，是虞故峥在以前某个金融峰会上发表演讲的照片。

男人西装革履，五官轮廓好看得异常出众，在台上既沉静且从容。和第一次见的时候没有太大差别，反而有一种经岁月雕琢后越发成熟的迷人感。

第一次见面，虞故峥帮她包扎伤口，对他来说，是随手帮的小忙。后来对自己好，可能也仅仅只是表面。

虞故峥好像没有要从自己身上拿走什么。对他而言，她的喜欢也许并没有那么重要。

清明那天，戚鱼抽出没课的上午，去近郊的陵园给妈妈扫墓。

她母亲梁婉的墓是外公还在世的时候给安顿的，这几年来扫墓的也只有戚鱼。等她沿着陵园门口的林荫道出去，正要打车，忽然响起一道声音。

"小鱼。"

是戚明信。

戚鱼循声回头。

道边，戚明信从旁边的车上下来，吩咐司机把车开远，才温声问戚鱼："今天来看你妈妈？"

"你找我有什么事吗？"

听见这句称呼，戚明信不习惯地一愣，神色有些窘态，随即笑道："我来给你妈妈扫墓，既然都碰到了，和爸爸聊一聊吧。"

戚明信确实是专程来这儿等戚鱼的。

华泰要收购华盛，这事拉扯了两个月，听说双方的大会小会连轴开，到现在已经是板上钉钉的事。两家公司的交易预计在年底前完成，看来虞家是真要变天了。

虞故峥也是好手段，华泰从当年只做基础设施业务，发展覆盖到海外能源、金融和地产等数十个行业。而当年失败的澳洲矿采项目，现如今所有生产线已经进入调试，在重启后进行得格外顺利，预估未来五年的盈利逾百亿。

收购议案一出来，两边意见激烈，但结果在意料之内。

可戚明信没想到，最近公司和华盛在谈的几个合作项目都不了了之了。

虞故峥那边回复说空不出时间和自己见面，戚明信心神不定，这到底是没时间，还是根本懒得应付？

见不到虞故峥，戚明信只好来找戚鱼。

"其实爸爸过年的时候想见你，是故峥说你跟着他回他那边过年。"戚明信叹道，"爸爸还去找你，结果一次都没遇上……"

不是没遇上，虞家别墅外那道安保就让没让戚明信进去。

戚鱼忽地抬起眼睛，看了眼戚明信。

戚明信还想问，谁知戚鱼现在根本不听话，只回："我不知道他最近怎么样了。"

"等等！"戚明信赶紧叫住她，面上挂不住了，"虞故峥现在是对你好，以后可不一定，你以为他好依靠？现在有多少人盯着他，哪天他出事你怎么办？"

戚鱼转过脑袋看他，听得蹙了下眉。

"小鱼，你非攥着跟爸爸断绝关系有什么好处？以后——"

"那也和你们没有关系了。"戚鱼顿了下，看他的视线清亮逼人，"不管是什么事，以后都不要来找我了。"

戚明信怒斥："你在跟爸爸说什么？"

戚鱼却破天荒地甩开戚明信的手，一字一顿回道："我不会再叫你爸爸。"

从陵园回去，戚鱼打车到虞家别墅，之前她给小猫买的玩具填错地址，快递到了别墅里。

上午还没下雨，等到车停在别墅外，雨势却越来越大。

戚鱼浑身湿透，问用人阿姨要过快递，思忖一下，还是想先上楼洗个澡。

卧室定期会有人打扫，干净得纤尘不染。戚鱼进浴室的脚步停了停，忽然好奇地往露台那边瞅去。

好香。

雨水和玫瑰的味道。

戚鱼没打伞就走出了露台，默默趴上栏杆往下看。

露台下的玫瑰已经开了。鲜红簇粉和栀黄纯白的花盛开着一大片，在雨水里显得娇妍欲滴，比戚鱼之前想象的还要漂亮。

戚鱼的下巴轻轻蹭着手臂，整个人在大雨里杵了会儿。

但是等到玫瑰开了，她才发现，自己的二十岁，好像都没能留下什么。

"虞总，戚小姐的电话一直关机。"

酒店走廊，庄成拿着手机跟随虞故峥进房间，恭敬地开口。

虞故峥看了庄成一眼，道："给她同学去个电话。"

"好的。"庄成颔首应下。

公司收购华盛，交易还在进行当中。而虞总要出售在多伦多投资的能源公司，卖给本土的某一油砂生产商进行套现，所以这些天他们都在加拿大谈这事。

刚才别墅的阿姨打来电话，问家里车库的那辆白色 LS 停了快三个月，要不要送去做保养。

那是虞总送戚小姐的车，而这一通电话后庄成才知道，戚小姐已经个把月没开那辆车了，中途她回过一趟别墅，但只是取快递。

庄成心道：这段时间他跟着虞总连轴转地忙，才发现戚小姐的确有很久没联系虞总了。

现在电话不通，微信也暂时没回复。

十五分钟后，他联系了一圈，结束通话。

"虞总，戚小姐这几天不在国内，说是去比赛了。"庄成又道，"明天正式比赛，大概后天就回国了。"

虞故峥接过男人倒的酒，却随手搁下，问："什么地方？"

"华盛顿，在津大。"

【庄成：戚小姐，麻烦看到信息请回复一下。】

偌大的礼堂内，舞台上正在演奏一段交响乐。戚鱼的视线终于从台上挪下，瞅见手机屏幕多了一条消息。

戚鱼垂睫回复一句。

【庄成：没事，就是跟您报备一声，明天您的车会送去做保养。】

戚鱼：【好的，谢谢您。】

庄成那边回来一句"应该的"，客气地结束谈话，戚鱼却再也看不进去台上的表演了。

"要是明天没有比赛，今天这场音乐会还是很'香'的。"旁边的许圆凑过来感慨了句。

戚鱼偏过脑袋，露出一个小小酒窝，说道："明天我们加油就好了。"

这是他们到华盛顿的第五天。

今年ACM全球总决赛的举办城市在华盛顿，这一届的主办方是津大。早在半个月前，戚鱼就办好了签证，三人跟着平时学校里的带队教练一起，提前一周直飞比赛城市。

这几天戚鱼他们和其他选手、教练一起，住在主办方接待的酒店。倒过时差后，前四天跟着主办方参加各种赛前活动。

逛过当地的国会大厦和几个博物馆，又在津大这边提供的计算机房打了一天的训练赛。

今天下午的音乐会过后，就是总决赛的开幕式。

"我们一共来了十八支队伍吧？"许圆又凑过来，对戚鱼耳语，"早上我和深大几个人聊天来着，听说他们昨天晚上训练到两点。"

"好好打！"

旁边，这次跟来的带队教练陈春铭探过头，接过话："今年国内来的这几支队伍里，就数我们最有希望冲一冲了。"

"不是老陈，我们学校已经连着好几年没进总决赛前五了。"左边，隔了两个座位的夏新宇也伸头，"你这是'毒奶'。"

清大虽然在国内属于顶尖学府，可校内没有针对ACM竞赛的系统性训练，平时都是学生自发组织。

忽然掌声四起，开幕式正式开始。台上，赞助商正在致辞，台下人头攒动。

一百四十支队伍，来自五十多个国家，共同竞争总决赛的金银铜牌。

赛场上，积分排名前四的队伍摘得金牌，紧接着的后四支队伍拿银牌，再往后五名则是铜牌。

翌日当地上午九点，戚鱼他们和一群选手在后台签到，领身份牌进场。

主办方将占地极广的活动礼堂改成了比赛场地，和国内比赛时的布局相似。不同的是，这次场馆内到处都印着各国赞助商的名牌，从比赛桌一路延伸到四周的看台席上。

夏新宇一看胸前的身份牌，突然想到什么："我出去一趟啊。"

"哎，还有采访呢，干吗去？"陈春铭喊他。

总决赛从上午十点开始，戚鱼上交手机前，注意了一眼。

恰好有几条消息进来。

【乔文文：宝贝加油！我准备开着你们的直播睡觉。】

【乔文文：你们还没开始吗？】

【乔文文：直播好卡！我现在快要睡着了。】

【郑司佳：小鱼加油呀！】

……

戚鱼回复几句，蓦然听见那边许圆在扬声招呼，这才交了手机，去录制赛前采访。

另一侧看台席上，庄成跟着虞故峥在前排入座。

不远处，数百名选手正陆续入场，裁判还在宣布竞赛规则。而中央大屏上显示着倒计时，离比赛结束还剩五个多小时。

庄成仔细辨认场内的各国选手，想从中找出戚鱼的身影。

昨天订的机票，今早他们花了两个多小时赶到华盛顿，就是为了看戚小姐参加比赛。

庄成终于从一堆穿花花绿绿队服的学生中找出人，忙道："虞总，在那儿。"

戚鱼他们三人在远处最左侧的角落，在互相交谈，看不太清脸。远远望去，只能扫见她模糊的一个轮廓，长发乌黑如墨，肤色很白，错不了。

等到他一指才发现，虞总早已经往那边看了。

各行有各行的专精，庄成不太能看懂比赛，环顾四周。

看台席上的人倒也不多，只是这一小片有观众，一些看着像学生，另一些人不知道是赞助商还是经办方，窸窣的议论声不止。

旁边有华人的声音，时不时为同伴解说几句。

庄成见大屏幕上的各支队伍排名上下滚动，积分不断在变。清大从第十几名往上跳，排名升得不是很快，但每一道题的通过率很高。

最后一个小时，屏幕静止。

"那是得分榜封榜了。等比赛时间结束，到时候就会放出来。"后方有人解释。

时间早已过了中午，虞故峥容色波澜不惊，庄成也跟着等。

一个小时过后，结果揭晓。

清大排名第二，第一名是来自俄罗斯的某所学校。

"能有第二名的成绩也已经很好了。"现场热闹成一片，还在忙着颁奖，庄成询问，"虞总，现在要过去吗？"

下了观众席，庄成看去，戚小姐正在台上领奖。

周围人来人往，各国语言掺杂出一片闹声，而她的目光像是一瞬不瞬地向这里投了过来。

"学妹，你看见了没？"旁边夏新宇刚在台上站好队形，突然来了一句。

"什么看……大佬？"

许圆跟着看去，倒吸一口气，压低声音道："大佬怎么来的？"

"这不是给惊喜嘛。"

昨天庄成联系夏新宇，问起比赛的事，他瞬间明了，一听就是要来看比赛。这事夏新宇没告诉戚鱼，想着对方说不定是要给个惊喜呢。

戚鱼没吭声。早在刚上台的时候，她就看见了。

隔着十几列的比赛桌，大半个场馆的距离，戚鱼一眼就从人群中看到了虞故峥。

对方的面容难辨，但身形颀长挺拔，出众又显眼。

周围，一干竞赛的执行主席和赞助商等人上台颁奖，恭喜与笑谈声环绕而上。说了什么戚鱼一句都没听进去，她只是下意识地接过获奖证书，又微微低头，任由面前的人给自己戴上奖牌。

两人快三个月没见，都已经这么久没见。

明明已经足够忙了，忙到打训练赛到深夜，忙到每分每秒的时间都被占用着，忙到三个月没有主动联系他，忙到就快要忘记了。

却还是在看到对方的第一眼，心脏就不受控地跳得厉害。

摄像师举着相机过来拍合照，戚鱼的目光却丝毫未挪。

她以为自己会难过。

可她很失措、很难受地发现，在见到人的这一刻她还是很开心。

紧接着，是难以言说的委屈。

颁奖结束，许圆见戚鱼像是发愣，不知道是不是被惊喜怔住，笑着搂过她的胳膊下台。

戚鱼下台，却松开了旁边人的手，穿过人群，径直朝虞故峥走去。

对方的身影逐渐清晰，她心跳也越来越快，压了三个月的情绪不断上涌，就快要达到顶点。

既然不说喜欢她，为什么还要对她这么好？

为什么要看比赛，为什么要种玫瑰，为什么还拦着没有让戚明信找她？

为什么总要在她快忘记糖的甜味的时候，再塞一颗给她？

戚鱼紧抿了下唇，一声不吭。

虽然知道一开始就是合约。

没有谁必须要接受她的真心。

他推开自己有合情合理的原因。

但是这一刻……

庄成看着戚鱼一路径直过来，步伐越来越快，目光笃定，他出声招呼："戚小——"

下一秒，走近的戚鱼已经摘下戴着的奖牌，用力摔在了虞故峥的脚边！

奖牌猛地磕在木质地板上，发出一道清脆声响，庄成着实吓了一大跳。

场馆喧闹，音乐声和颁奖声仍在继续，但他们周围路过的一些外籍学生却注意到了，停下脚步来看。

虞故峥的眸光正落在戚鱼的脸上，看着倒是没惊到，可视线既静且沉，此刻神情辨不出清晰情绪。

"这是怎……"

庄成忙弯下腰，刚要捡，眼前指节修长的手已经先他一步伸过来。

虞故峥俯身捡起奖牌。

戚鱼紧抿着唇注视他，杏眸里隐约含着水光，委屈、难过，所有脾气彻底混作一团，一句没吭声。清亮的眼睛瞬间凌厉而漂亮。

对视片刻，还是手机的嗡鸣打破对峙。虞故峥终于出声："怎么摔自己的奖牌？"

戚鱼不说话，虞故峥并不问原因，低瞥一眼，随手切断来电。

"生我的气，不该摔自己的东西。"虞故峥将手机交到她手里，问，"还要出气吗？"

这话里听不出半点责怪的意思，是真在询问戚鱼要不要摔手机。庄成吓一跳，生怕戚小姐一下给砸了什么重要来电："虞——"

"这里没你的事。"虞故峥平静地报出一个名字，言简意赅，"告诉他，今天的事推到晚上。"

庄成意会收声，恭敬地避到一边打电话。

这是戚鱼第一次这么发脾气。

她垂睫往下瞅掌心里的手机，这段时间自己堵着、憋着、闷着，这些脾气和情绪在她见到虞故峥后，失控得毫无征兆，彻底一股脑宣泄出来。

但在看到虞故峥手指上仍戴着订婚戒时，戚鱼目光明显一顿。

庄成一打岔，她稍仰起脸看虞故峥，又无意识收拢手指，碰了碰手机，突然就清醒了许多。刚才被摁下的理智念头，悉数重新冒了出来。

她摔了比赛的奖牌，还向虞故峥发脾气了。

可是，即便虞故峥真的不喜欢自己，他似乎也没有做错什么。

一开始就只是合约，他没有迁就她的必要。

.191.

自己那么发脾气，在他看来的确莫名其妙。

场馆内的颁奖仪式已经到了铜牌组，这边观众席里的选手也谈笑走过。戚鱼忽然低头，撤回目光，没再看虞故峥。

"这个还给您。"半晌，戚鱼抿唇递过手机。

"摔就摔了。"虞故峥道。

胸口处那点难受隐约还在，气却消了。

"我已经不生气了。"戚鱼默了好一会儿，摇摇头，"刚才……也不应该。"

虞故峥并不接这句，却道："看我。"

戚鱼闻言抬起脑袋。

"戚鱼。"虞故峥抬指，一触即收地擦去她眼尾的湿润，眸光深得像是安抚，也不像，问，"为什么不该对我发脾气？"

戚鱼下意识眨了下眼，有些不知道该怎么回。

因为喜欢，因为合约，因为他没有做错什么，一时间戚鱼脑海里浮起各种各样的原因，可这些虞故峥都知道。

"你可以对我发脾气。"

"您……"

一个您字出来，戚鱼的目光顿住，没有了下文。

虞故峥摘了手指上的订婚戒。

"我不是你的长辈，不会填补你父母的空缺。"虞故峥又托起戚鱼的手腕，将戒指与奖牌一并交给她，音色低沉，"以后，我不再教你处事，不会给你依赖。"

这话听起来似乎是异常冷漠的，可语气却格外低，戚鱼不由得循着往上看，和虞故峥那一双眼对上。

交予东西后，虞故峥反而毫无预兆地将她拉近了些，低敛了眼看她。

像在细致注视，竟然有种说不出的纵容。

戚鱼一时没反应过来，跟着一动未动，此刻这个仰脑袋看他的角度，她的眼底全然倒映出他的轮廓。

片刻，虞故峥忽然笑了。

"想清楚你看的是谁，要的什么？"

虞故峥走了。

从戚鱼发这一通脾气，到虞故峥离开场馆，整个过程不过十分钟。

不久后还要参加闭幕式，馆内的各国参赛选手也已经在撤离。远处，发蒙看完全程的夏新宇和许圆相视一眼，见戚鱼还在观众席下的角落杵着，总算找过来。

去闭幕式的路上，戚鱼垂下睫毛，摸到手心那一枚男士戒指。

刚才虞故峥说的那些话，还在她脑海里慢慢播放。

戚鱼兀自钻了三个月的蜗牛壳，再次见到人，宣泄完情绪后，忽然就从闷钝的状态里跳了出来。

虞故峥说的那些话是在推开她。

摘下戒指给她，也就说明，以后两个人就不再是订婚的关系了。

界限分明，进退得当，既清醒，又理智。

戚鱼轻轻碰了碰戒指。

可有那么一个对视的瞬间，她却觉得，他舍不得。

自华盛顿参加了总决赛回国，戚鱼的卡里多了一笔五位数的奖金，不多，但也不少。收到奖金的第二天，戚鱼就把钱汇给了汪盈芝。

汪盈芝下个月正好要回国，在电话里嘘寒问暖一阵，想到什么，问："那你和虞故峥……你们现在谈过结婚的事吗？"

戚鱼推门进猫舍的动作顿了顿："没有。"

汪盈芝知道当初两家联姻时，戚鱼还小，因此只是订婚，可到现在也没结婚的消息。而最近虞故峥的事业方兴未艾，身价剧升，想也知道不可能在这个时候随随便便结婚。

"等阿姨过来再说吧。"汪盈芝心里有了数。

通话收尾，戚鱼走进猫舍的门厅，饲养员早就眼熟她了，于是含着笑打招呼。

戚鱼寄养在猫舍里的小猫待够了三个月，被养得微胖，早就不是当初那只奄奄一息的流浪猫，长开了，趴在那里就是一团奶金色的毛球。

现在小猫的疫苗齐全，已经到了约定领走的时间。但她暂时找不到养的地方，又不知道该不该送回别墅，只能继续寄养着。

转眼到六月，临近期末。

这段时间以来，戚鱼差不多准备好了出国交换的相关材料，做过体检，签证和存款证明也办了。只要这学期的考试没有问题，等成绩单下来，七月左右就能收到那边学校的申请回复。

可是还剩下一只小猫。

去那边的住处还没定，也不确定到时候的室友可不可以接受养猫。

这天戚鱼提前从图书馆回了宿舍，想找一个靠谱的宠物领养平台，先看一下情况。

她和乔文文对着各种网站比较了一番，总算挑出一家平台。

发布送养信息的时候，戚鱼犹豫了下。

思忖两秒，她还是关掉网址。

乔文文忙道："没事，它说不定会碰上个温柔的新主人……不过你家里也不让养啊？"

戚鱼一时没回复，目光忽然停在电脑屏幕跳出的新闻栏上，直接点进了一行标题：

【康信假劣药问题屡遭质疑，华盛泰源股价连跌！】

"怎么了？"

乔文文看戚鱼表情不对，也跟着看新闻，顿时明白了，是华泰出事的那个新闻。

这新闻乔文文和郑司佳前几天就看到了，还上热搜了，看起来闹得挺严重。两人看戚鱼没什么反应，都以为她知道，就心照不宣地没提。

戚鱼连新闻都没看完，拿了手机就急匆匆往外跑，迎面撞上从外头拎着雨伞回来的郑司佳。

"怎么了，怎么了？"郑司佳一看，"欸，小鱼带把伞！外面下雨了！宝贝你记得明早还有考试！"

戚鱼胡乱拿过伞，脑海里还是刚才的新闻。

上周，有家媒体在网上曝光一家制药厂生产违规药品，而这批可能涉嫌违规的药品，正巧是某家知名药企外包给该制药厂的。

一时间，该药企生产销售假药的舆论满天飞，监管部门还在介入调查，连带着去年刚收购了这家药企的华泰也受到牵连。

华泰被舆论推上风口浪尖，还有网友质疑，华泰去年出资设立的某医疗发展基金肯定也有猫腻，投给基金会的钱不知道去了哪里。这么一闹，华泰的股价连跌。

戚鱼打不通庄成的电话，又打给虞故峥，还是不通。

正值雨季，晚上的暴雨瓢泼不断，即便撑着伞，戚鱼身上还是湿了大半。她浑然不察，拦了一辆出租车，直接去别墅。

用人阿姨在一楼客厅见到淋得湿透的戚鱼，掩不住惊诧。

"太太，您怎么这时候回来了？"

"虞先生最近回来过吗？"戚鱼的表情像有点急。

阿姨忙道："先生这两天都在，但今晚还没回来。"

看样子小虞太太要在别墅里等先生回来，阿姨看戚鱼一身雨水，关心地劝道："您先洗个热水澡，一会儿我给您热一杯牛奶吧。"

等到半个小时后，估摸着戚鱼的澡该洗完，阿姨送热牛奶上楼。

一进卧室，戚鱼伏在化妆桌前休息，面前手机屏亮着，身上穿的仍是刚才那一条鹅黄色的短袖长裙，头发还湿着。

听见动静，她乖乖抬起脑袋。

阿姨觉得不太对，探了探戚鱼的额温。

发烧了。

会所的环境清幽雅致，包间内，汪盈芝在茶桌前放包坐下。

"你好。"

汪盈芝面上挂着笑，与对面的虞故峥一握手，客套几句话的工夫，对方已经接到两个合作伙伴打来的电话。

"你要是有急事就先接电话吧，我不急。"汪盈芝开口。

虞故峥淡淡地笑了笑，并没接电话，随手将手机给庄成，让他出去了。恰巧服务生送来茶水单，他将茶水单推至汪盈芝面前："看看喝什么。"

汪盈芝刚回国不久，知道最近戚鱼期末太忙，一直没去打扰她。这几天华泰出事，她心想虞故峥大概也无心再维持这段联姻了，就托生意上的朋友要到他助理的电话，想试约他见一面。

没想到虞故峥那边回复及时，约在今晚。

汪盈芝自我介绍过后，开门见山。

"是这样，下个月小鱼就要出国了。"汪盈芝和虞故峥不太熟，试探道，"我是想建议她，等她两年以后毕业，就直接在那边工作……你觉得呢？"

虞故峥失笑一瞬。

"她有她的想法，你不该问我。"

"当然，她现在跟家里断了关系，以后的人生肯定是自己安排。"汪盈芝摸不准他的态度，自然道，"所以之前她那个家里给她的安排，我想你应该也觉得不作数了……"

"作数。"

汪盈芝以为自己错听，疑惑道："什么？"

虞故峥神色波澜不惊，不紧不慢道："在我这里，她与我的婚约一直作数。"

汪盈芝说不出话，端起茶杯喝了一口，心下愕然。

她以为虞故峥不喜欢戚鱼，没想到非但不是，而且话里似乎还有留人的意思。戚鱼现在喜欢虞故峥，他不会看不出来，要是他真开口留人，那她肯定会留下。

汪盈芝打量虞故峥的神色。

近来华泰出事，外界争议不断，都说华泰当初开展医药业务就是错误，虞故峥也有马失前蹄的时候。但汪盈芝却听说，这一出是自家人的争斗，和虞故峥那个大哥有关系。

华泰收购华盛，虞家内部不知道乱成什么样。

戚家是火坑，虞家就更是火坑。汪盈芝也算看着戚鱼长大，不忍心再看着她从一个火坑跳到另一个火坑。

"你应该也清楚，小鱼还小，就算现在喜欢上什么人，将来不一定……"汪盈芝道，"你那么忙，既要顾得了公司，又要顾上她，可能不太现实，以后要真离了婚，到时候还要分家产……相信你比我有更多考量。"

虞故峥容色未改，没接话。

汪盈芝这番话说得很直白，心里也有些惴惴。

她也是没办法，话说得够清楚了，虞故峥看得清，应该会权衡利弊。

对视半晌，汪盈芝却见虞故峥忽然笑了，气质迫人，那股上位者的气场一览无余。

他淡淡道："都要。"

戚鱼烧得迷顿，洗完澡后，又吃了药，不知道什么时候睡着的。

半梦半醒间，感觉床边似乎有人，对方的修长手指触碰过自己的额际，带着那种很好闻的浅淡沉香味。

戚鱼困得睁不开眼，脑袋不由得跟着蹭了下，又沉沉睡过去。

再醒来，是被手机闹铃吵醒。

戚鱼下意识转过脑袋，一眼就瞅见了床边正在看电脑的人。

熹微晨光透进，朦胧勾勒出男人的周身轮廓，在光影明暗中，有种丝毫不融合的矜贵气质。像是一个梦。

虞故峥似有所察，眸光抬起，和戚鱼对视上一眼，随手合上电脑。

"怎么这么容易生病？"

戚鱼的视线循着虞故峥，一直看对方来到床边，没吭声。

有那么一瞬间，她不想去参加等下的考试了，她想留下来。

可是这么一来，之前做过那么久的准备都白费了。更重要的是，留下好像也没有用。

"我看到您公司的新闻了，很严重吗？"戚鱼开口，还有点鼻音。

"不严重。"

虞故峥将床头的电子体温计递给戚鱼，问："喝不喝水？"

"嗯。"

戚鱼量了下温度，三十六度五，烧已经退了。她接过虞故峥倒的温水，默默喝了大半杯，刚抬起脑袋，就对上了他的视线。

虞故峥一双桃花眼漂亮而深长，眼神像是亲近，又像疏离，似在沉静地忖度些什么。

"你可以提一个要求。"良久以后，虞故峥道。

戚鱼顿了下："我提什么……都可以吗？"

虞故峥看着戚鱼。

半晌，她抿唇，认真地想了想，还是道："之前我在猫舍寄养了一只小猫，但是我快要出国了，找不到主人领养它。您能收留它吗？"

对视许久，虞故峥并不接这句话。

那刹那戚鱼突然有一种错觉，虞故峥是想让她提别的要求。

"机票订了吗？"

"嗯。"戚鱼报出一个日子，又补了句，"但是住的地方还没有定好。"

戚鱼还想问什么，手机嗡鸣声响起。

虞故峥瞥一眼来电，离开前，平静地出声，回应的是戚鱼之前的要求："那就送过来。"

戚鱼在床上捧着杯子，喝完剩下的水，良久才爬下床。

她多花了一些时间，把卧室里属于自己的东西都找出来，又翻出之前没带走的那个盒子。

盒子里的东西，都是虞故峥送的。

戚鱼垂着睫毛，一件件摆出来。

第一次见面时给她的那颗糖，糖纸被她留下来了，保存到现在。还有一年前见面时给的名片，后来的戒指，以及送她那条裙子的吊牌、胸针，还有车钥匙和生日项链。

想了会儿，戚鱼最后把车钥匙和胸针留下，搁在化妆台的显眼位置，带走了别的。

七月初，戚鱼这学期的期末成绩放出，不出意外，发挥得很好。

很快就收到了深大计算机学院发来的录取邮件。

暑假开始，戚鱼还是住在别墅，只是虞故峥没有露面。她在财经新闻里看到过好几次他的名字，关于收购的事，药企的事，对方应该忙到没有空回来。

戚鱼去了一趟猫舍，将小猫接回别墅，又把猫粮和玩具、零食一并买了。

"这些家里都有。"用人阿姨笑道，"先生提过这事，所以之前我们就都买好了，在房间里放着呢。"

戚鱼有点茫然："房间？"

一楼小客厅旁的储物室早被改成了小猫的房间，很可能是从虞故峥离开的那天开始装潢的。用人带戚鱼推门进去，满眼都是清新的粉白色调。

室内阳光通透，窗外就是花园的景色，猫窝和猫爬架一应俱全，四周还安装了二十四小时宠物监控器。

小猫在门口徘徊片刻，熟悉了会儿新环境后，没过多久就不怯生地扒拉起了角落里的一个玩具。

戚鱼看得杵了几秒，忽然紧抿了下唇。

都已经解除婚约了，虞故峥没有必要对她的一个要求这么上心。

她原来以为，虞故峥会在自己走后，把猫送给别人养。

为什么还要对她这么好？

他……

"真可爱。"用人阿姨笑道，"它有名字吗？"

戚鱼好半晌才回神，小声道："还是让虞先生取吧。"

一切准备就绪，戚鱼有近一周的空闲时间，和乔文见了几次面，又结束了年前接的那个互联网公司的外包项目。

她订了八月中旬的机票走，和学校院里一同被录取的另一个女生一起，对方暑期在市内实习，跟她是同一趟国际航班。

汪盈芝在国内还有事，这几天不在市内，抽空打来电话。

"阿姨和汪丞说一声，让他来给你接机。"汪盈芝提起自己的儿子，"他这段时间在搞创业呢，就在硅谷那儿，正好带你熟悉一下。"

"不用麻烦您了。"戚鱼礼貌地回，"我到那里以后，学校的人会来接的。"

"有什么麻不麻烦，他和你是一个学校的，以后也好有个照应。"汪盈芝笑道。

汪盈芝又嘱咐几句，才挂了电话。

离开这天，戚鱼醒得很早。

是中午的航班，她吃完早饭就准备出门。

手机里有不少消息，乔文文要给戚鱼送机，还有同行的女生也发来了等下的见面地点。戚鱼一一回复完，拖着行李箱下楼，出了客厅。

深大有代收行李的学生顾问，戚鱼已经提前寄了大部分行李去那边，今天上飞机就只托运一个轻便的行李箱。

"太太，走了啊。"

院子里的园丁起得也早，正踩着胶鞋站在喷水的草坪里，笑着招呼了声。

戚鱼回完招呼，转过头

远处那片玫瑰园开得正盛，刚浇过水，云蒸霞蔚似的，空气里似乎还有若有似无的甜香。

看了好一会儿，戚鱼才走了。

出了别墅大门，是百米长的林荫道，戚鱼边走边低头打车，忽然听到车行驶过来的声音，她抬起头看。

胸口处忽然怦然一动。

不远处双开的雕花铁门外，驶进一辆熟悉的黑色车，一路过来，在戚鱼面前停下。

这回没见庄成先下车，反倒是虞故峥径直过来。

"虞先生。"看到对方走近，戚鱼心跳不受控地怦然作响，顿了会儿，问，"您是来送我的吗？"

虞故峥瞥一眼戚鱼的行李箱，不答反问："都带齐了？"

"嗯。"

戚鱼点点头，这段时间都没见面，她微仰起脸看虞故峥，想了下开口："那只小猫还没有取名字，您可以给它取一个。车钥匙和您以前送我的东西，我都放在化妆台上了。"

说完，她又小声补一句："我拿了一些放在零食间的糖……别的好像没有什么了。"

虞故峥有些失笑。

"几点的飞机？"

"中午十二点半。"

虞故峥道："该走了。"

话虽这么说，但虞故峥视线稍一俯低，无声地注视戚鱼的眼睛。

戚鱼的脚步没挪。

咫尺间对视，对方的五官轮廓依旧极为英隽，一双桃花眼深之又深，似是有情又不似，不动声色时看几眼就让人觉得蛊惑，笑起来则更好看。

以后是不是见不到了？

戚鱼心里刚冒出这个念头，倏然感觉手腕被触碰握过，下一刻，掌心被放进什么，她下意识就轻轻攥住了。

随后，虞故峥动作撤离，淡淡道："走吧。"

戚鱼瞅了眼手里的东西，定住，是虞故峥常戴的褐木佛珠手串。

"您……"为什么要给她这个？

手串对虞故峥来说，应该不是随随便便能给别人的东西。为什么要给她？

虞故峥并不送戚鱼，似乎要离开。

"您等一下。"戚鱼喊住，语速比以往要快。

虞故峥侧眸看向她。

"您……"

对视良久，戚鱼抿了抿唇，忽然小声问："您是不是有点喜欢我？"

相隔不过三四步，戚鱼见虞故峥微微眯了眼眸，神色细微难辨，那一瞬间仿佛是冷的，可也不像。

虞故峥并未接话。

戚鱼的心跳快得厉害，却破天荒地不局促了。

平时在虞故峥面前的紧张、拘束、小心翼翼裹成了云团，此刻却像天光破开，云层渐开。戚鱼像隐约抓住了什么，从谨慎的牛角尖里钻了出来，一个念头越来越清晰——

"您是有点喜欢我的。"

虞故峥的眸光沉静地落在戚鱼身上，终于转身过来，却没出声否决。

戚鱼心跳越来越剧烈，又重复一遍，确定道："你喜欢我。"

一时间，世界所有的声音都熄灭，只剩下自己的心跳声。

戚鱼从来没肯定得这么大胆。

她以往在虞故峥面前迟钝得如同天资愚钝，小心又谨慎，此时此刻却豁然开朗。

虞故峥喜欢她。

可是，他为什么还要推开她？为什么还要说那些话？

虞故峥也没有告诉自己，她问了很多遍，他都没有说一句喜欢。

……

戚鱼看着虞故峥，回忆一点点在脑海里慢放，以最大胆的猜测，以最不可能的角度。

她忽然懂了。

虞故峥不确定。

他说那些不当长辈的话，那些让她想清楚自己要什么的话，还有摘下戒指不再继续婚约的举动。

他不确定，她是不是把他当成长辈看待，是不是只是因为联姻。

他不确定她是不是真的喜欢他。

戚鱼往前走了几步，一直走到虞故峥面前，感觉自己握着手串的手指像在轻颤。

虽然看起来都是推开她，但事实是，虞故峥喜欢她。

戚鱼突然发现，原来虞故峥对她也会有不确定的时候。

所以他才把自己摆在一个进退得当的位置，一个关系随时都能解除，又随时都能开始的位置。

然而，就像在竞赛场上，当其他队伍解错了一道题，剩下的队伍就拿过了主动权。

戚鱼仰起脸看虞故峥，杏眸异常清亮，像无数光芒揉进眼里，说不出的鲜活与生动。

半晌，她开口道："以前有人和我说，喜欢上别人，不要让他先知道。"

现在可以说了。

"虞故峥，我喜欢你。"戚鱼认真地接道。

天光乍亮。

戚鱼抿出一个深深酒窝，怎么都止不住笑容，看着漂亮得如同发光，声音也比往常更甜糯。

　　对视良久，看着虞故峥的眼眸，戚鱼心跳快得惊人，却道：

　　"但是，我要离开你了。"

第十二章

有名字，它叫小七

林荫道静谧无声。

虞故峥的眸光落在戚鱼脸上，神色仍沉静难辨，视线似乎有一刹极淡的疏冷。

如同有什么脱离掌控。

戚鱼丝毫不避让，还抿着明澈的笑，又隔了半晌，糯声确定道："我要走了。"

"上车。"

虞故峥看了戚鱼一眼，稍顿，轻轻笑了，竟似细微欣赏："捎你一程。"

一切拨云见日，戚鱼不再小心翼翼，瞅见虞故峥已经上车，想了下，收起行李箱的拉杆。

庄成适时从车上下来，打开后备厢，颔首接过戚鱼手里的箱子，道："戚小姐，给我吧。"

"谢谢您。"戚鱼明眸善睐，毫不保留地又露出一个笑。

车驶上高速，一路无话。

虞故峥正闭目小憩。戚鱼手里还握着佛珠手串，她偏过脑袋看，对方看着仍矜贵华美，但感觉他在她这里的距离感却淡了。

"戚小姐，您这次去，下次回国是什么时候？"庄成看后视镜，笑着聊天道。

"还不知道。"戚鱼思忖一下，如实回，"来回的机票有点贵，如果假期短的话，还不知道会不会回来。"

庄成面上笑应，觑了眼并没发话的虞故峥，心里诧异。

他还以为戚小姐这么喜欢虞总，怎么都会说一句"有时间就回来"。

而虞总订凌晨的航班直飞回国，庄成以为是要留人，但也没留戚小姐。

聊天之间，车早已下了高架，驶进机场航站楼外的长长车道。

司机下车帮戚鱼拿下行李箱，庄成也出来送她。

航站楼外车流和人流匆匆不断，戚鱼拉着行李箱，又折返回车边，拉开后座车门。

"虞故峥，"戚鱼杏眸里是明晃晃的清亮，酒窝也明显，开口道，"那我先走了。"

虞故峥侧过眸看戚鱼，眉目深邃，细致注视片刻，平静道："去吧。"

戚鱼点头道"好"，关上车门。

"宝贝这儿！"乔文文在不远处的出口挥手，问道，"你就带一个箱子呀？"

"嗯，有一些已经提前寄过去了。"

戚鱼和乔文文一起进航站楼，刚巧与同行的那位女生碰头。正要一起去取登机牌，她回头瞅一眼，车已经开走了。

现在她和虞故峥之间好像没有关系了。

戚鱼不确定自己什么时候回来，不确定出国这段时间两人还联不联系，但她确定了别的什么。

虞故峥喜欢她。

先前隐约的端倪也逐渐清晰，虞故峥对她说可以提一个要求，又把戴着多年的手串给她，似乎是想她留下，最后却没有开口。

或许没有那么喜欢，或许理智大过感情，戚鱼不知道虞故峥的喜欢到了什么程度。

戚鱼的手指轻轻擦了下眼前的沉香手串，又松开。

以前她谨慎又小心，全心全意，生怕一松手那道光就没了。

可现在松开手，光还是被抓在手里。

戚鱼取了登机牌，默默触了触嘴角，感觉笑容有点止不住。

她这时大胆又肯定——

不管怎么样，至少现在，此刻，甚至可能未来的一段时间里，虞故峥不会像喜欢她这样，再喜欢别人。

车一路驶进市内。

庄成恭敬地汇报完工作，从后视镜看一眼，见虞总容色疏淡，看神色辨不出什么。

刚才戚鱼向虞故峥表白时，车窗露着条缝，庄成听了全程。

戚小姐的表白认真而直白，也勇敢，居然当着虞总的面敢直言说虞总

.203.

喜欢她。庄成虽然时常摸不准虞总的意思，但跟了虞总多年，他能觉察出来，那一刹那虞总可能是不悦的。

这种不悦并不是对着戚小姐，而是像一团浓雾被抓住了把柄，像是惯于睥睨的人被迫低了头。

可过后，看虞总对戚小姐的笑，又有那么点耐人寻味的意思。

车经过市中心繁华的街道，虞故峥忽然出声："停车。"

"怎么了，虞总？"司机赶紧把车停在行道旁，也循着看出车窗。

还是工作日的中午，红砖道路旁行人来往，一小群中学生嘻嘻哈哈地经过，可能是上课偷溜出来的。盛夏天气，女孩们穿着高中的校服校裙，一脸的青春洋溢。

不就是一群学生吗？

庄成见虞故峥意味不明地打量良久，接着极轻地笑了一声，随后收回视线。

是她。

这个笑深入眼底，庄成极少见虞总这么笑，也莫名轻松了不少。等虞故峥吩咐司机开车，庄成想起些什么。

"虞总，戚小姐到那里以后，需要安排人接机吗？"

毕竟人生地不熟。庄成还记得戚鱼上回在华盛顿比赛时发脾气的事，那时候她也是在异国他乡，三个月没联系上。当时戚鱼生气摔了奖牌，把庄成惊了一大跳。这次一去又不知道会怎么样。

庄成又看了眼，心道可能就是那次闹僵了，虞总当时就摘了戒指。

"不用。"虞故峥道。

"那以后还要……"

一看虞故峥谈兴不浓，于是庄成收声。司机把方向盘一打，拐出商区大道，挑了一条僻静的路开。

车里一时安静下来，连着几天连轴转，两人没打扰虞故峥闭目养神。

起初清醒也考量，才选择松手推她出去。

不得不承认，那天汪盈芝一番话，自己的理智与掌控欲在拉锯，无关情爱，只是欲念。

原本可以留她。

最后还是生出那么点纵意，以及另一些想得清却道不明的在意。

车刚拐进小路，庄成忽然听见虞故峥接话，音色悦耳，道：

"让她游吧。"

十几个小时的行程，到旧金山国际机场，当地时间还是下午。

机场的人流喧嚣嘈杂，两人取完行李，过出口，一旁的接机人群中突然响起一声字正腔圆的中文——

"戚鱼！"

不远处穿灰衣长裤的男人扬了扬手里的牌子，笑着走近了，问道："我收到了你的航班信息，一路怎么样？"

"小鱼，你认识呀？"

"你好。"戚鱼礼貌地打招呼，"他是我阿姨的儿子，汪丞。"

汪丞大方地伸手自我介绍，寒暄过后，开车载她们去深大所在的湾区，体贴地将她们送到公寓楼下。

汪盈芝提前嘱咐过汪丞，要把戚鱼接到，还要带人熟悉环境。因此近一个小时的车程，汪丞侃侃而谈。

车内放着一首黑人布鲁斯，从公路陡坡往下开，戚鱼望出车窗，窗外是路边随处可见的棕榈树，以及远处从建筑群后浮起的海平面。

深大坐落在旧金山湾区，周围被硅谷的科技园区环绕，四处散落着全球闻名的科技公司的总部，也带起了校内的创业风。汪丞正好是创业大军之一，刚注册公司，拉了一个自动驾驶项目组，还邀请戚鱼一起。

戚鱼婉拒了。

"好吧。"汪丞问，"毕业之后你会留在这里吗？"

"应该不会。"

汪丞笑着用英文调侃："在这里万事皆有可能。"

顺利将戚鱼和周思宜分别送到，汪丞有事走了。戚鱼住在公寓楼的六楼，一层共五个房间，有独立卫浴，但厨房是公用。

还没到开学的时间，戚鱼的室友都没到。两天收拾完行李，她收到了不少邮件，还有学校组织发来的活动通知，详细罗列着接下来一个月的各种活动。

开学的第一周是迎新周。

迎新第一天，戚鱼在办理各种手续前，先去学校附近的自行车行买了一辆单车。学校太大，课间有一半的时间都在骑车。

没过两天，戚鱼和周思宜约在校内某一食堂。

"你选课了没？"周思宜打了一份沙拉，报出两门选修课，坐下道，"我还没想好要选哪一门。"

"嗯。"戚鱼转发给周思宜一个网址，"这里面有以前学生的课程评价，你可以看一下。"

"我看看……"

一顿饭完毕，戚鱼要去马术社团面试。

周思宜惊讶地问："你要学马术？"

"昨天广场那边在社团招新，他们给我发了宣传单。"戚鱼问，"你要一起去吗？"

"不用不用，我不会骑马，有点恐高。"周思宜笑道，"天，没想到你到这里融入得这么快。"

戚鱼抿出一个笑，杏眸明亮，挥挥手招呼："那我先走了。"

和在哪里无关。

虞故峥好像什么都会。

像一场比赛，她想要变得更好，也想尽快赶上一个人。

戚鱼这学期有五门课，课业量却只多不少，经常需要泡图书馆。参加的社团每周也都会举行活动，到了周五还有校内组织专门举行活动，免费发放一些电影票和比赛票，这些活动戚鱼会参加一部分，几乎占用了大部分的课余。

快两个月过去，戚鱼的厨艺进步了很多。

公寓厨房里，戚鱼刚起锅，将土豆炖牛肉倒入瓷盆里，放在身后桌上的手机响了。

她重新办了手机卡，平时除了联系一些校内同学，就只有汪盈芝知道这个号码。

"汪阿姨。"

"小鱼，阿姨后天回来。"汪盈芝在那头笑道，"这个周末你就来阿姨家住两天……"

深大虽然占地广，但地处郊外，周围除了众多科技园区，少有大城市的风景，要坐近一个小时的火车才能到旧金山的市内。汪盈芝就住在那边。

正聊着天，有人闻香进厨房，戚鱼边打电话，边抬起脑袋瞅了眼进来的俄罗斯室友。

两人互打了个手势，对方熟练地舀走一小碗土豆炖牛肉。

对方尝了口，立即被辣到，露出一个难以言喻的表情。

戚鱼还在回汪盈芝："好的。"

汪盈芝听出戚鱼话语里一下止不住的笑意，问："有人在你旁边吗？"

"嗯，是室友。"

汪盈芝又关切地问："是男生还是女生？"

戚鱼乖乖道："女生。"

挂了电话，汪盈芝有点感慨，果然让戚鱼脱离戚家和虞家的想法没错，她在电话里听起来比原来好了太多，人似乎也开朗多了。

周五，汪丞奉命来接戚鱼，他在社交软件上联系戚鱼，两人约在校内的中央广场一侧见面。

汪丞把车停在道边，还插着蓝牙耳机在听歌。

他抬头一看，远远地，自拱廊的那头，有华裔女孩骑车从散落的学生群中穿过来。汪丞的目光一下就被吸引住了。

蔚蓝天空，两旁是红瓦屋顶的科研室，她一身橘色短上衣，浅蓝色修身牛仔裤，一路骑过来的时候，还空出手拨了下被风吹散至唇边的长发，明媚得极为漂亮。

戚鱼毫无所察，等骑近了扭过方向，在汪丞面前不远处刹住车。

戚鱼停好车，偏过脑袋，礼貌地问："走吗？"

就这个角度。

汪丞感觉心跳跟着耳机里的鼓点一起猛地敲了一下。

印象里那个性格有点闷的漂亮女孩，看起来自信了太多。

万事皆有可能。

一切都适应得很快，平时戚鱼除去上课和社交，有时会去汪盈芝家过周末。

汪盈芝的丈夫是个做绿地投资的美国人，年过半百，很魁梧，人也很和善。不过汪盈芝身体不太好，当年只生下汪丞，因此把戚鱼当成了自己的半个女儿，戚鱼待在美国的这段时间隔三岔五就邀请她去住。

戚鱼去过几次，很快和汪盈芝家里的两条边牧犬混熟了，经常帮着遛狗，整个人肉眼可见地自信开朗许多。

十一月，戚鱼在万圣节游行上新认识一位中国香港的女生，对方热情地邀请她参加一个睡衣派对。

其实戚鱼很少参加派对。但这次的睡衣派对只有不到十人，基本是女孩，戚鱼就答应了。

当天是虞故峥的生日。

戚鱼在派对时心不在焉，频繁拿出手机，却没联系他。

她管不好自己的心，联系了第一次，就会有第二次，甚至更多次。

况且她现在和虞故峥没有什么关系，见不到面，也没有在一起。

虞故峥喜欢她，但她不知道到了哪种程度。

她不想消磨掉这份喜欢。

戚鱼想到被自己收好的那条手串，最后还是只给庄成发了一条微信，祝虞故峥生日快乐。

睡衣派对过后，那个女生把戚鱼拉入自己的圈子，经常邀请她参加一些聚会派对。戚鱼有时会去，剩下的时间泡在学校图书馆和健身房。

这边看病很贵，戚鱼还要攒钱还汪盈芝，不想再麻烦她，才刻意保持了每天的运动量，做一些有氧运动。

逐渐地，她社交软件里的好友也越来越多。

戚鱼在派对上经常能遇到搭讪自己的男生，有留学生也有美国人，还会收到一些信息，邀请她参加聚会，甚至是深夜泡吧。

以前戚鱼也有人追，但这里搭讪的方式显然更直接，也更频繁。

她在社交平台的账号上偶尔还会收到一些露骨的私聊。

这种事一连发生几次后，戚鱼拒绝搭讪的语气比往常更直接。她删掉自己先前发在社交平台上的聚会合照，只留下拍狗和拍风景的照片。

戚鱼也越来越忙。

她没有主动联系虞故峥，但是经常能看到有关对方的新闻。

药企的事是虚假新闻，当地药监局的最新行政处罚名单出来，名单上并没有那家被传销售假药的制药厂，过后相关的媒体记者也纷纷发文致歉。

临近年末，华泰收购华盛百分之百股权的交易尘埃落定，集团内部大整合，虞故峥的名字频繁出现在财经新闻里，但没有露面。戚鱼能想到对方有多忙。

期末，她在图书馆里收到周思宜发的消息，问她要不要一起订机票回国。

戚鱼还不打算回国——机票太贵，三周的圣诞假期也太短。

她有了更大的野心。

不是只见一面，只是说几句话。

要找一个完整的、合适的时机，再站到那个人面前。

寒来暑往。

圣诞假期间，戚鱼和几个朋友一起，沿着加州一号公路自驾游，回来的翌日是平安夜，汪盈芝邀请她去家里过节。她似乎一刻都没有空暇的时候。

直到次年生日，戚鱼收到了庄成发来的祝福微信。

庄成询问她现在的联系号码和住址，说是要寄生日礼物给她。

戚鱼对着那行字，心跳怦然一快，一瞬间脑海里想过无数个可能，但还是婉拒了。

【庄成：好的，祝您生日快乐。】

【戚鱼：谢谢。】

庄成那边回得客气，不再多问，仅仅在过节的时候会发祝福给戚鱼，没有提过虞故峥。

国内年三十这天，戚鱼去附近的华人超市买了些食材和酱料，跟着一些留学生一起，在公寓里包饺子。

汪丞打电话过来想接戚鱼去吃饭，她拒绝了。

她能感觉出汪丞可能喜欢自己。

但汪丞没有明说，她不好直言拒绝，只能用行动表示。

追她的人越来越多。

而从春假开始，戚鱼就彻底忙了起来。

她跟着选修课导师，在做一个机器学习类的课题，是与硅谷某知名科技公司的合作项目。公司为他们组专门腾出了一片办公区域，平时能直接进公司做项目。

经常忙到凌晨，戚鱼感觉像是回到了去年训练竞赛的时候，社交也少了。

五月末，新学期一晃而过。

放暑期前，戚鱼已经找到一份国内的实习，她通过远程面试和笔试，公司直接发了入职邮件。

汪盈芝得知戚鱼要回国实习，关切地打来电话，觉得戚鱼找的那家实习公司的全球总部就在硅谷，和中国总部那边的入职要求应该差不多，大可以试试申请这边的。

但是戚鱼已经订好了机票。

汪盈芝只能嘱咐两句，又想让汪丞给她送机，戚鱼回道不用麻烦了，她已经和周思宜约好了一起去机场。

航站楼内，周思宜边推着行李箱，边跟戚鱼聊天："我们先——"

"小鱼！"

戚鱼顿了下，循声看见身后跟过来一位黑发华裔男生，浓眉大眼的清秀模样，周思宜也一愣。

"你是？"

"你好，我是小鱼的朋友。"男生笑着招呼，一口中文说得字正腔圆，但仍能听出些许口音，"王希伦，希望的希，伦敦的那个伦。"

"你们……"

"不是，"戚鱼摇摇头，"他是我选修课的同学。"

王希伦要接过两人的行李推车，含笑道："我帮你们拿。"

"不用了。"戚鱼看着王希伦的眼睛，当面认道，"我都拒绝过你了。"

王希伦英文名是 Ian，和戚鱼同个课题小组，已经追了她三个多月。

在组里的时候不能不说话，出了组，戚鱼什么拒绝的话也都说过了，但对方锲而不舍，也不是缠人，但总是会找各种机会出现在她周围。

这次甚至跟她进了同一家公司实习。

好在王希伦和戚鱼不是同一航班，她默默忽视男生，和周思宜一起托运过安检。

戚鱼没有心思再想别的。

大三整整一学年。

她以为自己时隔这么久，都快习惯应付自如的状态了。

但没有想到，仅仅是坐上飞机后，自己就已经开始紧张。

回国的头几天都很忙。

戚鱼先去公司报到，办理入职手续，领了电脑和其他的物品。

这份是能拿转正机会的实习，公司待遇也很好，与附近酒店有合作，员工入住会给折扣优惠。戚鱼还没找到租的地方，就暂时住在酒店。

她被分到一个为 AR 做现实设计的项目组，进组不过三天，又有新人报到。

"这位叫王希伦，也是我们组的新实习生。"组长介绍一番王希伦，又笑问戚鱼，"我记得你的简历，你是在深大交换吧？"

戚鱼没表露出什么，敲完一行代码，转头回："嗯。"

王希伦从小移民美国，但家里都是中国人，他父母做生意，爷爷是国内某高校文学系的退休教授，因此王希伦从小耳濡目染，中文说得流畅，也懂许多。

戚鱼没有像其他同事那样与他聊天，但也不冷待，之前在深大的课题组里是什么样，现在还是一样。

今天正常下班，组长笑着招呼："走吧，今天组里迎新，请你们吃饭。"

订了附近酒店的餐厅，同事开车，一路到地下停车场。

一行人往电梯的方向走，戚鱼特地在拐角处留了一下。

王希伦也慢下脚步陪她。

见其他组员陆续进电梯，戚鱼才转头看向王希伦："你不要再追我了。"

戚鱼主动说过好几次拒绝的话，但对方不信她真有喜欢的人，哪有喜欢却一年都没见面的？

王希伦道："中国有一句古话叫'窈窕淑女，君子好逑'……"

戚鱼默默瞅了他半晌，忽然抿出一个酒窝，回道："还有一句古话，你有没有听过？"

她笑的时候酒窝还很明显，微垂的眼尾弯成半月，耳边的乌黑鬓发随着侧脸的动作，扫过肩上明黄色连衣裙的系带，既漂亮又动人。

见戚鱼笑，王希伦愣了下："你说。"

"还有句话叫'情深不寿'。意思就是，太喜欢一个人是没有用的。"

王希伦还未有反应，近处拐角传来一道很轻的笑。

音色极为悦耳，熟悉却又让人不敢确认。

戚鱼瞬间有点怔，顿了顿，循声看去，已经和拐角处出现的男人对上了视线。

眼前的男人身量颀长，五官轮廓仍是英俊无俦，一双桃花眼笑起来光华流转。

所有的声音都熄灭。

对方的眸光沉静地落在戚鱼身上。

片刻，虞故峥低缓地问："谁教你的？"

惊鸿一眼。

酒店偌大的地下停车场内，灯火通明，越发清晰勾勒出男人周身的每一寸轮廓。

虞故峥自拐角出现的那一刹，戚鱼的目光就根本不受控地顿住，直直看着他径直走近。

"你是？"王希伦也愣住，随后反应过来道，"小鱼，可以为我介绍一下吗？"

虞故峥未以目光回应，只垂了眼看戚鱼，扫过她搭在包带上的手腕，稍顿，才问："什么时候回来的？"

戚鱼几乎是条件反射性地小声回答："上周。"

听到自己的声音，她这才回神。

"他是我的同学，叫王希伦。"隔了片刻，戚鱼侧过脑袋转向王希伦，又礼貌地介绍虞故峥，"他是我认识的一个，朋友。"

"你好，还可以叫我 Ian。"王希伦态度大方，"我们现在也在一起工作。"

虞故峥伸手与王希伦略略一握，笑意倒是没敛，简扼地聊过两句，又看戚鱼，似打量也似注视。

"回来实习？"

"嗯。"

"在哪家公司？"

虞故峥的嗓音实在好听，音色醇得像酒，已经不知道有多久没听到。戚鱼顿了一秒，报出刚入职的科技公司名。

"英科利很好。"这对话还真像是许久没见的普通朋友，虞故峥问，"找到住的地方了吗？"

戚鱼也看着他回："还没有，不过已经差不多定了。"

虞故峥微微颔首。

恰时，庄成引着几位精英模样的男人从停车点过来，刚恭敬地喊了一句"虞总"，看虞总对面的女孩异常眼熟，立刻愕然——

怪不得虞总忽然半道要停车，戚小姐居然回来了？

庄成一眼差点没认出来。

整一年的时间，戚鱼变化太多。

眼前女孩一身明黄色的连衣裙，系带掐腰式，裙摆堪堪过大腿，露出一双匀称笔直的腿。肤色是健康的象牙白，不知道是裙子衬人还是人衬裙子，越发显得肤质细腻。

原先的乌黑直发也微卷至腰际，化着淡妆，一双杏眸还是漆黑明澈的少女模样，但比原来更多了一分说不出的吸引感。

在场几人都面面相觑。

虞故峥容色未改，只是眸光似乎停留须臾，平静地问戚鱼："来这里吃饭？"

"嗯。"戚鱼点点头，如实回，"今天晚上我们组里有聚会，就一起过来了。"

庄成听完，心里更讶异，戚小姐的语气实在太客气，时隔一年，样子变了，难不成心思也变了？

说话间，一行人已经到电梯口。

虞故峥亲自按了电梯，却不进，似是让戚鱼他们先进。

戚鱼道了句"谢谢"，在电梯里向虞故峥露出一个笑，小小酒窝陷得很深："那我们先上去了。"

虞故峥并不接这句，眉目深邃，落向戚鱼的视线辨不出什么情绪。

一顿饭吃完，已是夜深。一行人边聊边下停车场。

在场几个男同事基本上都喝了点，由没喝酒的人开车。王希伦将车倒在戚鱼身边，含笑招呼："小鱼，上车吧。"

"我坐地铁回去，你们路上小心。"戚鱼又俯身凑近车窗，对组里另一位女同事道，"诗艺姐，你到家了就在群里说一下。"

"一起吧，还有位置。"

戚鱼摇了摇头道："我还要回公司，你们去吧。"

目送两辆车开走，戚鱼这才转过身，顿了下，看向不远处那辆熟悉的车。

一走近，靠近她的副驾驶座车窗摇下，里座的司机笑道："戚小姐。"

"林叔。"

平时坐在副驾的庄成不在，戚鱼问："他们还在楼上吗？"

司机茫然："他们？"

话音刚落，戚鱼似乎是听见后方暗处传来一声极轻的笑。

后座车窗也被摇下，显露出男人英隽如画的容色来。

"住在哪里？"后座，虞故峥抬眼看向戚鱼，简捷道，"送你一程。"

戚鱼心跳怦然一动，还是稍稍低下身，乌黑长发随着扫过脸侧："不用麻烦了，我要回公司加班，离得太远了。"

这不是假话，戚鱼手里的项目工作进度比预想要慢，她今晚还想回公司加班。

虞故峥已然将面前的平板搁在一旁，道："那就送你回公司。"

戚鱼却记得刚才跟他一起来的那些老总，于是问："你等下没有事情要忙吗？"

虞故峥没接话，一双漂亮深长的眼似乎眯了一瞬。

"太客气。"须臾，虞故峥忽然笑了，看着莫名分外蛊惑勾人，"有事也是要来找你的。上车。"

时隔这么久，戚鱼还是看不了对方这样笑。她感觉胸口处有什么撞了下，面上抿出一个酒窝，点点头："那谢谢您。"

车开出酒店，虞故峥连续接了两个电话，细微的声音隐约漏出，听上去都是工作汇报。戚鱼看微信群里，同事们还在发今晚拍的合照，还没看完，旁边的人却收了线。

"在学校里怎么样？"

戚鱼侧过脸，对上虞故峥的目光，思索着回："第一个学期比较忙，也没有完全适应，有时候在学校里还会迷路。"她有好多能说的，但简略了许多，"……后来参加了两个社团，但第三个学期一直在忙课题，社团就没有再管了。"

"三个学期。"虞故峥没有细问，车内光线在他密长的眼睫下打出一弧阴影，看着意味不太分明，"之前回来过吗？"

"没有。"戚鱼如实道，"机票太贵了，而且假期时间也很短。"

虞故峥又问："这次假期到什么时候？"

"八月二十六。"

"你的实习不会太忙，"有邮件进来，虞故峥仅疏淡地瞥一眼，转眸看向戚鱼，倒是轻轻笑了，"没有别的安排？"

视线交错，戚鱼鼻间隐约嗅到一些味道，突然有点心猿意马："嗯，有的。"

不是沉香，但也是一股格外好闻的木质香。

一年没见，虞故峥的气质丝毫不减矜贵光华。

刚见面的生疏和客气逐渐在消解，戚鱼已经不像以前的自己，她现在忍不住想亲近他，想做一些异常大胆的事。

但她忍住了。

她有野心，也有明确的目标。

要循序渐进，一步步来。

"我和大学同学约好了，应该会见几次面。"戚鱼像是想起什么来，问道，"去年那只小猫还在吗？"

"还在。"

戚鱼杏眸明亮，好奇地问："那它现在有没有名字？"

虞故峥并没接话，一双桃花眼既深且静，神色无端勾带了几分说不出的意思。戚鱼看得顿了顿。

反倒是前排一直开车的司机出声搭腔，笑道："有的有的，有名字，它叫小七。"

戚鱼："啊。"

"小戚？"

"是啊。"

"怎么……"戚鱼明显措辞了下，"怎么叫这个名字？"

司机从后视镜觑了眼虞故峥，见对方神色似乎并无打断的意思，才继续道："去年年末那会儿，那猫总爱往外跑，叫也叫不住，就说要给它做个挂牌，免得走丢了。"

"当时是虞总说，"司机笑道，"它不太爱理人，就叫它'小七'吧。"

去年年末。

戚鱼突然想起来，是指放圣诞假的时候，还是指过年前，她生日的时候？

她生日时，庄成确实发微信问她要联系方式和住址，但是当时她没有给。过去近一年，也没和虞故峥联系。

他起名的这句话，怎么听，怎么都感觉别有深意。

顿了会儿，戚鱼思索般眨了下眼，才瞅向虞故峥："那它现在怎么样了？"

虞故峥打量一眼戚鱼，似含笑意，平静道："变了。"

"……"

"现在好得很。"司机答道，"它刚来那阵子还不适应，总躲在房间里不出来，认熟了就四处蹿了，有回还钻车库里窝着，我们上上下下找了一整天。"

戚鱼这才点点头，礼貌地搭话："它太调皮了。"

"有时间去看看。"虞故峥转眸看屏幕上的邮件，须臾，屈指敲下一行回复，道，"想去就直接去，有人会给你开门。"

戚鱼杏眸微闪，"嗯"了声："如果我要去的话，会和方叔提前预约的。"

虞故峥敲字的动作停了。

虞故峥侧眸，出声问她："知道联系方式吗？"

"知道的。"戚鱼一瞬不瞬地看虞故峥，抿出个酒窝，"原来的通讯录都存了。"

视线相接，虞故峥失笑一瞬，话语却不紧不慢："原来存了。"

这话不带任何指责语气，但戚鱼还是觉得，别有深意。

"想要预约，不该找方民，大可来找我。"虞故峥倒是没再继续这个话题，只问，"换了新号码？"

"嗯，我原来出国前的号码自动注销了，这次回来就换了新的。"

戚鱼解锁了手机，心跳不由得加快，但表情坦然："那我想看猫的时候就联系你，可以吗？"

虞故峥似是默认。

两人就如普通朋友久别寒暄那样，你来我往地聊了几句。

戚鱼明显有些心不在焉，虞故峥就在这么近的旁边，她要十分克制，才不显得过分亲昵。

直到女同事的电话打进来，戚鱼几乎没多想，接起来。

两人聊了下项目工作，她在聊工作的途中一转脑袋，笑容也随之带过去，不经意撞见旁边虞故峥的眸光，与他对视了一秒。

戚鱼接着对那边自如道："嗯，晚点我把最新一版发给你，你可以先睡，明早起来再看。"

"哎呀，你也早点回去吧，别在公司待太晚。"陶诗艺道，"对了，我这边的室友后天就搬走了，你什么时候收拾完了，过两天就能住过来。"

戚鱼道："好的，谢谢。"

"客气什么。"

挂断电话，与虞故峥无声地对视半晌。戚鱼手指蓦然动了动，手撑着座椅边沿，一点点往他的方向凑了凑。

"虞故峥。"戚鱼小声道。

虞故峥没接话，注视着戚鱼凑近。戚鱼刚才其实喝了点酒，酒气醉人，若有似无的木质香撩人。

气氛一下就暧昧到了极点。

"把我送到前面那个路口，就可以了。"戚鱼忽然又开口，顿了下，扭过视线看向车窗外，"我的公司就在园区里，我走一段路就好，车进去不好开。"

司机还没应声，下一秒，戚鱼的脸颊倏然被男人修长的手指触抚，脸被再次转过去，心跳猝然一快。

虞故峥的动作未撤，贴着戚鱼颊边的指腹温热，细致注视良久，不提下车，问别的。

"给你的手串呢？"

戚鱼想起被她放在行李箱里的沉香手串："我把它收起来了。"

不知过了多久，虞故峥笑了："给你的东西，怎么一样都不要。"

没有不要。

但戚鱼突然想起去年自己留下的车钥匙和胸针那些，一时不知道怎么回。片刻，虞故峥看着她，出声吩咐司机："那就送到路口。"

司机将车停在戚鱼指的路口，接着给戚鱼开车门。

下车前，戚鱼转过脑袋，道谢："谢谢你送我过来。"

虞故峥没说什么，平静地问："一个人没问题？"

"嗯。"

戚鱼下车后走了两步，感觉胸口仍怦然作响，转身看车还没开走，于是在路灯下挥挥手。

接着，她便走了。

司机跟了虞故峥多年，人也精明，刻意将车停在原地，留了会儿。

今晚本来在酒店有个局，但进行到一半散了，虞总提前让庄助把人送回去，自己倒留下，八成是因为戚小姐。

刚才虞总有几句话竟跟逗人似的，但听戚小姐的语气，好像和虞总生分许多。

戚小姐变了，人看着也明显开朗多了。

六月初夏，少女的背脊挺着，腰细腿直，微卷的发尾拂过明黄色衣裙，鲜明又动人。

司机看戚鱼进了园区，这才恭敬地问："虞总，是去公司还是回去？"

虞故峥已然合上眼眸，神色沉静无波澜。

不过等他出声，情绪听着并不疏淡，莫名勾了一丝舒展："回家。"

第十三章

我的退路，在你手上了

不过一周，戚鱼搬出了酒店。

同组的陶诗艺家里刚搬走一位合租室友，最近在找新室友，戚鱼正好住进去。新住处离公司不远，上下班通勤不到一个小时，很方便。

安顿好一切，时值周末，戚鱼约乔文文出门，两人在一家奶茶店见面，一起打车去近郊的一个会展。

"鱼宝贝——"乔文文打从照面开始，激动的表情就没下去过，连夸好几遍戚鱼仙女下凡。

平时两人经常在微信上聊天，见面不会生疏。

"不过你放圣诞假也不回来，那就是一整年啊！"乔文文喝了一口奶茶，"哇！你真忍得住，我要是跟我家里人那么久不见面，肯定难受死了。"

过去一年，戚明信他们确实没联系戚鱼，她也不太在意。

事情有点复杂，戚鱼在车上不能解释太多。

"何况你还有男朋友。"乔文文纠正，"不对，是未婚夫。"

"到了。"戚鱼没有继续话题，看出车窗外时眼前一亮，适时开口，"我们下车吧。"

车将两人送到会展中心外，检票过安检。

远处来往热闹，占地极广的会展中心区域内，三个场馆前，进出的人群络绎不绝。戚鱼凭票领了两份展会地图，分给乔文文一份。

"盛世科技大会……"这里在办科技大会，乔文文一字一顿地念，"联合主办方是旷世集团和……华盛集团？"

"嗯。"

旷世的主要经营业务是电商和科技，华盛则是金融地产，两家都是声名显赫的大公司。

接下来三天，整个会展中心都被包下来办科技大会，由旷世和华盛联合主办，政府支持，主题为金融科技。三天里有数不清的峰会和论坛，以及供游客参观的展览。

正巧，戚鱼现在公司里的员工有 VIP 票的内部购买权，她托组长帮忙抢到两张票。

只有 VIP 票能进主论坛的场馆。

"华盛董事会主席虞——虞故峥也会来？"乔文文发现新大陆，"他今天好像有演讲。"

戚鱼点点头道："下午四点半开始，在 A 馆。"

"我就说嘛，宝贝你是来看他的！好，我只是你俩的电灯泡罢了。"

"我也想跟你一起来。"戚鱼的酒窝明显，示意远处空地上搭起的舞台，"晚上那里有音乐节，听说还会放烟花。"

"真的假的？有明星来？"

离音乐节开始还早，两人先进展览馆。

偌大的馆内，游客纷至沓来，几乎都是从事相关领域的业内人士，以及媒体。

两人从一边的展区往里逛。逾百家知名企业都在这里搭了展台，由各家讲解员在一旁，为游客介绍展示公司的技术。

各展台前的热闹程度参差不齐，像人工智能和 VR 体验那些更吸引人，围观的人也多。

戚鱼和乔文文不挑展台，热闹的就排队进去，人少的也看，边聊边逛。

经过创新算法展区，乔文文一看："那不是你实习的公司吗？"

英科利的展台区域内布置得简洁大方，数台操作显示屏架在立柱式的台子上，但人丁寥落，可能是太冷清，连讲解员都偷懒不在。

"这在展示什么？"

戚鱼点开显示屏，知道为什么人少了。

展示的是 TS 平台，公司创办的一个开源学习库，虽然功能强大，可平时只有开发人员用得比较多，一般把它当成工具，用来构建自己的应用程序。

戚鱼之所以熟悉，是因为上学期做的课题正好用过。

"TS 啊，怪不得。"乔文文也认出，"我到现在都不怎么会用。"

"这里有几个别人建过的程序。"应该是拿来当展示用的，戚鱼点开其中一个，"这个。"

这个程序的中文名是图像风格迁移，戚鱼找出两张用来展示的图片，操作片刻，敲入一段代码。

她通过程序，将那张凡·高的星空图，迁移到另一张小猫的照片上。等了几分钟，当图像输出时，是一张星空风格的小猫图片。

乔文文新奇道："这个好有意思！"

这个展台的确没有其他能逛的，两人正打算走。

"你好。"

一位戴眼镜的男人叫住戚鱼，腼腆地问："刚才我看你在用那个平台，我挺感兴趣的，能给我介绍一下吗？"

乔文文暗自戳了戳戚鱼的腰。

她第一反应是，这是把戚鱼当成讲解员了，还是想来搭讪啊？

陆续又有人过来。

"肖晖，干吗呢？"

男人招呼了句，那一群朋友也跟过来，有男有女。

戚鱼瞅了眼，思忖一秒，坦然道："可以。"

"虞总，姚总，这边请，这边请。"

展览馆入口，一行西装革履的人簇拥着几位男人进来，众星拱月般，引着往里走。

一行人一边参观一边攀谈。

展览馆中的游客熙攘，业内人士占比多，有人认出中间重量级的那几位老总，甚至大胆挤进递名片。负责人怕出事，不敢让这几尊大佛多待，笑着介绍一圈，见主论坛即将开始，就提议离开展览馆。

旁边的媒体举着摄像机跟随了一路，虞故峥身后跟着的庄成忽然开口："虞总，您看。"

虞故峥循着庄成的视线，目光远远落过去。

远处，英科利的展台区内人群来往，有几人不经意走动两步，正巧露出中央被围着的女孩。

"那是戚小姐吗？"庄成惊诧地低问。

是戚鱼。她穿着一身杏红掐腰裙，发色乌黑，遥遥侧对着庄成一行人，正全神贯注看着眼前的显示屏。

她时而转头对旁边人说话，像是在给他们解释什么，似乎在笑。

以前看戚小姐打比赛时，是一整个小组闷头对着电脑打完全程，即便拿到金牌，倒也没有特别大的旁观感。

现在不同，戚鱼被十数人围着，不显怯场，反而应付自如，非常引人注目，漂亮得如同闪光。

一行人跟着虞故峥停住。

"虞总，怎么了？"负责人赔笑。

虞故峥看了片刻，眸眼深邃，神色很难琢磨是什么意思，似欣赏似赞许，又似别的什么情绪。

庄成问："虞总，要过去吗？"

良久，虞故峥稍稍笑道："不用。"

另一边，戚鱼和乔文文在英科利的展台多留了二十分钟，这才离开。

主论坛即将开始，两人检票进馆，再过一道安检。落座上千人的场馆内，人头攒动，却安静得只有窸窣交谈声。

前排座位坐满了各家媒体和受邀人士，两人在后排入座。

戚鱼坐得远，只能看清台上人的身影轮廓，于是看大屏幕。

上台演讲的无一例外皆是商界领袖，业界巨擘。主办方老总的演讲被安排在压轴，虞故峥上台时，连馆内的快门声都明显不少。

大屏清晰投出男人的模样。

讲的是大数据金融。比起其他人的侃侃而谈，虞故峥的演讲词简明扼要，但几乎聚焦全场的视线。

他也并不缺视线。

行动比言辞更有说服力。

在自己的领域内翻手为云，覆手为雨，这本身已经成为一种致命的吸引力。

戚鱼清楚地知道，她从始至终，都在被这个人吸引。

主论坛结束，天色擦黑。

会展中心中央，三座场馆围着的空地早已搭起舞台，此刻人潮逐渐向台下聚拢。

当晚有露天音乐节，由主办方之一的旷世集团旗下的音乐平台冠名，旷世出手阔绰，今夜请了数位歌坛闻名的大咖。

不到晚上七点，等戚鱼和乔文文在附近解决完晚饭，赶过去时，现场观众挤得汹涌如潮。

入夜，舞台灯光亮起，气氛热烈沸腾，尖叫声也接连不断。

好在后排能看到大屏幕，乔文文全程举着手机录视频，音乐节进行到一半，很快没电至黑屏。

"你要用我的手机拍吗？"戚鱼贴近她问。

乔文文也高喊："没事没事，我带充电宝了——"

戚鱼刚拿出来手机，又打算放回去。

此刻恰好进来一个电话，她注意一眼，虞故峥。

周围闹声一片，戚鱼接起，只隐约能听到对方说话的音节，显得模糊不清。

"什么？"

戚鱼往人群外撤离，终于听清虞故峥的声音。

"还在会展中心？"

虞故峥知道她在这里，应该是听出来了。戚鱼环顾四周，如实回："嗯，我在 B 馆前面，和同学一起在看音乐节。"

少顷，那边一道低沉悦耳的嗓音传过来："等着。"

戚鱼顿了下："你是要过来吗？"

电话已经切断。

远离音乐节的人群，这边几乎没有什么停留的人。戚鱼还能听见从舞台那边扬过来的歌声和尖叫声。

等了片刻，戚鱼正打算给乔文文打一个电话，却感觉背后有光亮。

她转身看去。

远处，音乐节进行至高潮，舞台上方流泻下熠熠闪光的冷焰火，似瀑布，漂亮得如同银河流星。

戚鱼反应了一秒，举起手机拍照。

尖叫声此起彼伏。她却忽然停了下，借着手机屏幕的反光，似乎看到身后走来什么人。

回头，不远处几米外的距离，对方一身白衬衣搭黑西裤，身形格外颀长挺拔。

"虞故峥。"

戚鱼放下手机，下意识挥挥手，刚抿出一个酒窝，身后突然传出烟花上天的声音。

恰在此刻，漆黑夜幕里炸开无数烟花，和遥远舞台上冷焰火一道，照彻天幕。

虞故峥看着戚鱼，稍顿，无声地眯了瞬眼眸。

少女在光线下更显唇红齿白，杏眼弯成半月，目似点漆，异常鲜活动人。

眼里映着焰火，像有光。

漫天焰火，高高在上。

却还是跌进这么一双眼睛里。

戚鱼浑然不察，仰起脑袋看了会儿满夜空炸开的焰火，又看向虞故峥道："好漂亮。"

这场烟花秀还在继续。

虞故峥已经径直走到戚鱼面前，并不瞥烟花，低敛了眼看她，片刻，似乎出声说了一句。

"什么？"戚鱼没有听太清。

她以为虞故峥是要回答什么。下一秒，他略一俯首贴近，像个循礼的动作，嗓音悦耳："还要不要看？"

戚鱼抬脸瞅了眼还在绽放的漫天焰火，顿了下："看……什么？"

话音落下不过几秒，随着最后一组烟花放完，夜幕也逐渐由明转暗。此起彼伏的尖叫声降了不少，戚鱼从刚才看烟花的专注中回神，后知后觉，此刻虞故峥好像离她特别近。

"每天放烟花的时间不会太久。"虞故峥仍和戚鱼对视，声音清晰，低缓道，"你想要看，可以继续。"

戚鱼心跳倏然一快："可以吗？"

"可以。"

虞故峥拨通电话，不知道是打给谁，言简意赅几句。戚鱼对着他弧度分明的下颌瞅了两秒，来不及想明白，就接到乔文文打来的电话。

"宝贝你在哪儿？我找不到你了！"那边是人群的嘈杂跟乐声。

"我在 B 馆门口。"

"你怎么在那儿？"乔文文喊，"张卓快唱完了！估计最后一首歌了，我现在来找你，咱们打车回去吧。"

"嗯，好的。"

戚鱼和乔文文通着电话，注意力却在虞故峥身上。他已经收线，眸光落过来，五官轮廓在暗色里显得影绰不分明。

乍看和平时看人时一样，但又有不同。

戚鱼还没细辨，忽然感觉身后响起焰火擦破天际的声音，漫天再次炸开，顿时照亮了虞故峥的模样。这一刹那实在好看，光都落在他身上。

那边现场的惊喜尖叫瞬间通过听筒，悉数涌进戚鱼的耳朵。

很吵，可她的心跳声好像更吵。

戚鱼仰头看，脑袋却怎么都集中不了注意力。

今天之前，她已经下定决心，不管虞故峥是不是喜欢自己，她都打算一步步来。

他应该是有点喜欢她的，所以不管怎么样，她都有机会。

不过她问过虞故峥太多次喜不喜欢，他都没有回答。

这一次，她不会再问了。

直到近半个小时的烟花放尽，戚鱼和乔文文通话几句，拿着手机看虞故峥："我同学要过来，我们准备回家了。"

"怎么回去？"

戚鱼思忖着回："我们等下打车走。"

"这里离市区太远，打车需要时间。"虞故峥联系上会展中心的负责方，等通话切断，接道，"送你回去。"

虞故峥说得没错，音乐节结束，打车软件上的排队等车早就排到了上百位。

最后是科技大会负责方这边的专车送戚鱼两人回去。

一路上乔文文都在激动地翻着音乐节的现场图，戚鱼脑海里也都是那场烟花，回去后，翻来覆去睡不着。

出卧室喝水，她发现客厅的灯还亮着。

"诗艺姐，你还没睡吗？"

"没呢，睡不着。"陶诗艺正在泡咖啡，眼睛红得像哭过一场，苦笑着问，"走，出去喝一杯？"

周六晚上的酒吧人不少，陶诗艺失恋，点了一堆酒，戚鱼也陪她喝。

"都在一起四年了，还是熬不过异地的半年。"陶诗艺唏嘘，"算了，不说我了，你有没有男朋友？"

戚鱼摇摇头，抿出一个酒窝，回道："不过我有喜欢的人。"

"单恋？"陶诗艺诧异道，"不能吧，你这么好看，他不喜欢你？"

"他好像喜欢我。"

陶诗艺更诧异："什么叫好像喜欢？他喜不喜欢你，不是能感觉得出来吗？"

"嗯。他对我很好，但可能没有到特别喜欢的程度。"酒劲上来，戚鱼撑着脸思忖了下，客观道，"但是应该比喜欢其他人，要更喜欢我一点。"

"哎呀，那不就是喜欢你！"陶诗艺被绕晕了，"那我这样问，他追过你吗？就是约会吃饭之类的。"

当然有过，但那都是在合约订婚时候的事了。

"追……"戚鱼思索着回，"应该不算。"

"喜欢你还不追你？一听就不靠谱！"

陶诗艺越喝情绪越崩溃，拉着戚鱼也多喝了几杯。

等戚鱼从洗手间回来，见陶诗艺哭得厉害，神志也不清醒，她递了张纸巾，提议回去。

"不要，我不回去，我不想回去。"

陶诗艺已经喝到面露难受，可说什么也不离开，死命扯着酒保要再加两瓶酒。最后还是戚鱼拿过她的酒杯，瞅向人群晃动的舞池，想了下问："那你想去舞池吗？"

"你……会跳舞？"

"不太会。"戚鱼显然也醉了，杏眸居然笑得有点灵动，"但是可以随便跳。"

她参加派对也是随便跳。

酒吧热闹，舞池灯光昏昧不清，戚鱼耳边充斥着鼓点激昂的电子乐，鼻息间都是烟味与香水味，难受的醉意也随之翻涌上来。

倒是陶诗艺撒疯过一回，酒醒了也累了，说要回家。戚鱼迟钝地反应了几秒，想去吧台那里要回寄存的包。

"对了，你刚才去上厕所那会儿有人给你打电话，问你来着——"

戚鱼迷糊地问："是谁？"

"不知道，好像是有个人，男的。"陶诗艺刚才醉得实在不清楚，"我接了，就记得声音还挺好听……"

戚鱼一时杵在舞池里，忽然前方一对相拥贴抱的小情侣挤过来，她避让不及，下意识往后趔趄一步。

她还没站稳，感觉后腰处被人稍一扶住。紧接着，男人的手自后循过来，箍着她的腰际，自然地往后带了带。

戚鱼第一反应要挣开，但在低头瞅见对方手的瞬间，刚蹙起的眉茫然地松了。

极为漂亮的一双手，指节修长分明，熟悉得要命。

"虞……"戚鱼往后仰过脑袋，表情讷讷，"虞故峥。"

虞故峥垂眸接上她的目光，一双桃花眼笼在斑驳迷离的酒吧灯下，神色丝毫不沾染情欲。

"这么晚在酒吧喝酒。"片刻，他淡淡地问，"谁教的？"

酒吧外是条小巷，凌晨时分，巷口外的大道上只偶尔驶过零星车辆。一辆显眼的黑色车停在路边，车内无人。

虞故峥好像是一个人过来的。

戚鱼乖乖被带出小巷，凉风一吹，胃里那股难受劲蓦然泛了上来。

顾不上寻找垃圾桶，她兀自在原地蹲下，忍了会儿，总算把难受的感觉压了回去。

感觉上方有阴影罩落，戚鱼一仰起脑袋，就对上了虞故峥沉静垂落下来的视线。

"难受就吐出来，不必忍着。"虞故峥随手解了西装扣，下一刻，她身上披落一件外套，听他道，"起来，送你回家。"

酒壮人胆，戚鱼嗅着外套上熟悉的好闻气息，却摇摇头，不肯起来了。

"我不是小孩了。"良久，她忽然说了一句。

对视须臾，虞故峥终于失笑："没把你当成小孩子。"

也许是今晚他给人感觉太不一样。

戚鱼定定睁着蒙胧醉眼，破天荒地小声反驳："可是你说，不让我这么晚……在酒吧喝酒。"

虞故峥仍俯视着她的眼睛，没接话。

"之前说好你不教我处事，不让我依赖你的。"戚鱼酒醉未消，控诉更上一层。

此刻格外安静。

路灯的光色在虞故峥的眉眼下投下一片深邃阴影，看着似乎敛尽笑意。这些年能对虞总咄咄质问的人少之又少，当面翻旧账的更是几近于无。

片刻，虞故峥出声："后悔了。"

戚鱼愣愣地怔住。

"你刚才说……什么？"

虞故峥与戚鱼那双干净明澈的眼对上，她醉得人畜无害，已然不似刚才在酒吧舞池里的光芒模样，明显有些迟钝。

戚鱼刚想回忆，就见他屈身半蹲在她身前。

注视她片刻，虞故峥神色幽微，气息像叹出来，又重复一句："我后悔了。"

……是后悔说那些话，还是后悔别的？

戚鱼醉酒的难受劲再次泛上来，忍下后，眼里不受控沾染上了生理性的湿润。

"虞故峥，我猜不到你在想什么。"她的杏眸像氤氲着水汽，看着像委屈，下巴也磕在膝上，"我认识你好久了，也喜欢你很久了，但是有很多事，我猜不到你在想什么。"

"你对我很好，对你的小侄女也很好……对猫也很好。"戚鱼轻微哽着鼻音，"我分不出来，也不想你再对我这么好了。"

话音未落，她下巴倏然触到温热手指。

"以后不对他们好。"虞故峥抬起戚鱼的脑袋，以指腹擦去她眼尾的湿润，又拨开她脸侧的耳发，音色低缓，"你想要知道的事，我一并告诉你。"

这是戚鱼今晚第三次接不上话。

她顿了好一会儿，才含着酒意询问："告诉我什么？"

虞故峥停下动作。他良久注视戚鱼的眼睛，似在思量。

这些年以来，他自诩旁观了太多满腔诚挚的真心，仍无动于衷。

他既不是怜弱的人，也不信一见钟情，不信热忱付出，更不信能为之付出生命的感情。

理智永远至高无上。

因此倘使动心，他也要拿捏着主动权，确保这段感情走向的稳定性。

而现在未到火候，未成时机，本不应该打破现在循序发展的局面。

虞故峥隔着咫尺距离平视戚鱼，稍一沉吟，却道："喜欢。"

戚鱼一下没有反应过来。

"的确不该管你，是我没能管好自己的心。"虞故峥一双桃花眼既深且沉，道，"以后我对你的那些好，想接就接着。"

须臾，虞故峥忽然笑了，显得说不出的纵容勾人："不想接，也只有对你这样了。"

六月夏夜，市内天气依旧泛凉，而昏黄路灯在街头一角明明灭灭，无端映出一方暖意。

戚鱼猝然定住视线。

她从来没听过虞故峥说后悔，更没有想过他会说喜欢。今晚一切来得猝不及防，反而让她觉得越发不真实，像听错了。

半晌，她被风吹得打了个喷嚏，才蓦然回神。

"虞故峥，"她的心跳一声比一声剧烈，确认地问，"你刚才的这些话，是在跟我表白吗？"

"起来。"

戚鱼抿唇，怕被这么一打断，就什么也继续不下去了。

"该对你说的话，我会说完。"像是知道她的心思，虞故峥简捷道，"先上车。"

戚鱼愣愣地由虞故峥带着上了车。他旋开瓶盖，递来一瓶矿泉水，车停在空旷无人的道边，似乎并没有开走的意思。

所有都发生得太突然。

戚鱼默默喝了大半瓶水，体温在密闭的车内空间里逐渐回暖，隐约还嗅到些许酒味。

她事无巨细地回忆了遍从酒吧出来后的事，从自己借酒控诉的每一句，再到虞故峥的反应。

其实在国外时，她的酒量好了不少，今晚也没有喝得太醉。

之所以会借酒故意说那些话，是含几分醉意的真心话，也有一点点借酒试探的意思。

戚鱼想知道虞故峥对自己的态度，是在意，是有点喜欢，还是别的？程度又有多少？

她感觉虞故峥应该能看出来。

戚鱼想过他的反应，可能会像很早之前自己没忍住发脾气那样，冷静处理掉，但也可能会哄她，这样的话，自己也有了借酒亲近虞故峥的机会。

可他……

戚鱼看得目不转睛。

车内不曾开灯。虞故峥侧眸看向她，神色在模糊光影下沉静至极，片刻笑道："这么一双眼睛到底像谁？"

"你……"

"戚鱼，"虞故峥问，"你认识我有多少年了？"

戚鱼几乎不需要思考，八年。

"很久了。"她小声回，"我小的时候见过你，你可能不记得了。"

"四年前在京悦华府，我们见过一面，那时你该是在上中学的年纪。"虞故峥接过戚鱼喝剩的水，随手搁在车前，淡声应，"直到两家合作见面，我们之间真正相处，不过一年。"

虞故峥记起来酒店那一次了。戚鱼没有补充，紧张感随着他平静回忆的语气不断涌上。

他说这些话，是想拉开距离吗？

"两家合作订婚是各取所需。我对你好，也仅出自合作意愿。"虞故峥道，"在此期间，我们相处的分寸会不合度，一方会曲解，这很正常。"

虞故峥接话："我不希望你曲解。"

戚鱼抿了下唇，忍不住开口："一开始我就知……"

"喜欢上你，无关任何意愿。"

好半晌，戚鱼都一声不吭，胸口像是被什么狠撞了下，心跳如擂鼓。

倒是虞故峥新开一瓶矿泉水，递过问："还想听吗？"

戚鱼明显有点无措，指尖颤了下。

她没有听错，虞故峥真的是说他喜欢她。

"起初我只当你是小辈。"虞故峥轻描淡写，在晦暗光色下，这一刻他像完全剥离矜贵距离感，并不否认，"真正对你上心，是澳洲那一次。"

忆起那场车祸，虞故峥静静打量戚鱼须臾，不知在想什么，又添一句："脾气太倔。"

虞故峥意识到自己在乎，是戚鱼被戚甜绑进改装厂那次。比起虞故峥多年来见识的手段，那场绑架的性质如同小打小闹，他却破天荒为此有了情绪。

而后的意动，情动，种种发展，连他自己都觉得意外。

容戚鱼出国交换，是放任，也是摈除风险。

"我们之间差得太多，你对我的了解也并不足够。我对你说过，你该出去看看。"虞故峥音色很低，"同样，我想要你今后不为人生的抉择后悔，想清楚自己到底想要什么。"

虞故峥将自己剖析得极为清晰，平静也清醒。

清醒得过了头，当然是傲的。

以往这些年，除了自己，虞故峥心上从未放过任何人。

他惯于掌控与主导，并不坦明自己的心思。如同下厨烹调，在等火候煨熟。

等一切尘埃落定，戚鱼的人际圈稳定，在这段情感上也臻于全心全意，才是他剖白的时机。

在此之前，虞故峥始终掌握着这段感情的主导权。

但即便他再自诩运筹帷幄，一切却还是失了控制。

一年过去，戚鱼越发引人注目。

今晚在酒吧舞池里一瞥，她与人相处时的笑容明亮，该这样，也该一直这样。

而不是过后在路边，既难受又委屈的那一眼。

"是我对自己太过高估。"虞故峥的眸光落在戚鱼脸上，稍顿，倒是笑了，"哭什么？"

像梦一样。

戚鱼一声不吭，握紧水瓶，唇也紧抿着，眸里一直氤氲的水汽忽然就化为实质，眼泪无声地顺着下巴往下掉。

她从来没有过这种情绪，明明在哭，却比以往任何一次都要开心。

她想告诉虞故峥，他的顾虑和打算都不是问题。

喜欢他，是她能确认她做的最不会后悔的一件事。

不管再过多久，见过多少人，她肯定还是会喜欢他。

"我现在知道你在想什么了。"戚鱼的声音还哽咽着，"我……"

"你不用表明态度。"虞故峥稍一倾俯过身，借着幽微光线打量她，直接以手指勾掉她下巴上将落未落的泪，"我不是想要你的承诺和答复。"

"一切未定之前，在我这里，你有后悔的余地。"虞故峥接话，"你可以随时离开，也并不需要付出什么。"

理解片刻，戚鱼眼泪掉得厉害，声音里也俱是鼻音："你是想让我吊着你吗？"

虞故峥失笑一瞬。

"去做你想做的事。你的学业，包括你将来的事业抉择，是在国内还是国外，都不必顾及我。"虞故峥打开车内照明灯，将纸巾递给戚鱼，"这中间产生的问题，我会解决。"

戚鱼攥着纸巾没擦，抿唇定定地瞅着虞故峥。

光色勾勒下，男人眉目精致，五官轮廓更显好看，却不沾染人气。平时笑起来时，大多时候也是漫不经心的模样。

有图谋必有偿还，虞故峥习惯于以利换利的交道，却从未有一天将自己这么置于被动付出的一方。

把自己纵了进去。

戚鱼视线很模糊，更加止不住哭。

泪眼蒙眬间，她隐约瞅见虞故峥拿纸巾替自己擦眼泪。未几，车内响起一道低醇嗓音。

虞故峥道："我的退路，在你手上了。"

推开合租公寓的门时，客厅里仍亮着光。戚鱼下意识看向客厅挂钟，已经是凌晨两点半，她叫道："诗艺姐。"

声音里还隐约带着鼻音，似乎含着哭腔。

"怎么了？"陶诗艺先戚鱼一步从酒吧回来，走近了发现她脸上一副哭过的样子，忙道歉，"是不是我说的那几句话害你们吵架了？真对不起……"

戚鱼脑袋还是钝的："什么？"

"就是刚才我替你接的电话……这事真是我不好，你们没事吧？"

今晚虞故峥在酒吧出现，将戚鱼带走的一幕，陶诗艺记忆深刻。直到回公寓后她才醒过神，刚才在酒吧替戚鱼接的那个电话，估摸着就是那位男人的。

"我接电话的时候，以为他就是那个你说的不靠谱的男的，好像说了点难听的话，还让他过来……"

事后，陶诗艺才想起来电显示上的"虞故峥"是谁。华盛虞总。

"没事的。"戚鱼脸上还犹有泪痕，却对陶诗艺摇摇头，说道，"你睡觉吧，我先进房间了。"

五分钟前，虞故峥将她送到楼下，不知道走了没有。

戚鱼进卧室的第一时间，爬上飘窗，揉了下困顿的眼，额头抵上玻璃窗往下看。

二十多层的高楼，往下看一片漆黑，连路灯的光都显得黯淡。

看不清单元楼下的情形。

戚鱼明明已经既醉又困，脑中却逐渐清晰地回放起今晚虞故峥说的每一个字。

他向她告白了，坦言喜欢，还坦明了那些话。

等戚鱼不知在床边杵了多久，正打算去浴室时，忽然床边的手机屏幕亮起，收到一条消息。

【虞故峥：早点睡。】

戚鱼一下捏紧手机。

后知后觉，她所有意识都清醒了。

她本来想循序渐进，主动好好追虞故峥。

但是，现在好像反过来了。

前一晚醉酒又熬夜，戚鱼几乎清醒到天亮才睡过去。翌日，她破例多赖了会儿床，在被窝里醒盹了好半晌。

爬起床后，她查看手机，收到一份庄成从微信发来的文件，是份行程表，排满了华盛虞总近期敲定的行程，显然出自虞故峥的授意。

戚鱼记起来。

今天更早的时候，她睡得迷糊不清，接到了虞故峥的电话。

他似乎在机场，临登机前打来电话，那边的广播声隐约传入戚鱼耳朵，她迷顿地问："你要去哪里？"

对话发生在半梦半醒间，具体说了什么，戚鱼记不清了。虞故峥的音色格外好听，应该是回了句地名。

戚鱼"嗯"一句，困得将要睡去的前一秒，听到机场广播声，又想起问："等下你要去哪里？"

须臾，虞故峥似乎是笑了一声。

"你继续睡。"

……

醒来就收到了庄成发来的那份行程表。

接下来几天，虞故峥都要在各地出差，现在应该还在飞机上。戚鱼对着屏幕杵了会儿，那种不真实的心跳感才降下去点。

她正要去倒杯水，一个陌生电话打来。

"戚鱼小姐您好，我是京府酒店的外烩负责人。"那边是一道恭敬女声，介绍一番后，笑道，"很荣幸能负责您在工作日的订餐，从明天起，您可以提前两个小时向我们点餐。当然，比较特殊的食材可能需要请您提前一天通知我们。"

京府是公司附近的一家酒店，戚鱼顿了下："我没有在你们这里订过餐。"

"是的，您不用担心，订餐不需要费用，这是虞总的意思。"

负责人怕戚鱼将自己当成什么推销人员，给她一个登录官网的会员编号，又道可以直接在后台预订工作餐。

戚鱼没有住过这家酒店，按着初始密码登录进去，见自己的账户已经被酒店纳入了最高级别的 VIP 用户。

"他还说了什么吗？"

"虞总说过，都按您的意思来。"

隔天周一，星级酒店的订餐外卖掐着午休的时间如约送来。

餐盒放在专用保温箱内，由两人开车配送。戚鱼出公司取的时候，配送员还捎了束玫瑰给她，说也是虞总吩咐让订的。

簇粉拥白的一束，香气很淡，味道好闻得很特别。

"什么情况？"戚鱼接受一圈全组人的打量，旁边同事转过椅子，八卦地笑问，"戚鱼，这是有人在追你？"

戚鱼找了个玻璃杯插花，闻言转身靠着桌沿，酒窝深陷："嗯，可能算是。"

周一是例会日，戚鱼作为实习生同样需要参加。开完组会，她跟着组内其他几人留下来加班做程序调试，恰巧有电话打进，旁边女同事帮着接起凑到她耳边。

那边甫一传来一道熟悉的悦耳声线，戚鱼立即就停了敲键盘的动作。

周围还围着一圈等戚鱼这边的部分出调试结果的人，都在等下班，她仰起脑袋接过手机，小声道："给我吧，谢谢。"

"和朋友一起？"是虞故峥的声音。

戚鱼敲键盘的速度放慢，表情还算自如："嗯，现在和同事一起。"她补道，"我还在公司里。"

算了下，今天虞故峥应该才到国外，可能还没倒过时差。

戚鱼也有事要赶，但又不想这么快结束通话。

她抬起脑袋瞅了一眼，周围几个同事纷纷聚精会神盯着她的电脑屏幕，全装没听到，示意她继续。

"我收到他们送的餐和花了。"戚鱼顿下，坦然地继续，"我可以在公司食堂吃的，这么送餐太麻烦了。"

虞故峥倒没说什么，不答反问："麻烦吗？"

也不能说是麻烦。

酒店送来的外卖太正式，饭盒和餐具都不是一次性材质，但每次一换，丢了浪费，可留多了也没有用。

虞故峥道："等下周回来，不让他们再送你。"

"餐不要了，花可以继续留着吗？"戚鱼瞅向面前开了的小玫瑰，想起配送员说花订了数月，应该不能退，"我觉得花很好看。"

片刻，那边像是极轻地笑了。

"你没有理解我的意思。"虞故峥出声，"等我在，给你送东西的人会是我。"

戚鱼差点敲错指令。

这是虞故峥第一次这么说话，不是那种从容、漫不经心的语气，嗓音没变，可怎么听都莫名勾人，听着跟以往都不一样。

周围还有同事在场，戚鱼的手挪开键盘找水喝，听虞故峥问："还有别的要求吗？"

"还有……"她缓了会儿，镇定地吐出一句，"这个周末我想去看一看猫。"

"让林辉来接你去。"

"没关系，我自己去就可以了。"

虞故峥并不勉强，道："走的时候，把车库里的车也开走。"

戚鱼刚想说什么，又听那边接话。

"当你是借的，"虞故峥像已然猜到她的回复，不紧不慢道，"下次过来再还。"

通话不过三分钟，戚鱼收线的时候，已经喝完一整杯水，感觉耳朵在发热。

说开以后，她好像更接不上虞故峥的话了。

戚鱼不是没有被人追过，可现在不一样。

这种被虞故峥放在心上的感觉，居然让她想得寸进尺。就像剥开糖纸后舔到一层甜的，就忍不住想继续。甚至还想对他提更多的要求。

虞故峥人没回国，酒店那边也没中断每日的送餐。戚鱼收了一周的小玫瑰，决定挑周六一早去别墅看看猫。

别墅外的保安都快认不出戚鱼，也没想到能重新见到她，整整一年没见，他们原本默认别墅里女主人的位置空出来了。

但虞先生提前打过招呼，闲聊两句，保安给她放了行。

戚鱼一进前院就闻到了玫瑰花香。她本来的注意力都投向了远处的里院，脚步想往玫瑰园那边挪，突然听见侧方传来一阵轻微水声。

她刚循声看过去，一瞬间顿住。

院里，记忆中无人问津的泳池在晨光下泛着粼粼波光，有身影在水下一游到底。一个来回，男人颀长而熟悉的身形现出池边，出水上岸。

尽管隔了遥遥十几米的距离，戚鱼还是看清了。

她看过虞故峥的行程，今天按计划应该在菲律宾的人，却忽然出现在这里，在晨泳。

远处，虞故峥随意披了件黑色浴袍。他无意抬眸，瞥见这边杵着的戚鱼，稍顿，那股疏淡的距离感敛了，径直过来。

"来得太早了，本来打算去接你。"

戚鱼看着对方走近，杏眼明亮："我以为你今天会在国外的。"

虞故峥的眸光落在她身上，须臾笑了："临时改了行程，昨晚才到。"一瞥她手里的袋子，他垂敛下眸，修长手指勾过来，替她接了，"带了什么？"

戚鱼的手心不经意碰触过虞故峥的手指，带着水汽。

她手指动了动，心跳根本不受控，解释道："这里面的东西是给小猫的，都是猫的零食和玩具。"

本来是打算来看猫，戚鱼现在更想看别的。她随着虞故峥往别墅里走，偏过脑袋又瞅了他一眼。

"我刚才看到你在游泳，"戚鱼开口，"以前我好像没有见过你游泳。"

"偶尔在酒店游。"话音未毕，虞故峥侧眸，"以往在家里，不会让你看见。"

"为什么？"

问完反应过来，虞故峥以前一直捏着相处的分寸，连在别墅里都几乎不穿浴袍。毕竟实在……

刚才的画面重回戚鱼脑海，她忽然扭回脑袋。

披上浴袍前，虞故峥的挺拔身形不偏不倚映入她视线。就记得男人腹腰处漂亮得毫无赘余，人鱼线也漂亮，每一寸肌理弧度都异常流畅分明，丝毫不显岁月。

身边，虞故峥并不接话，出声问："会游吗？"

戚鱼摇摇头。

虞故峥反倒停住脚步。她也跟着停了，下一秒，感觉手腕被稍一搭握住，动作自然划下，改为牵住手指。

戚鱼下意识看去，见虞故峥打量过来，一双深邃桃花眼像流动着水光，问："教你游泳？"

她呼吸一滞。

在戚鱼大部分记忆里，虞故峥几乎都是循礼的模样，就连亲她的那两次，那种暧昧感也没维持多久。

不像现在，连随便说句话都很招人。

戚鱼抿唇，又抿唇。

她感觉手在发烫，对视好半晌，才吭声："我先去看一下猫。"

十分钟后，戚鱼由别墅内的用人引到猫的房间。

一年过去，别墅里的用人已经换了一批，见到戚鱼，都心照不宣当她是虞先生刚带回来的女孩。

粉白色调的室内，猫窝里的奶金色毛团正在打盹，听见人声，顿时警惕地醒了，昂起脑袋"喵"了一声。

当初猫舍的人跟戚鱼说过，小猫过几个月不见很可能就不认人了。

戚鱼不急着靠近猫，蹲下把自己带的猫零食和玩具摆出来，就见它起身观察一段时间，紧盯着这边踱近了。

如今小猫长成了大猫，显然是没认出她，还有点怕生。

戚鱼瞅着它拨弄一个球蹭了半天，注意一眼时间，觉得虞故峥应该换完衣服了。

从小客厅出去，刚想往楼上找，用人止住她："先生不在楼上，在前面，又有客人来了。"

前院，有位男人挂着满脸笑容，殷切地跟随虞故峥进一楼客厅。

就在戚鱼看猫的空当，别墅里正巧有客人上门拜访，自称是虞故峥的远房亲戚。

虞故峥在客厅与戚鱼打了照面，已然恢复衬衫正装模样，径自过来。

"看完了？"

戚鱼点点头回："但是它已经不认识我了。"

虞故峥有些失笑。

"你离开太久，它不认识也有它的道理。"

旁边有人愕然相觑，后面的男人也够茫然。

男人确实是虞家的远房亲戚，但从来没见过戚鱼，只听说戚家和虞故峥的订婚黄了，以为眼前这小姑娘是其他的什么新欢。

"虞总。"亲戚不敢打扰虞故峥兴致，但实在有事求人，他拎着自己带来的画轴，讪讪笑问，"那我的事……"

移步书房后，戚鱼才听出前因后果。

这亲戚在书画协会挂名，这次来还带了一幅自己的字画，言语间溜须拍马地夸虞故峥的书法，想请他为自己题字。

这字当然不白题，亲戚提出要给题字费，还是辆市价不菲的豪车。只是美其名曰题字费，实则是借着由头送礼，说到底，还有件真正的棘手事想请虞故峥相帮。

男人赔笑道："虞总，是这样，我儿子不懂事……"

起因是他儿子在生意上不小心树敌，得罪某个商界巨擘，现在出门都带保镖。而得罪的那人恰好是虞故峥多年合作伙伴，这亲戚想请虞故峥帮忙说句话，看看事情还有没有转圜的余地。

这忙说大不大，说小也不小。

亲戚又忐忑地打感情牌，话里话外，是他在华泰收购华盛的时候还出过力。

"虞总，这个忙只有您能帮我了。"

"是吗？"

虞故峥淡淡地笑了笑，神色辨不出意味，又过来看红木桌上摊着的字画。

旁边有阴影落过来，戚鱼转过脑袋，从虞故峥身上隐约嗅到一点很好闻的木质香。

"听这些会不会觉得无聊？"察觉到目光，虞故峥问。

戚鱼一时没回。

她盯着虞故峥流畅分明的喉骨弧度，视线无意识往下，又落到他雪白笔挺的衬衫领口，在想别的。

虞故峥谈公事的时候还是原来的模样，只是对她不一样了。

意识到这点，戚鱼瞅了会儿，逐渐从不久前那种没适应的相处状态中缓过神。

这种独有一份的例外感觉像颗很甜的糖，还像种蛊惑。

她忍不住想再讨个例外。

她心跳快得厉害，连带着这周收到订餐和花的心情，打电话时候的心情，以及刚才看到他游泳时的心情，一并涌了上来。

就在那亲戚低头喝茶的那刻，在虞故峥低眼看字画的时候，戚鱼忽然轻攥过虞故峥的衬衫衣袖，在他侧过身之际，凑过去，毫无预兆地对着喉结小小舔了一口。

片刻静默。

虞故峥的视线无声地与戚鱼相接。她一碰即收，杏眼里似乎跃着生动，抿唇回："现在不无聊了。"

沙发处，亲戚一口茶还没下喉，蓦然听虞故峥那边疏淡出声——

"出去。"

他一抬头，发现不远处的书桌后，虞故峥正沉静地看着戚鱼，刚才似笑非笑的神色尽敛，不知道发生了什么。

这才一小会儿两人就吵架了？

亲戚乐得做人情，随即殷殷地打圆场："出什么事——"

"你出去。"虞故峥抬眸瞥一眼男人，言简意赅。

这话是对他说的。

亲戚压根儿不明状况，悻悻滚出书房前，愤然向戚鱼投去一眼，目光有如在看什么小狐狸精在世。

书房静谧，阳光透过远处的落地窗打进，一时谁也没出声。

"你们不谈了吗？"刚才戚鱼舔的那一小口触感还很清晰，她又抿唇，望了眼紧闭的房门。

刚扭头，响起虞故峥极低的嗓音："看哪里？"

戚鱼闻言回过脑袋，见虞故峥正逆着光静静看她，视线既深又沉，神色不分明。

但不是生气。

下一刻，戚鱼还想说些什么，虞故峥动了。他随手解了衬衫顶扣，继而一手屈指撑搭桌沿，稍一俯身而来，那双漂亮深长的眼盯住她。

戚鱼心跳快得惊人，小声开口："我……"

话音未落，她腰际骤然一紧。

还没反应过来，戚鱼整个人蓦然被虞故峥单臂箍起，视角一下调转，猝不及防被他直接抱坐上了身后那张红木桌。

视线顿时比他高出一寸。

心跳瞬间怦然一顿，戚鱼突然想到桌上那幅字画。她下意识想去摸它有没有被自己压到，可手指刚动一下，却被虞故峥扣住，带着她的手径直往上循，触上他弧度分明的喉结。

她听虞故峥简扼地问："刚才只够得到这里？"

指尖有点麻。戚鱼紧绷着和他咫尺对视一刹，感觉心脏像蜷成一团乱，小声接道："刚才我……"

还没说出几个字，忽然上半身受力往前，戚鱼被直接按捏过后颈，眼前男人英隽容色逼近，好闻气息随即欺过来。

剩余半句被戛然堵进唇齿间。

这个吻丝毫不客气，虞故峥力道十足地舔咬过她下唇，气息深入。呼吸交错间，舌尖每一寸都是烫的。

她的心跳比刚才大胆舔那一口时更激烈。

戚鱼聚焦不了视线，无措抬起另一只手，刚扯住虞故峥的衬衫衣领，下唇就被厮磨咬过，颈后软肉也随即被捏了下。不轻不重的力道带起一小片麻意，仿佛沿着颈背一路麻到了尾椎。

吻太长了，换不过气。

"虞故……"戚鱼话一出口就被堵成了细小鼻音，像呜咽，连自己都顿了下。

她一下攥紧了面前的衬衫衣领。

虞故峥容她无意识地既扯又攥，良久，深入的吻稍稍撤开些许。修挺鼻梁蹭过戚鱼脸颊，她吭不出一句，杏眼都沾染水光，在平复急促呼吸。

暧昧气氛未消，虞故峥手指擦过她殷红湿润的下唇，注视片刻，又低扫一眼。

"这里的疤长好了？"

"什么？"

戚鱼抿唇循着瞅去，好一会儿才反应过来。虞故峥看的地方，裙摆正巧遮着大腿，这位置之前受过伤。

"嗯，现在已经没有了。"她有点讷讷地问，"你怎么会知道的？"

虞故峥的手仍按抚在戚鱼颈后，不答反问："怎么摔的？"

"是我在骑马的时候摔下来了。"

去年戚鱼刚进马术社团，在某次跨栏时不小心从马上摔下来。虽然那时候旁边有同学接住她，但她的大腿擦过旁边的栏柱，留了一道伤口。

伤口不是很深，一开始穿那种牛仔短裤的时候会露出道淡疤，后来就消了。

"疼不疼？"

戚鱼如实回："当时摔的时候有点疼，过两天就不疼了。"

"现在呢？"虞故峥垂敛着眸看她，又问，"好了吗？"

这问题他刚才好像问过了。戚鱼点点头，再"嗯"一句。

两人对视须臾。

虞故峥的眸光落在她的唇上，并不避忌眼里的欲念，道："是问你，现在休息好了吗？"

戚鱼明显顿住，攥了下他的衬衫。虞故峥短促地笑了一声，低缓道："看来是好了。"

这个笑说不出的勾人心魄，音色也低，分不出是懒意还是哑意。

鼻尖相错，虞故峥直接欺过来，那股木质香又迫近。

两人唇齿纠缠。

吻是什么时候结束的，戚鱼不太记得了。

明明只是亲，最后她却整个人都热得出奇，感觉嘴唇是烫的，耳朵也前所未有在发热。

好半晌才平复。

戚鱼空白脑海里响起不久前的对话，出声问："为什么你知道我受伤了？"

"见过你的照片。"虞故峥扣着她的下颔，气息离得近，"去年十月，你们学校采访过你。"

戚鱼想起，去年有个清大官方公众号做了一期申请交换生的推送，也采访了她。当时她还被要了几张生活照，一并附在推送里。

虞故峥也看到了？

戚鱼心跳怦然作响，思忖道："那时候我没有主动联系你，我以为你也一样。"

她没有说，虽然她没给庄成自己的联系方式，但经常会搜虞故峥的新闻。

"以后不会发生这种事。"

虞故峥像知道她的心思，道："我说过，以后无论你做什么抉择都不必顾及我。我会是更主动的一方。"

戚鱼一顿。

"在我们的相处过程中，出现的问题由我来解决。"

戚鱼刚想回什么，感觉嘴角被抚擦而过，听虞故峥轻描淡写道："包括这件事。"

她一时不知道怎么接。

"我知道了。"

隔了几秒，戚鱼逐渐缓过来，杏眼亮着，抿唇回："我现在已经会骑马了，不会再摔了。"她尾音还有点扬，补道，"等有空的时候，可以骑给你看一下。"

戚鱼目若点漆，唇色很红，这时候的表情甚至称得上鲜活。

虞故峥失笑一瞬，单臂箍过戚鱼的腰，终于将她重新抱下，道："好。下周看你骑马。"

书房外，亲戚眼巴巴地等待一个多小时，终于等出两人，见状一愣。

虞故峥的衬衫扣早已解开几颗，也不知道在里边干了什么，原本笔挺的衣料皱了一片。反观另一位，长发未乱，身上那条薄荷绿的裙子还穿得好好的，褶都没起一道。

这到底是谁折腾谁？

亲戚只敢在心里腹诽，面上战战兢兢地试探帮忙的事，刚措辞，见虞故峥瞥来一眼，倒是笑了，出声让他留下吃顿饭。

午饭是虞故峥亲自下厨。用人也是头一回听说先生要给客人下厨，脸上都掩不住愕然，那位亲戚更是拘束得如坐针毡。

虞故峥似不在意，身上衬衫没换，连扣子都没扣回去，就这么牵着戚鱼下楼。放她等着，一个人进厨房处理食材。

随意得极为好看。

桌边，亲戚递过名片，满脸笑容道："您好，我是杨宏昌。请问您怎么称呼？"

戚鱼也礼貌地回："我叫戚鱼。"

亲戚一脸的震愕，戚鱼！

他实在没想到，华盛和明信集团的合作关系断了，但当初那桩订婚还在。看这样子，虞故峥还格外喜欢她。

一顿饭的时间，亲戚的阿谀奉承换了方向，直夸两人般配，起码吹捧了十数遍"天造地设"。虞故峥没说什么，戚鱼默默听他们谈公事，表情还算自如，只是多喝了一碗汤。

饭毕，亲戚心里依旧忐忑，期期艾艾道："虞总，您看我那件事……"

"刚创业，难免会有磕绊。"虞故峥随手将盛汤的瓷碗搁在戚鱼手边，道，"你儿子的事，不是大问题。"

这话的意思是同意帮忙了？

也不知道是不是奉承话起了作用，亲戚这回看戚鱼的眼神感恩戴德。

别墅里，亲戚前脚刚告辞离开，后脚戚鱼就接到同事的电话，临时有个紧急工作要赶。

"我们小组里有一个项目，"戚鱼打完电话，眼尾都垂下一点，"他们说产品发布新版本的时间提前了，现在都在加班，我也需要回去帮忙。"

"送你去。"虞故峥接话。

虞故峥上楼换衣服，下来时进车库开出那辆白色 LS，连车一起，亲自送戚鱼。

别墅司机也从车库里开了另一辆车，准备一会儿接虞故峥回来。

一旁司机正要给戚鱼开车门，还没上车，虞故峥发话："等等。"

"虞总，怎么了？"司机忙停住。

戚鱼循着虞故峥的目光低下脑袋，她今天穿的是双英伦风的小皮鞋，左侧的鞋带不知道什么时候散了。

她还没来得及系，面前淡色阴影罩落。

虞故峥在戚鱼身前俯身，容色波澜不惊，半蹲着将她的鞋带系好。

从戚鱼的角度看，阳光在男人周身勾勒出一圈金色轮廓，映着衬衫，显得他背肌和肩胛处的线条紧绷而漂亮。

别说远处的用人傻了一片，戚鱼也一时挪不动一步。

直到虞故峥起身后的片刻，她仍顿着。

"还不走？"虞故峥已然开了副驾的车门，眸光落过来。

此刻戚鱼脑袋里暂时压下了紧急加班的事，心跳如擂鼓。

原本她一直觉得，她和虞故峥之间，自己应该是那个更喜欢对方的人。

可是现在，她知道虞故峥那句"不必顾及我"的意思了。他种种的回应都让她觉得，他对她的喜欢丝毫不少。

第十四章
现在是你在拿捏我

一周收尾，周五临近午休，项目组内闲聊声不断。

"这家新开的 KTV 看着不错啊，小鱼你晚上有没有安排？"陶诗艺将椅子滑到戚鱼的工位旁，拿着手机提议，"我们约几个人唱歌去吧？"

"哎，带我一个！"

有两个同事附和，靠里的王希伦也扬了下手，含笑道："我也来。"这声叫的是陶诗艺，看的却是戚鱼。

戚鱼瞅了眼他，正要说什么，手机嗡声响起。

这个点，应该是每日例行的酒店餐和玫瑰要到了。

整个组心照不宣，所有人都能看出来王希伦在追戚鱼，平时也没少给她买咖啡和下午茶。但戚鱼一次没收，倒是连着两周收了其他追求者的订餐和花。

"诗艺姐，晚上你们去吧。"戚鱼已经打完电话，忽然改口，"我临时有事，不能去了。"

陶诗艺以为她是避着王希伦，回道："没事……还有那么多人呢。"

"不是的，我刚刚有安排了。"

戚鱼抿出一个酒窝，道："我下去拿个外卖。"

是虞故峥的电话。

戚鱼知道他明天会回市里，但没想到提前了一天。

虞故峥才到不久就去了趟酒店，还真的代替配送员来给她送餐，就在楼下。

旁边有同事调侃般交换眼神，这餐送了两周，正主终于来了？

中午都不去食堂了，众人纷纷跟着出楼吃饭。

十分钟后，戚鱼刷卡出公司大楼。后面几位同事正商定吃饭的餐馆，王希伦的目光一直放在前方戚鱼身上，见她朝道边停的一辆黑色车过去。

后座车窗摇下，有装花束的纯白色盒子被递出。这个角度能看见戚鱼的侧脸，似乎在与对方说话，看不清车内人的脸，只能见到那只从车窗内伸出的手。

那是男人的手，手指异常修长漂亮，骨节也匀称。露出一截雪白的衬衫袖口，矜贵优雅，给人感觉很熟悉。

一群人八卦地往那边看，豪车，看车牌号也非富即贵，最关键的是，戚鱼和对方说话时整个人都像是泛着明亮光芒，少女感明显。

"算了，兄弟，没戏了。"有人叹气，拍拍王希伦的肩臂。

另一边，戚鱼抱着长盒，余光瞥见远处放缓步伐看热闹的同事们。

"虞故峥，那个我自己拿吧。"她杏眼明亮，思忖了下，"你不用下车了。"

车内的保温箱中还放着餐盒，虞故峥随手开箱，出声："这份不用你来。送你进去。"

戚鱼还是摇头："不重的，等下我自己拎进去就可以了。"

动作停了，虞故峥侧过眸看她，稍顿，笑了："怎么了？"

戚鱼又俯了点身，如实回："我的同事在那边，可能会看到你。"

那些同事都默认这两周送东西的人是她的追求者，等下要是认出虞故峥，不知道会不会传出去一些华盛虞总和某位实习生的八卦。戚鱼不介意，但是这种麻烦不必要。

更何况，虞故峥应该不太喜欢被看热闹。

正要下车替虞故峥开门的司机闻言迟疑，见虞总没发话，和庄成对视一眼，暂时等着。

"看到就看到了。"虞故峥容色未改，"是我对你献殷勤，怎么反倒你怕我被看见？"

戚鱼立即小声道："我不怕。但是他们觉得你在……追我。"她顿了半秒，解释道，"而且他们不知道我，但是可能知道你，这样对你来说会有点麻烦。"

虞故峥看着戚鱼，须臾，微眯了瞬眸。

"我的确不是在追你。"虞故峥平静地接，"我说过，在一切未定前，我不要求你的承诺和答复。"

戚鱼还没回，听他又道："但我不记得我给过你这样的误会，让你觉得，我对你付出的这些，于我而言是麻烦。"

她心跳快了一拍。

车里还有庄成他们，戚鱼不知道怎么摊开说明白。

她自回国到现在不到一个月，本来打算好好追虞故峥，可现在却完全反了过来。

虞故峥说喜欢自己，那番话的意思是以后会无条件对她好，也不急着要她的承诺和答复。

一切发展得太突然，虞故峥也太好。她像是在长跑赛道上被人一下从起点拎到终点，没有缓冲过程，所以才会更顾及他的情绪。

"上车。"虞故峥言简意赅。

庄成恭敬地给戚鱼开门，又接过保温箱给她腾座，坐回副驾。司机忙笑道："那我下去抽烟——"

虞故峥神色轻描淡写："留在车里。"

司机和庄成依言留下，连前后座中间的挡板都没升起来。

戚鱼瞅了眼两人，顿了会儿，偏过脑袋看虞故峥道："我不是那个意思。"她坦白道，"我只是觉得，你不喜欢被人看热闹。"

"不说我，说你自己。"虞故峥接过戚鱼怀里抱着的花束盒，递来一颗糖，不答反问，"介意我被你的同事看见？"

后座的储物箱里居然放了糖，是她最常吃的那种。

戚鱼有点愣，轻捏了下糖纸："我不介意——"

"那就不需要顾虑我的感受，没有必要。"虞故峥看她，"我不会勉强自己做不合意的事。"

她有顾虑的，他可能早就想到了。戚鱼嘴里那颗糖慢慢在舌尖上化开，隔了好半晌，抿唇回："但是我忍不住。"

喜欢这么久的人忽然说喜欢自己，甚至对自己这么好，她就是忍不住会顾虑。

"不觉得我是真的喜欢你？"虞故峥问。

戚鱼一愣。

虞故峥说这番话时并不避忌旁人。头回从虞总嘴里听到"喜欢"这词，比项目出岔子还令人惊心，前面两人俱是一震。庄成敲键盘的动作有极短的停顿，又自若地继续，司机也沉着无声地看手机新闻。

戚鱼起初有种被旁听的不自在感，心跳不由得加快，但莫名地逐渐放开了。

是，也不是。

半晌，戚鱼小声道："我没有觉得你是骗我的。"她隐约嗅到一点玫瑰的甜香，和舌尖上那颗草莓糖一样，让她觉得过于美好又不真实，"你对我很好……但你又说不要我的答复和承诺。"

她所理解的喜欢就是想在一起，想确认对方的心意，也想听到对方的承诺。

倘若虞故峥真的喜欢她，为什么……

除非……

"咬什么。"

她紧抿的下唇触上男人温热的指腹。戚鱼感觉虞故峥的手指往下，在自己唇上抚擦而过，她的齿列不由得一松。

暧昧气氛却渐渐弥漫开来。

"对你好，对你说喜欢，不是在配合你的情绪。"虞故峥眸光下落，又自唇回到戚鱼的眼，音色低缓，"同样，在我这里，在你一切未定之前，你有后悔的余地，随时能退出。"他不紧不慢地接，"直到你能安定，也能确定。"

戚鱼顿住。

"不是不要承诺，"虞故峥倒是笑了，说不出的迷人，淡淡道，"我要一个绝对的承诺。"

一时车内静默无声。

戚鱼舌尖抵着的糖已经全然化开，她浑然不觉，甚至只能听见自己擂鼓般的心跳声。

"在此期间，你的不安和不信任都可以让我知道。"虞故峥道，"你的负面情绪，也都可以表露给我。既然抛出来，我会解决。"

好一会儿，戚鱼才听见自己的声音，顺着问："解决不了呢？"

虞故峥看了她片刻，接话："由你。"

"没有什么好怕的，"他容色沉静，道，"现在是你在拿捏我。"

……

等拿餐回来，戚鱼没急着拆餐盒和花束，反而对着已经进入休眠的电脑屏幕杵了会儿，接着侧过脸在桌上趴下来，伏在臂肘处。

午休伊始，组里只剩几个点了外卖的同事。旁边正看剧的陶诗艺摘了耳机，滑来椅子。

"小鱼，我刚才下去拿外卖，看到你和……"陶诗艺没明说，轻声继续，"上回来酒吧接你的那位了。之前一直给你送花的是他？"

戚鱼的脑袋动了动："嗯。"

她没睡着，眸光发亮，耳朵竟然泛着红，不知道在想些什么。

陶诗艺一愣。华盛那位老总还真的在追求戚鱼？

戚鱼吃完午饭，等组长回来，申请了剩下半天的假。处理完部分工作，她摸出手机，给虞故峥发信息。

从戚鱼记事起，好像没人对她说过，可以任性，可以发脾气。

也没有人了解并纵许她的全部情绪。

以前戚鱼没有想过，在重新站到虞故峥面前之后，不再是以原来小心翼翼的状态，甚至还可以更亲近。更甚于，还能任性一次。

她垂下睫毛，敲出一行。

【戚鱼：我请了半天假，没有地方去了。】

接着是第二句。

【戚鱼：你可以收留我吗？】

不对。戚鱼停了会儿，左脸颊陷进一个小小酒窝，删掉上一句。

她格外笃定。

【戚鱼：你一定要收留我。】

消息发出不过半分钟，虞故峥的电话直接打过来。

"等着，我来接你。"虞故峥言简意赅，问，"等下想去哪里？"

戚鱼心跳怦然一动，思忖了下，还是问："你下午没有别的事吗？"

虞故峥没接话，戚鱼听他似乎在和谁讲话，寥寥几句，应该是在安排工作。很快庄成的声音隐约响起，虞故峥听完汇报，声音传过来，音色淡而沉静，道："今天的时间是你的。"

下午出门时，恰好下过一场小雨。

市郊的马术俱乐部，天色一碧如洗，草场也极为苍郁。这家度假式的俱乐部有虞故峥的投资，去年也是差不多的时间，戚鱼跟着来过一次。

戚鱼提议来这里，虞故峥并没有拒绝，也难得没让司机跟着，亲自开车过来。

本来就好的心情，变得越发明朗起来。

车一开进停车场，意外地，等着的不止俱乐部经理，还有一行恰好来消遣的人。

"听说虞总要来，我特地在这儿多等了会儿，果然到了！"为首的男人神情热切，刚一见虞故峥下车，就熟络地迎上来，"这不是巧了吗，宋总刚才还说想您想得——"

后半句在见到虞故峥为副驾的人开门时，戛然而止。

戚鱼听见了，下车的动作停了一秒，随后抬眼看去。

为首的男人三四十的模样，看着很眼熟。他愣怔几秒后认出戚鱼，惊愕："虞太——戚小姐？"

虞故峥关了车门，淡淡扫一眼男人，似起了点兴致："刚才那一句，说完。"

杨承明哪敢说完。

他哪知道戚鱼回国了，还跟在虞故峥身边！

这一来回间，戚鱼隐约想起眼前的人是谁了。她在订婚礼上见过，华泰年会时还打过招呼，应该是虞故峥的某个合作伙伴。

她又想起男人刚才那句"宋总"。

"虞总。"

一道年轻女声自杨承明身后传过来，女人一身浅灰色套裙，黑发如瀑，看着明艳动人，微笑着向虞故峥伸出手。

"我们有一段时间没见了。"她抬眸深深地看虞故峥，转而打量戚鱼，"这位是？"

"虞太太！"不等宋鸢多问两句，杨承明忙笑着揽过话，"宋总，这位是虞太太。"

杨承明见过戚鱼，他和虞家、戚家都有生意往来，知道得比旁人多，也听说戚鱼和虞故峥解除婚约后出了国。这一年里戚明信几次要找戚鱼，都被虞故峥拒在门外。杨承明不蠢，看出来虞故峥对她是上了心的。

他也知道宋鸢喜欢虞故峥，左右要跟她做生意，他平时暗里推波助澜卖人情的事没少做，反正虞故峥那边也不收，也不至于为这不痛不痒的事计较。

现在戚鱼在场，性质就不一样了。

杨承明前一句还在帮宋鸢牵线搭桥，后一句就一口一个虞太太。宋鸢笑得不咸不淡，手也收回去："原来是虞太太。"

反而看着像……

戚鱼瞅了眼虞故峥。

欲盖弥彰。

这一眼恰好被虞故峥接收到，他敛着眼看她，平静道："杨承明。"

"哎哎，虞总！"杨承明一看虞故峥这似笑非笑的模样，随即领会意思，紧接道，"既然虞总您和太太二人世界，我们就不打扰了，等哪天您有空的时候我们再约球。"

旁边的俱乐部经理终于插得上话，对这几尊大佛赔笑："对对，我们这边的场子多得很，不打球也有别的消遣，我带……"

"虞总来这里，八成是要打球。"

宋鸢看向虞故峥，笑容端方动人："我们也来打高尔夫，既然都碰上了，正巧一起，虞太太不介意吧？"

问的是戚鱼。

戚鱼顿了下，正要开口，杨承明又打圆场："我跟宋总也不是非得打球，这边这么多马场，我们几个一会儿骑骑马就不错，不骑马也还能打牌。"

一番话说完，宋鸢面色微变，杨承明心里暗骂，这都什么事儿！

他知道今天是得罪宋鸢了，但两害相权取其轻，他总不能真的得罪虞故峥，这位才是真惹不起。

谁知虞故峥看了眼戚鱼，反倒对杨承明平静道："正好她也要去骑马，一起。"

杨承明闻言一愣。

虞故峥的意思是让他们跟着，他一看宋鸢，她看虞故峥那视线就快掩不住脉脉情意了。可人家一眼都没扫过来，也摸不准在想什么。

进了俱乐部大门，还有一长段距离才到马场区域，经理早就安排了代步车送一行人过去。

后座，戚鱼偏过脑袋瞅看车窗外的葱郁风景，表情看不出来，但刚才那股明朗的期待劲已经消了。

本来说好的，虞故峥今天的时间给她。

但是刚才他却让别人也一起。

这段时间虞故峥太好，戚鱼差点就快忘了，这一年里，自己在国外有人追，而虞故峥身边的追求者只会多不会少。

杨承明和两人一车，满脸赔笑，对虞故峥道："我不知道今天您带戚小姐过来了，刚才我还跟宋总说，想约您一起过来打球，正好谈谈合作的公事。看我刚才一激动，把话都说岔了。"

他故意当着戚鱼的面解释了句，说完觑虞故峥的神色。他似乎并没有领情的意思，极淡的笑中竟像含了那么一丝丝的谑意。

"替我解释什么。"虞故峥侧过眸看戚鱼，又道，"他们只会留一段时间。你不喜欢，就不让他们待了。"

对视片刻，戚鱼"嗯"了句，小声坦白："我不喜欢。"

虞故峥微一颔首："等等让他们走。"

话说得再寻常自然不过。戚鱼与虞故峥那双桃花眼对视一秒，忽然想到之前他说的，"是你拿捏我"，胸口处怦然一动。

杨承明只当自己没听见，正闭嘴降低存在感，又听虞故峥道："你和宋鸢走得挺近。"

"也就是合作的事，最近宋总说对德实的项目感兴趣，想进来……"

宋鸢家里做实业起家，她女承父业，不到三十的年纪就在自家公司任职当副总。前年，杨承明在某次企业家论坛上将她引荐给虞故峥，没能想到宋鸢喜欢上了。

杨承明和虞故峥是多年合作伙伴，他公司和华泰还共同投资成立了某家实业公司，最近一个项目恰好在招标。宋鸢想合作，她公司那边也投了标。

杨承明边说，边回身递烟，见对方屈指敲了记烟身，并不点。

"下周德实的项目评标，名单确定了？"虞故峥沉吟一瞬，出声问。

杨承明忙道："这事还没跟您商量呢，您这边……是有推荐的人选？"

两家参投的实业公司，华泰占了大部分股权，但华泰旗下像这样的公司太多，虞故峥基本不会亲自过问这么小的项目。

杨承明原本有意让宋鸢的公司中标，今天也是来谈这事。

虞故峥道："让宋鸢不必来了。"

杨承明以为自己错听。

他和虞故峥打交道这么多年，知道他身边围着的莺莺燕燕确实不少，偶尔也有那些带着目的谈业务谈合作的女人。虞故峥不拒不否，该谈事时谈事，从不影响生意。

这次态度却很明确。

戚鱼刚才剥了颗糖含着，大致听懂两人对话，闻言猝不及防被硬糖呛住，轻轻咳了一下。

虞故峥看了戚鱼一眼，有些失笑，随手递来一瓶水。

"烟掐了。"

"噢噢，好的。"

杨承明忙不迭掐灭烟，此时此刻，压根儿抑不住心里那股震惊起伏，恨不能发邮件广而告之。

华盛虞总，虞故峥——居然让一小姑娘给收了！

刚下过一场小雨，不远处的室外马场葱郁如碧玺。代步车在道边停下，俱乐部经理带着另外两辆车上的人过来。

俱乐部的草场延绵无际，丘陵山水共一色。白色栅栏隔开不同区域，分出各片骑马场，以及专门的马球场。

场边露天茶座，宋鸢刚坐下，不急着去挑马，反而趁着虞故峥离席接电话的间隙，在戚鱼旁边坐下。

缱绻的香水味跟着弥漫过戚鱼的鼻间。

"听说虞太太还在读书？"宋鸢客气地问。

戚鱼瞅她："嗯。"

宋鸢仍是聊天的语气："是念商科吗？"

刚巧工作人员端着茶点过来，戚鱼礼貌地说一句"谢谢"，没回上一句。宋鸢也不介意，微笑地打量她一眼。

戚鱼看起来的确很漂亮，到了这个年纪，多数男人都喜欢找比自己年纪小的漂亮女孩。她猜虞故峥对戚鱼是有新鲜感，可时间一久，两人没有共同语言，他也就腻了。

宋鸢心道：虞故峥需要的是成熟有头脑的另一半，不仅仅作为伴侣，更是共进退的商场伙伴。

况且听说两人只是订婚，她还有机会。

戚鱼像没发觉宋鸢审视般的打量，她的注意力被不远处的那片马球场吸引，场上有几名正策马打球的人，看着球技娴熟。

五分钟后，杨承明随着虞故峥一道过来，见戚鱼离开座位要往外走。

"去哪里？"虞故峥问。

"那边。"戚鱼杏眸明亮，示意马球场，"我想去打马球。"

戚鱼还真径自过去，看样子是在问那群打球的人，她能不能加入。

一旁，有人笑道："没想到虞太太还会打马球。"

"这……会不会太危险了？"杨承明本以为他们就是骑马随便走两圈，揣测着低声问，"是不是宋总说了什么，把戚小姐气走了？"

"她气性还没这么小。"

虞故峥的眸光落在戚鱼的背影上，直到看她跨过白色栅栏往球场过去，稍顿，极轻地笑了一声："让她打。"

另一边，戚鱼刚与人聊熟。

打马球的四人都互相认识，都是二十出头的男生，其中一位还是英国C大马术队的成员。见她有打球的意思，大方邀请她一起。

其中一人笑问："你打前锋还是后卫？"

戚鱼思忖一秒："我习惯打前锋。"

前锋主要负责击球射门，后卫负责阻碍防守。而眼前明眸皓齿的女孩看着纤瘦，模样人畜无害，并无半点攻击性，几人听她要打前锋的位置，确实惊讶一刹。

不过左右都是娱乐性质，谁也没放心上。

另一个戴白色马球帽的男生喝完水，拧紧水瓶盖子，笑得爽朗："行，那我们一组。"

戚鱼伸手与他握了下。

正式马球赛的配置是四人对四人，然而场上连着戚鱼在内仅仅四人，于是商量着组成两队，二对二。也没有正规的赛制，按规定时间内进球数多少算输赢。

戚鱼从换衣室回来，已然换成一身白色马术服，长发也盘成髻，怀里还抱着马球帽。

上马前，她特意将手背凑至这匹马的鼻下，让它熟悉自己的味道。

白帽男生和善一笑："这么有经验？"

"嗯。"戚鱼点点头，戴上马球帽前，弯起眼笑了下，"加油。"

场外茶座，宋鸢见远处戚鱼上马，不太感兴趣地收回目光，转而看向旁侧的虞故峥。

男人侧颜轮廓极为英隽，初看就是上位者的气质。宋鸢心念一动，声音也轻柔几分："杨总，你们不打算去骑马？"

一旁杨承明应声转来，叹道："老胳膊老腿的，骑不动了。"

"那虞总呢？"

虞故峥未以目光回应，似听见了又不似。

宋鸢与虞故峥之间不熟，平时都是杨承明牵线，这会儿他笑得有些尴尬："虞总……这不是看太太打球吗？"

"虞总平时这么忙，能陪太太的时间应该不多。"宋鸢和杨承明闲聊，看的却是虞故峥，"我和虞太太差了几岁，她的这些娱乐，我都看不懂了。"

在场的都是人精，哪个听不出来，这话是说戚鱼的圈子跟他们不同。

杨承明只好接话："年轻人嘛，各有各的爱好。虞总而立出头，也正值年轻……"

几次三番被杨承明堵话，宋鸢心里已有不快，但面上还端着："虞——"

恰逢此刻，虞故峥落来视线。

隔着两个座位，宋鸢与他目光相撞。男人这一眼辨不出多大情绪，仍是气质从容，宋鸢只觉得心都要烧起来。

"闭嘴。"片刻，虞故峥言简意赅。

这话不怒不愠，神色也淡，连一片羽毛拂水面的涟漪都算不上。宋鸢猛然一下愣怔。

杨承明看出来了。

这哪是真的让宋鸢跟着，分明是晾着，借此来提醒她，让她把心收好。

远处忽然响起一阵小范围的欢呼声。

杨承明看过去，就聊天的这会儿工夫，马球场边围了好些看打球的人。他一眼就见到场中央的白色身影。

马一路冲向敌方球门，少女左手拉绳，在马上稍稍躬身，扭头看队友传过来的球，一个反手横击，进了第一个球。

是戚鱼。

……她还真会打马球？

进完一球，马速放缓。戚鱼牵马回转，在原地打了一个圈，迎上驾马过来的男生，双方球棍在空中互相致意一碰，交错分开。

相隔太远，看不出戚鱼的神情，但此刻她身上那股生动放松劲都快跃然而出。

"可以啊！"白帽男生吹了声口哨。

戚鱼俯下身摸了摸马颈，坦然道："谢谢。"

杨承明往旁边一看，虞故峥的视线不意外地落在戚鱼身上，神色不复疏离，这个笑，说不出是纵容还是其他意思。

.249.

那边依旧打得气氛热烈，戚鱼那队配合默契，白帽男生截下球的路线，驭马转身，一棍回球，精准地把球传给戚鱼。

戚鱼横棍接下，一击进球。

旁边观众给足面子，跟看比赛似的激动欢呼了一阵。白帽男生踩着马镫，策马过去，跟两个朋友你推我搡地招呼了一通，也伸臂在马上虚虚揽抱了下戚鱼。

杨承明看见了，惊得第一反应就是觑向虞故峥，才发现人早就不见了。

七月初的气温不低，雨后放晴，戚鱼策马满场跑了一阵，细微汗湿的耳发都贴附在了脸颊。

中场休息，她摘下马球帽，慢慢骑马往场边走。突然她的视线顿住，在不远处看到个颀长挺拔的熟悉身影。

戚鱼过去，到虞故峥面前三五步处，牵住马。

刚打完一场马球，她整个人都活络灵动，几乎算得上神采飞扬，矮身趴下一点："我打得好吗？"

虞故峥抬眼注视戚鱼，倒是不在意这个稍俯视的角度，容色沉静，随手将矿泉水瓶抛给她。

"打得很好。"

戚鱼刚巧接住，还没喝，又听虞故峥低缓地接话："这次抱就抱了，下次不准。"

他是说刚才那个男生抱她的事。

都没抱到。戚鱼和虞故峥对视一秒，脱口道："只许州官放火，不许百姓点灯。"

虞故峥微眯了一瞬眸。

戚鱼目光明澈，没有避开。

对视良久，虞故峥并不接话，这个表情竟似些微皱眉。戚鱼握着水瓶没动，像个短暂的对峙，也没吭声。

虞故峥忽然笑了。

"州官放火，"他道，"也只给你点灯。"

不远处，宋鸢也过来了，目光直直往戚鱼那看，见她与虞故峥说了几句什么，似乎抬起脑袋，远远瞅了一眼自己。

很短暂的一眼。宋鸢轻轻蹙了下眉，看戚鱼目若点漆的一双杏眼，下巴小巧而尖，表情扬着点笑，跟小狐狸似的。

紧接着，戚鱼朝着在马下的虞故峥伸出双手，又开口说一句。

看口型是——

"抱抱。"

戚鱼在马上趴低身，杏眸泛着点光，稍稍凑近，向虞故峥伸手。

对视不过两秒，她见虞故峥笑意加深。他没接她的动作，就着这个姿势，抬手伸向她的脸。下一秒，她左脸颊被碰触而过，带了些意味不明的力道。

戚鱼一顿，虞故峥好像戳她的酒窝了。

"下来。"虞故峥道。

戚鱼乖乖翻身想下马，还未踩着马镫下来，腰背与膝窝蓦然一受力，熟悉的木质香靠近，虞故峥已经伸臂勾带过她整个人，打横抱起。

"哎哎，虞太太这些给我吧，我来拿。"旁边想扶人的驯马师落了空，顺势殷切地接过戚鱼手上的马球帽和球杆，牵走马。

众目睽睽，虞故峥似乎没有放戚鱼下来的意思，低眸瞥过一眼，自然地抱着人往场边走。

"马球练了多久？"

戚鱼心跳怦然作响，手指动了动，回抱住虞故峥的脖颈："快一年了，去年刚开学的时候就开始学了。"

"学得很快。"虞故峥看似赞许，问，"怎么想学马球？"

"因为想锻炼身体，正好学校里也有社团招新。"戚鱼的理由很简单，"那边看病太贵了，我不想生病……我还学了别的。"

戚鱼讲起她在深大骑车逛校园，经常去健身房，有时还会跟那个香港女生一起做普拉提。期末再忙的时候，也会抽时间保持运动量。

或许虞故峥只是随口一问，换成以前，戚鱼不会向别人倒苦水，也不会用这种近乎求表扬的语气。但是现在不一样。

戚鱼仰起脸，瞅到男人弧度分明的下颌，动作一点点搂紧："如果我生病了，在那边没有人照顾我。"

虞故峥停了脚步，垂敛下眼。

戚鱼的语气直白，眼眸干净明亮，不含半点诉苦的委屈。虞故峥沉静地看了片刻，稍低侧过脸，温热气息在她的小臂内侧一触即收碰了碰，像个吻。

他的音色如酒一般，醇而勾人："以后不会了。"

从马球场走到道边不过几十米距离，刚下过小雨，球场上的草皮湿润泥泞。杨承明刚过来就看到虞故峥抱人的这一幕，见他漆黑皮鞋踩进泥里，惊得瞠目结舌。

"虞总这是真疼戚……虞太太啊。"

"我看未必。"有人低声道，"杨总，我可听说华盛跟明信的合作联姻早没影了，虞总手上连戒指都不戴，这太太根本没名分哪！"

宋鸢仍看向戚鱼那边，脸色不大好看，蹙了蹙细眉。

杨承明摇头一笑。

"你这就不知道了，现在没婚约还对人这么好，才是真上心了。"

打完两场马球，戚鱼跟着工作人员一起，将马牵回马房，接着去换衣服。

更衣室内空旷明净，安静无声。她甫一从浴室出来，工作人员不在，宽面梳妆台前，宋鸢正对着镜子补口红。

"戚小姐，有没有时间聊两句？"

戚鱼瞅了会儿，问："你要问什么吗？"

"刚刚我还没想起来，其实今年上半年，我去参加过你姐姐的婚礼。"宋鸢一笑，像闲聊般提起，"那时候倒是没见到你，听说好像是在留学？"

戚鱼闻言没回答。

"戚娴结婚的事，你不知道？"

宋鸢见状心里微诧，当初知道虞故峥联姻时她也查过，心道：看来戚家还真是不重视戚鱼，误打误撞才让她和虞故峥订婚。

"戚小姐还很年轻，我也有过你这个时候。像虞总这样的男人，确实很吸引人。"宋鸢优雅地收起口红，"也正因为你年轻，这么好的时光更应该学会抓住自己能掌握的，也尽早放弃一些不确定的，别白白耗费了青春。"

宋鸢的语气像温柔规劝，正要循循善诱，谁知戚鱼默默思忖一秒，开口回："虞故峥不会喜欢你的。"

宋鸢一僵。

"看来你也猜到我要说什么了。"她开门见山，面上仍端方，微笑道，"我说这些话确实有自己的心思，不过也是好心。"

宋鸢合上手包，继续："虞总对你的新鲜感也就只有这几年了，我们是生意人，我想他早就对自己的另一半有明确要求，否则也不会迟迟不娶你。对你来说，及时止损是个好选择。"

戚鱼正将马球服放回回收的架上，闻言转过脑袋。

"刚才你说，要我抓住自己能掌握的。我已经抓住了。"她又瞅宋鸢一眼，"虞故峥不会喜欢你，也不会喜欢别人，他只会喜欢我。"

这话说得不带炫耀，听着如同陈述事实。宋鸢脸色微变，维持不住笑："这么自信？"

"你确定真的抓住了？他需要的是陪他共进退谈项目的另一半，不是什么都不懂的小女孩。"宋鸢迭声问，"你们有共同语言吗？你知道他的过去，能掌握他的喜怒哀乐吗？你仔细想想，你真的了解他吗？"

"可是。"

"你就是羡慕我这样，"戚鱼转身面向宋鸢，顿了下，思索着重复，"什么都不懂的小女孩。"

沉默。

宋鸢刚才问得咄咄逼人，可看戚鱼像并未生气，反倒直接向自己过来。她竟然莫名觉得气虚，踩着高跟鞋往后退了一步，见戚鱼走近，只是拿过刚才放在台上的矿泉水瓶，旋开，捧着喝了一口水，接着才看宋鸢。

戚鱼头发还没吹干，眨了下眼，有晶莹水珠从睫毛上滚落，那瞬间漂亮得近乎灵动。

对视几秒，宋鸢太阳穴一跳，见戚鱼下巴稍抬，忽地笑出一个小小酒窝："我们剩下的时间都可以用来互相了解，为什么要告诉你？"

十五分钟后，马场上依旧热闹。杨承明寻思他们一行人不好再打扰，找了个由头自觉要离开："宋总，我们去打几球高尔夫？"

宋鸢恰好回来，面色却失了冷静。

她并不觉得自己一番话就能让戚鱼对虞故峥彻底死心，因此说的那番话也只是想动摇戚鱼。像这样年纪的小女孩，很容易因为缺乏安全感而闹脾气，一次两次的，虞故峥兴许就腻了。

只是戚鱼不像宋鸢想的那样这么好摆布。

她几乎笃定地直言虞故峥喜欢她，一副善于拿捏的模样，哪来的本事？

代步车已经在道边等着，宋鸢应杨承明的邀请去打高尔夫，临走前还是回头："虞总。"

虞故峥落过眸光。

"听说虞太太喜欢小动物……我家里有只猫刚好生了小猫，您要是想收养，哪天我亲自给您送过来。"

旁边的杨承明听傻了，这唱的又是哪出？

"不过您要是不喜欢，就算了……"

虞故峥当然不会要。宋鸢也不是真想聊这个，她眸眼脉脉，轻柔地问："不知道虞总养过宠物没有？有些小时候看着乖，等长大了就闹腾了。"她暗示，"是猫还是狐狸，还是得一开始就分清楚。有些养不熟，倘使以后咬了人就不好了。"

杨承明听明白了。她这话是指桑骂槐，在暗指戚鱼是养不熟的狐狸精——宋鸢疯了！

即便真是，虞故峥现在也正处于喜欢的时候，轮得到宋鸢说什么？

杨承明打哈哈："那——"

"宋鸢，"须臾，虞故峥倒是笑了，"你今天话有点多了。"

这一笑未及眼底，说不出的华美好看。宋鸢不知为什么生出点怯意，心跳不止："我知道虞总事事谋算，但她……"

虞故峥却不再有兴致听，低眸扫一眼，切断刚进来的来电。

"我不养宠物。"虞故峥淡淡道，"倘使是猫，我要她磨利爪子；是狐狸，那就养长她的尾巴。"

宋莺愣在原地。

杨承明心惊肉跳，正打算打圆场，见虞故峥略略扫一眼宋莺，平静出声，轻描淡写三个字：让她滚。

戚鱼回到场边茶座，杨承明一行人已然告辞离开。她仰起点脑袋："他们都走了吗？"

虞故峥随手接过戚鱼喝空大半的水瓶："怎么不吹干头发？"

"我吹得差不多了，等等可以干。"

他修长手指抚过她半湿的发梢，又带到脸颊处，不轻不重抚擦出一道水痕。戚鱼莫名觉得有点烫，顿时心跳一快。

"现在想去哪里？"

戚鱼回神，杏眼衬着阳光："刚才我听说今天有表演，我们去看看那个吧。"

下午俱乐部里正好有一场骆驼和马术表演，还是某个国际表演团，在室内场馆，观众不少。

场馆音乐声喧闹，虞故峥开完一个电话会议，注意到身侧。戚鱼打了近两个小时的马球，此时敛着睫毛，白皙脸颊还晕染着几分绯红，已然靠着座位安静地睡着了。

等戚鱼醒来，才发现自己一直埋靠在虞故峥肩侧，还蹭皱了他半边衬衫袖。

晚饭在俱乐部里的餐厅吃，回市内已是晚上近十点。

车停在小区门外。戚鱼戳开微信弹出来的消息，一眼看到公司小组群里的通知，明天需要紧急加班。

"明天我的小组要加班，我也要去公司。"她记得安排表上的行程，转过脑袋，"你是下午的飞机吗？"

"晚上六点的航班走。"

来不及去机场了。

戚鱼的安全带解了一半，忽然小声开口："虞故峥，下午我打马球赢了。"她抿了下唇，杏眸闪烁，又问，"有没有奖励？"

"你要什么？"虞故峥接上戚鱼的视线，出声。

戚鱼不知道怎么说，她想要一个亲吻。

下午虞故峥抱她下马，她脑海里就跳出了这个念头。睡醒的时候，她看到他的侧脸，想到的也是这个。

她好像变得越来越贪心。

戚鱼还在措辞，见虞故峥解了安全带，径直俯身过来。那股好闻的气息欺近，她不由自主屏住呼吸，下一刻，却听到安全带扣解开的轻响。

"下车。"男人音色低沉，气息已经撤离。

戚鱼默默瞅了眼主驾的虞故峥，片刻"嗯"了句，正心不甘情不愿地去开车门，又听到一道轻响，是锁车门的声音。

戚鱼茫然地转头。

"过来。"虞故峥看了她一眼，"这边下车。"

戚鱼："啊。"

静默好半晌。

戚鱼的心情经历一大跳的起伏，反应过来，虞故峥要她从主驾驶座那边下车。

车内光色黯淡，衬得男人的五官轮廓模糊不分明，神色并不轻佻，却异常勾人。

虞故峥似是短促地笑了一声："怎么不敢了？"

戚鱼敢。

良久，虞故峥没动，戚鱼动了。她感觉自己心跳剧烈得根本不受控，顶着尚且镇定的表情，在昏昧光线里，摸索着如何从副驾爬到主驾。

车内空间宽敞，她慢慢地，一点点，矮身挪过中控台，膝盖再往前碰，就触上了虞故峥的西装裤。

她手指撑攥在主驾驶座的椅背上，抬眸又打量一眼。

两人相隔很近。虞故峥容色未改地看着她，一身雪白衬衫搭黑西裤，衬衫扣子扣到顶，右肩处还隐约压着下午自己睡出来的褶痕。

戚鱼无声地换气，刚想半屈着起身跨过虞故峥，伸手去开主驾的门。脑袋磕上车顶的前一秒，男人的手伸过来，替她垫了。

随后，她腰际一紧，直接被按坐下来。

咫尺对视，暧昧一触即发。戚鱼脑袋忽然往后仰了下，心跳快得惊人，但顺理成章道："你说过让我下去的。"

她眼神明亮，却拉开了点距离。

虞故峥眯了眯那双漂亮深长的桃花眼，无声地看人，手指循着戚鱼长发而下，贴抚上她的后颈。

"宋鸢和你聊了什么？"

戚鱼一顿，挑了一句说："她说我不了解你，还说了别的。"

戚鱼不想仔细说，虞故峥倒没接着问。

下午宋鸢的话，戚鱼不太在意。但是她记起宋鸢说戚娴结婚的事，又想到了别的事。

"我不在的时候，戚明信他们找过你吗？"她抿唇，"他们是不是来麻烦过你？"

"不至于。"

戚鱼还要问，颈后若有似无的摩挲力道收拢，下巴被不轻不重地咬了一口。

"分什么心。"男人嗓音在安静车内低沉响起，醇得像酒，"对我专注一点。"

两人的身体隔了单薄的衣料挨着，戚鱼紧张得尾椎骨都发麻。昏暗间，她感觉自己的耳尖被捏了一下，像一下捏在心上。她还未有反应，修长手指又循到刚才被咬的那处，抵了抵。

虞故峥像知道她想要什么。

下一秒，木质香靠近，虞故峥扣住她的下巴，逼近。

他深深吻住了她。

翌日午后，中央商务区地段车流与人流熙攘，正值周末，华泰大楼高层内却鲜见人。

"虞总，"庄成将人领至办公室门口，颔首致意，"戚总到了。"

戚明信进办公室，有秘书进来给他倒茶。虞故峥仍在处理公务，扫过一眼，道："坐。"

"故峥，我听你助理说，你的飞机马上就要走了吧？"

先前戚明信约过几次虞故峥，却都没见到人，这次有机会，他还是从邻市过来的。

"我不耽误工夫，主要是想找你聊聊小鱼的事。"戚明信喝口茶，蔼声道，"看你能不能帮我劝劝，让她回家一趟。"

那边庄成看向面露束手无策的戚明信。

戚小姐和家里闹翻的事，他也知道。这一年来，戚明信来找过虞总数次，都说想缓和与戚小姐的关系，却联系不上她，想让虞总帮忙牵线。

庄成关上办公室的门，心忖：哪有真联系不上的人，无非是觉得家丑不可外扬，不想把事闹大罢了。恐怕想缓和与戚小姐的关系是假，想缓和合作关系才是真。

办公室内仅剩两人，虞故峥的目光自电脑屏瞥来，出声："她不会听我的话。"

怎么不会？

戚明信斟酌着放下茶杯，心道：自己这个小女儿原来算不上有多听话，可好歹乖巧不闹事，但自从联姻后搬出家里，一切都天翻地覆。

先是要与家里断绝关系，后来直接销声匿迹。戚明信私下找人去戚鱼学校一打听，才知道她是出国做交换生了，紧接着联系方式全改，整整一年杳无音信。

戚鱼哪有余钱供自己出国留学？只能是来自虞故峥的资助。

戚明信注意到办公桌上立的相框，两家婚约虽然不再，但虞故峥将他和戚鱼的照片摆在这么显眼的位置，可见现在还对她上心。戚明信心里有把握，虞故峥中断与他的合作，八成是听戚鱼说了些什么。

戚明信的确想缓和与女儿的关系，也想借此挽回两家的合作。

"故峥，我听说小鱼这段时间回来了，也跟你有来往，我也是迫不得已才来找你……她不联系我倒不要紧，可怎么说她都是我亲女儿，我不能真的不管她。"

虞故峥起身添咖啡，平静道："我听着。"

"她一个人在外面，我不放心。"戚明信的语气有懊悔，"前段时间甜甜那事，实在是给了我一个教训，再是我们家里最近闹成那样……这些年我的身体状况也一年不如一年，临到头来，我这点家产总还是要托付给最靠谱的后继人……"

戚家最近的确乌烟瘴气。

戚娴嫁人不过半年，戚明信那个同行的大女婿一心想争家产，借戚娴在公司的关系撬了好几个戚家的项目，引得戚明信怒火中烧。

然而祸不单行，上个月戚甜自加拿大旅游回国，在入境时被海关从她行李箱中搜出大麻烟，要判一年有期徒刑。

戚明信为这事操心得焦头烂额，到处找关系，也和孟贞兰吵了不知多少次。

这家里没一个让他省心的。

话说到最后，戚明信也多了几分真心实意，自省这些年他对戚鱼疏于关心，但也不是不闻不问。他一心想修复父女关系，为表诚意，甚至从西装内袋摸出一册个人支票本，要还虞故峥资助戚鱼出国留学的钱。

空白支票本被客客气气地送到虞故峥面前。

"故峥，小鱼以前多有麻烦你，看在我们做过一家人的分上，你帮我这个忙吧。"

虞故峥并不看支票本，不紧不慢道："看来上次我没把话说清楚。"

戚明信慈蔼的笑容一滞。

之前虞故峥的助理带话给他，让他不用再过问戚鱼的事。

"小鱼还年轻，我也理解她有往外闯的心……"戚明信打感情牌。

"的确还年轻，也该往前走走，"虞故峥话语有认同，"不必回头。"

戚明信戛然而止。半晌，他才干笑道："但等以后哪天她回头，一定希望自己有家可归……"

"即便以后再想回头，她身边家人的位置，留给一个人就够了。"虞故峥淡淡地笑了笑，"我要这个位置。"他不提别的，只出声问，"你也想争？"

很长一段时间，办公室内无人接话。戚明信嘴唇嗫嚅几番，最终将话咽回去。

都是精明人，不会不明白这话什么意思。虞故峥询问得挺客气，冷静得如同生意谈判。可戚明信听出来，虞故峥这一句话釜底抽薪，他要戚鱼二选一，选择他，就要舍戚家。

而虞故峥想要她选择他。

戚明信自问即使比虞故峥年长两轮，也做不到这么狠，更不可能争得过他。只要虞故峥对戚鱼的这份上心还保留一天，他就不会让她选戚家。

怪不得戚鱼一反常态，要与家里断绝关系。

都是虞故峥的意思。

话都说到这份上，已经没有进行下去的必要。以后别说合作，就连与戚鱼缓和关系都难于登天，戚明信心冷也胆寒，再好的茶也喝不下去了。

恰好庄成敲门进来，恭敬地提醒要赶飞机。戚明信面色变了又变，见虞故峥终于瞥了眼面前的支票，倒是随手执起钢笔签下几个字，继而原封不动地推还回来。

戚明信一看，愣住。支票上的走笔翩跹遒劲，写着"戚鱼"两个字。

态度已表。

虞故峥容色疏淡，对庄成道："送一送戚总。"

庄成颔首。不知道虞总说了什么，戚明信看着格外神思不定，面色称得上灰败。

唯一确定的是，戚总应该不会再来了。

第十五章

该早点认识你，对不起

七月中旬，戚鱼的实习工资到账，她转了一部分给汪盈芝。对方这段时间在国内谈事，很快回电话给她，说是过两天来京市见一面。

午休时分，约在戚鱼公司附近的一家餐厅。

汪盈芝有一个多月没见戚鱼，见面嘘寒问暖一阵，提起还钱的事。

"不着急还钱，等你毕业正式工作了，慢慢还阿姨也不迟。"汪盈芝嗔笑，"以后你在湾区那边工作，说不准还能找到百八十万年薪的，怎么都还得完。"

戚鱼却摇了摇头，稍稍弯起眼睛："毕业后我打算回国。"

"为什么？"汪盈芝讶然，"以后要是来阿姨这边工作，凡事都有个照应，再说了你在这边也……"

汪盈芝也有私心，她知道自己儿子汪丞对戚鱼有意思，而她看着戚鱼长大，这小姑娘懂事，讨人喜欢，要是真当自己儿媳妇那就更好了。

"我没有出国发展的打算，在国内一样有很好的机会，认识的朋友也比较多。"戚鱼顿了下，"而且，这里也有我喜欢的人。"

汪盈芝惊得瓷勺磕在碗边发出一道声响。

她几乎不假思索道："是虞故峥？"

戚鱼点点头。

"可——"汪盈芝欲言又止，没想到时隔一年，戚鱼还是喜欢虞故峥。

去年，她在戚鱼出国临行前找过虞故峥。当时她出于考量，觉得戚鱼的喜欢只是一时，也就没有把这事告诉戚鱼。

"你们是已经在一起了？"

其实还没有正式说开，但戚鱼思忖少顷，"嗯"了声。汪盈芝心下叹气，打算继续问，旁侧忽而传来一道女声："小鱼？"

眼前是虞家大嫂。汪盈芝当然不认识，戚鱼也是愣过一秒，随后礼貌地为两人介绍。

邹黛恰巧在附近办事，路过这家餐厅进来吃饭。她仔细打量戚鱼一眼，寒暄笑道："好久不见，变得比原来更漂亮了。"

多年交际习惯使然，纵使这一年里虞家内部闹得再厉害，此刻她对戚鱼仍保留着表面的热络和气。

聊了几句，邹黛留了戚鱼的联系方式。

邹黛在戚鱼这桌停留片刻，直到助理找过来，她笑道："那就不打扰你们了。"

一年不见，戚鱼明显开朗自信了太多。

听说前段时间虞故峥将人带去了角马俱乐部，还对她好得不得了。

"黛姐，走吗？"助理问。

邹黛收起若有所思的神色，回神道："走吧。"

等戚鱼送汪盈芝上车，回到公司，桌前的小玫瑰已经完全盛开了，弥漫开清新甜香。

这段时间虞故峥不在，戚鱼没再从酒店里订餐，但玫瑰每天都会送来，时间也从中午改为清晨。

戚鱼停下敲键盘的动作，默默瞅了会儿。

虞故峥一直很好，自己好像没什么表现的机会。

"哎，晚上我生日，唱歌去啊。"有同事转头。

当晚有同事过生日，在附近订了包厢。各个版本的生日歌被唱了个遍，包间内鬼哭狼嚎，戚鱼在一片烟酒气味里吃蛋糕，忽然旁边陶诗艺凑过来，喊了句："小鱼你电话！"

戚鱼瞅了眼来电显示，心跳怦然跟着背景鼓点乐敲了一拍，几乎是立即起身，往外走。

出了包间，她才接起来。

"在哪里？"虞故峥的声音。

"我在给同事过生日。"戚鱼瞬间不困了，顺着嘈杂的走廊出去，"你回来了吗？"她郑重地补充道，"我来机场接你吧，很快的。"

"在你公司楼下。"

戚鱼已经很久没有这种泄气的感觉了。她沉默了片刻，乖乖报出了地址。

须臾，虞故峥那边通话没断，稍顿，反倒似是笑了："听着有情绪。"

他问，"不想我过来？"

"没有。"戚鱼语速快了些，也不能解释，其实自己是想表现一下，只好接，"那我在门口等你。"

刚走出旋转门，戚鱼被叫了一声。

"小鱼。"王希伦也紧跟着出来，含笑道，"你忘记拿包了，给你。"

戚鱼接过，客气地道了句谢。

"你在等人吗？"

这句戚鱼没回了。

王希伦在追戚鱼，被拒绝多次也不气馁。他追得很高明，不缠人，却处处刷存在感。

戚鱼挪到 KTV 门口旁侧的暗处，他也跟过来，主动挑起话头，热络地搭话一阵，甚至还将手里的烟递了一根给她。

"戚鱼。"

忽然身后响起一道声音。

七月盛夏，入夜暑热未消。男人的熟悉嗓音极为好听，如碎冰碰杯壁。戚鱼转过脑袋，第一眼就瞅见三五步开外的虞故峥。

"原来是你。"王希伦循着看去，总觉得眼前男人这副英隽的模样眼熟，足足愣怔几秒，恍然，"我记得你。"

虞故峥没说什么，却瞥一眼戚鱼手里捏着的烟，问："什么时候学会抽烟了？"

戚鱼立即小声道："我没有抽。"

"你好，我们重新认识一下吧。"王希伦回神，"没有结婚之前，每个人都有追求的权利，我会和你公平竞争。"他又递了一根烟过来，"你抽吗？"

虞故峥容色沉静，倒没拒绝递来的烟，轻描淡写扫一眼对方，似审视似打量。

见他不拒绝，王希伦又大大方方递过打火机，这次却突然被戚鱼伸手过来拦下："你给我吧。"

"你要点吗？"她稍仰起脸瞅虞故峥，开口道，"我可以帮你点。"

虞故峥垂敛下眸看戚鱼，眉眼难辨情绪。他俯视须臾，自然低眼咬了烟，容她给自己点。

但下一刻，戚鱼却出乎意料地点燃王希伦先前给她的那根烟，尝试般试了一口。

香烟的味道辛辣醇厚，她不适地蹙了下眉，忍住咳嗽的感觉，踮起一点脚凑近虞故峥。

两人挨近了，咫尺对视。

火星由一端逐渐燃至另一端，暧昧涌动，丝缕乳白色的烟气缭绕下，戚鱼杏眼里星星点点映着光，格外漂亮。

王希伦愣怔。

点完，戚鱼连着呛了好几下。

整个过程不到十秒的时间。不等戚鱼拿掉烟，虞故峥已经伸过手，替她摘了："去车里等着。"

戚鱼刚表现了下，表情有点跃然，摇摇头："我想跟你一起。"

虞故峥瞥她一眼，随手掐灭烟，接着打了个极为简短的电话。而后，他的眸光才落向王希伦。

"我看得出来，她现在喜欢你。"王希伦摸了摸鼻子，仍不死心，"不过我们公平竞争，最后谁是赢家，这可说不准。"

"只有小孩子才谈公平。"虞故峥并不避着戚鱼，道，"话说反了。"

他接过戚鱼手里的打火机："你没有谈输赢的权利，选择权在她手里。"

"那我就等着小鱼做出选择的那一天。"王希伦已经撑不住笑容，不假思索道，"我和她还有一年时间能见面，我们来打一个赌，看看到时候结果会怎么样……"

虞故峥微眯了一瞬眸。稍顿，他神色很淡："拿时间做赌注，太儿戏。"

戚鱼想说些什么，旁边倏然传来庄成的声音："虞总。"

庄成接到电话从车里过来，手上还拿着一瓶水，是给戚鱼漱口用的。虞故峥不再看王希伦，离开前将戚鱼点过的打火机给庄成，言简意赅："去处理掉。按商量价格赔给他。"

"好的。"庄成颔首。

"等等！"见他们要走，王希伦扬声，"我们就赌一年时间，你不会不敢赌吧？"

戚鱼一口水还含在嘴里，闻言蹙了下眉。她刚咽下去要回，瞅见旁边虞故峥停了，侧眸打量过来。

视线相接。

"我没什么可赌的。"虞故峥容色未改，"如果这是桩生意，我的赌注已经全在她手里了。"

今晚戚鱼开了车，白色 LS 就停在不远处的街边。庄成没跟来，处理完王希伦那边的赔偿，给虞故峥打了个电话报备。

戚鱼坐进副驾，注意到旁侧有阴影罩落。虞故峥在车外，稍一倾俯进身，替她系安全带。

"我拒绝过王希伦很多次了。"她转过脑袋解释，"之前我们是在一个课题小组里，所以才认识的，我也不想再见到他了。"

"不说他，说你。"虞故峥扣上安全带，并未撤离，"以前给人点过烟吗？"

"没有。"

虞故峥抬眼道："以后不许再抽烟。"

话虽这么说，但警告意味不浓。戚鱼心跳还是很快，看着他有点心猿意马，倏然开口："虞故峥，你是吃醋了吗？"

默默对视间，她近距离观察虞故峥的五官轮廓，没有半点小心反省的意思，眼神清亮。

像只认熟领地的猫，忍不住四处东挠西碰。今天格外有表现欲。

片刻，虞故峥忽然笑了，衬着那双深之又深的桃花眼，说不出的迷人。

"假如我吃醋，你打算怎么做？"虞故峥不答反问，"打算安抚我？"

好半晌，戚鱼才顺着吐出一个字："嗯。"

"你想怎么安抚我？"虞故峥平静地问。

又停顿几秒，戚鱼表情镇定："我还没想好。"她想起虞故峥以往说过的，原封不动照搬给他听，"你可以对我提一个要求。"

戚鱼想到，自从把话说开后，似乎一直是虞故峥在对她好。

今天她本来想给虞故峥接机，但他过来得太早，刚才好容易找到机会亲近一次，王希伦又在旁边。而她想找个时机，把话彻底摊开，和虞故峥说清楚。

她已经够喜欢他了，喜欢到不想给自己留后悔的余地，也不想再等一切定下来的时候再说在一起。

静默一瞬，虞故峥修长的手指松开安全带，若有似无触过戚鱼腰际。

"把主动权完全交到我手里，不是一个好习惯。"虞故峥细致地注视她，道，"太迁就我的情绪，只会助长我的恶习。下一次，还会等着你向我低头。"

戚鱼讷讷道："我不是迁就……"

耳尖被捏了一记。

"你刚才那样的说法，会拉高我的期待值。"虞故峥嗓音低沉勾人，蛊惑一般，"任何要求都能提，会让我认为自己能够随心所欲。"

戚鱼一顿。

虞故峥轻轻笑了："而我想要的，不一定在你的默许范围内。"

戚鱼觉得被虞故峥捏过的耳朵似乎有些发烫。

"想好怎么安抚我了？"虞故峥问。

戚鱼定定地瞅着他，胸口处撞如擂鼓，脑海里捋清的思路和剖白台词都断了。良久，她扭过脑袋，默默旋开水瓶，捧着喝了一口，摇了摇头。

虞故峥失笑一瞬："带你去个地方。"

晚上八点，市中心繁华地段人烟阜盛。

车驶进某高档公寓住宅区，保安看过虞故峥的通行卡，仔细查询过后，恭敬地放行。

这一片住宅区在市内闹中取静，戚鱼没有来过这里，下车时还有些不明所以。直到跟着虞故峥自地下停车场上楼，一路上顶层，输密码进门。

一进门，视野顿时开阔。

眼前是公寓顶层的一套复式新房。仅有最基础的装潢，连家具都寥寥，但窗明几净，一层客厅那整面圆弧形的落地窗极为通明，往外远眺是市中心鳞次栉比的大厦。

环顾一周，戚鱼有点汒然，下意识看虞故峥，见他径直往楼梯方向去："过来。"

二层是卧室，往外延伸出一大片半露天式的平台。站在玻璃围栏边往远眺，身处城市制高点，夜景一览无余。

"原本是要等你开学前带你过来。今天有空，正好带你来一趟。"虞故峥看了戚鱼一眼，问，"冷不冷？"

"不冷。"夜风吹得很舒服，戚鱼由衷道，"这边好漂亮。"她上下逛了一圈，大概猜到了，"你是要搬家吗？"

"等你有空去办手续，这里归你。"

戚鱼几乎是怔怔转过脑袋，没能反应过来："什么？"

虞故峥恰好侧过脸看她，平静地接话："漂得够久了，也该有你自己的住处。我给你在这里留一个地方，你随时能回来。"

"我……"

"不用忙着拒绝我。"

虞故峥像知道戚鱼要说什么，笑了。"不白留给你。"他问，"要你假期多回来几次，愿意吗？"

戚鱼好半天都没有答话。

刚才她确实很吃惊，但也不算是有特别大的感觉。可现在听到他这句话，胸口处那阵强烈的心跳感又回来了，伴随着的，还有一点点忍不住亲近的痒意。

"装潢风格按你喜欢的来，想好了告诉我。"

"虞故峥，"戚鱼趴在栏杆上的臂肘收拢一些，想了下，笃定道，"我以后应该也能赚到不少钱。"

她感觉自己心跳剧烈，继续把话接下去："以后我养你吧。"

虞故峥无声地打量戚鱼片刻，笑意逐渐敛尽，然而看神色辨不出什么，只静静地问："准备怎么养我？"

戚鱼不知道怎么能表达出这种喜欢。她抿了下唇，瞅着虞故峥，笃定地小声道："把你藏起来。"

对视良晌，虞故峥终于笑了："本事不小。"

这一笑好看得要命，男人深邃的五官都像在瞬间染上光色。戚鱼从玻璃围栏边直起身，转身面向虞故峥。

"还能……更大一点。"她挪过去，杏眸明亮，"我——"

话音未落，腕际蓦然一紧，她猝不及防顺着力道被攥过去。

一切都来不及反应，戚鱼的后颈被指掌托扶住，视线都还未聚焦，感觉眼前骤然一暗，熟悉的气息欺近。

后半句湮没在唇齿间。

不同于上回在车里水磨般的亲昵，这个吻要越加不客气一些。戚鱼舌尖发烫，感觉上唇被厮磨般咬了下，随后，抵开唇舌深吻。

托扶她后颈的修长手指也微微收拢，拇指指腹蹭过她的脸畔。

除了一阵一阵的心跳声，再听不见其他声音。

木质香，极淡的烟味，到了虞故峥这里全混作好闻又撩拨的味道，莫名令人觉得热。

下一秒，男人的手自她脖颈下循。随后，戚鱼感觉自己的肩胛处被触碰而过。裙子背后的系带好像是被勾开了。

他径直循着她腰脊触碰下抚。

他们好像还在露台上。戚鱼紧张得屏住呼吸，连换气都咽回去。

一切都有点失控。

直到下唇被不轻不重地舔舐咬过，漫长的深吻微微分开，一片心跳声中，戚鱼听虞故峥极轻地笑了一声，音色低沉得格外好听。

"放过你。"

今晚戚鱼的第二次剖白有始无终，脑袋往后仰了下，喘得又细又急促。她盯着虞故峥瞅了好一会儿，不记得要说什么，空白的脑海里忽然想起来他好像刚下飞机。

平复半天，戚鱼话到嘴边，开口问："你是不是还没有吃晚饭？"

最后她昏昏然然地去陪虞故峥吃了晚饭。

仍是虞故峥开车，路程不远，越开越熟悉，最后在街巷外下车。戚鱼被牵着往里走，才发现是去以前她带他来过的小餐馆，自己高中时经常来的那一家。

原来公寓离这里只隔了两三条街。

虞故峥不喝酒。戚鱼喝了一小半，没有醉，却记不清是怎么被送回租的地方的了。

她在床上翻来覆去半晌，没能睡着。

第四次回想起在露台那个快要失控的吻，戚鱼慢慢从被窝里爬起，兀自枯了会儿，摸过床头的手机。

她垂着睫毛戳开软件，认真订了一家酒店的餐厅。

时间在明晚。

翌日一早有小雨，戚鱼起得晚，出门时没来得及带伞，到公司时整个人被打湿了点，但肉眼可见的心情好。

"小鱼，你今天心情不错啊。"

"嗯。"戚鱼把背包放进座椅，一眼瞥到斜对面王希伦空着的工位，平时桌上放着的东西已经被收干净了。

她顿了下，问："今天王希伦不在吗？"

"他被调去楼上VR小组了，听说他们那组有个很急的项目，刚刚欧文点名要借走他。"欧文是他们整个部门的技术经理，搞这么突然，同事也奇怪，"好像就借走了他吧。"

思忖片刻，戚鱼问："那他是不是不回来了？"

"估计是。"

是巧合还是……戚鱼突然想起，昨晚自己解释过不想再见到王希伦。她拿起手机，戳开虞故峥的消息栏，停顿两秒，又将其放回去。

还是等晚上再问。

一整天雨下下停停，下班时分，室外的雨越下越大。

今天虞故峥应该在华泰开会，时间还早。戚鱼没带伞，正在公司门口排队打车，手机嗡地进来一个电话。

来电显示是"邹黛"。

"小鱼。"电话接起，邹黛声音温柔，好笑地问，"那么远在外面站着的那个是你吗？"

五分钟后，自道边一辆白色保时捷里下来一位撑伞的女人。邹黛一身香风套裙，给戚鱼撑过伞，笑道："昨天在附近办事碰到你，今天又见着了。你在这里等多久了？没有人来接你？"

戚鱼礼貌地回："我刚刚下班。"

"故峥也真是，再忙也该顾得上接你下班的。"邹黛嗔怪，"正好我要去喝茶，就在附近。你不急吧？也一起去坐坐好了。"

"不用了，我等下打车就可以。"戚鱼摇摇头。

"现在这会儿是下班高峰，不好打车。"邹黛挽着她，笑道，"都是一家人，哪能让你在雨里这么等？爸也好久没见你了……"

邹黛正准备去和虞立荣喝下午茶，顺道谈点事，经过这边时恰巧碰上戚鱼，随即盛情邀请她去坐一坐。

"爸也在，等会儿给故峥打个电话，他肯定也要来的。"

戚鱼要婉拒的话一停，虞故峥他爸爸也在。

虞远升与虞故峥兄弟二人的关系暗地里水深火热，但表面一直和气，虞家大嫂平时也像热衷于维持圈内的社交，与戚鱼的关系倒不算有多差。

会所离得不远，近半个小时的车程。邹黛沿途一直在与戚鱼聊留学的事，又讲起当年自己留学的见闻，神色不见罅隙。

直到走进会所大厅，上二楼来到预订的包间。

偌大的包间内装潢古色古香，屏风典雅，虞立荣还未到。沏茶的服务生替二人摆上精致茶点和果盘，就退下了。

邹黛看了眼手机，笑道："我先去下洗手间。"

聊了一路，戚鱼捧起茶杯喝水。刚想给虞故峥打电话，她瞅向手机屏幕，指尖忽然顿住。

这里没有信号。

戚鱼抿了下唇，很快转过脑袋看向包间紧闭的木门。几乎没有多想，她起身走过去。

她伸手推门，刚才还能轻松推开的门，此刻却纹丝不动。

……门打不开。

敲门几次无果，戚鱼抿唇环视一圈，径直往屏风的方向去。

屏风后垂着的纱幔隐约透出自窗外打进的光，竹影婆娑。直到戚鱼拉开纱幔，顿了两秒。

屏风后面不是窗，是一整面墙的 LED 屏，正放映着一片竹海的动态画面。

没有信号，没有窗，也开不了门。戚鱼仔仔细细翻遍包间内各个角落，没有发现任何摄像头，只剩下悠扬的轻音乐。

……自己被关在这里了。

半个小时后，邹黛在楼下包间内盘账，刚要呷一口茶，被遽然响起的尖锐鸣笛声给吓了一跳。

"什么声音？"

"着火了？"会所经理忙不迭地跑出去问，片刻赶回来，"没着火，就只是烟雾警报器响了！好像是……楼上的那间。"

邹黛皱起细眉，也急急跟着往外走。

这家会所是虞远升的产业，今天不对外开放。二楼走廊曲折幽静，邹黛带着两个保镖开了最里面包间的门锁，里面，戚鱼恰好放下手里燃着的餐巾纸。

她居然从房间里找出一枚打火机，点燃纸巾后凑近警报器，此刻人还踩在茶桌上。

四目相对，邹黛极短地皱了下眉，很快温和地笑道："小鱼你别担心，我不会对你做什么……"

戚鱼瞅见她身后跟的保镖，也抿起唇："你要干什么？"

"我只是想请你过来喝下午茶，坐一坐，过一会儿你就能走了。"邹黛游刃有余，仍维持着表面的客气。

当然不只是喝茶。

昨天邹黛在餐厅见到戚鱼的确是偶然，今天则是故意等在了她下班的地方。

能等到当然是最好，等不到，邹黛原本也做全了骗她过来的准备。

无论如何，今天戚鱼是一定得被扣在这里了。

包间内开着冷气，环境看着舒适，但密闭的空间和门口守着的两名保镖却像无形压制。一时间戚鱼的脑海里闪过很多事，心跳剧烈，但表情还镇定着。

"你要把我留在这里，是因为虞故峥。"戚鱼用的是肯定句。没有别的原因了，她一瞬不瞬地瞅着邹黛，蹙起眉，"但你这样是非法拘禁。"

邹黛倒是没见多诧异，只笑着接话："我没别的办法。"

事后解决对邹黛来说不算什么，即便是戚鱼要追究，闹大了走法律途径，也就是推个人去顶包，过几天就能保释出来。

但不到迫不得已，邹黛不会做拘禁这样的事，因为事后得罪的是虞故峥。

"你到底要干什么？"

戚鱼知道，虞故峥和虞远升他们一家的关系应该不算很好，但也没有到太坏的地步。刚才她答应过来，是因为虞故峥的爸爸也在。可是……

邹黛这么做，不是想针对她，是针对虞故峥。而自己今天为了给虞故峥惊喜，还没有联系他，也没告诉他晚上会请他吃饭的事。

戚鱼没有设防，整个人明显绷着，紧张，还有点懊恼。

邹黛没把她当回事，刚要离开包间，忽然听见身后骤然响起一道茶杯碎裂的迸溅声。她惊得一回头，见戚鱼正从地上捡起一片碎瓷。

"如果你不放我走，我会伤害自己，那就不只是普通的非法拘禁了。"

戚鱼声音是一贯的软，但表情无波澜之余，像还有些泛冷："这是你喝过的杯子，上面会有你的指纹。"她思索道，"就算你处理掉了也没有关系，我在你这里受伤，一定和你有关系。"

邹黛好笑，像在看小孩发脾气："你不会的。"

"你只是想留住我，不想让我受伤。"戚鱼杏眸澄澈，安静地陈述。

万一戚鱼有个三长两短，事情就真闹大了。

逐渐地，邹黛的笑容挂不住了："何必呢？"

邹黛原以为戚鱼天真好拿捏，虞故峥对这样的小姑娘上了心，就是有了软肋，可她没想到这根软肋上还挂着倒刺。邹黛暗地皱眉，让两个保镖进包间，自己也施施然坐下。

"小鱼，虞故峥对你再好，也不值得你为了他受伤。"邹黛喝了一口茶，闲聊般关切地问，"你喜欢他什么呢？我知道你继母和继姐从小对你不好，那两个私生女反而高你一等，不觉得讨厌吗？可是你想过没有，虞故峥也是私生子，就是你讨厌的那一类人。"

戚鱼没回。

"你大概还不知道虞故峥的亲生母亲吧？"邹黛一笑，"当年苏静月肯定也没想到，自己儿子的性格一点都不像她。"

戚鱼顿住，终于转过脑袋看邹黛。

传言虞故峥的妈妈是女演员，而苏静月是很早以前的一个电影演员，有名到连她也听过。

"苏静月也是傻，被人设计送上了虞立荣的床，明知道虞立荣没有真心，还喜欢上他，怀孕了坚持要生下来，还断送了事业。"邹黛叹道，"小鱼，你和虞故峥一开始不也是因为联姻才被迫在一起？我不希望你步他母亲的后路。"

戚鱼静静听着，忽然蹙起眉。

"你想知道为什么虞立荣看重虞故峥吗？他们很像。"邹黛观察戚鱼神色，接道，"他们身边女人都不断，可都不上心，心里只有钱和权。"

这话说得半真半假。

在邹黛看来，虞故峥和虞立荣如出一辙的冷血，心里只有钱和权。只是虞立荣未必看重虞故峥，他在乎的是有人能帮着扩大他的商业版图，却没料到虞故峥手里的华泰能有收购母公司的一天，最终被反将一军，如今落得退休境地。

同样被狠狠摆了一道的，还有虞远升和她。

本来华盛董事长这个位置，坐的应该是远升。

思及此，邹黛心里越发不顺。

一直没吭声的戚鱼却问："后来他的妈妈怎么样了？"

邹黛意有所指："虞立荣哪会只宠一个女人，听说苏静月生下虞故峥以后就疯了。"她遗憾道，"没有事业，人也不年轻了，她养了虞故峥几年，不想养了，就来求虞家收留她的儿子。后来她一个人在家里自杀……你应该也听说过新闻吧？"

戚鱼看着邹黛，怔怔出神。

她忽然记起在很久以前，虞故峥知道她要和戚明信他们断绝关系，对她说过——

"脱离你的家，不是获得自由的唯一办法，掌控也是办法。"

她现在好像明白当时他说的是什么意思了。

这是他的办法。

她还明白了，昨晚她说要养他，他为什么会露出那种审视的表情。

虞故峥和她不像，但在某些地方又有点像。原来他自始至终，也是一个人。

虽然那些过往虞故峥可能早就不在意了，可是她听着还是觉得很难受。

半晌，戚鱼开口："既然虞故峥对我不上心，你就不应该扣留我。"

气氛沉默。

也许是这段日子以来堵着的气在不断翻涌上来，邹黛耐心告罄，理智也尽失。

真当她拿一个小姑娘没辙？

"你知道我为什么要留你吗？"邹黛起身看戚鱼，终于拉下脸，"我们过得不好，他也别想好过。"

外面雨仍在下。

华泰长桌会议室内，灯火通明。

股东会一直持续至晚上，结束后，紧接着是管理层会议。散会已经近晚上九点。

一干高管簇拥着虞故峥出会议室，庄成过来，低声道："虞总，您大哥还在办公室里等。"

虞远升有华盛的股份，今晚自股东会后，他就一直等在虞故峥的办公室。

办公室内，虞远升听见推门的声音，转身，手里还拿着桌上那个相框："你开完会了？"

虞故峥平静地扫一眼："这么晚还在等，看来是有急事。"

"我看你比我更急。"虞远升沉声道，"半年内增资四次，是不是有些太急了？"

庄成放下文件，闻言心忖：虞总大哥今天看着比以往都要不冷静，不过也能理解，华泰要扩宽业务，今天股东会上又多数表决通过了增资的议案，说白了，就是发行新股。可这样一来，虞远升如若不出钱购买新股，他原先就占比不多的股份只会被一次又一次地稀释。

虞故峥淡淡地笑了笑："你有优先认股权，增资于你来说，不是问题。"

这话一出，两人都心知肚明。虞远升有认股权，却没有这么多资金。

搁以前，虞远升还会和虞故峥打太极，今天他却不避忌庄成在场，直接将手里的文件摊在桌上："我这里有一份更好的提案，你不妨看看。"

庄成离得近，一看合同的标题，就愣了。

这是一份股权转让协议，受让方是虞远升，出让方还空着，让谁来填，不言而喻。

华泰的管理层持股不到百分之三十，其中虞总占了大半，而虞远升开口就要百分之三的股份。

"股东之间进行转让不需要开会，只要你签字盖章，事就成了，这你应该比我清楚。"虞远升沉稳道。

一时办公室内谁也没出声。

庄成心里惊疑，摸不准虞远升突然来这一下是什么意思。他见虞总走过来，容色沉静地垂眸看过协议。

虞故峥的无声耐人寻味。

"虞总，这……"

"给戚鱼打电话。"虞故峥道。

虞远升露出些微笑容。刚才还喝不下一口水的人，此刻到不远处的吧台区域，给自己倒了杯茶。

庄成正要打，虞故峥已经拿过手机，按下号码。

无法接通。

片刻，虞故峥随手将手机搁回桌上，打量虞远升："认识这么久，你的毛病还是没改。"

"你倒是变了很多。"虞远升颔首承认，"当年那件事你无动于衷，我还以为没有女人能牵动你，这次倒不一样了。"

两人都知道说的是哪件事。

当年虞故峥刚接手华泰，有位同为经管院的校花毕业后跟着入职华泰，经常出入虞故峥左右。

那时虞家兄弟两人明争暗斗，虞远升以为校花与虞故峥之间有什么，用计将校花送到一中年富贾床上。没想到校花只想攀高枝，后来嫁给了那位富贾。而虞故峥更是没受影响，身边环绕的女人反而越发络绎不绝。

同样的招数，今天又重复一次。不同的是，当年是立下马威，这次则是拿戚鱼当谈判的筹码。

平时喜怒不形于色的虞故峥视线盯过来，这一眼敛了似笑非笑的神色，全然带着疏冷与压迫感："她在哪里？"

虞远升站在原地吹了口茶，刹那间觉得有些寒，随即又压下。过去一年里虞故峥再怎么明保暗护，等戚鱼回了国，还是没有办法。

"她在哪里，现在身边有谁，取决于你在协议上的签名。"虞远升见虞故峥拿了协议径直过来，人到面前反而不急了，"你不想在这里谈，我们可以去我的地方谈，等——"

虞故峥不与他多费口舌，直接动了手。那几张协议纸连带茶杯瞬间掀了一地，滚烫茶水直接倒翻在虞远升身上。

虞远升根本没料到会有这一下，痛感袭来时已经狼狈倒地，随后被一把提起后衣领，掼在茶水机前。

下巴狠狠磕过桌沿，他想挣扎起身，却感觉脑后的压迫力道沉得惊人。茶水机开着，滚烫的水流距离他的脸不过寸许距离。

"我只去她在的地方谈。"虞故峥音色极低沉，问，"戚鱼人在哪里？"

同为成年男人，虞远升的反抗居然没有用。灼热感就在眼前，他撑手死抵着桌沿，才让自己没被烫伤半张脸。

虞远升此时已经完全没了沉着风度："你以为我在开玩笑？当年我能做的事今天一样能，再晚就来不及了，你想清楚！"

"你试试。"

庄成如梦初醒，三步并作两步急赶过来："虞总，您没事吧？"

虞故峥的小臂也被打翻的茶水烫着了，他似不在意，瞥过毫不回应的虞远升，松了手。

力道甫一卸开，虞远升随即脱力下坐，身旁掉落的手机正嗡鸣着，来电显示是邹黛的昵称。

虞故峥捡起手机。

"远升——"

"邹黛。"

那边声音戛然而止。

虞故峥并不问人在哪里，而是直接报了一个地址。

虞远升难得露出错愕。电话那边也似倒吸了一口凉气，良久问："你怎么……"

"戚鱼不出事，虞茜也不会出事。"虞故峥言简意赅。

这段时间虞远升夫妻对外声称女儿摔断腿在家休养，实则是将她送到了别的地方，防的就是这一手。可没想到虞故峥太了解，反而早就知道。

可虞故峥应该不会做出拿小孩子当要挟的事。

那边还在迟疑。

虞故峥出声，音色冷沉，竟似不耐烦："我再问一遍，戚鱼在哪里？"

包间内漆黑一片，安静得落针可闻。

戚鱼的指尖戳亮手机屏幕，时间已经过了晚上十点。

下午邹黛对她说完那番话，最终还是没敢对她做什么，但让保镖搬空了包间内的所有摆设物品，又断了电，一直将她锁到现在。

冷气没开，密闭的空间里闷热得有点难受。戚鱼一声不吭地靠坐在墙边，下巴磕在膝盖处，困顿得想睡。

忽然响起一阵清晰的开锁声，下一刻，光亮悉数涌进来——

戚鱼慢慢抬起脑袋。

"戚小姐？"

门口的庄成愣了，空荡荡的包间里又黑又闷，戚鱼就这么靠墙缩着，走廊的光打进去，看着简直又委屈又可怜巴巴。

戚鱼一眼瞅见门口一堆人当中顾长挺拔的男人身影，茫然顿了片刻，杏眸像亮了亮，还没来得及站起，对方已经径直过来。

"虞……"

"别动。"这句声线是冷的。

戚鱼停住。眼前的虞故峥背着光，神色有些辨不清。随后，戚鱼见他在自己面前屈身半蹲下，手指直接搭上了她的手腕。

他似乎借着半明不暗的光线，一寸寸检查而上，直到眸光落在戚鱼的脸上。

"哪里不舒服？"暗光里，虞故峥指腹擦过她额角的细汗，问得简扼，"受伤了？"

"他们没有对我做什么，你——"

戚鱼话音未落，包间里的灯刹那亮了。终于看清眼前的人后，她霎时消音。

她从来没见过虞故峥这个模样。

他身上那件白衬衫莫名皱了一大片，领扣也随意解开着，不复平时的矜贵从容。

而此刻男人的神色带着分明可见的疏冷，压迫感越发逼人。包间门口乌压压守着一群人，没一个敢进来说句话。

虞故峥沉静地打量戚鱼，半晌，才牵着她起身："吓到了？"

戚鱼不答反问："你的衣服怎么了？"

"不要紧。"虞故峥容色疏淡，"等下庄成会带你回去。今晚住在我那里，你愿意吗？"

戚鱼一瞬不瞬地仰着脸，没吭声。在看清虞故峥的这一瞬间，她的紧张和懊恼感再一次涌了上来。

"虞故峥，邹黛是不是去找过你？"她瞅了眼门口的一群人，"你有没有因为我答应什么要求？"

戚鱼大概猜到，邹黛非要把她留在这里，肯定是要拿她去和虞故峥交换什么。不只是邹黛，应该还有虞故峥他哥哥。

就是不知道他们到底……

"没有。"

戚鱼抿唇，低着脑袋翻手机："今天我录音了，好像也没有录到什么，不知道有没有用……"

还没说完，戚鱼拿手机的手被扣住，被人干脆利落地拉过去。

众目睽睽下，她直接被带入一个有力的怀抱。

"这件事你不用再管了，我来处理。"戚鱼听男人的嗓音低压在耳侧，淡淡道，"是我的疏忽。以后你不会和他们有任何交集，这是我给的保证。"

戚鱼手指轻攥着虞故峥的衬衫一角，不太死心，小声问："我帮不上忙吗？"

"帮得上。"片刻，虞故峥道。

"那我能帮你什么？"

戚鱼脑袋动了动，还想问，后颈却被修长手指捏了下。

虞故峥的气息就附在她的耳侧，拥抱良久，他似乎是极轻地叹了一口气。

戚鱼一下顿住，怦然的心跳感后知后觉泛上来。

"回去早点睡，能让我安心一点。"虞故峥嗓音仍旧显冷淡，稍顿，却带了一丝说不出的低哄意味，"好不好？"

包间门口等了一群会所的负责人，此刻都鸦雀无声地干站着。看虞故峥牵着戚鱼出来，为首的经理忙点头哈腰："虞……虞总……"

"邹黛走了？"虞故峥平静地问。

这是打算兴师问罪了。经理背后冷汗涔涔，不断赔笑道："是，我们邹总接了个电话，就直接走了。大概是……一个小时前吧，我们也不知道她去哪儿了。"

庄成心知肚明，邹黛接的八成就是虞总的电话，至于去向，估计是去确认女儿的安危了。

戚鱼跟着庄成先离开，留下一群人面面相觑。经理忐忑地问："虞总，那我们……"

虞故峥拨通邹黛的号码，闻言瞥过一眼，容色似有不兴。

"留下。"

虞故峥亲自留在会所处理家事，回去的路上是庄成开车。

"庄叔叔，"戚鱼在副驾转过脑袋，"今天你们那边是出什么事了吗？"

庄成斟酌着用词，挑着回："虞总确实遇到了点事，不过您放心，事情很快会处理好的。"

戚鱼思忖两秒，却问："他是不是和虞远升起冲突了？"

"……您是怎么知道的？"庄成微愕。

虞故峥的衬衫皱得很明显，有一颗领扣还是松动的，戚鱼看得出来，也大概猜到了他会与谁动手。

"是因为我吗？"

庄成不知该不该多说，回得客气而含混："您放心，虞总已经解决了。"

今晚这场冲突是单方面的，虞总是真动了怒，的确也是因为戚小姐。

庄成心道：幸好她没真出什么事，不然虞远升恐怕就不只是挨那几下的事了。

他忽然听旁边戚鱼轻轻开口："可是我放心不了。"

她小声道："庄叔叔，我知道这是虞故峥的家事。可他如果是因为我，才和他家人起冲突的话，我不想自己什么都不知道。"

这……

"我喜欢他，也想多关心他一点。"戚鱼的声音听起来居然有种巴巴的委屈感，"但是我们现在已经不是订婚关系了，我是不是不应该问的？"

"您别这样想，虞总还是很在乎您的。"

庄成一时犹豫，他擅长应对难缠的客户和向虞总自荐枕席的那些女人，却对戚鱼这样的小女孩毫无办法。更何况，这还是虞总真正上心的人。

有多上心，庄成这段时间都看在眼里。

虞总在马场为戚小姐和宋氏闹僵的事都传开了，这也是明示，以后多少人见到戚小姐，碍着虞总的面子也会赔个笑脸。而后那天约见戚小姐的父亲，背着她解决了戚家那边的事，则是暗护。

除了今晚发生的事。

不过，今晚这事虽然难测，但也不是没有预料。而虞总就连这事也替戚小姐想到了，准备了后手。

虞总不一定真要动那个小侄女，但经过这次，他大哥一家肯定会有所顾虑，也算断了他们以后从戚小姐这里下手的念头。

桩桩件件，哪件不是在乎？

庄成面对戚鱼像是被蒙在鼓里的不安全感，犹豫再三，还是把这些事和盘托出。

戚鱼多多少少猜到虞远升他们的事，却不知道虞故峥见过戚明信的事。

她好半晌没接话，无意识抿唇，看手机。

手机已经有了信号，屏幕上跳出几个小时前的通知，有几条是餐厅发过来的确认短信。

戚鱼在出神。今天她从邹黛那里知道了不少关于虞故峥的过往，刚才又特意地从庄成这边打听到了那些事。

她几乎能想象虞故峥从前是怎么长大的。

他的妈妈那么早去世，虞立荣应该也没有给过他关心，家里还有同父异母的虞远升。他是在钩心斗角的环境里长大，才活成了现在的模样。

汪阿姨觉得虞故峥不好，也不止一次和她说过虞故峥城府很深，不好亲近。

可是也是这个人，把她能想到的所有特权和例外都给了她。

他把她彻底从戚家拉出来，又让她觉得，一切都在变得越来越好。

没有缺乏安全感，没有不确定性。就连她在过去很多年里感受过的委屈和难过，现在回忆起来，那种感觉也荡然无存了。

戚鱼看着屏幕上的餐厅短信，心里逐渐涌起从未有过的浓烈情绪，酸酸胀胀，拥挤得快要满溢出来。

半晌，戚鱼抬头问："庄叔叔，您能不能先送我回租的地方？我想去拿一下东西。"

司机将车开进别墅区，时间已是凌晨。

半夜又下起一场滂沱暴雨。司机在即将驶进大门时，从模糊雨幕中看到正撑伞的少女身影，愣了愣，立即轻踩刹车。

"虞总，那个是不是戚小姐？"

虞故峥正闭目小憩，闻言，稍一抬眼。

戚鱼在大门边等了许久，远远看着那辆打着灯的车驶近，停在面前。未几，男人撑开伞下车。

几步路的时间，虞故峥已经径直过来，抬起伞面看她。

"怎么还不睡？"

"我在等你。"戚鱼一手撑着伞，一手还拿着个盒子，杏眼在车灯映照下显出一种湿漉漉的晶亮，"虞故峥，今天我还有东西要给你。"

"在这里等了多久？"对视须臾，虞故峥的眸光落在戚鱼被雨丝打湿的裙角，又落回她的脸，"先上车。"

戚鱼等不及。

她定定地瞅虞故峥两秒，思忖了下，慢慢挪过去，毫无预兆地扔开自己的伞，往前钻入对方的伞下。

几乎是在戚鱼过来的同一刻，虞故峥无声地伸手接住，揽过她的腰，带入怀里。

一晚上的权威施压，虞故峥眉眼间疏淡无笑意。他俯视着戚鱼的眼睛，稍顿，倒是今晚第一次轻轻笑了："打算给我什么？"

"这些都给你。"

戚鱼打开怀里抱的盒子，里面珍而重之地放着一些小物件。虞故峥扫过一眼，两人先前的订婚戒指、鲸鱼项链，那串褐木佛珠手串也在。

剩下的是名片，以及一张存放得接近泛黄的糖纸。

戚鱼听虞故峥问："我送给你的，你不喜欢？"

"没有，这些我都喜欢。"她仰起脸，感觉心跳得很快，"但是我想要拿这些和你换一件别的，可不可以？"

虞故峥没接话，垂敛下眸静静看戚鱼。男人的五官轮廓在夜色里显得格外深邃，像某种无形的吸引。

良久，他问："你想要什么？"

"我想要你。"

这句告白戚鱼打过好几遍的腹稿，说出来字顿有声，尾音却带着细微紧张的颤抖："我想把我的喜欢都给你，以后都不收回来了，可以吗？"

伞下的狭小空间里，一时静默无声。

戚鱼心跳剧烈，甚至比被邹黛扣留时还要紧张。她仔细瞅虞故峥的反应，却辨不出来。他容色沉静无波澜，半晌，戚鱼感觉掐着自己腰际的力道略微收紧。

虞故峥音色低缓，问："是因为今晚的事？"

"不是的。"

戚鱼抿了下唇。本来这些话，应该是在浪漫的烛光晚餐下说出来的。

现在不是对的时机，也没有想象中浪漫的氛围。可是她不想再拖了。

漫长的措辞过后，戚鱼垂眼从盒子里找东西。

"你不记得了，八年前的我第一次见到你，是在你家里。"

她拿出那张糖纸，没有看虞故峥，紧绷到连胸口处都像在发紧，好一会儿，才继续道："我那个时候摔倒受伤了，是你给我包扎的，这颗糖也是你给的。那个时候我就觉得你很好。"

他是她见过的最好的人。

"可是我们那个时候差得太多了，我好像追不上你。"

她太小了，太年轻了，不只是年龄。

一开始，小到只能仰视他，甚至只能从新闻里见到他的名字。喜欢了这么多年都只能藏在心里，唯一一次鼓起勇气向他告白，还被拒绝了。

换作以前，戚鱼压根儿不会想到，今天自己能这么肆无忌惮、没有任何不安地对他说出这些话。

美好到让人不敢确认。

"我也不想这么年轻，不想被你当成是小孩，觉得我对你的感情不稳定。"戚鱼的话一股脑倒出来，心跳重得听不清虞故峥是不是说话了，小声接，"虞故峥，我对你不是一见钟情。"

戚鱼停顿了下。

"是不论过了多久，每次见到你，都会控制不住喜欢你。"

每一次重逢，都情有独钟；每一次喜欢，也都身不由己。

身不由已到，每一次都还是很喜欢你。

"你上次说，你要一个绝对的承诺，可是我已经很喜欢你了，也确定以后都不会再改了。"

戚鱼终于抬起脑袋，对上虞故峥的视线，眼眶早就泛红得不成样子，异常湿润清亮。

她模糊视线描出男人那副英隽极致的容色，和记忆里的样子一模一样。

"就算是这样，"戚鱼深呼吸，压下声音里的哽咽，一字一顿地问他，"你还是觉得，我的承诺不绝对吗？"

头顶的黑伞隔开滂沱雨幕，周围静得只能听见雨声。

在会所时的压迫感，方才的笑意，都在此刻敛尽。虞故峥垂敛着眼看戚鱼，难得微微蹙眉。

"别哭。"

"我没有想哭，"戚鱼告白的时候不觉得委屈，可眼泪没停，声音也哽得厉害，"我也不知道为什么，忍不住……"

下一刻，她感觉箍在腰上的力道收紧。泪眼模糊间，阴影罩落，吻直接落在眼尾。

戚鱼顿时止声。

虞故峥循着她的泪痕往下，吻含了些许力道，却耐心十足，温热感自脸颊一路触下，直到吻去戚鱼下巴上将落未落的泪。

"别哭了。"男人高挺的鼻梁擦过戚鱼的脸颊，嗓音就响在耳侧，轻得像是叹出来，"对不起。"

戚鱼胸口处怦然一撞。

"不该今天让你等在这里，对我说这些话。"片刻，虞故峥抬眸看进她的眼，平静道，"我该早点认识你。对不起。"

这么多年，虞故峥几乎没悔过什么事。道歉的话语，更是第一次说，却说得甘心情愿。

早在他冷静地斟酌时，戚鱼已经笃定了一生的心意。

虞故峥不是没有见过别人对着自己剖真心。三年，八年，甚至十年的钟情，对他来说无甚区别，他并没有义务给予回应。

后来他才知道，只是没到动心的时候。

而虞故峥年幼失恃，在波诡云谲的虞家立身到如今，他有过衡量进退的时候，唯独没对人低过头。

他做事一向习惯向前筹谋、从不往后看，现在却前所未有地悔了。

把自己纵进去不够，一颗心完整交到戚鱼手里仍不够。现在，竟想拿回自己前几年的时光，也一并交付到她手上。

戚鱼刚才还解释说不想哭，却在听虞故峥重复一遍对不起后，眼泪彻底无措地往下掉。

她感觉箍着腰的手撤开，看着虞故峥从盒子里取走那一枚男士订婚戒。

"其他的东西你留着，你的承诺我收住了。"虞故峥又俯近，吻落在戚鱼哭得乱七八糟的脸侧，低缓地接话，"今天太仓促，所有的事，以后我会一并补上。"

戚鱼泪眼蒙眬，好半晌才吭出一句。

"嗯。"她哽得厉害，认真道，"我帮你戴戒指吧。"

虞故峥的气息离得很近，应声。戚鱼没有抬脑袋看，垂睫替他戴上戒指，尺寸还是刚刚好。

但心境和两年前的订婚礼上，截然不同。

原来只是想让虞故峥知道，她确定要和他在一起，不会改了。但是她没想到在剖白之后，又一次感受到他回应同等的真心。

戚鱼磨蹭两秒，又拿起盒子里那串沉香手串："这个我戴着不好看，放在我这里好像没有用，也给你。"

"好。"

在雨里站了良久，等戚鱼坐回车里对上司机的视线时，后知后觉紧绷了一瞬。

……刚才在雨里的全程都被旁观到了。

司机自觉地视若无睹，笑呵呵地询问："戚小姐，您那把伞还要吗？一会儿我去帮您捡回来。"

戚鱼反应过来，她扔掉的伞还在雨里："没关系，明天等雨停了我可以自己来拿。"

司机哪敢真让她拿，觑向虞故峥。

虞总此刻正沉静地拿过纸巾给戚小姐擦眼泪，未以目光回应，只出声一句："以后叫太太。"

"哎哎，"司机了然地改口，"太太您放心，我等会儿就来捡。"

沉默片刻，戚鱼定定地对上虞故峥那双深长漂亮的桃花眼，抿唇的前一秒，破天荒地从他手里抽过纸，小声开口："我还是自己擦吧。"

她扭过头，看见车窗里自己那个明显的酒窝。

……怎么办？

有点缓不好。

第十六章
对你，我做不到放任不管

告白以后，戚鱼的心境在短短一小时内连转了几道弯。

过了起初那段不自在感，她心里那点被日渐纵容出来的明目张胆开始冒头，反而更主动亲昵了。

凌晨近三点，戚鱼喝完虞故峥煮的姜茶，跟着一路从楼下送他到书房。

"我让她们收拾过你的房间，还习惯吗？"虞故峥问。

"嗯，我看到了。"女主卧还是没变过，应该是经常有人打理。她抬头瞅虞故峥，"你还要忙吗？现在很晚了，你等下还是早点睡觉……"

说完，她瞧见虞故峥搭在书房门把手上的手指。男人手指修长分明，赫然戴着那枚戒指。戚鱼目光上挪，又看到他皱了一片的白衬衫。

不知道还能怎么表示喜欢，她思忖一秒后，笃定地伸手，帮虞故峥扣好那一颗扯松的扣子。

"那我先去睡了……你会忙到很晚吗？"戚鱼离开两步，又回过脑袋，"你想不想喝点什么？我可以下去给你煮一杯牛奶。"

虞故峥仍驻足书房的门边没动，无声地看了看戚鱼须臾，忽然笑了："困不困？"

这笑好看得像夜里昙花一现，戚鱼顿了两秒，如实地摇摇头："我还……"

就在她愣怔的时间里，虞故峥已经松开门把手径直过来。

戚鱼都没来得及把话说完，阴影靠近。

紧接着，腰背和腿窝处倏然一紧，身体突然一轻，整个人被毫无预兆地打横抱起。

戚鱼一愣，下意识就抱住对方的脖子，只能看到虞故峥的半边侧脸，英隽眉眼间的神色不太分明。

"先送你回房。"

接下来被抱回房的全程，戚鱼都没反应过来，她甚至都没仔细想，虞故峥怎么是往左边的卧室去。

"开门。"戚鱼听他低沉的一句，顿了顿帮着开了门。

房间未开灯，一进门只闻到了那股熟悉的淡淡木质香，戚鱼的心跳比脚步不知道快了多少倍，还在适应黑暗，身上托抱的力道蓦然一松。

她摔进柔软的床里，甫一抬脑袋，更撩人的那股沉香带近，下巴被捏起。

黑暗中，虞故峥抵着床直接欺过来。

吻来得猝不及防。

戚鱼在陌生的黑暗里几乎予取予求，唇齿纠缠间，感觉男人带欲的舐吻一路下循，到下巴、脖颈。

直到再往下，戚鱼小声呜咽着往后缩了一下，反射性地想抬起手，却被修长手指交扣缠住，引着往一个方向带。

好像是触碰到了衬衫的扣子。

"虞故峥。"戚鱼叫出名字，没了下文。

"嗯。"虞故峥居然不紧不慢应声，吻从锁骨回来，又舐咬一瞬她的下唇，嗓音要命的好听，"怎么不会解？"

戚鱼感觉已经不只是耳朵了，连自己的脉搏都在烧，一句都回不上来。

吻又到了眼睛，自耳鬓往耳郭触去。

"刚才怎么扣的？"虞故峥的音色低得竟像勾了点懒意，问。

"刚才——"

后半句一下咽回去。戚鱼在黑暗里倏然绷住手指。

她感觉自己微凉的裙摆擦掉过膝腿，直至腰际。肩处的系带也跟着一松，舐吻不轻不重循着往下。

若有似无的触抚，含了力道的吻，如同最醇的酒，撩拨得戚鱼浑身每一处都不可控地蜷缩起来。

室内昏昧一片，细微急促的喘息平复，吻时的摩挲细音，都融进淅沥雨声。

不知道怎么，戚鱼空白脑海里突然就想起很久以前在订婚礼上，那帮太太八卦在事业上精英性感的虞故峥，还曾调笑着说过——床上说不定更性感呢？

戚鱼感觉耳朵更烫了。

"虞故峥，"她紧张得接近轻颤，平复又平复，半晌，小声问，"可不可以开灯？我想看一下你。"

手指被分开，十指紧扣陷进床内。

"不准。"

戚鱼抿唇："为什么？"

动作停了。

"我的自控能力不会太好。"须臾，虞故峥气息又俯近，吻擦过戚鱼的下巴咬了一下，"开灯看到你，我不能保证接下来发生的事。"

戚鱼接不上来这句。

"今天没有准备，暂时有一个就够了。"虞故峥道。

平复良久，戚鱼才顺着问："有一个什么？"

话音落下几秒，戚鱼茫然感觉额头被轻抵了下。

黑暗中，面前的虞故峥似是轻促地笑了一声，嗓音冰冷如碎冰，却极为低而勾人。

他道："宝宝。"

这两个字像在心口处捅过一记，顿时让人酸软得要命。戚鱼脑袋又如同精密计算机遭遇宕机，不记得虞故峥是什么时候离开的了。

他似乎是又亲了会儿，离开前，问她今晚要不要睡在这里。

戚鱼记得自己点了头。

等虞故峥替她掖好被子，离开后，她整个人烫得连起身洗漱的力气都消了。她在被窝中翻来覆去几次，手背碰了碰唇。

睡不着。

……

不知过了多久，门被叩响。

戚鱼爬下床开门。

门口的虞故峥已然换上黑色浴袍，洗过澡了。

"睡不着？"

对视两秒，戚鱼刚缓和不久的心跳又加快，今晚格外讷讷："嗯……你怎么知道的？"

"忘了，你睡觉习惯带着它。"虞故峥捎递过一件东西，"早点睡。"

戚鱼瞅见自己的兔子布偶。这是她今天带过来放在女主卧床上的，虞故峥今晚是睡在她的房间里？

其实连戚鱼自己都忘了，她点点头，想接过布偶，手指却擦到了虞故峥的。

刚刚才亲昵过，连手指碰一下都觉得发烫。

戚鱼抬头，恰好见虞故峥稍眯了一瞬眼眸，一双深邃桃花眼似有光华流动。她还没看清他神情，手腕猝不及防一紧。

她又被拉过去，深吻一遍才放进去。

翌日，戚鱼转醒的时候，隐约嗅到点玫瑰的甜香。

卧室里窗帘未拉，露台的门开了条缝，阳光遍洒。戚鱼这才看清自己身下的黑色大床和虞故峥房间里的装潢，比她房间里要简约得多，色调也是主黑白灰的北欧风。

这是她第一次来虞故峥的房间。

戚鱼去洗了个澡，这才下楼。

"太太，您早。"用人都不等戚鱼问，随即笑着颔首道，"先生还在书房里开会，早餐一直给您留着呢。"

过了一个晚上，别墅上下一致对戚鱼改了称呼。一趟下楼的时间里她碰到两次用人，都被清晰响亮地叫了声"太太"。

以前她不是没被这么叫过，但这次不一样。

戚鱼表情还算自然，"嗯"了声。

"您中午想吃什么？我们先准备起来。"

戚鱼瞅了眼时间，笑出一个酒窝，笃定地回："中午我来做吧。"

昨晚戚鱼从会所出来就请了假，今天不去上班，捡起之前没做到极致的表现欲，吃完早饭就进了厨房。

用人们面面相觑，全不放心地守在不远处，拉满警戒，生怕这位先生特别提过的新太太开火烧厨房。

半开放式的厨房内，锅里还炖着汤。戚鱼正垂睫洗菜，脚踝忽然蹭到一个毛茸茸的东西。

她不设防地被惊了一刹，刚往旁边避了避，自身后伸过男人的手，恰好被托扶住了腰。

脚边"喵呜"一声。

"小七。"虞故峥的声音。

戚鱼低头瞅小猫，又转过去看到虞故峥，心跳怦然一动："你开完会了吗？"

"才开完。"虞故峥衬衫笔挺，自然接过她手里洗到一半的圆白菜，问，"什么时候学的做菜？"

戚鱼见他接替了自己的洗菜，顿了下，跟着挪过去。

"我去年一个人住的时候学的……你中午想吃什么？"戚鱼杏眸明亮，表现道，"我已经炖了一个莲藕排骨汤，那里面蒸的是鲈鱼，还差一个炒菜。你还要吃什么吗？"

虞故峥侧过眸打量她，稍顿，笑了："什么都会做？"

戚鱼动了动手指，回道："不会也可以学。"

"够了，你做得很好。"虞故峥调小清蒸鲈鱼的火候，容色似赞许，道，"剩下的我来。"

被夸一句，戚鱼又瞅虞故峥一眼，想起什么，小声补充："我现在很厉害的，以后可以养你。"

虞故峥随手将洗净的菜搁在一旁，看向戚鱼，眸眼深邃。

"邹黛和你说了什么？"

戚鱼思忖一下，坦白地回："她跟我说了你妈妈的事，还有你家里的一点事。"她补道，"我之前不知道你和他们关系这么不好，下次……"

"戚鱼。"虞故峥关水。

"过去就过去了，我只看眼前的人。"戚鱼见虞故峥注视过来，这个角度的侧脸极为华美，轻描淡写道，"昨晚邹黛的事，不会再有下次。"

对视一刹，戚鱼心跳如擂鼓。

此刻虞故峥的神色称得上是认真。

直到脚边又"喵呜"一声，小猫竖起尾巴蹭了一圈戚鱼。

戚鱼回神，找话题道："上次我过来的时候，它还不认识我。"

虞故峥没接这句，手指触握住她的手腕，拉近了："洗过澡了？"

戚鱼起床的时候洗了澡，还是借的虞故峥房间里的浴室。她点点头正要回答，见虞故峥已经反手托起自己的手腕，颔首，气息稍一贴近。

似吻非吻。

戚鱼差一点后退踩到脚边的猫。

下一刻，虞故峥已经将她带进怀里。男人鼻梁虚虚擦过戚鱼的额角。

温热气息将触非触，自然循下，自额角到颈侧。

好像是……在闻她的味道。

戚鱼顿了有数秒，自己抬手也嗅了下，想起来。

"你的沐浴露味道很好闻。"是戚鱼惯常从虞故峥身上闻到的那种木质香，但瓶身上不是中文和英文，她认不出来。戚鱼压着心跳，好奇地问，"是什么味道？"

片刻，她听虞故峥轻轻笑了，低声道："我的味道。"

远处几位用人个个瞠目结舌。

先生就这么将太太抱进怀里，还这么贴近——不只是抱，几乎是耳鬓厮磨。

平时先生看着平易近人，但给人感觉丝毫不亲近，现在居然也有这一面。

虞故峥似并不介意，用人们看得面色通红，都不知道该不该避开。

没……没眼看。

一顿饭色香味俱全，戚鱼吃饭的时候想的却是刚才厨房那一幕。

……以及用人们闪躲又打量的目光。

戚鱼今天请了一整天的假，上午被齐齐叫太太，下午又被观瞻打量，她表情仍旧镇定，但有点不自然。

"虞故峥，晚上你会忙吗？"戚鱼忽然问。

虞故峥将汤碗搁在她手边，问："怎么了？"

"你要不要去公司？"戚鱼想了下，"我可以和你一起去。"

抬眸对视上，虞故峥有些失笑。

"晚上不忙。"虞故峥道，"我约了人，带你去见一面。"

见面地点约在市中心的素食餐厅，四合院内的布局疏落有致，在夜色里更显清雅。

戚鱼跟着虞故峥被服务生一路带进院落，包间内早就等着一位西装革履的男人，见两人进门，笑着起身握手。

"虞总，好久不见了。"男人看起来年过半百，笑容温和，又看向戚鱼，道，"想必这就是虞太太吧，你好你好。"

"你好。"入座后，戚鱼礼貌地接过男人的名片，才反应过来对方为什么看着眼熟。

她在上个月初的科技大会看过他的演讲。

男人是旷世集团的创始人程世林，和华盛同为国内名列前茅的大公司，不同的是主要经营业务是电商和科技。上次那个科技大会，就是由旷世和华盛联合举办的。

"他们这里有些菜做得还可以，"程世林笑着替服务生接过话，主动推荐几个菜，"我听说虞太太喜欢甜食，这边的糖醋藕排和酪梨卷都值得一试。"

听说……

戚鱼默默又瞅一眼虞故峥，面上笑抿出一个酒窝，客气地回了句"谢谢"。

"虞总，那我们开一瓶酒？"

"酒不必了。"虞故峥淡淡地笑了笑，道，"今天开车，不方便。"

程世林放下酒单，多少有些惊愕："今天是你亲自开车过来？"

一旁服务生总算找到发言时机，见状，殷切地微笑着推荐几款特级好茶。

"没关系的，"戚鱼小声对虞故峥开口，"你们喝吧，等下我来开车。"她想到他的胃，又补道，"不过要少喝一点。"

虞故峥没说什么，看着戚鱼，平静出声让服务生去拿茶单。

"不用你开车，原本也是打算给你当司机。"虞故峥道。

对面的程世林跟着多看一眼戚鱼，恍然笑侃：“我还当是我的面子大，倒是受宠若惊了，没想到是沾了虞太太的光……我看虞太太在虞总你这儿也是独一份了。”

虞故峥并不否认，恰好服务生呈上茶单，他自然地搁在戚鱼面前。

茶单拿过来的时候，带过来一股若有似无的沉香味道。戚鱼心念一动，盯着男人戴戒指的修长手指，忽然就想到早上那个暧昧极致的拥抱和触碰。

人前的虞故峥看着矜贵不减，可戚鱼现在非但不觉得有距离感，反而更想亲近他了。

今天是私人会面，虞故峥并没有多谈公事。

两人看似聊的都是无甚紧要的话题，程世林也十分配合，时不时客气询问起戚鱼，提起自己当年修过深大的MBA，话锋一转，说起在创业时遇到的种种，又提及这一行关于产品和服务的融资与团队问题。

一顿饭吃得差不多，宾主尽欢。

“虞太太和我也算半个校友，以后有事大可来找我。”程世林笑道，“都说后浪推前浪，将来有机会，说不准我们在生意上还能有合作，我等虞太太的好消息。”

“谢谢。”

戚鱼的确对自己的未来工作有过规划，也在自学一些相关内容。她想等毕业回国以后，工作一段时间，做足准备再尝试创业。

不过这些计划都还没有成型，所以也没有告诉过虞故峥。

晚餐结束，车行驶在繁华商区的街道，虞故峥送戚鱼回租住的公寓小区。

路遇红灯停下。

“原本该在昨晚告诉你，事情耽搁了。”虞故峥问，“像这样带你来见面吃饭，排斥吗？”

“没有，我很喜欢听。”戚鱼杏眸明亮，摇摇头。

“他说了很多你以前的事，这些我都不知道。”刚才在饭桌上，程世林确实和她聊了不少与虞故峥打交道的往事，戚鱼思忖一秒，忍不住问，“但是……这算是开后门吗？”

戚鱼不迟钝，原来以为虞故峥提前约了对方，只是临时捎带上了她。

可是虞故峥这顿饭不仅仅是见合伙伙伴，似乎还在为她牵线搭桥，是特意带她来的。

“不是想要养我？”目光交错一刹，虞故峥稍稍笑了，不答反问，“怎么看着一点也不急？”

这话听起来简直像句调情，就像是虞故峥在迫不及待等她养他。戚鱼与他那双桃花眼对视，好一会儿才回：“我在做准备了，但是可能还要很久。”

虞故峥道："我等着。"

气氛突然就转了，戚鱼心跳怦然一动，手指轻轻蹭了下矿泉水瓶，刚要说什么，绿灯亮起。

熙攘车流再次通行，安静的车内响起男人一道低缓悦耳的嗓音。

"我说过，去做你想做的事。于理，我不会干涉你未来的任何抉择。"虞故峥出声，"但于情，我希望无论你踏出哪一步选择，背后总有一条退路。"

戚鱼一顿。

所以虞故峥会带她来见旷世的那位程总，这也是他为她铺的退路。

"对你，我做不到放任不管。"

话音落下的几分钟内，戚鱼仍心跳得厉害，一瞬不瞬地转过脑袋看。

"看什么？"虞故峥似乎察觉到她的目光，但并未投来目光，倒是笑了，"还想听？"

"嗯。"戚鱼居然点点头。

片刻，又遇上一个红灯。虞故峥侧过脸看了戚鱼一眼，神色沉静，带着说不出的纵容。

"再者，出于私心，我要你和我产生更多交集。无论关于生活，还是我的社交圈，在每一方面。"

一番话下来，戚鱼一声不吭地喝了大半瓶矿泉水冷静。

"我知道了。"她认真道，"那以后，我也会给你介绍我的朋友……如果有机会的话。"

他们还有很多时间去相互融入。

冷静过后，戚鱼表情专注，在脑海中逐渐补全自己未完的工作规划。直到车逐渐停在公寓小区外，她喝完一口水，还在思索正事。

戚鱼明显神，边旋回矿泉水瓶盖，边道："那我先上去了。"

她刚抬起脑袋，旁边传来一道安全带解开的轻响。

"擦一下。"

戚鱼循着虞故峥的视线，才发现瓶盖没旋紧，有水不小心濡湿在了自己衬衫裙的衣领上。

她乖乖地想去拿纸巾，动作被止住。

虞故峥失笑一瞬。

"说这些，不是为了让你现在想，"虞故峥的手指在戚鱼的手腕内侧微一摩挲而过，道，"想些其他的。"

"什么？"咫尺距离，戚鱼下意识动了动手指。

无声对视，不待她再想，虞故峥伸手抚按过戚鱼的后颈，气息循落，直接隔着领口不轻不重地咬了下。

戚鱼清晰感觉到锁骨处传来的一下，心跳陡然撞了一记，连呼吸都顿了顿。

车内的气氛顿时暧昧起来。

她的下巴被扣住。

彻底吻上前，虞故峥嗓音低得分外勾人，言简意赅："比如我。"

自那天从素食餐厅回公寓，翌日虞故峥在登机前打来电话，抽空带戚鱼去办了之前那套顶层复式公寓的相关手续。两人之间还没有合法关系，签了赠予协议过户，扣了一笔税，很快就办完了。

不久后有设计师联系戚鱼，悉心询问公寓的设计方案。

像是要赶在她开学前，完全敲定好公寓的设计与接下来的装潢进程。

公司大楼内，临近下班，戚鱼也空出时间，在看设计师发来的第三版装修效果图。

"你要搬走了呀？"旁边，陶诗艺诧异道，"我记得你还有半个多月就开学了吧。"

戚鱼撑着脸看屏幕，摇摇头回："还没有要搬，这是以后准备回来住的地方。"

临近年中，虞故峥的行程变得密集起来，戚鱼已经有近两周没见到人，连打电话的时间都很少。

戚鱼注意到日期，再过两天又是周末。

庄成每隔半个月会给戚鱼发来一份行程表，她一早看过虞故峥这周末的行程，这几天他应该在参加某个世界经济论坛的夏季年会，不在国内。

当晚，戚鱼洗完澡，窝在床头拨打一个号码。

瑞士当地的时间是下午，几声过后，电话接起。

"虞故峥，"那边似乎还有嘈杂的交谈音，戚鱼听不太清，"你在忙吗？"

"刚结束。"

少顷，耳边响起虞故峥的声音，又问："确定酒柜的颜色了？"

戚鱼反应一秒，虞故峥在问公寓的设计。

这段时间，设计师会把商讨完的设计方案同步给虞故峥，不过他并不给建议，只是过目。

戚鱼"嗯"了句："还是茶色。"她明显心情很好，音调也稍稍扬起一点，思忖道，"不过应该不会放酒，我也喝不完。"

须臾，虞故峥似是笑了。

"送你几瓶酒，喝不完就留着。"虞故峥道，"当是我的寄存。"

戚鱼一时没吭声。

她想了会儿，忽然小声道："我不想要酒了。"

戚鱼下巴蹭了蹭膝盖。

"我已经办好瑞士的签证了，"她语调生动，问，"你要不要我过来？"

十几个小时的航班，到达苏黎世机场还是当地时间的周六上午。

戚鱼取到行李，跟随密集人潮出通道时，庄成与一名跟随前来接机的接待已经等在出口。

"虞总那边的会议还没结束，您要是还不累，一会儿正好赶上午餐会。"车上，庄成递来一个纸盒，"这是虞总让我给您带的。"

"麻烦您了。"

庄成颔首笑回："应该的，太太。"

戚鱼打开淡红色的纸盒，里面是巴掌大的一块蛋糕，还缀着诱人的树莓。

专车直接自苏黎世机场驶向此次举办论坛的瑞士小镇。路上两个多小时的行程，戚鱼吃完蛋糕，又靠着睡了一小会儿。眼看着车沿着公路开进山谷，庄成停下敲键盘，恭谨地叫醒戚鱼。

一下车，视野顿时开阔。

眼前小镇四面环山，环顾遥望，四周拔地而起的葱郁山峰围着中央这一大片繁华城镇。戚鱼好奇地往车窗外看了一路，会议期间，小镇街道上熙熙攘攘挤满了举相机的各国游客与正装人士。

"庄叔叔，"戚鱼转过脑袋，问，"你们今天会忙到很晚吗？"

"是，不过虞总上午开完会了。"庄成给她平板，"这是这几天的行程，您先看一下。"

离这场世界经济论坛结束还有两天，戚鱼看下来，今天除去一天的公开会议，中午虞故峥还会出席餐会。

华盛联合了三十多家国际知名的大公司，在镇上某个酒店内举办午餐会，边吃饭边交流。

受邀嘉宾的名单很长，虞故峥是第一个致辞，其他嘉宾也排了演讲顺序。

戚鱼和庄成一起去酒店放行李，刷卡进的是虞故峥的套房。

"您要是想休息，可以让他们送餐上来。"庄成道，"不累的话，我现在带您去午餐会。"

戚鱼从来没觉得自己这么任性过。

即便知道虞故峥很忙……

她酒窝有点抑制不住，摇摇头道："我想见虞故峥。"

午餐会办在镇上的另一家酒店。

顶层花园餐厅外，签到台上的白色桌签琳琅满目，名单聚集了金融与科技等行业的国际顶尖公司大拿。戚鱼跟着庄成进去，餐厅内已然坐满了人，安静得只听得到男人熟悉的嗓音，英文咬字格外好听。

餐厅四面落地窗，窗外是小镇山景，光色通明。戚鱼被引着在其中一张圆餐桌入座，几乎是一眼就注意到台上正致辞的虞故峥。

虞故峥神色波澜不惊，致辞未停，眸光随即不偏不倚扫向戚鱼，定落，并没有避开的意思。很快，桌上有几人也循着视线转头打量戚鱼，旁边正拍摄的媒体记者也转身看她。

致辞结束，满厅掌声，侍应生进来上餐点，戚鱼也转回去喝水。这一桌的嘉宾开始压着声音攀谈，英文中夹杂着德语。在场都是身份显赫的人物，来午餐会是真来参会的，面前摆盘精致的料理一道没动。

"怎么只是喝水。"一道中文自口后传来，男人落座，"这些不合胃口？"

戚鱼倏然抬头："虞故峥。"

两周没见，她一瞬不瞬地看虞故峥，这会儿杏眸比餐厅内的光线还要亮："我在飞机上吃过了，现在不饿。"

戚鱼确实刚在飞机吃过，来的路上又吃了那块树莓蛋糕，别人的注意力在攀谈上，她放在虞故峥身上。

"累不累？"虞故峥问。

"不累，刚才有一点困，现在也不困了。"

是见到他，就觉得不困了。戚鱼刚想措辞一句亲昵的话，庄成又拿着手机过来。

虞故峥沉静地注视戚鱼，接起电话，简短说了几句后挂断，对庄成道："下午的会你不用跟了，找人带她去逛逛。"

庄成颔首。

戚鱼一句话才咽下去，四周掌声响起，某位受邀嘉宾上台演讲。

白发中年男人是某个时尚高奢品牌的家族继承人，操着一口法式英语，言谈很风趣。戚鱼心不在焉，不能一直看旁边的虞故峥，可忍不住做点什么。

于是她回身拿餐桌上的水杯，借机瞅他一眼。

侍应生为每位嘉宾端上一小盘咖喱鳌虾，她又瞅一眼。

第三次还要看，戚鱼无意识拿着的手机被人抽走。虞故峥随手将戚鱼的手机搁回餐桌，侧眸看了一眼，修长手指握住她的。他意味不明地抚捏了一下，似警告又不似。

戚鱼明显顿住。

远处，庄成将虞总牵戚小姐的动作尽收眼底，都没来得及拦，旁边外国媒体对着这一幕咔嚓一张，抓拍了。

午餐会持续近两个小时，最后拍合照散场，虞故峥还要去往下一个议程。

一路上都没什么机会说话。媒体记者跟着一群人往电梯间走，庄成拿了本当地的旅游册子，边走边给戚鱼介绍。

"太太，镇上有室内滑雪场，还有划船、钓鱼的项目，您看您喜欢——"忽然，庄成的手机响起，他抱歉道，"稍等。"

恰在此刻，戚鱼突然伸手，轻轻扯住旁边虞故峥的西装一角。

脚步停了，虞故峥侧过脸问："都不喜欢？"

"也不是，"戚鱼注意到前面一行人已然走远，庄成正避到旁边打电话，她小声开口，"我不熟悉这里，等下回来的时候可能找不到路，所以……"

不等虞故峥出声问，戚鱼先斩后奏，稍踮脚，仰起脑袋迅速亲了一口他的下巴。

她心跳快得惊人，终于把按捺一路的事做了，杏眸闪烁道："我先做一个标记。"

虞故峥静静俯视戚鱼须臾，忽然笑了。

旁边庄成正接着电话，余光捕捉到什么，错愕止声，眼睁睁地见虞总握住戚小姐的手腕，径直进了距离走廊最近的那间会议室。

庄成良久回神，正色对负责人道："对，我们可能会晚一点到。"

另一边，戚鱼按捺不住地黏人，稚拙地调情，全然被虞故峥有来有往地悉数奉还。

十分钟后，静默的会议室内，戚鱼手指还蜷缩着，感觉唇舌每一处都在发着烫。

气息稍稍撤离，而后又贴附欺近，她唇上的水光被不紧不慢吻过。

"准备在这里待多久？"

戚鱼一时没吭声，平复了好半晌。

"就待一天，"戚鱼缓过来，如实回答，"我已经订了明天的机票……下周一我们组要做产品研发汇报，我应该也要在场。"

时间赶得紧，她待够一天一夜就走，真的就只是来看一下他。

虞故峥垂敛下眸注视戚鱼，没说什么，指腹沿着她柔软的下颌弧度擦过。戚鱼被撩拨得顿时仰了下脑袋，手指动了动，才发现自己一直攥的是虞故峥的那条黑色领带。

男人一身剪裁精良的西装笔挺，但在刚才那一吻中被扯乱了领带，反而看着格外……勾人。

戚鱼心跳很快，松开道："我帮你重新系一下吧。"

虞故峥瞥了一眼，单手解松领带，直接从衬衣领口抽出。

戚鱼刚要去接，下一刻，有什么不松不紧地环住了她。

她低下脑袋，有点愣。

虞故峥将黑色领带当作腰带，自然系在了她的腰际。对方极为修长漂亮的手指绕过领带，随手系好。

……还替她打了个蝴蝶结。

"领带留给你。"虞故峥极轻地笑了一声，回的是她不久前亲自己的借口，低缓道，"你留下跟着我，今天不许走了。"

当天下午在当地某会议酒店的演播厅有一场对话采访，是某跨国投资集团的创始人对话华盛集团虞总。

台上早就布置完毕，仅有简约的两座沙发，蜂拥旁听的各大媒体记者与嘉宾都在台下。戚鱼戴着庄成临时要来的通行证，在第一排入座。

庄成给证的时候，破天荒地多留意了两眼戚鱼。谁能想到，她那条白色裙子上的那根腰带其实是虞总的领带。

戚鱼手指弯起，默不作声地碰了碰自己的腰。

应该没有人会注意到她。

台上两人的对话在继续。

虞故峥说的是英文，两人都没戴同声翻译的耳机，却聊得很流畅。戚鱼专注地听着采访，两人似乎在聊第四次工业革命，那位投资集团的创始人又询问起华盛的发家史和虞故峥的创业史。

演播厅内除了快门声，只有交谈清晰可闻。

本该是一场专业性的对话，直到白发男人用英文笑问：

"据我所知，华盛旗下的业务扩张很快，听说有收购某个国外传媒公司的消息，所以未来会考虑进军时尚领域吗？"

"暂时不会。"

"我们能知道你近期的打算吗？"

戚鱼还在认真听着，就见不远处台上的虞故峥抬眼瞥来，视线对上一刹，他平静道："最近我会有一段假期。"

白发男人了然，接着问："您在闲暇之余会做什么事情呢？"

虞故峥笑了："陪太太。"

话音一落，观众席间的感叹声和窃窃私语骤然多了，快门声越发密集。

最后一段采访完毕，白发男人起身准备和虞故峥合影，又笑着多问一句："现在她在场吗？"

戚鱼心跳怦然，还没来得及反应。

虞故峥摘下麦克风，向台边过来。台前围上去的媒体记者见状纷纷自觉让开，也循着他的视线回头看。

台边与第一排相隔不过五步开外的距离，虞故峥穿过众人的目光注视戚鱼，周身气度光华，像是万众瞩目下独予一份的好看。

此时此刻，他眉眼精致，似眸里仅有戚鱼，下一句说的是中文："上来。"

【乔文文：我看到你上新闻了！】

【乔文文：宝贝，你什么领证的都不告诉我！】

【乔文文：你和虞故峥在瑞士吗？你们今天黑白配好般配。】

【乔文文：热搜里都在夸你俩，我睡不着了。】

当晚，戚鱼跟着虞故峥出席论坛主办方的招待晚宴，回酒店时，手机被微信消息刷了满屏。

这次不只是乔文文，就连以前的同学，甚至现在实习公司的同事，都好奇地发来了消息，还有道恭喜的。

酒店卧室内，戚鱼点开乔文文发来的链接。

她和虞故峥在下午论坛访谈后的合照，上了国内的新闻热搜。不只是访谈合照，居然还有他们午餐会时坐在一起的照片。

比起普通的财经新闻，这条新闻下的评论多得出奇。戚鱼大致瞅下来，在一干"华盛""联姻"等众多八卦字眼中，有一句评论在很前面。

【啊！这种级别的美貌是真实存在的吗？为什么我以前不知道华盛老总这么帅？居然"英年早婚"了。】

"英年早婚"。

婚……

戚鱼退出新闻界面，下午被虞故峥当众叫太太的心跳感记忆犹新，现在连带着微信消息里的祝福语一起，在胸口处融汇成一种奇异的感觉。

去年两人还处在联姻订婚时，她曾经尝试过暗示虞故峥，自己到了法定结婚的年龄。

那时候她好像急着想把订婚关系更进一步。

但很奇怪，现在她没有这么急了，或者说是，再也没有那种患得患失的不确定感了。即便松手，她知道那道光还是好端端地照在掌心里。

虽然现在在关系更进一步前，所有人都提前预知了消息。

戚鱼回着微信的留言，忽然听见门开的轻响。

这家酒店的套房只有一间主卧，卫浴也仅配一套。戚鱼正坐在卧室床边，抬起脑袋和从浴室出来的虞故峥打一照面，那种怦然心跳感又回来了。

"明天什么时候走？"虞故峥出声问。

戚鱼看他过来，小声回答："我订了中午十一点半的机票，早上就要走了。"到国内的时候，正好是周一凌晨。

"送你去。"

"好。"戚鱼点头得丝毫不迟疑，一顿，才记起虞故峥上午有一场公开会议，"不对，你不忙吗？"

"忙也是要送你去的。"到床边，虞故峥低俯下身平视戚鱼，隐约的水汽感凑近，"下周我没有工作安排，都会在家里。时间归你。"他沉静地问，"想要怎么安排我？"

戚鱼眼神晶亮，想了下："但是我记得你下周在S市有事……"

虞故峥微微颔首道："推了。"

临近开学，戚鱼原来想的是假如虞故峥很忙，那她就来找他。没想到下午虞故峥说的话成真，他真的准备空出一段假期陪她。

默默思忖片刻，戚鱼糯声道："我想让你……教我学游泳，你之前说过的，要教我这个。"

虞故峥似是默认，又问："还有吗？"

"那间公寓里的书房设计，我还没有确定好，你帮我参考一下吧。"

"好。"

这么一对话，突然就有种马上要走的感觉。

戚鱼无意识地抿了下唇，开始得寸进尺，她目若点漆，问："那可不可以再亲一下？"

视线相接，虞故峥倒是笑了。他屈指抵了抵戚鱼的下颌，细致打量一瞬，淡淡沉香和水汽味道一并弥漫在她鼻间。

"只是一下？"

"也……"

戚鱼话没说完，下巴一紧，额头蓦然贴附上男人温热的气息。虞故峥在她的额头一吻而过。

这个吻并未带有多浓的情欲意味，似克制似安抚，一触即收。

"早点睡。"

话虽这么说，但虞故峥捏着戚鱼下巴的手指未撤，反倒若有似无地一寸寸摩挲，眸光下落。

戚鱼跟着看，瞅见自己腰际打着蝴蝶结系了一天的领带，应该都皱了。

她下意识问："你还要领带吗？"

下巴处的抚擦力道重了几分。

虞故峥一双桃花眼看了戚鱼片刻，接话："现在解开还给我，明早你会起不了床。"他不答反问，"还是说，今天你想再累一点？"

戚鱼不知道怎么回。

"赶不上飞机，就要向你的公司请假。愿意吗？"

虞故峥语气寻常，像是客气询问她的意见。

戚鱼反应两秒。本来她没觉得有什么，虞故峥这么一问，性质已经从索要亲吻演变成了别的。

可是他这么问她，看上去却没半点暧昧的意思。

……她说不出口。

半晌，戚鱼压着心跳，摇头冒出一句："不用了。"

虞故峥气息离得近，看戚鱼的视线既深且沉。时隔良久，他的动作才终于撤了。

"洗完澡早点睡。我就在外面。"

戚鱼不吭声了，表情镇定地点点头，翻出行李箱里的睡裙，进了浴室。

洗完澡，她将自己整个人埋进虞故峥的被窝，里外蹭了一圈。

一夜好眠。

周一回国，戚鱼在上班的当天接收到数不清的注目礼，就连在整个部门的产品研发汇报会上，也有其他员工频频投来打量。

更甚者，还有人直接拿着她和虞故峥在瑞士拍的照片来问是不是她本人。

她变得有名起来。

仿佛一夜之间，所有人都看到了在论坛上的那组照片，也知道了她和虞故峥的关系。

"那当然了，你们可是热搜第一呀！"陶诗艺夸张地解释，重点不在什么世界闻名的经济论坛，是两人被扒出来的家世背景配上颜值，只需一个契机就推到了广大网友面前。她疑惑，"你是不是平时不玩微博啊？"

戚鱼有微博账号，但几乎不上。之前她在国外时还会用一些其他的社交平台，可后来忙课题就逐渐放下了。

不断有公司的其他员工经过戚鱼的工位，只为了特地多看两眼。

戚鱼经历过类似的事，她大二时在清大也被同样围观过，等新鲜感过去，一切都会回归正常。

她不太在意，每天还是按时赶完预计的工作进度。

好在还有一周，戚鱼的实习就要结束了。

时间转瞬即逝。

实习正式结束那天，戚鱼挨个给组里同事发了明信片和礼物。

办理完手续，拿到实习证明，她拨通虞故峥的电话。

"虞故峥，我实习结束了，现在准备整理东西。"戚鱼一开口，声音明显含着轻快，"你在公司吗？"

"等着。"

虞故峥那边音色悦耳："我来接你。"

茶室内，虞故峥搁下手机。

棋盘对面，虞立荣不动声色地推出红棋子："怎么，刚坐没一会儿就准备要走了？"

虞故峥容色未改道："下完这盘。"

今天是虞立荣主动联系约见虞故峥。虞立荣被迫退休后的日子里一直在国外养老钓鱼，看着不再过问公司的事，却把风向变动都看在眼里。

"上周的新闻我看到了，你和戚家那个女儿的事，这是确定了？"虞立荣道，"毕竟是戚明信的女儿，听说戚家最近难过，你帮他们就等同在填无底洞，当心把自己赔进去。"

虞故峥倒不评价这句。

虞立荣见虞故峥默认，当他真要扶持戚家，皱了下眉道："也没有什么事，就是前段时间听远升说，你把他的会所生意全断了。为个小辈和家里人闹翻，不值当了。你对戚鱼是不是太上心了？"

虞立荣原来以为虞故峥和戚家的联姻只是一时，虞故峥与他很相像，对追权逐利的兴趣远远大过私人感情，现在看起来却不是。

但他如今接替华盛，必然不能为别人作嫁衣裳。

虞故峥微微笑道："既然以后要做家人，怎么能对她不上心。"他语气不似褒奖，"虞远升何必跟一个小辈计较。"

棋盘胶着，虞立荣迟迟没落出下一步棋，既皱着眉，却也面露欣赏。

虽然他是被迫卸任华盛董事长的位置，但他这个儿子无疑是最合适的继承人选。

"故峥，"虞立荣施压了一辈子，极少用这种谆谆的口吻，"我不剩多少年了，手里留的这点股份留着没有多大用，可以全给你。但是我建议你在结婚这件事上再考虑，换个家世放心的人。"

这是在让他选。

虞故峥闻言看了眼虞立荣，眉眼间含着笑意，像是兴致不错。

"给与不给，我也都拿了。"他平静道，"您的意见不在我的考虑范围内。留给您的股份，想拿就拿着。"虞故峥起身离开前，添一句，"您不想留，在婚礼上再给不迟。"

棋已经不用下了。帅五平四，车七平六，再怎么下，红棋都是必输局面。

虞立荣放下茶杯，神情鲜见地露出微愕。

半个小时后，司机将车开到科技园某公司楼下，下来恭敬地为虞故峥开车门。

戚鱼远远就注意到道边的车，抱着纸箱过来。

"虞故峥。"

虞故峥稍眯了眼眸，注视着戚鱼从远处走近。

.296.

当年苏静月被虞立荣私养着，却一直奢求要一份完整不保留的感情，在生下他不久后精神失常，时常阴晴不定。自杀前，她曾告诉虞故峥，将来在虞家长大后去找一份体面的工作，以堂堂正正的身份离开。

然而这么多年他细品名利滋味，见惯权势欺压，身在狼群怎么甘心只做羊。

即便他选择读医学院，仍为自己保留着从商的后路。

直到某年碰上苏静月的旧识，才知道当年旧事。

那一刻他清楚认识到，真正的自由并非离开权力掌控，而是凌驾于权力之上。

才有了之后种种。

这么多年，虞故峥年幼失怙，经历许多，原本以为对谁付出真心和感情都是一种毫无价值的浪费。

任何人。

除了她。

"虞故峥。"戚鱼从公司出来第一眼就注意到了这边，到虞故峥面前停住，抬起脑袋问，"你等很久了吗？"

"才到。"

戚鱼怀里抱着的收纳纸箱被虞故峥接过，恰好庄成从副驾下来，随即要接纸箱："虞总，我来放到后备厢吧。"

"等一下。"戚鱼忽然开口。

纸箱里面有不少戚鱼带在公司的私人物品，还有一束今天上午收到的小玫瑰。她思忖了下，把那束簇粉拥白的小玫瑰拿给虞故峥，主动借花献原主："这是最后一束了，送给你。"

戚鱼杏眸漆黑明亮，肉眼可见的心情好。虞故峥与她对视须臾，接过来，笑道："还没到截止送花的时候，怎么是最后一束。"

"他们还会继续送花吗？"戚鱼也记得当初鲜花配送员说的是三个月，退不了，也不能浪费，她思索着问，"好像还要送半个月，那要不要让他们送到你那边？"

交谈间，虞故峥亲自将纸箱搁进后备厢。

"既然是要给你，没有收回来的道理。"

戚鱼一顿："但是我开学以后就收不到了。"

"只要你想，就可以。"虞故峥道。

他的意思，是打算把玫瑰送到她交换的学校那里？

"还是不用了。"戚鱼心跳一快，好半晌，开口回了句，"你帮我收起来吧，放在你的办公室里也很好看。"

虞故峥侧眸看了一眼戚鱼，似是失笑一瞬："庄成。"

旁边庄成颔首。

"找个花瓶，拿回去摆在桌上。"虞故峥将手里那束玫瑰给庄成，低眸替戚鱼开后座车门，对她道，"上车。"

庄成应声接过，恭敬地问："那虹科那边……"

"虹科的会安排在今晚。"虞故峥简扼地吩咐一句时间，道，"今天没你的事了。"

虞总难得开始放假期，腾出近一周的空闲，除了线上会议再没有出行行程。庄成汇报完工作，自觉打车离开。

时间还早，戚鱼今天约了那个室内设计师，打算和虞故峥一起把那套复式公寓的设计方案定下来。

车一路驶向公寓住宅区。

设计师早早等在公寓区外的咖啡厅，带着他的助理一道，见面后殷切地与虞故峥握手，跟随两人进去。

复式公寓还是第一次戚鱼来看时的样子，午后阳光自一层落地窗打进，更显光线充足。戚鱼瞅了眼身边的虞故峥，听设计师边走边介绍设计细节。

一路上楼。

"主卧的主色调我选了几种备用方案，听说虞太太喜欢粉色和白色，我个人建议还是留白多一些好。"设计师询问地看向虞故峥，"粉色温馨，但毕竟是您和太太两个人一起住，这种灰白稍微带粉色的中性风可能更合适。"

一起住……

"喜欢哪种？"虞故峥却问。

戚鱼压着心跳，还是选了粉白色系的设计："我觉得第一种方案更好。"

"按她挑的来。"

设计师忙道："好的。"

四人穿过卧室，来到露台外。

"像我们这里的露台这么大，可以考虑改造成花园，或者设计一个小型泳池。"设计师递过平板，"我咨询过物业，公寓楼面承重是允许的，您二位看一下效果，怎么样？"

戚鱼看得专注："泳池是很好看，但是我还不会游泳，还是不用了。"

话音刚落，她感觉手背被温热指腹稍一抚擦而过，不由得看向虞故峥。

"总有会的那天。"

虞故峥似起了些兴致，笑了："不是要我教你？"

戚鱼一下想起来。

她不受控地动了动手指，定定地瞅虞故峥几秒，"嗯"了句，顺着小声问："那你要在哪里教？"

"你想在哪里？"

戚鱼先前想过，在虞故峥别墅里的泳池就可以学游泳，只是那边用人太多。

想到上一次被用人迭声叫太太，还被旁观到两人亲昵拥抱的场景，戚鱼一顿，没想太多，如实回："我想等晚上没人的时候学，可以吗？"

旁边，设计师怎么听怎么觉得这话题越来越私密，自觉地笑道："虞先生，您和太太先商量，我这里接个电话……"说完忙不迭拉着助理走了。

戚鱼这才反应过来刚才话里的暧昧。

她还没解释，又听虞故峥平静地问："有泳衣吗？"

戚鱼好半晌才吭出一句："还没有买。"她补一句，"明天我就去买。"

虞故峥微微颔首："陪你。"

"不用了。"戚鱼这句语速比平时要快不少，一顿，缓了下，笃定道，"我想和朋友一起去。"

想主动亲近虞故峥是一回事，被人旁观，被他陪着挑泳衣又是另一回事。戚鱼瞅了会儿虞故峥，视线挪到手里平板的屏幕上，破天荒地跳过话题："那就等买回来再和你学游泳，我也没有很急。"

感觉自己被虞故峥牵着的手心有点发烫。

片刻，戚鱼听面前的人不紧不慢地道："看我。"

她抬起脑袋。

"不在家里的泳池，带你去海边，愿意吗？"

戚鱼有点茫然："是去海边学游泳吗？"

"你想学，就在酒店的泳池。"虞故峥像知道戚鱼在想什么，"不会有别人。"他补充，"顺道出一趟海。"

出海？

虞故峥垂敛下眼打量戚鱼一瞬，忽然笑了："正好是观鲸的时候，去看看。"

这笑极为好看，戚鱼心跳怦然一动，记起来。

去年也是差不多这个时候，他们在澳洲，虞故峥带她出海，她第一次近距离见到庞大壮观的鲸鱼群。那时候他还对她说过一句话。

——"做鲸，不必做鱼。"

虞故峥之前剖白的时候提过，是在澳洲的那一次真正对她上心。

以前她对海没有特别的感觉，不知道什么时候开始，好像成了两个人共同的特殊回忆。提起来，像舔了一口很甜的糖。

对视几秒。

戚鱼杏眼明亮，放下平板，空出的那只手轻攥住虞故峥的衬衫衣袖，忍不住说点什么："虞故峥，我好像没有跟你说过，我为什么喜欢白色。"

　　虞故峥看她。

　　"我喜欢粉色是因为妈妈，小的时候她喜欢看我穿。"戚鱼认真道，"喜欢白色，是因为你穿得很好看。我第一次见你的时候，你穿的就是白色。"

　　戚鱼还记得初见时虞故峥穿白衬衫的模样，小时候她不懂自己当时那种一动不能动的感觉是什么，后来才知道是惊艳。

　　这种强烈的惊艳持续了很久，后面数年她再也没有遇到能产生等同感受的人。

　　这么多年来，她一直喜欢到现在。

　　此刻戚鱼神色灵动，糯声继续："你和妈妈对我来说都是最重要的人。"

　　虞故峥容戚鱼攥着自己的衬衫袖，一双深之又深的桃花眼注视她良久，颔首下来，近到几乎额际相抵。

　　"你过去落在我这里的几年时间，存得够久了。"离得太近，阴影罩落，虞故峥的眸光更显深邃，淡淡道，"现在还给你。"

　　"怎么……还给我？"

　　戚鱼被他近距离的英隽容色勾得呼吸一顿，感觉男人的指腹抚擦过自己的手腕，像在沿着脉搏若有似无地摩挲。

　　"往后我的时间，一并都会还给你。作为利息，"未几，虞故峥轻轻笑了，蛊惑一般，"人也给你。"

第十七章

如果是你，我心甘情愿

当天公寓的方案效果图敲定，设计师回复说两天内就能出施工图，后续就是装潢和置办家具的事。

家具的品牌与设计摆放一早就确认了，后面的事就不怎么需要戚鱼过问。

翌日，戚鱼和乔文文约在市中心商场的甜品店。

"小鱼你什么时候开学啊？"

"十九号。"乔文文问，"那不就是下周……对了，你不是说今天想选泳衣吗？你开学还要准备这个？"

"不是。"服务员端来甜品，戚鱼道谢一句端过来，摇摇头道，"是我打算去海边。"

"跟……虞故峥啊？"

见她点头，乔文文已经开始兴奋："不吃了，走了走了，去挑泳衣！"

戚鱼咽下一勺双皮奶："随便挑一套就可以了。"

"这怎么能随便？"乔文文恨不能用火热目光度量戚鱼，"你这腰这臀这身材，怎么都得选一套性感比基尼啊！去给我俘获男人的心！"

戚鱼有些无语。

"你们去哪里度蜜月啊？"

"去一个海岛。"戚鱼没纠正乔文文这句，酒窝明显，"斯里兰卡。"

戚鱼去年办的去澳洲的签证过了时效，申请时间要等太久，最后她和虞故峥换成一个没那么远的海岛。

去哪里都可以，戚鱼对地点没有要求。

斯里兰卡的电子签证过得很快，几乎是一天就办成。

去那边要一连四五天的行程，戚鱼买完泳衣，花了点时间整理行李箱，又提前把租房里的行李收拾进那套复式公寓。虞故峥似乎真的正处于休假，亲自开车送她来回，除了路上有时接的几个电话，再没有别的安排。

设计师那边的施工图交得比预期要早，现在整套公寓都处在装潢的嘈杂忙碌中。

戚鱼将行李锁进储物间里，和装修工人打过招呼，跟随虞故峥一起下楼。

车内，戚鱼坐进副驾，抬头看他："他们说，还要装修很久，不过可以等我回来再验收。"

虞故峥俯身替她系安全带，问："打算什么时候回来？"

"应该要等到冬天，"戚鱼道，"我们圣诞假会放两周假，还有四个月我就回来了。"

"太久。"

戚鱼迟疑一下："那……怎么办？"她思索补话，"等放假期我就回来，到时候我也会每天给你打电话的……不会像之前那样不联系你了。"

虞故峥失笑一瞬。

"我不等人。"话虽这么说，但虞故峥平静抬眸看她，淡淡地接话，"想什么时候回来都随你。我会去找你。"

戚鱼见他替自己系好安全带，起身前，他嗓音低缓地说了一句："等着。"

隔了几秒，戚鱼露出酒窝"嗯"了句，又仔细瞅他。

虞故峥今天不再是西装楚楚的模样，一身再简单不过的纯黑色T恤长裤，平添几分随意，腕间佛珠手串还戴着，矜贵仍是真矜贵。

却在她面前沾染上了人气。

戚鱼很喜欢他现在这样，甚至不想让任何人再看到，而是想自己独享。

"明天会有其他人跟我们一起去吗？"

"你还想要谁？"虞故峥容色未改，又俯身看戚鱼，屈指抵了抵她的下颌，"只会有我和你。"

临行当天，司机一路驶过高速，下高架，将车停在航站楼前。

眼前的航站楼不是戚鱼印象里的那几座，比常规的航站楼要低矮一些，近处人流也少之又少。她跟着虞故峥下车，一眼就望见楼前"公务机航站楼"的标识。

直到进航站楼，有工作人员微笑地接过虞故峥手里的行李箱，一路引两人进贵宾候机室，端茶送上点心，戚鱼才反应过来，今天这趟是私人飞机的行程。

候机不过半个小时，过边防检查，乘车一路到停机位。眼前是架比寻常客机要小不少的私人飞机，这趟航班值机的机组人员已经等在登机口。

"虞先生。"机组人员省去自我介绍，熟稔地鞠躬，笑道，"很高兴为您服务，祝您和太太旅途愉快。"

戚鱼随着虞故峥上飞机。

机舱的座位看着宽敞而舒适，仅有十几个座。后面内舱的门没关，戚鱼回头打量，里舱的吧台厨房一望俱全，往前看，驾驶舱门也开着，还能见到正在做调试确认的三位驾驶员。

除了机组，再没别的乘客。

这趟旅程，真的就像虞故峥说的，只有她和他。

戚鱼就近在一处座位坐下，看着他在面对面的位置入座，好奇地问："虞故峥，这是你的飞机吗？"

虞故峥似是默认，瞥一眼戚鱼脚上的高跟鞋，眸光落在她脚踝处。

"不舒服？"

戚鱼顺着他的目光看，顿了下，今天她穿的是那天和乔文文一起逛商场买的新鞋，是双稍有鞋跟的低跟鞋，尺码刚好，只是刚穿有些磨脚跟。她点点头，"嗯"了句："有一点。你怎么……"

"走路看着不对。"虞故峥容色沉静，对空姐道，"去拿一双拖鞋。"

空姐忙体贴地拿了两双一次性棉拖过来，刚拆了包装，虞故峥接过一双，自然地在戚鱼座前俯身，修长手指捞起她的小腿搁在膝上。

戚鱼连呼吸都停了下。

"别动。"虞故峥稍一扣住她不受控往回撤的脚踝，抬眸扫一眼，倒是笑了，"怎么了？"

"没什么。"良久，戚鱼才小声吭出一句。

两个空姐面面相觑，都从对方模式化的微笑里窥出了那么点震惊。

她们连带整个机组跟这架飞机签了这么多年的约，跟了这么多趟航班，就没见过喜怒不形于色的虞总有这副模样。

原来虞总私底下是会亲自给太太换鞋的！

戚鱼心跳快得克制不住，漆黑明亮的眼眸着男人。

"虞故峥。"她忍不住问，"我等等用一下这里的厨房，可以吗？"

虞故峥替她穿完拖鞋，搁下，问："你想要下厨？"

"嗯。"

戚鱼那点挨挨蹭蹭的表现欲逐渐冒头。

虞故峥没说什么，叫来飞机上的厨师，简扼吩咐几句。厨师随即意会，笑着对戚鱼颔首道："好的，一会儿我给您介绍一下厨房，也方便您操作。"

飞机准备进跑道，即将爬升。戚鱼乖乖待在座位，见虞故峥刚挂断一个电话，她找话题开口："你经常坐这架飞机吗？"

"偶尔。"虞故峥随手搁下手机，一双桃花眼看着戚鱼，难得平静地多添一句，"多数是碰上处理紧急公务的时候。"又接，"以及带着你。"

对视一刹，戚鱼脚趾在棉拖里稍稍蜷缩了下，感觉舒软成一片。

她真的已经很喜欢虞故峥了。

航班飞了十个小时不到，落地正巧是斯里兰卡当地时间的傍晚。

机场外有当地专车接送，一路驶向这座岛国最繁华的港口城市，送两人到下榻酒店。

虞故峥订了当地一家海滩度假酒店。甫一下车，戚鱼隐约嗅到点空气中淡淡的海风味道。

黄昏浸落。半圆弧式的豪华酒店中央，是占地极广的一片花园，戚鱼跟着虞故峥穿行过花园，进酒店大厅，办理手续后一路上二十四层。

顶层套房内，装潢尽是奢华的法式风格，客厅餐桌上的珐琅瓶当中，还插着一束新鲜的红白玫瑰花束。

"饿不饿？"虞故峥将手续单子搁在桌上，问。

"现在还不饿。"刚才戚鱼在飞机上吃过，主动要拿两人的行李箱进卧室，"我来帮你吧。"

虞故峥倒没让她拿，却默许她跟着："过来。"

戚鱼跟他一起进主卧。

一入眼，戚鱼没看清卧室当中那张大床，注意力全然被落地窗外的露台吸引。

原来酒店背后紧挨着海。从主卧外的小露台望出去，不远处是一望无垠的海景，在黄昏下显得格外波澜壮阔。

"好漂亮。"戚鱼趴在露台栏杆上，眼里像有雀跃，回过脑袋，"我们明天是要去这片海吗？"

"原定暂时住一晚，明天离开。"虞故峥接，"你喜欢的话，可以多留两天。"

戚鱼摇摇头，糯糯道："还是按你的安排来吧。"

"不想问我有什么计划？"虞故峥问。

戚鱼思忖了下，就着这个姿势，脑袋蹭到臂肘上瞅虞故峥。

"本来想问的，但是现在感觉，不问也挺好的。"反正都是跟他一起。

她这个动作无意识像在撒娇。

无声对视须臾，虞故峥似是笑了："我去洗澡。"

戚鱼："啊……"

"怎么？"

戚鱼彻底顿住的前一秒，才发现虞故峥的黑色上衣领口深了些许。男人随意撑在行李箱拉杆上的小臂肌理流畅分明，象牙白的色泽似带着薄薄水光，像是出了点汗。

从出机场开始，所有的体力活好像都是由他来代劳。

虞故峥进浴室洗澡。戚鱼把她行李箱里的日用品拿出来，又拿出明天换的裙子，挂在衣柜。

回头，这才看清卧室中央的大床。

看着极为舒适的一张宽床，配色欧式典雅。

……只有一张床。

戚鱼挪过去摸了摸，很软。她心跳骤然快了不少，拧开床头的矿泉水，慢吞吞地喝了大半，才缓和许多。

房间里一时静到只剩下室外海潮的轻微浪声，黄昏逐渐黯淡。

戚鱼坐在床边，手心蹭着冰凉的玻璃瓶身，在这种舒服感下，紧绷的神经逐渐放松下来。

她不知道什么时候睡着的，中间迷迷糊糊醒过两次。一次似乎是被人盖了被子，房间内冷气开得太足，戚鱼无意识往被窝里深埋了埋，接着，耳边传来一道若有似无的轻笑。

第二次醒得稍微久一点。卧室外有人在通电话，男人嗓音低压，格外熟悉。她隐约能听见几个英文单词，听不清，更催眠了。

不知过了多久，满室寂静，只开着床头一盏小台灯。

戚鱼揉了下眼睛，渐渐清醒了。

"虞故峥？"

套房内找不到人。戚鱼刚想回卧室拿手机打电话，忽然注意到客厅里侧，内嵌的设计后，有个木质楼梯通往上一层。

顶层套房的再上一层，是天台。

戚鱼推门，视野豁然开阔，露天空间里海风的味道明显了许多。

眼前是一片小型花园。木质地板延伸往前，戚鱼一眼瞅见不远处的无边泳池，还有池底隐约的男人身影。

男人游到底后，起身。似乎察觉到池边的视线，他上岸，整个人颀长而挺拔，眸光瞥过来，泳池边的灯光衬得他五官轮廓有股说不出的华美。

像个梦一样。

戚鱼突然想到一个词，出水美人。

"睡醒了？"戚鱼出神间，虞故峥披了黑色浴袍，径直走近。

戚鱼跟他对视了会儿，还有点钝："嗯，刚刚醒。"她回忆，"刚

.305.

才我好像听见你打电话的声音了，我是不是睡了很久？"

"不久。"虞故峥打量戚鱼片刻，问，"还想继续睡？"

戚鱼摇摇头。

虞故峥言简意赅："去换衣服，教你学游泳。"

隔了两秒，戚鱼彻底清醒了。

她看着虞故峥，难得讷讷："这里没有别人吗？"

"是套房配备的私人泳池，不会有别人。"虞故峥此刻刚从水里出来，水痕沿着漆黑发梢滑落，连桃花眼都像含着光，无端撩人，"要不要学？"

十五分钟后，戚鱼在八月盛夏的晚上，一丝不苟地裹着酒店浴袍，挪到泳池边。

就只瞅了一眼，戚鱼忽然扭开目光，心跳快得厉害。

……虞故峥没穿浴袍。

池里，虞故峥抬眸看戚鱼，似轻促地笑了一声。

"愣什么？"他低缓道，"下来。"

戚鱼下去了。

她无声地平复一口气，解开浴袍，扶着扶梯踩下去，一路在池水里沉到底，直到下巴堪堪露出水面。

整个过程丝毫不拖泥带水，一气呵成。

连身上那件乔文文精心挑选，硬塞给戚鱼的樱桃碎花比基尼泳装，都没露出多久。

其实泳池的水不深，只到戚鱼的锁骨。她目若点漆，就只探一个脑袋，小声吭出一句："我下来了。"

虞故峥有些失笑。

"先教你换气。"

虞故峥说要教戚鱼游泳，还真是一步一步从头教起，先教她在水中换气。他神色波澜不惊，戚鱼按着教的做，适应得很快。

可是连碰都没碰到他。

两人隔着半米远的距离。戚鱼从一开始的紧张，到认真学换气，再到有点心猿意马。还有点，说不上来的心痒，想亲近对方。

借着泳池边不太明亮的灯光，戚鱼默默瞅了眼，脑海里依稀能补全虞故峥在水下的样子。

片刻，戚鱼脑袋再一次露出水面，吸气。

攒够一口气，她闭眼没入水面，像虞故峥前几次教的那样，慢慢从鼻子中呼出一口气。

这次戚鱼莫名地，尝试般睁开眼。

一眼就能见到，男人紧绷无赘余的腰腹，肌理漂亮的修长双腿，在水下无比清晰，格外近。

她立即呛进一口水。

戚鱼一口气已经换得差不多，猝不及防呛进水，下意识想抓住什么站起来，却不慎在水底打滑。池水顿时从四面八方涌入她口鼻。

只有很短暂的两秒钟，下一刻戚鱼手腕骤然一紧，被人径直拉起。

"咳咳咳——我——咳——"

戚鱼咳到说不出一句话。

"怎么呛到了？"虞故峥的声音。

戚鱼咳了半天，缓过来时才发现自己紧抱着虞故峥的手臂。她杏眸闪烁，仰起脑袋："我刚刚不小心……在水里睁开眼睛了。"

虞故峥垂敛下眸看她。

戚鱼刚呛过水，整个人都呈现一种湿漉漉的柔软无辜感，耳朵明显红着，湿透的乌黑长发散在白皙肩颈，鲜活又动人。

视线下循，是少女越发曲致动人的弧度。

对视一刹，戚鱼感觉下唇被带着水意的指腹抚擦而过，动作不紧不慢。随后，她整个人都被虞故峥拉近。

水面轻微晃荡。

虞故峥忽然笑了，一双桃花眼流光般，音色也低醇："看到什么了？"

戚鱼不好意思回答。

"说说看。"

好半晌，戚鱼才小声道："我也没有……看得很清楚。"心跳实在太快，她转移话题道，"我好像已经学会换气了，是不是可以继续下一个？"

"今天不教你游泳。"戚鱼听虞故峥平静地问，"刚才没看清，还要再看吗？"

气氛一下变得极为暧昧。

戚鱼定定地和虞故峥对视上，没吭声。她看着水滴自男人漆黑密长的睫毛末端滑落，衬着深邃五官，像是蛊惑。

戚鱼心跳怦然作响，手指攀着虞故峥的手臂，很快凑过去舔了一口他的嘴角。

刚要缩回，戚鱼的腰被蓦然勾过去，下巴被捏起。

虞故峥气息欺近，深深吻住了她。

今晚戚鱼所有的勇气都用在了主动舔的那一下。

明明才适应换气，却在漫长的深吻中，呼吸急促错乱到根本没办法平复。

戚鱼浑身烫得在水里站不稳，这次没有衬衫袖子给她扯，也没有领带，她手指几近无措地探了探，碰到的是虞故峥触感紧实的小臂。

戚鱼大脑一片空白，记不清怎么被抱上楼，抵进柔软床里。

身上未擦干的水痕在床单上大片洇开。戚鱼在冷气开足的房间里条件反射性缩了一下，随即，蜷缩起的手指被虞故峥分开，十指相扣，缠上来。

清冽的水汽感弥漫。戚鱼感觉温热的吻自额角落下，触吻过自己脸侧、下颌，再到颈侧，含了力道。

直到再往下循，点到即止的触吻成了一下下的舔吻。

戚鱼整个人都绷着，心跳快得惊人。

每一次稍显烫人的吻后，男人修挺的鼻梁若有似无地擦过，触感微凉。这两种感觉混在一起，戚鱼忍不住要往后挪，却被指掌触抚而下，不轻不重捏了下腰侧。她顿时滞住。

触抚仍往下。

一切都开始失控。

"是自己挑的泳衣？"虞故峥的音色低得勾人。

足足有好一会儿，戚鱼才吭声道："朋友挑的。"她声音显然也紧张绷着，抿了下唇，"是文文她……"

话音未落，颈侧被舔咬了一口。

"不准想别人。"

戚鱼感受到越往下循的触感，一下呼吸都止住，小声道："我没有……想别人。"

"那怎么不看我？"虞故峥似是极轻地笑了一声，气息近在戚鱼耳侧，"不是觉得我好看吗？"

戚鱼耳朵滚烫。

如果不是虞故峥还扣着她的手指，她整个人可能都要蜷缩起来了。

"看我。"这句嗓音好听得像在哄。

戚鱼觉得自己连手指都在轻颤，仰起点脑袋，瞅了一眼。

虞故峥气息稍稍撤离，正倾身俯视她。水痕沿着他的下颌，滴落在戚鱼的脸颊。

随后，阴影罩落。虞故峥又欺近，舔吻掉她脸畔的水珠。

比想象中更好看，带着那种要命的成熟与性感。

更别提这样的人，近到与她额际相抵，出声："泳衣很好看。"

触抚像在勾勒，戚鱼烫得一句话都说不出来。

虞故峥笑了，又道："不及你。"

接下来的事，戚鱼几乎是予取予求，说不出来的话语，最后都被堵成了呜咽哭腔。从小为数不多掉的眼泪，也都留给了今晚，她哭得乱七八糟。

泪眼模糊间，虞故峥俯身吻去戚鱼簌簌往下掉的眼泪，意味接近温存。

力道却并未客气。

房间内只开了床头一盏昏黄小灯，映出影绰暧昧。满室压抑的哽咽哭音与细喘。

极尽缠绵。

"怎么咬自己的手指？"虞故峥那双深长漂亮的桃花眼里尽是勾人欲色，指腹蹭她下唇，俯下，"疼了咬我。"

戚鱼又掉出眼泪。

她没有忍住，直接咬上虞故峥的手指。

良久，直到戚鱼缓过来一点，齿列松开，泪眼蒙眬地舔了下他的手指，感觉自己的牙印咬得格外深。

她哽着声，断断续续地问："虞故峥，我……咬得疼吗？"

"疼。"

戚鱼感觉气息厮磨贴近，虞故峥音色醇郁，含了些微哑，带着男人的那股性感，低声道："你咬自己，我会疼。"

翌日。暗光浮动的房间内，暧昧消弭，满室的寂静，只能隐约听见一点海潮的声音。

冷气开得很足。戚鱼无意识往温暖的被窝里埋了埋，刚蹭了一下，迷糊间，忽然被身上隐隐牵扯到的那种感觉给拉回神。

她逐渐清醒了。

室内昏暗，只从窗帘缝隙中泄出一道阳光，打在床上。戚鱼坐起来，借着光往旁边瞅去，虞故峥不在。

不动还好，一动，全身异样的隐秘感觉全部被唤醒，戚鱼要挪下床的动作明显一顿，低下脑袋看。

她穿的是昨晚后来虞故峥给她换的睡裙，床单也换了一套新的。

戚鱼定定地瞅着自己的手臂，入眼几乎全是细细碎碎的吻痕，不仅是手臂，肩膀也有。戚鱼心跳后知后觉加快，拉开被子，小腿上也有那种晕红痕迹，几乎到处都是。

刚把裙角撩上膝盖，就感觉皮肤被带起一阵敏感的颤意，昨晚被触碰，被吻的感觉仿佛还在。

昨天晚上……

戚鱼的记忆一点点回笼，极为清晰地记得，一切从她在泳池里的那个吻开始失控。

后来到床上，一开始的记忆也都还有，最难受的时候，虞故峥让她别咬自己的手指，咬他。后来她彻底抛掉紧张，再加上实在没能忍受住那种怎么都形容不出的感觉，自己好像还抓了虞故峥。

戚鱼记得，他没止住她，只用那种近乎叹出来的语气，贴附过来说"下次替你剪指甲"。

语气不似责怪，反而既低又勾人，嗓音好听得要命。紧接着，她更难受了。

直到后半夜，她不知道是因为哭累了还是别的，又困又模糊不清，只记得虞故峥抱她去洗澡，她连抬手的力气都没有，一切都是他来代劳。

他还说了些什么。

光是回忆，戚鱼感觉自己连耳朵都开始烫。她伸手拿床头的手机看时间，已经是接近下午一点。

戚鱼在被窝里平复了下，打算下床洗漱。

昨天晚上的拖鞋应该还在楼上的泳池边上，洗漱完，戚鱼从行李箱里找出一件防晒外套穿上。她不想穿高跟鞋，就这么光脚踩着绒软的地毯，推门出卧室。

她还在想是不是要给自己找一双拖鞋，一眼就看到了正在客厅接电话的人。

虞故峥在沙发座那边，抬眸扫到戚鱼，沉静地打量片刻，挂了电话。

"怎么不穿鞋子？"

视线相接，戚鱼注意到虞故峥身上的黑色睡袍松松未系，露出胸腹处一片漂亮肌理。她好半晌才乖乖"嗯"了句："我没有找到拖鞋。"

"饿不饿？"虞故峥随手掐灭烟，问得简扼，"想去餐厅，还是留在这儿？"

戚鱼想起自己未消的吻痕，丝毫没有犹豫："还是在房间里吃饭吧。"

"好。"

说话间，虞故峥已经走近。戚鱼本来还打算找话题，抬眼一瞅，半个字都吭不出来了。

他身上有几道细细的红痕，格外明显。

一瞬不瞬盯了两秒，戚鱼忽然撇开目光，忍不住小声道："我昨天晚上是不是抓……"

话音未落，戚鱼身体突然一轻，被虞故峥直接打横抱起。他身上那股沐浴过的好闻味道融着淡淡沉香味袭来，戚鱼都没来得及反应，已经被径直抱进那张长沙发里。

戚鱼心跳快得惊人，但虞故峥没有抵近，反倒虚撑着俯过身，无声地垂敛下眼注视她。

"还难受吗？"良久，虞故峥出声。

戚鱼不知道怎么接这句，对视好一会儿，点点头。

虞故峥容色未改，问："觉得哪里难受？"

戚鱼在睡裙外面套了一件乳白色的防晒外套，衣料轻薄。她顿顿地看虞故峥伸指触抚上自己的锁骨，隔着半透的外套，力道不轻不重地往下走，看着不带轻佻意味，更不带欲色，但……

戚鱼一下攥住他的手指，声音还含着鼻音："虞故峥。"

"嗯。"虞故峥俯视戚鱼须臾，笑道，"怎么了？"

戚鱼心跳如擂鼓，一声不吭地攥着他修长手指，忽然感觉他屈指，不紧不慢地抚蹭过她的掌心。

不知道为什么，戚鱼被他蹭得痒得想缩手，又觉得舒服。她现在脑海有点空白："现在我不是特别难受了，就是昨天……"她没说完。

"昨天怎么？"

戚鱼沉默。

虞故峥失笑一瞬。戚鱼不想吭声，他也不多问，周身那股带欲的气质敛了，反手扣住戚鱼手腕，带她起来。

"先去换衣服，想想看要吃什么。"

虞故峥一撤离，戚鱼心里那种紧绷不自在的感觉反而渐渐消失了。她乖乖跟着坐起，瞅着虞故峥，突然产生一种吃到蛋糕的满足感。

这个人是她的。

戚鱼后知后觉涌上来一股欣喜雀跃，还有那种止不住的亲昵想要黏人的感觉。

"今天没有安排，晚上带你去海滩走走，想去吗？"虞故峥问。

"嗯。"

戚鱼又注意到虞故峥身上那些明显抓痕，轻扯住他的睡袍一角，没有多想："虞故峥，你这里要不要涂点药膏？"

虞故峥微眯了一瞬眸，稍顿，出声道："不至于。"

"你这里好像还挺严重的，要不要先处理一下？"戚鱼杏眼明亮，带着挨挨蹭蹭的歉意，糯声继续话题，"我等下去帮你问一下客房工作人员吧。"

虞故峥没接话，半晌，一双桃花眼静静打量戚鱼，不答反问："不疼了？"

戚鱼："啊……"

虞故峥容戚鱼扯住自己，又俯身看她，声线平静："我不招惹你，怎么反倒来招我。"

戚鱼心跳怦然一动，刚想开口回，听虞故峥笑了。

下一刻，戚鱼下颌处被他屈指抵了抵，她刚措辞好的话全咽了回去。虞故峥手指一路触下，碰到她外套的拉链。

窗外阳光勾勒出眼前男人华美如同雕塑般的五官，他眸光很深，看着像尊跌落红尘的神，食髓知味。

戚鱼只不过顺着他的动作垂头瞅了眼，腰脊一紧，重心顿时颠倒。

她摔入柔软的沙发，独属于虞故峥的气息欺近，随后，握住她的脚踝。

她小腿被带起，紧接着腿肚被丝毫不客气地咬了一下。

本来消退得差不多的旖旎，全然被带动起来。

"虞故峥，我……"

"嗯。"虞故峥应了，勾着戚鱼的外套拉链带到底，嗓音低缓，"这次不让你疼，只疼你。"

再结束已近黄昏。

戚鱼差不多有一天没吃饭，最后又被虞故峥抱去洗澡，既累又饿，浑身上下敏感得要命。

明明是来度假，头天却一直待在房间里。

清理收拾完，客厅和卧室里仿佛仍有暖昧气氛。戚鱼这回不打算继续留在套房里，破天荒地提议下楼吃。她从行李箱里翻出这次带来的唯一一条长裙穿上，又套了件外套，跟虞故峥去酒店的餐厅。

餐厅内。对面，虞故峥看了眼戚鱼喝空的水杯，吩咐一句侍应生，给她添满一杯椰汁："吃完想去哪里？"

戚鱼默默捧起杯子喝水，暂时没吭声。

虞故峥身上已经换成白衬衫，这还是出门前她要求的。虞故峥似不在意身上的痕迹，但戚鱼还是笃定地挪进卧室，帮他拿出一件衬衫。

此刻男人的领扣扣到顶，气质矜贵从容，根本不像刚才的模样。

戚鱼承认她很喜欢和虞故峥独处，也喜欢亲近他，但是今天不行。

她不行。

"我们说好去海边逛一逛的，"片刻，戚鱼压着心跳，面上还算镇静，抿了下唇，敲定地回，"那就先不回去，我们去海滩吧。"

两人在首都科伦坡多待了一天。

除了去海滩散步，翌日去逛了逛市内的地标建筑。这座海滨城市聚集岛内最繁华的地段，随处可见风情建筑和椰子树。戚鱼没有相机，手机里攒了，拍当地风景，也在拍虞故峥。

这才逐渐有了度假的感觉。

这是她和虞故峥第一次真正意义上的双人旅行。虽然虞故峥定了路线，但似乎并没有安排内容，他将游玩的主导权给她，多数时候是陪同的那一个，还会陪她尝一点当地的特色甜品和冰激凌。

戚鱼回酒店翻照片，看得嘴角止不住上扬，一张张认真保存进云端平台。

下个行程是转道去东北部的一所港市。

隔天一早，戚鱼跟着虞故峥下楼办退房手续。负责接送的当地司机已经等在酒店门口，戚鱼没有闲着，先把行李箱拉过去。

司机帮忙把箱子放进后备厢，戚鱼闲下来，瞅了眼手机，发现刚才汪盈芝打来过电话。

她拨回去。

"汪阿——"

话一出口，戚鱼顿时消音。

昨天晚上虞故峥没有放过她，直到凌晨才睡下，现在她的声音还带着细微鼻音，仅仅说一个字都让她记起昨晚的全部旖旎细节。

所幸汪盈芝没发觉，戚鱼开学将近，她打电话来询问戚鱼订机票的日期，又笑问到时候要不要来给她接机。两人闲聊过一阵，汪盈芝才觉出不对："你的声音怎么了？感冒了？"

戚鱼不知道该怎么回，片刻才维持着镇定"嗯"了声，汪盈芝又关切地叮嘱几句。

"好的，那您也多注意身体。"戚鱼清了下嗓子，转移话题，"我这个月的实习工资又发了一部分，等过几天就转给您。"

当初汪盈芝借给戚鱼出国留学的那一笔钱还有剩余，戚鱼自己也在攒钱，定期会在每个月还一部分给汪盈芝，按照这样的进度，她在三年内能连本带息还清。

可汪盈芝那边反倒沉默两秒，语气微诧："小鱼，你不用还了……虞故峥没有告诉你？"

"我前段时间见过虞故峥，他问这件事，已经替你还掉了。"

"他和您见过面吗？"戚鱼有点愣，印象里除了很早之前在一次俱乐部的聚会上见过，汪盈芝和虞故峥之间根本没有交集，"他什么时候还给您的？"

汪盈芝报出一个大概日期，是上个月末的时候。戚鱼反应过来，是在邹黛骗她去会所那件事发生后的后几天。

那天并不是汪盈芝找的虞故峥，是他亲自联系她，谈的就是替戚鱼清偿学费借款的事。

整个谈话过程很快，没有过多客套，坐立不安的反而是汪盈芝。她还没忘记她在一年前对虞故峥说的那番话，暗示戚鱼对他或许是一时喜欢，也劝他及时止损，恐怕在家业和感情之间只能顾上一方。

虞故峥当时对汪盈芝道，都要。

发展到如今，竟然真的如虞故峥所说，他都要了。

当天虞故峥离开前，汪盈芝忐忑地致歉，说当初自己本着从小看戚鱼长大的心情，是希望她遇到能好好陪伴一生的人才说出那番话。

她仍记得虞故峥平静的一句坦言——

"我不是多有责任感的一个人，你的顾虑不算多余。"

"过往我处理事情的唯一原则，不过是利益换利益。而这条原则对她不适用。"虞故峥几乎从不向外人多交代什么，不知是不是看在汪盈芝由衷的面上，难得起兴致，道，"在我这里，戚鱼不会遵循任何原则。"

汪盈芝哑然良久。

"你应该不知道，去年在你出国前，我找虞故峥聊过……"

十分钟后，戚鱼结束通话，抿了抿唇。

她想起先前庄成说过的，虞故峥也找过戚明信，虽然不知道说了什么，但她大概也能猜到。

他在她看不见的地方，做了这么多事。

虞故峥办完手续，自酒店出来。

"虞故峥，"上车，戚鱼转过脑袋，思忖两秒，"刚才我给汪阿姨打电话，她说你去找过她。"

虞故峥神色并不意外，问："知道了？"

"嗯。"戚鱼解释，"汪阿姨借我的那笔钱，我已经还掉一部分了，再过两三年我就能还完。"

"知道你自己能还。"虞故峥转眸过来，"既然都是欠人情，不如欠我的情。"

戚鱼摇摇头，陈述道："可是你不会让我还的。"

"你怎么知道我不会？"虞故峥问。

戚鱼刚才说那句当然不是有恃无恐，她就是知道，虞故峥肯定不会让她还。她瞅了会儿，见虞故峥倒是笑了。

"想还就还。"虞故峥一双桃花眼看她，说不出的纵容惑人，平静地接，"不想还，也有别的办法。"

可能是戚鱼这几天都被折腾到晚睡的缘故，她总觉得虞故峥这句话别有深意。

车里安静片刻，戚鱼突然小声说了一句："谢谢。"

自从很久前虞故峥对戚鱼说过不用对他道谢后，她就没有当着他的面说过这两个字。

虞故峥看了她一眼，问："是打算谢我？"

"不是。"戚鱼摇头，杏眼弯成半月，表情格外灵动，糯声道，"我不告诉你。"

不是因为虞故峥帮她还钱的事，是谢谢当初的自己，这么喜欢的那个人是他。这么多年也一直没有放弃。

才一遍又一遍地了解到，她当初的喜欢有多值得。

一上午的车程，横穿整座海岛，临近中午，终于到达目的地，同样是一座海港城市。

斯里兰卡被无边无垠的印度洋环绕，而其中的这座城市，则是最好的观鲸地点。

戚鱼在车上补过觉，并不用多休息。他们的午饭照常在当地酒店里解决，短暂休憩过后，就直接坐车去了海港。

这次并不是私人海港，这一片附近都熙熙攘攘挤着来观鲸的游客。戚鱼跟着虞故峥一下车，就被在港口拉客的当地人热情地跟上。这里海岸边来去的小渔船与渡轮随处可见，热闹成一片。

虞故峥一早包了船，他们不需要排队出海。

戚鱼上的是一艘中型游艇，除了她和游艇上的工作人员，仅有虞故峥，再无别人。等驶离内海，出了外海，岸边的喧闹声逐渐消弭，连海面上其他的观鲸船也稀稀落落。

海风很大，裹着淡淡的腥咸味。

"冷不冷？"虞故峥问。

戚鱼正趴在栏杆上，闻言偏过脑袋，摇摇头道："不冷……没有上一次冷。"她伸手拨开一点脸侧被海风吹乱的长发，杏眸明亮，"之前我们去澳洲的时候那边是冬天，那一次就很冷。"

游艇上还跟着一个当地的年轻小哥，看着十七八岁的模样，不知道是向导还是常出海的船员，一路都在为两人介绍。

小哥说英语的口音很重，但一点不影响他的热情。

戚鱼听他熟稔地介绍这片海域，听了会儿，转头去看。

此刻虞故峥不在甲板上，她远远见他似乎是在驾驶舱内，在听副手聊些什么。

忽然远远传来一道空灵长啸，小哥扬声喊："Blue whale（蓝鲸）！"

戚鱼心里怦然一动，循着看去。

远方，海天交汇处。

一望无垠的深海海面，有巨鲸摆尾击水，白色海浪顿时冲起数米。与上次戚鱼在澳洲看到的黑背座头鲸不一样，远处这头背部呈比海水颜色浅一些的青灰色，要庞大得多。

海与天相接，场面蔚然得像仅容得下一头蓝鲸。

这头被誉为世界上最大的动物就在戚鱼眼前，它的庞然鲸身湮没在深蓝海水中，长啸如箜篌。

不论看多少次，还是觉得很壮观。

旁边小哥还在介绍："蓝鲸比较害羞，它们不会像别的鲸鱼那样亲近渔船。我担心它很快游走，现在你最好抓紧时间拍照……"

话音落下没多久，戚鱼感觉游艇行驶的速度明显降了，等到驶出数十米的距离后，缓缓在海面上停下了。

游艇一停，似乎连海上的风浪都小了不少。

一时间，戚鱼甚至觉得鲸啸声都轻了，轻到能听到自身后传来的不疾不徐的脚步声，以及男人那道熟悉嗓音——

"戚鱼。"

戚鱼心跳骤然快了一拍，回过头。

虞故峥就在离她不到三五步的面前，眸光不偏不倚，沉静地落在她脸上。

戚鱼茫然了下，一时没应答，只定定地瞅着人。

他不知什么时候换上了西装。

面前男人身形颀长而挺拔，一身黑色西装，戚鱼的目光顿了顿下挪，看到他的雪白衬衫袖口那串褐木沉香手串，再看到他手里扣着的那个纯黑色丝绒小盒。

远处海平面白色海鸥翻飞，鲸起潮落，海风吹乱她的长发。

像是某种预兆。戚鱼心跳快得根本不受控，一瞬不瞬地看虞故峥打开小盒。

里面嵌着一枚极为漂亮的钻戒，在午后阳光下，熠熠闪光。

旁边小哥瞪大了双眼。

几乎都没怎么反应，戚鱼抿了下唇，居然露出几分无措表情。

对视须臾，虞故峥注视她，问："要不要听我说完？"

好半晌，戚鱼才听见自己的声音，小而紧绷："嗯，你说。"

海风渐大，她不知道是太紧张还是觉得冷，微不可察地颤了下，虞故峥却没出声。他低敛着桃花眼瞥一眼戚鱼，反倒开始解身上的西服外套。

旁边的小哥见状，赶紧帮忙先接过戒指盒，暂时捧着。

"曾经我以为能够掌握自己这一生。"虞故峥随手解开西装扣，眸光仍落在戚鱼身上，稍顿，接道，"不必有任何人的参与，更无须与别人签订契约，度过余生。"

戚鱼抬起脑袋。

虞故峥与她接上目光，淡淡道："直到对你动心。"

在她身边，他的五官六感，情绪波动才完整。

虞故峥已经解了外套。

戚鱼见他微倾身，从容地替她披上。外套的温热感和若有似无的好闻味道一并笼上，顿时将她笼罩在无边无垠的空白里。

全世界只剩下她的心跳声。

虞故峥一双桃花眼沉静而深，似冷静地剖析又似倾尽一掷，道："于我而言，你不是枷锁，不会是束缚。"

"戚鱼。"男人声音冷冷如玉，一字一顿都像敲在她心上，"你是我想要不计利害去对待的唯一。"

"如果是你，我心甘情愿。"

"我……"

戚鱼刚开口说了一个字，霎时就咽在了喉间，头一回格外失态地睁大眼眸。

虞故峥已然在眼前，单膝跪下。

一贯俯视的人，此刻抬眸与她视线相接。从戚鱼的角度看去，他那极为英隽的眉眼间，情绪深之又深。

"我想要你参与我的人生，分走我的时间和一切。"虞故峥接过递来的戒指盒，看着她道，"与我结婚，让我留在你身边。"他音色低醇，问道，"你愿不愿意？"

这是求婚。

虞故峥说过，所有的事，他会一并补上。原来是在今天。

"嗯。"

良久，戚鱼点点头，再开口的时候声音已经哽了："我愿意。"

随着她一开口，刚才积蓄包裹的情绪轰然被冲垮，眼前一切都开始模糊。接下来很长一段时间，戚鱼只能模糊看到虞故峥的身影，感觉左手手指被托起，戴上了那枚戒指。

尺寸刚好。

"别哭。"虞故峥的声音。

戚鱼怎么都止不住簌簌往下掉的眼泪，下意识想抬手背揉，却被扣住。男人温热的指腹在她眼下抚擦而过，随后，她被带入怀里。

他怎么这么好？

"如果是你，无论是什么时候，我都愿意。"戚鱼哽声重复一遍，"我愿意。"

戚鱼攥着虞故峥的衬衫一角，连哽咽都断断续续。远处似有鲸群，空灵的鲸啸声此起彼伏。

那么那么久，当初那条小鱼，终于一跃成了鲸。

戚鱼想过，她的人生有三个阶段——

懵懂无知的年少期，敏感拧巴的青春期，以及光芒初绽的成人期。

这些虞故峥并没有全部参与见证，却贯穿了她的整个青春。

戚鱼曾在很多年以前，鼓足了莫大的勇气，独自坐电梯跟随虞故峥，推开那扇门，向他告白。

那时候她穿着尚显青涩的校服校裙，与一身西装革履的他千差万别。

她执拗而认真地问他，可不可以等她长大，可不可以不要喜欢上别人。

可现实不是童话故事，她也不是轻易就能得到一切的公主。再喜欢，也于事无补；糖再甜，都不属于自己。

戚鱼都知道。

而现在她终于能像小时候梦想过的那样，大方自如地，一步一步地，站在他的面前。

没有忐忑不安，没有患得患失，取而代之的是熠熠光芒。

那些过去了的，也再没有遗憾。

戚鱼攥着虞故峥的衬衫，泪眼模糊中，她抬起脑袋，就看到了他的面容。

——而她也终于，攥住了属于自己的那颗糖。

番外一
❤ ⋯ ❤
黏人

　　自斯里兰卡回国，戚鱼长达三个月的暑假将近结束，她反而觉得过得太快，很多事情都没来得及做完。于是戚鱼趁着最后留在国内的几天里，马不停蹄地忙了一阵。

　　戚鱼已经搬出先前和陶诗艺一起住的合租公寓，市内那套复式公寓还在装潢，她就暂时住进虞故峥的别墅，早出晚归。

　　她去学校提前递交了下学期申请奖学金的材料，又参加了两三个前段时间推掉的同学聚会。

　　是同班同学的聚会，都是平时在群里插科打诨聊天的熟人。

　　一群人在包间里开了几瓶酒，闹哄哄成一片。戚鱼正和两个女生联机玩一款手机游戏，在场聊天的反而是男生。

　　"以前他们传戚鱼结婚了我还不信，今天我信了。"

　　"之前那个新闻出来，连我初中同学都来问我是不是我们学校的女生。戚鱼你火了啊！"

　　"你们干吗啊？一帮男生比我们女生还八卦。"郑司佳也坐到戚鱼旁边，"看到我们小鱼手上的戒指没？看看，无名指，人家结婚了，你们就别想了。"

　　一局游戏结束，戚鱼蹭了蹭左手手指上的素圈戒指。是当初的订婚戒，只是这次她戴在了无名指上。

　　那枚求婚的钻戒，被她一并收进了卧室的小盒子里。

　　聚餐过后，众人准备去 KTV 续摊。戚鱼没跟着一起，先行告别："你们好好玩，等一下我还有事，就不去了。"

乔文文反应一秒后恍然，调侃地问："我懂，是虞故峥要来接你吧？"

"不是，他这几天都不在这里。"戚鱼摇摇头，解释，"但是明天早上我就要走了，还要整理东西，不能留这么晚。"

离开前，戚鱼破天荒地多留两分钟，特地与几个平时不熟的同学交换联系方式。

"刚才我听到你说，毕业以后打算自己做AI产品，"戚鱼邀请道，"以后有机会的话，我们说不定能一起。"

同学惊讶，随即不好意思道："其实只是个设想，连概念都没出来呢。"

"嗯。"戚鱼不太在意这个，认真地点了点头，"我们的方向差不多，如果有时间，可以讨论一下。"

戚鱼的态度坦然大方，对方记下她的新手机号码，也欣然同意："行，那有机会仔细聊。"

那位同学同是院里的奖学金常客，从大二开始就进大公司实习，还拿过几个全国创新创业大赛的奖，在校内小有名气。戚鱼想得很仔细，既然以后要尝试创业，那就要提前为以后组建团队做准备。

早在从斯里兰卡回来后，她就提前了自己的工作规划。

新学期还没开始，戚鱼就等不及，想着毕业后回国。

完完全全开启她往后的新生活。

众人在聚餐的酒店外分别，戚鱼和乔文文他们打了招呼。临走前，她回过脑袋和一群同学挥挥手，女孩明眸皓齿得直晃人眼睛。

一年不见，戚鱼不论从穿着打扮，还是气质上，都出落得越发吸引人。

"以前我还以为戚鱼特高冷，心里只有学习的那种，早知道她会这么早结婚，我一早就对她穷追猛打了。"有人唏嘘。

"省省吧，也不看看人家嫁的谁，你跟那位大佬能比？"

"文文，我刚刚听小鱼的意思，她以后是想创业呀？"郑司佳凑过来，感叹，"我之前都没听她讲过……什么情况？"

乔文文忽然想起来，很早之前，戚鱼确实说过她有个赚钱养虞故峥的梦。

"别问，"乔文文道，"问就是因为爱情。"

当晚回到别墅，戚鱼的行李收拾得差不多，按着清单对了一遍，又翻出床头化妆桌里的那个盒子。

去年这个时候，她留在这里的虞故峥送的那枚胸针、项链，以及一些别的小礼物，都被原封不动地放在女主卧里，像等着她回来拿。

戚鱼蹲在行李箱前杵了会儿。看着满行李箱的衣服，她思索片刻，给虞故峥打了个电话。

虞故峥从回国后就不在市内，这几天戚鱼也在忙，基本是各自忙各自的，两人就很少联系。

电话接起，那边传来一道熟悉的悦耳嗓音。虞故峥刚巧结束一场会议，戚鱼和他聊过几句，把明早的航班号报给他。

"行李收完了？"虞故峥问。

"还没有。"戚鱼起身，连尾音都微微扬着，"我看到抽屉里的盒子了，上次我留在这里了，现在可以要回来吗？"

虞故峥接话："既然送给过你，就是你的。"

戚鱼边打电话，边往露台那边走。聊了一阵，她趴在栏杆上，在夜色里隐约嗅到玫瑰的清甜香味。

"那我还想剪几朵玫瑰带走，可以吗？"

"可以。"

只要是跟虞故峥有关的，什么她都想带走。

戚鱼按捺不住亲近的意味，得寸进尺，煞有介事般小声道："我总是感觉，好像还忘带了点什么。"

须臾，虞故峥似是轻轻笑了一声，道："只要你想，家里的东西你都可以拿走。"

戚鱼"嗯"了句，一句稚拙调情似的"那你呢"还没出口，那边又出声。

"时间太晚，早点睡。"虞故峥音色平静，"不一定需要全部收完。少带的就告诉我，给你送过来。"

"嗯。"戚鱼顿了下，糯声问，"那你什么时候能过来？"

"明天回来送你。"

戚鱼只是随口一问，没想到虞故峥明天就有空，她愣了下："你明天不是在 S 市吗？"

虞故峥应得从容，道："不想在了。"

翌日戚鱼是早上八点的航班，她提前一个小时到机场，刚巧托运完行李，接到虞故峥的电话。

虞故峥恰好从 S 市回来，飞机甫一降落，戚鱼主动过去等在国内航班的出口，远远就见到男人西装革履的身影。

庄成跟着虞故峥一道，身旁还跟了几位同样穿西装的男人，看着上了年纪，不知道是不是虞故峥的合作伙伴，一见到戚鱼，纷纷殷切地招呼一句"虞太太"。

虞故峥接上戚鱼的目光，径直带过她背着的包，随后空出的手自然牵住她："行李不在？"

"嗯，刚刚就托运了。"两人一下吸引了四周的视线，戚鱼也不在意众目睽睽的打量，一瞬不瞬地瞅虞故峥，杏眼像含着光，"我现在要去排队，你跟我一起吧？"

虞故峥笑道："原本也是要送你。"

戚鱼酒窝明显，点点头："嗯。"

"手续办完了？"

戚鱼注意到时间回："都办好了，但海关那边还要排队，可能要等一段时间。"

"不急着排队。"虞故峥又问，"我还没有办手续，先陪我去？"

戚鱼："啊。"

她有点没反应过来，转过脑袋，顺着问："你要办什么手续？"

视线交错一刹，戚鱼感觉手指根被抚蹭而过。虞故峥一双桃花眼低敛看她，又笑了，不答反问："不欢迎我吗？"稍顿，他道，"不是说少带了东西？给你送过去。"

戚鱼想起昨天她没说出口的那句调情了。

虞故峥好像一直都知道自己在想什么。

戚鱼心里顿时甜成一团，眼里雀跃闪烁，吭声道："嗯，那走吧。"

虞故峥要给戚鱼送机，两人往国际航班那边去了。庄成带着其他几位先走，上了车，准备送去酒店。

临开车，有人提议多等会儿。

"不着急，不着急，等虞总送完太太，我们再一道走也不迟。"

"不要紧，我还是先送您去酒店。"庄成恭敬地颔首道，"虞总要跟着过去一趟，明天才能回来。"

不是只说要送机？

在场几人瞠目结舌。

见过送机送到安检口的，没见过直接送到目的地的。

十几个小时的行程，虞故峥直接送戚鱼到旧金山国际机场，两人不是邻座，直到下飞机才碰面。

当地时间还是清晨，雾气朦胧。戚鱼出了航站楼，虞故峥替她打了车。

上一次戚鱼和同学一起过来，虞故峥只是在航站楼外送她。这次他和她一起过来，异国熟悉又陌生的环境，她瞅着虞故峥随手替她放行李的一幕，抿了抿唇。

他这样一来，更不舍得了。

虞故峥似乎真的只是给她送机，并不继续跟着她去湾区。戚鱼轻轻扯住他的衣角，忍不住多补几句。

"虞故峥，你刚才在飞机上是不是没怎么睡？"她蹙了下眉，笃定道，"你要注意休息，也要注意胃。如果我有空就会给你打电话的，圣诞假期也会回来……"

片刻，虞故峥波澜不惊的容色稍稍变了，竟也跟着皱了眉，须臾出声："哭什么。"

"我没有。"

戚鱼都不知道自己哭了。

她下意识小声反驳一句，感觉虞故峥伸指，在自己眼角不轻不重抚擦一下。

"只是暂时。"虞故峥思量道。

戚鱼没听明白："什么？"

"放你过一段没有我的日子。"虞故峥看她的目光深之又深，稍顿，倒是笑了，低缓道，"毕竟，以后都会是我。"

新学期伊始，一切都安排得有条不紊。

戚鱼比上学期更忙，一学期有六节课，刨去上课时间，还要抽空跟着导师做课题，是深大和湾区某家国际大公司合作的项目，课题地点在科技园内的公司大楼。

一个月的时间里，戚鱼三点一线，连参加各式派对聚会的社交活动都骤减。

直到某天晚上回学生公寓，她接到虞故峥的电话。

戚鱼刚洗完澡，电脑提示收到一封导师发过来的邮件。她注意力集中在邮件内容上，心不在焉地接起电话，用英文礼貌地"喂"一句。

片刻，男人的熟悉嗓音传过来，是中文："怎么忙成这样？"

"虞故峥。"戚鱼几乎是瞬间回神，心跳怦然一动，如实回，"这几天是有点忙……"

"知道你忙。"虞故峥似是笑了，平静地接话，"沉不住气的反倒是我。"

忙的时候日子过得很快，戚鱼才想起来，她有很久没主动联系虞故峥了，就连上一个电话也是他打的。

戚鱼顿了下，不知道怎么就听出了点他话里别的意思。

"没有，"戚鱼紧接着找补，"我也没有那么——"她措辞了下，"沉得住气。"

虞故峥居然不紧不慢地应了，道："我怎么看不出来？"

"真的。"戚鱼思索，自己确实连着两周没打电话给虞故峥。

沉默了会儿，她不确定地问："你是不是生气了？"

那边，虞故峥失笑一瞬，敛了淡淡的语气。

"没有。"

戚鱼听他好像是笑了，但以往虞故峥的笑有太多种，见不到表情，她没有办法分辨。

她思忖一秒，果断问："你要视频吗？"

这还是她和虞故峥第一次视频。

戚鱼刚洗完澡，头发还没怎么擦干，视频接通后，心跳不受控地加快。

画面入眼，是男人的白色衬衫领口，再往上，是到寻常手机镜头里也极为英隽的深邃五官。看背景，虞故峥似乎在酒店房间里。

虽然隔了屏幕，但好像更勾人了。

戚鱼一时只露出脑袋，感觉虞故峥的眸光落至镜头，问："刚洗过澡？"

"嗯。"

戚鱼瞅了两秒，忽然扭过脑袋，又听虞故峥问："不看我吗？"

"不是，"戚鱼缓了下，摇了摇头，语气莫名有点紧绷，"我想给你看一下。"

她没说看什么，虞故峥那边也没有回音。

戚鱼无声地小小吸了口气，终于重新挪回视线，把镜头往后撤了一点。

这样一来，就能照见她身上穿的。

静默须臾，虞故峥眸光既深且沉，静静落在屏幕中央，戚鱼身上那条黑色睡袍上。

她刚洗过澡，细腻皮肤在灯光下白里透红，裹着一件男款的黑色睡袍。

是虞故峥的那一件。

"上次你说的，家里的东西我可以拿走。"戚鱼不自在地轻轻捻了下自己还湿着的发梢，杏眸闪烁，小声道，"我就拿走了这件。"

每天晚上她穿的都是这件。

她声音发糯，听在耳里像小动物抓挠的那一下，轻而痒人：

"我每天都在想你。"

戚鱼没有主动联系虞故峥，不代表她不想他。

开学前收拾行李的时候，她去男主卧拿了件虞故峥的睡袍，一并塞进了行李箱带走。这段时间每天忙到连轴转，但穿着他的睡袍入睡，就有种他在旁边陪着的感觉。

"我没有你说的……那么沉得住气。"视频镜头内，戚鱼捻了捻垂落在领口的湿发，眼睛也湿润晶亮，"但是因为最近有点事，我们课题组里的一个男生休学了，要赶进度，就一直在忙。"

那边虞故峥没接话，注视片刻，平静地出声问："每天都会穿？"

"嗯。"她被看得心跳渐快，默默把镜头往上挪了点，"你是在酒店里吗？"

"刚到这边，晚点有个会。"

"那你是不是还没吃晚饭？"戚鱼注意到时间，忍不住小声道，"都快晚上七点了，你要按时吃饭。"她不打扰他开会，自觉地补话，"我等下回完邮件就去睡觉。"

虞故峥却没挂断视频，反而道："不急，再看看你。"

"不是要给我看？"那边似是轻轻笑了，"躲什么。"

戚鱼明显一顿，捧着手机的手指动了动："你已经看过了。"

"带走我的衣服，怎么还不准多看了。"虞故峥音色沉静而淡。

他像是不急着挂断，有一搭没一搭地接话。戚鱼瞅着屏幕里的男人，明明他也没说什么，但每句的顿挫都顺着手机流泻出来，嗓音好听得像是在撩人。

戚鱼垂睫舔了下唇，刚想说些什么，门铃忽然响起。

她放下手机，起身过去。

敲门的是住在隔壁的俄罗斯室友。戚鱼给她开了门，女生瞧见戚鱼身上披着的男士浴袍，不由得迟疑："有人在你的房间里吗？"

戚鱼摇摇头，也用英文回："我在和……视频。"

她说这句的音量并不高，谁知女生惊诧地扬声重复了句："Your husband（你的丈夫吗）？"

"是的。"不知道虞故峥有没有听见这句，戚鱼不由得转过脑袋看向房间里的书桌。

女生远远循着她的视线看去，恍然，随即朝桌上立起的手机屏挥了挥手。她热情地打着招呼，进了戚鱼的浴室。

这只是个不过五分钟的小插曲，虞故峥并未切断视频。回来的时候，戚鱼见他仍旧是刚才坐着的模样，眸光落在屏幕前，倒也没分神做别的。

她捧起水杯，开口解释："刚才那个是我的室友，她房间里的浴室坏了，所以过来借我的浴室洗澡。"

"听见了。"虞故峥问，"下次放假是什么时候？"

戚鱼开学不过一个多月，最近的一次感恩节假也要等到下个月末，而到时仅仅放三天假。

她想起下个月初就是虞故峥的生日，亮着眼眸回完，又补一句："下个月我们的课题应该会轻松一点，到时候我有时间的话，就请假回来和你……一起过生日。"

"该是我过来找你。"

戚鱼一顿。

"穿着我的睡衣，该来敲门的是我。"虞故峥轻轻一笑，容色含了些道不明的情绪，似清明又似暧昧，念道，"太太。"

正巧他那边有人敲门，戚鱼听到画面外有人恭恭敬敬地喊了一句"虞总"，应该是庄成。庄成进门说了句什么，她隐约听清是来请虞故峥下楼吃饭。

戚鱼按捺着刚被撩起来的剧烈心跳，主动结束通话："那你去吃饭吧。"

"急什么？"

虞故峥起身接过庄成递来的文件："早点睡觉。你那里的时间太晚，忙不完的事先放着。"话是对戚鱼说的，他又垂下眸细致打量屏幕里的人一眼，沉吟一瞬，"去把头发吹干再睡，记得检查门锁。"

庄成站在旁边听，脸上愣怔的表情不比戚鱼好多少——

他从来没见过虞总有这么话多的时候。

"好，我知道了。"戚鱼颊边的酒窝怎么都收不住，点点头，耐心地等了几秒，"你不挂吗？"

"忘了，还有句话没对你说。"

戚鱼没反应过来："什么？"

虞故峥的视线隔着屏幕，多带了几分实质性的专注凝视感，道："想你。"

不知道虞故峥是不是故意的。

那天视频过后，戚鱼莫名感觉原本一晃而过的日子变得有点难挨。

好在自己和他隔三岔五会电话联系，偶尔打视频通话。只是到十一月，戚鱼的课题进入收尾忙碌期，虞故峥好不容易出差回国有空，她这边又隔了时差，两人的时间总是对不上，有好一阵没联系。

不知不觉快到虞故峥的生日。

戚鱼早已挑好送他的礼物，等上学年的奖学金一到账就在官网上下了单，是一条奢侈品牌的领带。

领带的价格丝毫不便宜，一大笔奖学金立即只剩下零头，戚鱼索性全部花掉，又忙里抽空去了趟旧金山当地有名的某家巧克力工坊，亲自学做了一些手工黑巧克力带回来。

巧克力做多了，余下的被她悉数分给来公寓串门蹭饭的同学。一群相熟的华裔女生平时来往密切，此时正在公共厨房里准备晚饭。

"这周末你有空吗？"旁边香港女生吮掉手指上的酱汁，笑着回头问，"你那个课题是不是快结束了？我约了人一起去滑雪，一起来吧。"

戚鱼递过沙拉碗，闻言摇摇头："我有约了，这周应该没有时间。"

"跟谁呀？"

"周六虞故峥要来这边，我要陪他，"戚鱼回，"不过下次可以一起。"

"哦哦，是你的那位——"另一女生立即反应过来，新奇地凑近，"他特地跑过来看你？"

戚鱼点了点脑袋。

女生打趣道："哎哟，他好黏人。"

前段时间戚鱼和华盛老总在一起的事上了新闻，华盛是赫赫有名的大公司，这消息几乎传遍深大的整个华人学生圈，众人都好奇得要命。而戚鱼也没打算刻意遮掩，这学期重新戴上了她和虞故峥订婚时的那枚素圈戒指。

只不过这次戴在无名指上，象征着已婚，平时在课上与她搭讪的异性也纷纷偃旗息鼓。

一听他要过来，在场一圈人的表情都带着八卦。

"他真人是不是真有那么好看？"

也有人发蒙地问："你们说的哪个？"

"虞故峥，喏，这一位。"身边的女生在网上搜出关于男人的信息，"华泰的董事长，已经和戚鱼结婚了，你不认识？"

"他好帅啊！这是极品吧？"鬈发女生一眼惊艳，夸张地夸了句，把手机屏转向戚鱼，屏幕上是虞故峥在某次公开会议上的新闻图，"这个真的是他？"

"嗯，是他。"戚鱼将腌好的酱料用保鲜膜封起来，也接过手机瞅了眼。

话题逐渐聊开，她手指在屏幕上蹭过，不小心点了退回键。戚鱼顿了顿，不由得继续看下去。

眼前是搜索"虞故峥"出来的浏览界面，划下去是清一色的相关财经新闻，间或夹杂了数条前段时间宣布已婚的消息。

从前她在网上搜他的名字，还能看到不少小道新闻。一些女明星和知名媒体人的名字频繁出现在和他的绯闻里，报道绘声绘色，写得很暧昧。

绯闻当然不是真的，但虞故峥似乎不在意，也从未回应和处理过。

戚鱼往下翻了许久，不知道从什么时候开始，已经搜不到那些花边绯闻了。那些媒体也像是得到什么授意，没再发过类似报道。

"所以他这周末飞过来看你？"鬈发女生调侃出声，"说实话，我根本想象不出来他是黏人的那一方，一看就是那种很高冷的……不，就是给我感觉有点距离感的那种人。"

戚鱼放下手机，颊侧忽地抿出两个明显酒窝，笑容很灵动。

"没有。"想到那天虞故峥的那句"想你"，她默默思忖一秒，"他是有点……"

"嗯？"

戚鱼破天荒地补充完整："黏人。"

番外二

礼物

"周末不过来了？"

周五汪盈芝打来电话时，戚鱼正跟随熙攘人流走出图书馆。

戚鱼在湾区，同在加州的汪盈芝每隔一阵就要打来电话嘘寒问暖。这回听到虞故峥会来，她在电话那头一愣："这样啊。"

"你有安排那就算了，等有空的时候再到阿姨这里来住几天。"汪盈芝说到底和虞故峥关系不熟，但把戚鱼当成自己的半个女儿，衡量过后笑道，"还有……他要是愿意，你请他到阿姨这里吃顿饭。"

戚鱼"嗯"了句："好的，明天我问一下他。"

"对了，你去机场不方便吧？我让汪丞开车送你。"

戚鱼闻言在图书馆门口停下，没同意："不用了，我可以坐火车过去。"

"这哪行？"汪盈芝嗔怪，态度坚持，"火车要转站，路那么远，你要是打车也贵，反正汪丞最近不忙，就让他送一送。"

大概猜到戚鱼有所顾虑，汪盈芝心里了然，过后不忘补一句："你放心，我让他送到就走，不打扰你们。"

汪盈芝特地嘱咐过，翌日吃过午饭，汪丞的车就停在了戚鱼的公寓楼下。

戚鱼只好搭他的车去机场。

一路上车内放着节奏感极强的音乐，两个人几乎很少交流。

虞故峥的航班预估当天下午才能到旧金山，他乘坐商务机过来，误机的可能性很小。车停在人流熙攘的航站楼外，戚鱼瞅了眼时间。她特地提前来机场，现在还很早。

下车后戚鱼往汪丞的线上账户转了一笔钱，当作打车费。

很快，汪丞的车开出几步路又倒回来。他下车，无奈地笑着扬了扬手机："戚鱼，你一定要和我这么见外吗？我愿意开车送你，你用不着给我小费。"

"谢谢你送我过来。"戚鱼埋在围巾里的下半张脸仰了仰，挥挥手，礼貌地道谢，"下次就不用送了。"

"好吧。"汪丞叹气道，"我以为我们不能成为恋人，至少还能做朋友。"

戚鱼的神色不为所动，摇头回："不能，我们没有这么熟。"

是真的不熟。

自从戚鱼知道汪丞喜欢自己后，无论从言语还是行动上都明显避着他。即便她去汪盈芝家留宿，两人也很少有交流，平时更没什么交集。

汪丞盯着戚鱼，只好笑了笑。他看过新闻，知道和戚鱼结婚的那位男人有权有势，因此对那人印象深刻："我听说你喜欢他很久了，看来他很吸引你。"

之前他对戚鱼有点意思，从汪盈芝那里知道她只是表面上的订婚，所以也曾经明里暗里对她示好过一段时间。不过今年她回国了一趟，再回来竟然是已婚的身份了。

汪丞记得刚见面的时候，记忆里戚鱼还是闷声不吭的性格，现在整个人看起来游刃有余，自信得发光，的确是很讨人喜欢。可惜。

"不谈这些了，那我走了。"聊了两句，汪丞拉开车门要上车，不知道余光瞄见什么，突然调转目光看戚鱼，表情揶揄，"不过我追了你这么久也没追上，要一点回报不过分吧？"

"什么？"

戚鱼下意识蹙了蹙眉，还没来得及反应，面前的汪丞松开车门，整个人毫无征兆地靠近。瞬息之间，他已经伸臂将她揽了过来。

这个亲密的拥抱简直猝不及防，两人咫尺贴近之际，不远处，一道熟悉的声音传了过来：

"戚鱼。"

仅仅两个字，听着格外低沉好听，平静而淡。戚鱼心跳忽地一重，险些踩到汪丞的鞋面，一下就挣扎着推开他。

她循着声音望过去，就见男人从航站楼出口那边径直走近，一身黑色大衣衬得他整个人异常颀长挺拔。

虞故峥提前两个小时到了，穿过熙攘人群过来，在戚鱼两人所在的车道前驻足。

两个多月没见，戚鱼的注意力全在他身上，连杏眸都亮着光："你不是说要三点半到吗？"

"改了时间。"

周围人潮喧闹，虞故峥丝毫不避忌旁人，替戚鱼接过包，又自然地握住她的手腕将人带近。他无声地打量片刻，才出声："知道你要等，提前过来了。"

戚鱼心情肉眼可见地好起来，示意另一只手上的礼物袋："还有这个袋子，里面是给你的生日礼物。"

她要递礼物，虞故峥却没接，修长手指交缠般扣住她的手。

戚鱼一顿。

"不收礼物了。"虞故峥并不看旁边的汪丞，微微俯身在戚鱼近侧，容色波澜不惊。

他看着难辨情绪，嗓音却低醇勾人，道："先收拾你。"

虞故峥很少有当众亲密的举动，戚鱼被他似警告似调情的这句堵得一顿。

旁边汪丞听得清清楚楚，清嗓一声，最先反应过来："接到了就好，我正好要回去，能再顺路送你们一程。你这位朋友住哪里？"

"不用了。"不等虞故峥接话，戚鱼转过脑袋，"我说过了，我们没有这么熟。"

汪丞面上却没半分泄气，反而顺着提议："你们回去也晚了，要不然来我家吃晚饭吧。我想我妈应该也有这个意思。"

汪盈芝确实提过想请虞故峥吃顿饭。

但刚才汪丞那个拥抱是出于故意，现在说话间又自顾自地套近乎。戚鱼再次忍不住蹙了下眉，刚想回，见虞故峥伸手，出声自我介绍："虞故峥。"

"你好。"汪丞先是一愣，随即回握道，"我是汪丞，不知道她有没有跟你提起过我……"

忽然听见旁侧传来一声恭敬利落的"虞先生"，循声望去，见到不远处的迈巴赫里正下来一位西装白人。

虞故峥单独过来，庄成没跟着，航站楼外却有人接机。

对方的身材看着魁梧壮实，赶过来接虞故峥的行李箱，看这副毕恭毕敬的模样应该是名保镖。这架势，汪丞逐渐收起面上有点揶揄的笑，摸了摸鼻子，这才有所收敛。

"原来是司机来接，这样也好。"刚才汪丞心里那点憋闷已久的不甘作祟，才故意当着这男人的面开了个玩笑，此时点到即止，"那看来是不用我送了，你们慢慢聊，有空我们再见面。"

虞故峥并未点破，反而不着痕迹地笑了笑："既然到了，那就见一见。"

戚鱼闻言顿了下，被牵着的手指轻轻动了动。

"汪阿姨这几天都在家，也不是一定要今天就去。"她不由得看虞故峥，"你要不要先回酒店休息？"

虞故峥却道："时间还早，正好一起吃饭。"

回湾区的车分两路，来接虞故峥的那辆载着行李径直去了酒店。汪丞没料到虞故峥能答应，三人坐一辆车往回开。借着红绿灯的空当，他忍不住频频朝后视镜打量。

自上车后虞故峥的电话就没断过，戚鱼也自觉地没打扰他。汪丞不免想起汪盈芝提过两人起初是表面联姻的事，正盘算着，车开上金门大桥，虞故峥接连不断响起的手机消了嗡鸣声响。

汪丞听见身后的戚鱼对男人说了句，那边的海峡好漂亮。

虞故峥不知回了什么，低沉简扼的几个字，听不出情绪。两人聊天时戚鱼说得多，汪丞还不知道原来她有这么多话的一面，态度亲昵自然，竟像是不着痕迹地朝男人撒着娇。

汪丞手指敲了敲方向盘，大方地截过话头跟虞故峥聊天。

从湾区天气聊到了湾区公司的创业，又引申开聊金融、时政。汪丞对前段时间的美国大选侃侃而谈，中文中夹杂着英文，藏了点不服输的较劲。戚鱼瞅见虞故峥自然地与汪丞交谈几句，容色未改，似乎还有点相谈甚欢的意味。

戚鱼听着两人的交谈，又默默瞅一眼汪丞，抿了下唇。

不知不觉太阳西沉，车已开进住宅区，停在一幢独栋别墅的院门口。

汪盈芝上一次见虞故峥还是半年前，他替戚鱼清偿了那一笔学费借款，自此双方就再没什么交集。对于虞故峥的上门，汪盈芝即便有所准备，也难免忐忑，忙招呼着人进一楼客厅坐下。

"你们先聊，晚饭还要等。"汪盈芝煮了乌龙茶端过来，对戚鱼笑道，"小鱼，你们有什么忌口就告诉我。"

戚鱼闻言站起来，礼貌地回："我帮您吧。"

"不用不用。"汪盈芝按她坐下，嗔怪道，"这有什么好帮忙的？你们继续聊。"

戚鱼却插不进话。汪丞主动与虞故峥聊了一路，这时候又在大谈特谈经济形势，聊得热络。

她盯了几秒面前的乌龙茶壶，正想动作，见旁侧忽然伸过来男人修长而漂亮的手，替她翻杯倒茶，接着将茶杯递过来。

对上虞故峥的眸光，戚鱼接过茶杯，捧着喝了一口，杏眸总算露出点光亮。

"还想做什么？"虞故峥问。

戚鱼摇摇头，思忖了下，才弯着唇小声回："我去外面逛一逛。"

庭院里，两条边牧在围着男主人撒欢。戚鱼过去和汪盈芝的丈夫熟络地聊了几句，接过飞盘逗狗。汪丞的目光透过客厅落地窗，随着戚鱼小跑起跃的身影落在庭院里，看了片刻，忽然切了话题。

"以前戚鱼经常过来，它们都和她玩得很熟。"汪丞语气熟稔，"我记得去年她刚来的时候，还没有这么放得开，不过在这里待上一年，变了很多。"

虞故峥微微笑了，道："你们关系不错。"

"她和我算得上校友，学习的领域差不多，平时也聊得开。"

"是吗？"

"不过我认识她这么久，今天还是第一次见到你本人。"汪丞摸不准对方这个笑是什么意思，看着情绪不像是不悦，继续道，"你平时应该比较忙吧？我看你们不常有见面的时间。"

虞故峥稍一颔首，淡淡接话："确实有忙的时候。"

汪丞一番话试探下去，见男人既不反驳也不吃醋，反而轻描淡写，似乎是不以为意，就在心里猜了个七七八八。

他和戚鱼是联姻，本来就很难产生真感情，当然就不在意她的异性关系。只不过看戚鱼刚才的样子，她或许已经动了真心。汪丞心道了一声可惜。

思及此，汪丞玩笑道："等她明年毕业工作，你们见面的时间恐怕会更少，看起来不像结婚的……"

"汪丞！"

汪盈芝恰好想来续茶水，一靠近就听见汪丞这话，惊得手腕一颤。

"这是小鱼他们的私事，你倒是管得多。"汪丞被汪盈芝暗暗警告了一眼，她放下茶壶，忙向虞故峥赔礼，"汪丞聊天没分寸，也不知道乱说了什么话，你千万别放在心上……"

虞故峥也许是真没放在心上，只回了一句不要紧。汪盈芝这才放下惴惴不安的心，明白这事就算揭过了。

只是汪丞仍旧心有嘀咕，等到上餐桌的时候也频频找话题和虞故峥聊，又刻意与戚鱼聊了几句，提到以前的事，还谈起她在深大做的那个机器学习项目。

戚鱼接过虞故峥替她盛的番茄汤，刚想蹭近了和他说几句话，对面汪丞又喋喋不休抛来新话题。她咽下一口汤，幽幽地盯了汪丞两秒，连眼尾都耷落了点。

一顿饭热闹地吃完。

虞故峥离席通了个电话。汪盈芝夫妇送两人出门时，白人司机已经远远等在院外。

汪丞也靠着门目送他们，见戚鱼才走出数米，垂下脑袋看了眼自己的脚踝。

不过只是个细微的反应，身旁的虞故峥侧过脸问了她一句。

戚鱼今天穿了一双高跟鞋，或许是不久前在院里小跑逗狗时玩得太过，似乎是磨到了脚踝，看起来走路不舒服。

汪丞刚想开口，下一刻，他见虞故峥停下，抬手循上戚鱼的背脊，接着俯身，另一只小臂捞起她的腿弯。

大庭广众，男人自然地托抱起了人。在场目送的汪盈芝一家人俱是一愣。

短短几十米的一段路，虞故峥抱着戚鱼往车停的方向走，丝毫不避忌外人，平静从容得像已经重复过数次。

车开远了。汪丞堪堪回神，半晌才不甚滋味地吐出一句："不过就是做样子。"

"什么做样子？"汪盈芝疑惑地看向儿子，后知后觉他今晚言行反常的缘由，按了按太阳穴，"你从哪里看出来虞故峥对小鱼是做样子了？"

"妈，你看不出来？"汪丞抱臂道，"没人会不在乎自己的女人跟别的男人走这么近，他脸色都没变，对戚鱼就是没那个意思。"

"你这点小打小闹，虞故峥那是不跟你计较，他连……"汪盈芝好笑又好气，后怕地低声道，"他连对虞远升都不留余地，对戚明信那边更没给情面。要是真想计较，你还能好端端说这种话？"

太太圈内消息传得快，汪盈芝也从朋友那儿听说了前段时间的事。

虞故峥再三稀释虞远升在华泰的股份，原本只是明面上的交戈，可虞远升犯糊涂把戚鱼一并牵扯了进来，后来也不知道虞故峥做了什么，不久后虞远升名下的私产也全被断了。

戚明信更是没得到半点好处。上个月汪盈芝接到戚明信的电话，才知道虞故峥替戚鱼断了和家里的一切关系，也早已彻底断了两家的合作。

汪盈芝琢磨再三，心道：这八成是有几分替戚鱼出气的意思了。

汪丞问："谁？"

"你不用知道，"汪盈芝叹气，难得口吻严肃道，"你以后别去搅和他们的事……你再喜欢小鱼，人家也已经结婚了。"

餐后，戚鱼跟着虞故峥回他下榻的酒店，她被一路抱回车上，不见尴尬窘迫，心情倒是肉眼可见地比在餐桌上要好了许多。

订的酒店就在深大附近，偌大的套房只剩两人。戚鱼已经有数月没有见到虞故峥，在男人接会议电话时也抽空回复掉了导师的邮件。

解决完所有事，戚鱼窝在客厅沙发里一抬脑袋，见虞故峥不知何时从露台回来，在桌前低眼翻看些什么。看那封皮的颜色，似乎是那本初创科技公司的产品宣传册，今晚汪丞聊天时给的。

"前年我和汪阿姨吃饭的时候见过汪丞。"戚鱼想起她从来没在虞故峥面前提过汪丞，她思索了一瞬挪过去，"后来我也见过他几次，他在科技园开了公司，有时候会顺路接我去汪阿姨那边。"

三两句话就能说完的交集。戚鱼见虞故峥搁下册子，没说什么，下一刻她被勾住后腰带过去问："脚还疼不疼？"

戚鱼眼底隐约亮起一点雀跃，摇了摇头道："不疼了。"

虞故峥打量她须臾，熟悉的气息笼过来，不紧不慢道："他和你走得太近了。"

这话听着别有深意。戚鱼顿了好半晌，心跳怦然，忽然问："你是吃醋了吗？"

虞故峥没接话，反倒不轻不重地捏了下她的腰侧。

"我有一点吃醋。"本来两人见面的时间就少，这次又全程横进一个汪丞。戚鱼自顾自地继续回忆，蹙了下眉，认真道，"他一直在找你聊天，我插不上话。以后你可以不用理他的。"

戚鱼情绪低落，语气却糯着，似在撒娇。

虞故峥应道："没有下次。"他眸光下循，沉静落在戚鱼的脚踝处，又出声问，"不疼了？"

"嗯。"戚鱼停顿片刻，小声坦白，"本来也没有很疼。"

她是故意的。

今天戚鱼自机场接到人后，几乎没有和虞故峥的独处时间，不久前借口脚踝疼，也是借机与他亲昵。

虞故峥应该知道她是故意的，也并不是真在询问。戚鱼觉得勾在腰脊的力道收紧了些微，对方身上好闻的淡淡沉香也欺过来。男人的气息逐渐游弋到耳后，像是极轻地笑了一声。

"抱你去洗澡。"

太久没见面，甚至没来得及出浴室，戚鱼很快被抵在敞阔的浴缸边缘。男人修长手指漫着湿漉水汽，捏着戚鱼的下巴与她深吻。

浴室内燠热蒸腾，白茫茫的水雾爬上浴缸边的一片落地窗，朦胧映出一双交叠身影。

起初缓慢而折磨，戚鱼觉得既难受又热，心跳声重如擂鼓，手不自觉地往旁边探，摸到了冰凉而滑腻的落地窗玻璃。

不过停留瞬息，虞故峥的另一只手自水下撤离而出，十指缠紧扣，她的手被重新牵引着浸入浴缸里。

玻璃窗上水痕蜿蜒，缓慢流淌下沿，没入至底。

泪眼模糊间，戚鱼下意识仰起点脑袋往后躲，却被对方捏抚着后颈按回，轻颤的喘气也被堵进唇齿。

她在朦胧中瞅了眼虞故峥，咫尺的距离，男人每一寸肌理弧度都像绷着成熟与性感，染上欲色，好看得晃人。

不过走神的刹那，脚踝一紧，戚鱼随力道一下吭出呜咽声。

极尽缠绵。

最后浴室地上那条欧式绒地毯浸足了水，一地湿乱。不知过了多久，戚鱼在铺天盖地涌上的累倦中，被虞故峥抱着重新冲洗了一遍，又坐上洗手台被吹干了头发。

她回搂住虞故峥的脖颈，离开浴室前，余光捕捉到地毯上浸湿的黑西服外套与衬衫，耳朵烫得惊人。

虞故峥没有穿回衣服，反而替戚鱼套上一件睡衣，吻落在她脸畔。

她裹着虞故峥的黑色睡衣缩进被窝，困得睁不开眼，鼻间嗅到的都是熟悉味道。忽然想起什么，戚鱼的脑袋蹭着枕头动了动："虞故峥，生日快乐。"

静默须臾，耳畔的声音轻轻笑了。

虞故峥意味不明道："收到礼物了。"

戚鱼觉得被窝也热，连脖颈都开始发烫，睫毛勉强掀起一点点："里面的领带是礼物，那盒巧克力也是给你的，但是保质期只有半个月。"

戚鱼送的礼物袋也被拿回了酒店，她见虞故峥披上浴衣，在床边拆开礼物，先是领带盒，随后拆开那盒手工的黑巧克力。

每颗黑巧克力都是圆薄的一小块，上面手工雕出了一朵花的模样。虞故峥多看了片刻，又径直俯身过来。

"自己做的？"

"嗯。"戚鱼揉了揉眼，"应该不是很甜，你明天可以试一下。"

虞故峥道："做得很好看。"

戚鱼默默瞅着虞故峥，此刻灯光勾勒出他英隽深邃的五官轮廓，即便不穿西装革履，也显得矜贵好看。她忽然心念一动。

"虞故峥，我觉得上面的花很适合你。"戚鱼杏眼里灵动闪烁，停顿好半晌，才小声补充，"是虞美人。"

一语双关。虞故峥静默地看她，那双漂亮深长的眼微眯了一瞬。

没人敢这么调侃华泰虞总，戚鱼却像游过警戒线还甩尾巴的鱼。以前什么养他的话都说过了，这次她也丝毫不避，当面抿出一个小小酒窝，一瞬不瞬地等虞故峥的反应。

当然是有反应的。

对视片刻，虞故峥随意抽出了礼物盒里的那条领带，抵着床头欺身下来，阴影罩落。

戚鱼呼吸都轻轻滞了一瞬，还没来得及反应。

绢凉的领带被系在了戚鱼的腕间，随后，与她的另一只手腕绑在了一起。力道不紧，却难以挣脱。

虞故峥扣着她的手腕压入柔软枕头，鼻梁蹭过她的唇线，往下，警告意味一般，含咬上锁骨。

男人似笑非笑的，嗓音低沉勾人，道："再来一次。"

夜幕昏沉，静谧的卧室内只亮着一盏暖黄小灯，戚鱼睡熟了。

虞故峥在通话中途回身，伸手替戚鱼将被角掖好。被窝太热，她在熟睡中蹙了蹙眉，又伸了只手出来，白皙的小臂上仍有吻痕，绑着手腕的领带已经松了，被她无意识攥着。

"虞总，"电话那头的庄成还在汇报工作，"林总刚才打电话来，说是后天下午的海口项目签约仪式想请您出席，胡书记那几位也在。"

虞故峥道："让陈松去一趟。"

这意思是暂时不回国了。庄成恭敬地回："好的。"他犹豫一下，"中午您大哥联系过我，他问您生日时有没有时间，想请您聚一次，我替您推了。"

虞故峥没说什么。庄成倒也不是擅作主张，虞远升无非是想找时机修复兄弟两人表面上的关系，好让虞总留点情面。可看虞总的意思，是不可能了。

虞远升估计也没料到，虞故峥竟然会为了个女人连一点余地都不给。

时间再早两年，即便是虞故峥自己也预料不到。

挂完电话，虞故峥仍在床边，无声地看了戚鱼须臾，伸指将她手里的领带抽了出来。戚鱼在睡梦中动了动，下意识地抓住了什么。

虞故峥任她轻轻握着手指，没放开。

一年前放开过一次，是他的意思。再往前回溯几年，他还不曾认识戚鱼的那时候，也错过两次。

卧室落地窗外是湾区的夜景，虞故峥淡淡扫过一眼，空余的手按了遥控，窗帘徐徐合上。

戚鱼来旧金山的一年里，两人的确无甚交集。

今天汪丞的挑衅太过浅显，像是要宣示戚鱼在这一年期间的主权，手段小得不值一提。虞故峥并不计较，却也清楚自己多少上了心。

先前与虞立荣见面喝茶，对方临走前态度不赞同：你这么些年身居高位走到今天，不该为点小情小爱束手束脚，砍自家的臂膀。

虞故峥在某些方面太像虞立荣，却不是虞立荣。

虞家父子面对面谈生意合作，谈与别家的商业联姻，但从不提及爱，这些年也没有人能让虞故峥审视过这个字。他身边不是没有黏上来的莺莺燕燕，剖真心的、图利益的，明示也暗示，前赴后继。

他见得太多，连动心都提不起兴致，更别提爱。

可就是有这么个人，连接近也要遮遮掩掩藏着心思，小心翼翼地亲近，又草木皆兵地躲开，矛盾得让人难以忽略。

起初虞故峥把这当成一段普通联姻。

头一次真正注意到戚鱼，是在那天接她的车上。她半醉半醒倾诉说喜欢一个人，那双眼睛哭起来剔透干净，那份喜欢也真挚热忱，不像是戚明信的女儿。他难得起了意，多看了一眼。

而后随手点蜡烛替她补过生日的那一天，那个拥抱，戚鱼的心跳清晰明了，少女心事一览无余。

虞故峥并不在意。但没想到，后来那一场在澳洲的车祸，她能将爱慕看得比自己的生命重要。不受驱使，无关利益。

陌生，意外，但也上了心。

不知从什么时候起，虞故峥待她越发上心，之后的种种发展，连他自己都出乎意料。

因绑架动了情绪，是在乎。而度假山庄那一吻，更是出于情动。退一步放她出去看看，却已经起了想要的念头。

虞故峥向来对自己剖析得冷静而清晰。

只是再冷静，也有失衡的时候。

戚鱼在旧金山这一年，虞故峥并非不闻不问。想要得知一个人的近况并不难，远比放下惯有的掌控和主导权来得容易。

他第一次不计利害，将余生以契约，交付到她手里。

今晚戚鱼睡得格外好动，似乎是嫌热，慢吞吞地将被子踢开一点，攥着虞故峥的手却没松开。

隔了片刻，男人冷冷悦耳的嗓音响在耳侧，问："哪里不舒服？"

戚鱼没清醒，含含糊糊地小声回了句"腰"。

心想事成，面前的人伸手循进被窝，修长手指抚上她的腰侧，舒展她酸软的地方，力道拿捏得恰好。

乖了半个小时，戚鱼又蹭动了下。

有人在问："渴吗？"

"嗯。"

于是不过两分钟，戚鱼感觉被抱起来一点，她困倦地睁眼喝了几小口水，又蹭回被窝。

后半夜戚鱼偶尔醒来几次，都能感觉到对方的回应，像清楚知道她想要什么，每件事都做得体贴。

熟睡过一阵，迷糊间，她从深睡中慢慢清醒回神，揉了揉眼。

虞故峥还醒着，面前笔记本电脑的屏幕微亮着光，他正单手敲字回邮件。

戚鱼见他侧过脸看来，视线相对，她还没说什么，听虞故峥道："怎么这么不安分？"

话虽这么说，但语气却不似责怪，反而低沉好听。

伺候一般。

戚鱼发现她睡觉还攥着虞故峥的左手，忍不住问："现在几点了？"

"时间还早，要不要继续睡？"

戚鱼摇摇头回："我现在睡不着了。"

虞故峥随手将电脑搁回床头，看了她良久，忽然笑了："宝宝。"

好半晌，戚鱼才耳热地问出一句："什么？"

虞故峥低敛下眼，没接话，反而细致地打量戚鱼。

有人不信一见钟情，不信无关利益的热忱，不信凌驾于理智之上的感情。

却总有人一见钟情，热忱真挚，从小鱼长成了光芒瞩目的鲸，最终让人剖出真心。

不知过了多久，戚鱼听虞故峥平静道："爱你。"

戚鱼胸口被怦然撞了一下，连呼吸都窒住。

她酒窝明显，眼神也亮得惊人，一瞬不瞬道："我想再听一遍。"

虞故峥注视着她，一双桃花眼既沉又静，深得像海，却只开了一道口，堪堪容进一个人。

"我爱你。"

他原以为自己从不轻言爱。

如果是她，他心甘情愿受缚。

日子一天天过去。

分开的时间，一切都过得很快。

戚鱼一整个圣诞假期都在忙课题，没能回国，反而又是虞故峥过来。但年底他的行程紧，两人只待了不到一天，其余时间几乎都在视频和电话中度过。

年后，戚鱼生日这一天，仍旧是虞故峥飞来旧金山陪她。

两人几乎是一个月才见一次面。新学期伊始，戚鱼边准备毕业论文，边算着时间，从来没有这么期盼过能毕业回国。

好在每天总有事忙，戚鱼在忙论文之余拒了几家公司的 offer（通知），开始留意组建以后的产品团队，在为自己的事业打基础。

春去夏来，毕业季在即。

"鱼宝宝，你们下周就回来了吧。"乔文文打来电话，"你不是还要演讲吗？稿子写完了没？"

戚鱼应声："嗯。你要我帮你带什么东西吗？"

乔文文一下来了精神："宝贝你等等啊！我现在就列个单子给你……"

六月末，戚鱼参加完深大的毕业典礼，隔周带着替室友代购的大包小包，返校参加清大的毕业典礼。

她的行李都放在公寓里，毕业典礼前一晚，久违地住了校。

留在学校的最后一晚，戚鱼摸出枕头边的手机瞅了一眼。

下午虞故峥给她打过电话，但她当时在忙别的，没有注意到。现在太晚了，她思索了下没有回拨。

"小鱼，明天你家那位会来吗？"郑司佳问。

戚鱼放下手机，回忆虞故峥的行程："他明天有一个财经峰会，应该不在。"

"你对他的行程很清楚嘛。"乔文文揶揄，"对了，以后你就留在京市发展吗？"

"嗯。"

"那太好了，周末就约你出来玩……"

毕业转瞬到来，整个宿舍振奋难眠，聊到凌晨三点。

翌日，阳光遍洒。

万人礼堂内闹声嘈杂，应届毕业生按照院系一排排入座。戚鱼今天要作为优秀毕业生上台演讲，刚坐下不久，看了两行演讲稿，就被乔文文哭着挽住手臂，要拉她去超市买瓶冰水。

礼堂内的空调坏了，闷热得让人躁动，室外也阳光直晒，酷暑难耐。

从超市买水回来，戚鱼的发梢已经被脸侧的细汗濡湿，有几绺贴在了学士帽檐上。

她微低下脑袋，正用手将长发梳成一个低马尾，听到旁边乔文文"咦"了一声。

"门口好多人啊。"

"怎么都跑出来了？"乔文文挥手给自己扇风，"我就说，礼堂里面这么热，出来透气晒太阳都比待在里面要凉快——"

戚鱼闻言好奇地抬起目光。

礼堂前的楼梯上站着许多穿学士服的学生，刚才出来时还没有这么多，此时人群聚拢着，似乎在围着谁。

远远地，像是有意识一般，学生群逐渐散开了一个小口。

戚鱼几乎是一眼就认出了被拥在当中的那人。

男人身形颀长得出挑，一身雪白衬衣搭西裤，是刚从正式场合过来，连气质都还是在人前的疏淡感。

他抬眼瞥向这里。

视线遥遥相接，戚鱼觉得他应该是笑了笑，周身气度光华，极为出众显眼。

无论再看多少次，还是一如初见的心动。

虞故峥。

见到人的刹那，所有的燥热和不舒服都被抚平了。

乔文文也看清了人，轻轻"咝"一声："我就说怎么他们……"

喧嚣的蝉鸣，嘈杂的人群，连同乔文文的声音一并消弭。

满世界只剩下重而清晰的心跳声。

向着虞故峥的方向。

戚鱼散下扎了一半的马尾，摘了学士帽，穿过林荫大道，一直往他的方向，越走越快。

越来越快、越走越急——

越走越近——

直到扑进那束光里。

番外三
❤ · · ·
回家

乔文文的婚礼在即，她提前半个月就把消息告诉了戚鱼。

趁着周末，乔文文给戚鱼发消息时提了一句，问她要不要出来参加宿舍聚餐。

距离毕业已经有三年，当年本科同宿舍的三人在毕业后都留在了京市。现今郑司佳刚硕士毕业不久，而乔文文毕业就进了大厂工作。三人平时都忙，这次的共同聚餐算是难得。

戚鱼到餐厅时，乔文文和郑司佳已经到了。乔文文边把菜单递过来，边笑说："小鱼，才半个月没见面，我怎么觉得你又美了呀。"

"真是，又漂亮了好多。"郑司佳从毕业后就没见过戚鱼，此时也跟着打量戚鱼，寒暄道，"你最近都在忙什么呢？"

"我也在上班。"

戚鱼说了句谢谢，看菜单时半垂着睫毛的侧脸轮廓漂亮，几年不见，出落得越发动人。惹得隔壁桌某位男士多看了两眼，而在看到她左手手指上戴的素圈戒指时，还未付诸行动的搭讪只得遗憾作罢。

"小鱼在给自己上班，已经是公司合伙人了，比起我这种打工人来说可有成就感多了。"乔文文补话道。

郑司佳有些始料未及："真的啊？当时我们毕业那会儿就听你说要创业，没想到能这么快，平时也没看你发什么朋友圈……太厉害了吧！哪家公司呀？"

戚鱼闻言从菜单上抬起脸，颊侧抿出两个明显酒窝，顺着话题找出张名片，大方地递过来。

郑司佳一看，更讶异了。

是一家科技公司，地址就在金融街的写字楼里，而上方戚鱼的头衔还真是合伙人。这岂止是混得厉害，简直已经到了羡煞旁人的地步。

震惊一阵，郑司佳看到戚鱼手上的戒指，恍然间想到她那赫赫有名的另一半，这才缓过神来。她心道：有那样的大佬在事业上帮持，三年内能在金融街上注册一家公司好像也不是件太难的事。

戚鱼没多解释。

公司创办起来已经有两年了，戚鱼是技术入股，她对管理方面的事不甚在行，当初起步时，虞故峥的确帮了不少的忙。

不过后来戚鱼不太想在事业上多烦扰他，毕竟平时两人相处的时间分秒都珍贵，出于私心，她不想让工作的事挤占自己和虞故峥的相处时间。

几次提了下这事，于是虞故峥在公司招募管理层和员工完毕后，就没再多加插手，让她放手去做。往后的聊天里，也只是偶尔才问起她工作的事。

三人边吃边聊，期间戚鱼看了眼手机，发现不久前虞故峥给她发了消息。

【虞故峥：下午的飞机，晚上到。】

虞故峥近几天都在国外办事。戚鱼瞅了会儿，忍不住露出酒窝，回复了个表情包过去。是个兔子亲吻的动态表情包，可爱几乎溢出屏幕。

接着，戚鱼忍不住又敲几个字。

【戚鱼：有点想你。】

消息发出不久，消息又至，是条语音。

她点开手机凑到耳边，耳畔男人的嗓音低沉勾人，语音短暂空白两秒，那边虞故峥似是轻轻笑了，道："想你。"

戚鱼颊侧的酒窝明显加深。

这几年戚鱼在和虞故峥的相处中越来越放得开，像只习惯领地的猫，在他面前越加不掩饰自己的情绪。而每一次，他都无一例外地回应了。

"对了，小鱼。"聊天中途，郑司佳问，"你都结婚这么久了，有没有想过要孩子呀？"

"暂时还没有。"戚鱼这才放下手机，回道。

"你家那位也没这个想法？"

戚鱼摇摇头："我们还没有商量过这件事。"

"不会吧。"乔文文也感兴趣地凑过来，低声八卦，"你们两家就一点都没想法？我还以为像你们这样的豪门结婚，两家都会急着催你们要宝宝呢。"

戚鱼默默喝了口水，一时间没回。

虞故峥那边，恐怕不会有人敢催他，而她这几年大部分时间在忙着公司团队的事，虞故峥……好像也没跟她提过这事。

不对，是提过的。

戚鱼忽然想起很早以前，在某个两人把话彻底说开的晚上，她和虞故峥差点就要做到最后一步，可虞故峥停下了。

她还记得他当时的话。

——"今天没有准备，暂时有一个就够了。"

——"宝宝。"

越回忆越耳热，戚鱼捧起杯子又喝了口水，话题逐渐从她重新转到乔文文身上，后者开始滔滔不绝地聊起婚礼事宜。

一顿饭结束，恰好有个工作电话过来，戚鱼收过邀请函，表示会到场，这才告别离开。

最近公司主打的产品还处在测试期，正是需要加班的时候，戚鱼回公司和团队开了一下午的会。

直到傍晚，才彻底结束。

戚鱼的公司规模小，公司上下包括前台、后勤统共不到五十人，彼此间没有太多的身份压制，开完会，一群组员就态度熟络地邀请戚鱼去聚餐。

"今天就不去了，我晚上还有事。"电梯里，戚鱼抿出一个笑。

几个组员都没放弃，戚鱼在他们面前没架子，还是几乎同龄的年轻人，几人的话也多了些："来吧，戚总，都忙一下午了，总要填饱肚子再……"

一群人边说边出写字楼，戚鱼不经意看到不远处停的那辆熟悉的车，眼神忽然变得明亮。

戚鱼道："不用了，你们去吧，有人来接我了。"

旁人不解地看去，正好瞧见前方那辆车的副驾下来一位中年男人。

几人几乎是不约而同就想到了传言中的那位戚鱼的先生，听公司其他的合伙人聊起过，戚总嫁的好像是位有权有势的大人物。在场不知情的人居多，这么一看，都面面相觑了眼。

这年龄差……是不是有点太大了？

然而还没有过多的眼神交流，只见那中年男人随后来到后座，躬身开门。

等看清从后座下来的另一位男人，在场的人纷纷呼吸一室，不由得倒吸一口凉气。

写字楼外光线分外充盈，那男人西装楚楚，正平静地抬眼望来，华美的五官轮廓被光色映照着，气质出众。

没待一群人回神，戚鱼已经径自过去。直到数秒后，才有人堪堪找回声音。

"那是不是华盛泰源的……的……"

"虞故峥啊！"终于有人反应过来了，低呼道，"我的天。"

戚鱼没想到虞故峥会直接来公司接她。上了车，熟悉的淡淡沉香拂过鼻尖，她心念一动，侧过脸，对上虞故峥的目光。

虞故峥低眼一瞥，自然握住戚鱼垂搭在腿边的手，倒是笑了："怎么这么看我？"

"我记得你的行程表上，好像是后天才回来。"戚鱼压着心跳，反握住他的手指，糯声道，"那边的事解决得很顺利吗？"

虞故峥细致注视她片刻，不轻不重地捏着戚鱼的手指指肚，道："不顺利，今天也是该回来的。"他嗓音低缓，"太久了。"

两人有几天没见了，戚鱼见到人才发觉，她比自己预计的还要想虞故峥。

即便每天都视频，但远远比不上见面来得让人欣悦。戚鱼有一搭没一搭地跟他聊天，心情彻底放松下来。

近两年戚鱼开始接触工作，平时也会留意看些财经和时政新闻，有时还会有自己的观点和见解，跟虞故峥的聊天内容除去日常，也随之扩展到了方方面面。甚至，有些时候还会有意想不到的深入角度。

庄成在前座上眼观鼻鼻观心，听虞总不紧不慢地接话，音色有些难察觉的舒缓，态度是不着痕迹的纵容。

庄成暗道：他从前还觉得太太的心性比起虞总要稚嫩得多，现在看来，近两年太太不知何时已经出落得越发让人注目，和虞总在一起，任谁都要叹一句般配。

车开进别墅林荫道，戚鱼下车，闻见了前院馥郁袭人的甜香。

正值玫瑰花盛开得最好的时节，玫瑰园里一大片花枝簇拥的玫瑰在夜风里晃动得娇妍动人。戚鱼想起什么，转头看虞故峥，抿出一个小小酒窝："阿姨昨天做了玫瑰奶酥，我留了一点在冰箱里，你要不要尝一下？"

虞故峥稍一颔首，牵她进去。

戚鱼知道虞故峥不太吃甜品，但有时候她还是忍不住会把味道好的分享给他，而每次虞故峥也都没拒绝。

两人进了大厅，戚鱼把手里的外套交给用人，杏眼明亮："你可以先试……"

话没说完，她手上的力道松开，刚仰起头，旁边虞故峥已经倾俯过身，将她打横抱起。

面前用人俱是一震，戚鱼下意识揽住他的脖颈，更是心跳怦然一下。

发忙间，虞故峥已经抱着她走至楼梯口。戚鱼见他眸光落下来，那双漂亮的桃花眼里视线深邃，片刻，贴近，才极轻地笑了一声。

"先试你。"

虞先生抱着太太径自上楼去了，丝毫没避忌旁人，留下脸红心跳的两个用人。也不敢问晚餐什么时候做，忙抱起还想跟着上楼的猫，对视两眼就各自忙活去了。

这场小别三天的亲密直到夜深才止歇。

戚鱼缩在被窝中，困顿间被捞过腰揽起一些。虞故峥坐回床头，让她偏头倚在颈窝处，鼻梁蹭过她的耳畔，道："喝点水。"

"嗯。"戚鱼捧过水杯喝了半杯，脸颊都是红的。

她手臂上都是暧昧的吻痕，喝过水后就又默默把被子轻拽上肩膀，找话题道："今天我去见我大学室友了，她下个月要结婚了，邀请我去参加婚礼，在八号。"

虞故峥应道："陪你去。"

"可是那天你不是还有事吗？"戚鱼想起月初庄成发给她的行程表，虞故峥应该是有个签约仪式的致辞，要出差。

"梁峰会代我去。"虞故峥搁下水杯，修长手指慢慢按抚在她的耳后，接道，"你的事重要。"

戚鱼忍不住仰脸看他，一时心跳的感觉比刚才更甚。

这三年来不论再怎么忙，一年时间里虞故峥总会空出行程陪她出国度假几次，更别说平时。

无论是小到吃甜点的事，还是临时抽空陪她的事，这些细节上的迁就和纵容，每次都会让她重新认识到，对方对她的喜欢只多不少。

胸口的情绪逐渐要满溢出来，戚鱼动了动，从被窝中伸出手，抱住虞故峥的脖颈，脸往他颈窝处埋了埋。

虞故峥低眸看她，须臾，笑了："怎么了？"

"今天我和她们聊天，我的室友问我有没有想过要……宝宝。"戚鱼小声道，"其实我想过的。"

只不过毕业后戚鱼一直在忙，一直没有想起来跟虞故峥商量这事。而现在她的工作差不多稳定，她却不知道怎么提。

正想着，男人的气息游弋到耳后，虞故峥的嗓音比方才还低醇，问："怎么不告诉我？"

没找到机会，而且……戚鱼想起很早之前邹黛的那番话，虞故峥有过那样的身世经历，她想，他可能没有那么想要宝宝。

也没关系，戚鱼心里倒不在意以后是否有延续，迄今为止，她已经非常满足当下的生活。

而下一刻，耳畔传来虞故峥的声音——

"喜欢。"

"什么？"戚鱼还有点茫然。

腰际再次一紧，戚鱼被扣着手腕压入柔软床里。虞故峥看她的眼底既深且沉，打量近乎专注。半晌，像是看出戚鱼想问的，虞故峥微微笑了。

他一双桃花眼笑起来光华流转，深吻落下来前，戚鱼听见他承诺般的话。

"不必顾虑我。"虞故峥道，"与你有关的一切我都喜欢。

"有了宝宝，一定像你。"

两天后是戚鱼母亲梁婉的忌日，虞故峥陪她一起去扫墓。

扫完墓，两人从陵园的台阶上走下来。戚鱼转过脸，看了眼身边牵着她手的虞故峥。

以往小时候她每次来这儿，回去时心情都不会太明朗，而今天却无比宁静，甚至安心。

这天的天气很好，细碎斑驳的阳光穿过林荫树缝，尽数洒落在眼前的男人身上，将他的周身映出了朦胧却招眼的一层光。

每一次看，都惊艳一如往昔。

察觉到她的目光，虞故峥侧眸，也看她："回家吗？"

风清日朗的午后，四周鸟鸣啁啾，戚鱼却只能听到自己怦然作响的心跳声。

何其有幸，年少仰视一般的梦想，如今在她身边，成为她一个人的光。

戚鱼和面前的人十指紧扣，在阳光里，她弯出了一个极为灵动的笑。

"嗯，回家。"

（完）

本书由瓷话委托长沙大鱼文化传媒有限公司正式授权天津人民出版社，在中国大陆地区独家出版中文简体版本。未经书面同意，本书的任何部分不得以图表、电子、影印、缩扣、录音和其他手段进行复制和转载，违者必究。